U0695001

像我这样
感知心跳

[美] 加布里埃尔·布朗斯坦——著

陈少芸——译

THE OPEN HEART CLUB

A Story About
Birth and Death
and Cardiac Surgery

人民日报出版社

北京

图书在版编目(CIP)数据

像我这样感知心跳 / (美) 加布里埃尔·布朗斯坦著；陈少芸译. —北京：人民日报出版社, 2022.5

ISBN 978-7-5115-7327-8

Ⅰ. ①像… Ⅱ. ①加… ②陈… Ⅲ. ①回忆录–美国–现代 Ⅳ. ①I712.55

中国版本图书馆 CIP 数据核字 (2022) 第 070232 号

著作权合同登记号 图字：01-2021-0927
Copyright © 2019 by Gabriel Brownstein
This edition arranged with McCormick Literary
through Andrew Nurnberg Associates International Limited

书　　名：像我这样感知心跳
　　　　　XIANG WO ZHEYANG GANZHI XINTIAO
著　　者：【美】加布里埃尔·布朗斯坦
译　　者：陈少芸

出 版 人：刘华新
责任编辑：毕春月　苏国友
特约编辑：聂　斌　贺歆捷

出版发行：人民日报出版社
社　　址：北京金台西路 2 号
邮政编码：100733
发行热线：(010) 65369509　65369527　65369846　65363528
邮购热线：(010) 65369530　65363527
网　　址：www.peopledailypress.com
经　　销：新华书店
印　　刷：北京美图印务有限公司

开　　本：880mm×1230mm　1/32
字　　数：255 千字
印　　张：12
版次印次：2022 年 7 月第 1 版　2022 年 7 月第 1 次印刷

书　　号：ISBN 978-7-5115-7327-8
定　　价：59.00 元

如发现编校差错或印装问题,请拨打售后服务电话010-82838515

献给玛西娅、露西和伊丽莎

及我记忆中的父亲沙勒·布朗斯坦

目　录

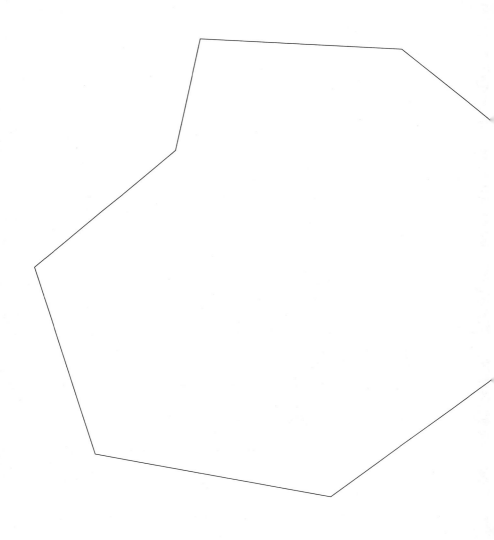

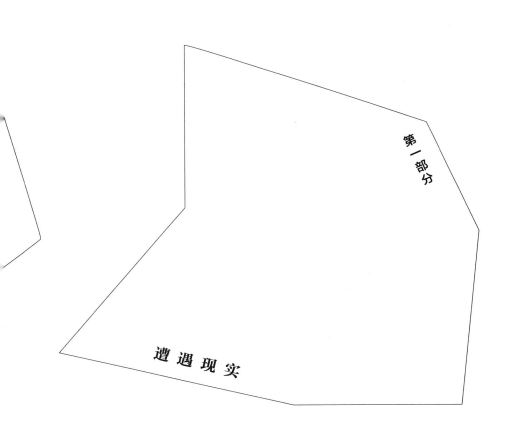

第一部分

遭遇现实

第一章

小儿子丹尼出生这会儿，路德维希·施潘道仿佛已经经历了三段人生。他现年五十三岁，身边有年轻的新婚妻子萨莉和一岁的女儿露蒂。他与家人租住在布鲁克林弗拉特布什一栋没有电梯的公寓里。他在长岛工作，是一名药剂师。他曾是一个难民，离过婚，也经历过丧偶之痛。他讲英语时带有浓厚的德国口音。他认识的大多数人都被谋杀了。他的前臂上有道瘆人的疤痕——据他的儿子后来猜测，这可能是他洗除集中营囚犯编号文身留下的痕迹。

路德维希出生在柏林一个富裕的犹太家庭。他的家人拥有一家造纸公司。第一次世界大战时，他曾在一艘U型潜艇[1]上担任广播员。战后，他在爱因斯坦任教的柏林洪堡大学进修。路德维希喜爱跳舞。1922年，他在柏林一家舞厅结识了一位名叫弗里德尔的姑娘，并且让她有了身孕。1923年，他们的女儿英格出生了。不久后，这对夫妇便离了婚。没过多久，路德维希再次组建家庭。婚后，他的第二任妻子拉妮改宗犹太教。

他们是被都市同化了的人。夫妻俩抚养着两个男孩。后来，纳粹上台，拉妮惨遭党卫军杀害，路德维希的父亲也在萨克森豪森集中营遇害。身强体壮的路德维希被关押在柏林，成了苦工，被迫修复被炮弹袭击的城

1　德国在两次世界大战中所使用的潜艇，曾发挥巨大的军事作用。

市道路。战后,在伦敦犹太人事务局的帮助下,他得以和两个儿子在伦敦团聚,三人于1948年来到了美国。

到了美国,路德维希开始了配置和出售化学用品的营生。他的英语很不好,生意很快就失败了。随后,他跑遍了美国,到处寻找谋生的办法。最后,他回到了纽约,在一次由难民安置项目赞助的舞会上认识了萨莉。萨莉那时二十多岁,年龄几乎只有路德维希的一半,她来自汉堡的一个难民家庭。她在巴勒斯坦生活多年,最近才与她的父亲在新泽西相聚。

战争和灾难早已抹去路德维希曾经带有的宗教印记,但萨莉仍谨守教规与习俗。在租住的弗拉特布什公寓里,他们保持着犹太人的饮食习惯。大楼里挤满了讲意第绪语的移民,许多人身上都有集中营的文身。拥挤的走廊上总飘着洋葱和烤大蒜的味道。

路德维希和萨莉的第二个孩子丹尼尔出生于1954年。这个孩子本可成为夫妇俩在美国的幸福新生活的最后一片拼图。谁料小宝宝遭遇了不测。小丹尼生来就病恹恹的,非常虚弱。他连呼吸都十分艰难,一不留神就会陷入晕厥。他越是能走动,嘴唇和手指就越频繁地出现青紫。

小丹尼在当地医院做了X光检查和心电图检查。护士把防辐射的药片压成药粉,掺在香草布丁里喂给这位蹒跚学步的宝宝,然后将他放到X光机透视仪中。这种X光机可在屏幕上显示动态图像。医生们告诉小丹尼的父母,孩子的心脏天生畸形,集齐了四种特殊的缺陷:(1)左右心室(心脏最大的两个腔室)之间有一个洞;(2)肺动脉(连通心脏和肺的通道)狭窄;(3)主动脉(将血液从心脏输送到全身的主干道)移位;(4)右心室(位于心脏右下方的腔室)肥厚。这种复杂的心脏缺陷被称为法洛四联症,法洛指19世纪法国内科医生艾蒂安-路易·阿蒂尔·法洛。小丹尼的心脏形状就像靴子,它无力将足够的氧气输送到身体其他地方。那是1955年的布鲁克林,当时没有任何办法可以治愈这种疾病,也没有所谓的"开心手术"。

不过,当时有一种刚诞生十年的新型医疗手段能够缓解小丹尼的症状。这种疗法并不是给心脏动手术——在当时是不可能给心脏动手术的,而是给心脏上方的大动脉动手术。媒体将这种手术称为"蓝婴手术",医学界则称其为"布莱洛克分流术"。这种手术是由位于巴尔的摩的约翰斯·霍普金斯大学的一支出色的团队发明的,最早由失聪且患有阅读障碍的儿科医生——海伦·陶西格提出。在20世纪40年代,女性鲜少活跃于医学界。陶西格负责照看那些注定活不长久的孩子,并想方设法提高他们的生活质量。当时,非裔美籍技术专家维维安·托马斯设计了手术工具并开发了手术技术。20世纪40年代,种族隔离制度盛行于美国南部。托马斯是约翰斯·霍普金斯大学唯一一身穿白大褂的黑人,但他不能从办公楼的正门出入,而且只能使用那些标有"有色人种专用"的饮水器和洗手间。"布莱洛克分流术"名称中的"布莱洛克"来自一位白人外科医生——艾尔弗雷德·布莱洛克,正是他带领着团队,在托马斯的精心指导下实施了最早的布莱洛克分流术。

布鲁克林的医生们向施潘道夫妇解释说,布莱洛克分流术无法治愈他们的孩子。手术之后,丹尼尔的靴形心脏中心仍会留下一个洞,肺动脉仍是狭窄的,主动脉仍将处于移位状态,但手术会改变血液的流向,让更多血液向肺部分流。假如一切顺利,供给全身的血液中的氧气含量将会提高。这个手术是有风险的，小丹尼有可能受到感染、患上肺炎、大脑受损，甚至死亡。从长远来看，手术的前景并不乐观。毕竟首例布莱洛克分流术实施于20世纪40年代中期，而幸存的患儿中，年龄最大的还不到二十岁。

手术于1956年进行，当时小丹尼只有两岁。手术以小丹尼的左侧乳头为切口，经左臂下方横穿身体的侧面，一直延伸到后背。医生在小丹尼的第三肋和第四肋之间进入胸腔，令肺部收缩并剪开了纤维膜，直到使小丹尼那颗跳动的心脏完全暴露。

布莱洛克分流术（有时也称布莱洛克-托马斯-陶西格分流术）并不是植入术，而是一种缝合术，在医学上也叫吻合术，是对心脏上方两条最大动脉的缝合术。医生在小丹尼的胸腔中找到了肺动脉——将血液输送到肺部的动脉。他们夹闭了它。时间紧迫，他们必须马上行动。手术必须立刻进行，否则，小丹尼的大脑受损的概率只会越来越大。医生的第二刀切在小丹尼的左锁骨下动脉上，这条大动脉主要向左上肢供血。外科医生将这两条动脉缝合起来，以便让更多的血液从锁骨下动脉流往肺部。吻合口若过大，则会有过量的血液流到肺部和心脏。吻合口若小，流动的血液量将会不足，那么这台手术就几乎没有意义。医生们争分夺秒地完成了缝合。他们立马放开了夹在肺动脉上的钳夹。这时，锁骨下动脉的血液冲入了几近干涸的肺动脉。现在，流向小丹尼肺部的血液比以往任何时候的都多。

如果手术成功，富含氧气的血液就会马上在体内流通起来，分流术的效果是立竿见影的。在手术台上就可以看出来，患儿发绀的皮肤会立即变成粉红色。但这并没有发生在丹尼·施潘道身上。待在医院的时间里，他总是无精打采的。他幼小又虚弱，到了回家的时候，皮肤仍是青紫的。他已经两岁了，却几乎不能走路。

回到布鲁克林的家中后，这个毫无血色、皮肤发绀、骨瘦如柴的小男孩，让这个饱受创伤的难民家庭又蒙上了一层阴影。路德维希到哪儿都带着小丹尼，小丹尼就骑在父亲的肩上。但凡有人问起孩子怎么了，或者为何不让他自己爬楼梯，路德维希就会用他那口带有德国口音的英语咆哮道："关你什么事？！"

小丹尼的姐姐露蒂后来回忆他第一次手术后那几年的日子时，仍旧记得那时的恐惧与悲伤。公寓里采光很差，一家人的心里也鲜有阳光。她以为小丹尼很快就要死了——大概当时所有人都这么想。而小丹尼总是记挂着父亲。

"我从没想过自己会怎么样，"丹尼回忆道，"我总是记挂着父亲。我会想，当别人对我指指点点时他有什么感受。我记得，当时我并不觉得自己有病。"尽管如此，小丹尼还是非常害怕去看医生。"我记得抽血抽了很多次。我太瘦了，抽血对我来说特别疼。他们老给我做血液检查和 X 光检查。各色各样的人都来看我。"

他的情况太罕见了，他成了医生和医学生的学习工具。他们无法治愈他，但对他的病情发展无比着迷。每到小丹尼该去医院的时候，他就会躲起来。母亲怎么恳求，他都不出来。他的父母不得不在家四处"追捕"他，将他从沙发底下拖出来。

第二章

施道潘一家被介绍给了阿龙·希梅尔斯坦医生。他脸圆圆的，戴着眼镜，光头，看起来和蔼可亲。当时，他刚刚开始在哥伦比亚长老会医院的婴儿医院实施心脏直视手术[1]。这家医院位于曼哈顿上城，在乔治华盛顿大桥以南一英里处，与哈林区的奥杜邦宴会厅隔街相望。希梅尔斯坦医生同意接收小丹尼，为他进行心脏直视手术。希梅尔斯坦医生想，这个男孩一定是走投无路了才会接受安排，成为他的第十二名法洛四联症病人。前十一名病人中，有七名已经死亡。

小丹尼到了四岁时，还是十分纤细，身子羸弱且骨瘦如柴，平日就由他的姐姐露蒂照看着。丹尼还记得公寓大楼的院子，低矮的锁链栅栏在草坪上隔出人行道，上面铺着混凝土。他向我描述了他那时因为行动不便经历的事故：有一天，他出门散步，姐姐和她的朋友分别走在他的两侧。这时，两个男孩骑着自行车朝他们冲了过来。说时迟那时快，两侧的姐姐都立马喊他躲开，但他动作太慢，跑不了。结果，自行车一下把他撞倒了。

小丹尼存活的概率并不大。在20世纪50年代后期，先天性心脏缺陷被列为美国人的十大死因之一。1957年3月25日，《时代周刊》的封面故事标题是《外科手术的新前沿》，文章介绍了在心脏外科手术方面有望取得的新突破："肋骨牵开器""肋骨剪"，还有一颗"在手术灯下闪着光，笼罩着灰色阴影，起伏蠕动着的红色泛紫的心脏"。文章的配图触目惊心：将病人浸入

1　指在直接观察下矫治心脏病变的手术，如瓣膜成形术、瓣膜置换术等。

冰水中,以为手术做准备。该文章称,一名患者被放入了六英尺(约1.83米)长的厨用冰柜中,直到她的体温下降到75华氏度(约23.9摄氏度)。文章提到了小丹尼的病,但写错了他的病名:"这是所有心脏缺陷疾病中最为著名的一种——帕洛四联症"。"这个皮肤青紫的小男孩的症状与这种病的四种缺陷惊人地一致。"文章直言不讳地指出,"病情较严重的患儿若要迎战这场艰难的手术,其高死亡率是不可避免的。"

这一期周刊的封面人物是费城哈内曼恩医院的查尔斯·贝利医生。他是"心脏外科手术领域大胆的创新者"之一,他将"大自然对人类设下的极限"推到了一个远超前人设想的所在。在封面肖像中,贝利的大背头被白色的手术帽掩盖着,肩膀像超人的一样宽大,他的眼镜甚至看起来像未来战士的装备。这幅肖像非常形象,将医生描绘成了战士、科学家、太空人,以及未知世界的探险家。文章如此描述他:"包着无菌服,整装待发"。

这一期杂志带着它的新式"弗兰肯斯坦"封面,悬挂在纽约城火车站和地铁站的每个报摊上,也堆叠在每个医生候诊室的桌面上。它用相当大的篇幅讲述了心脏外科手术的历史。自1944年以来,巴尔的摩的布莱洛克和陶西格已经给一千多名蓝婴心脏上方的大动脉实施了分流术,这些婴儿的长期生存率达到了85%。尽管存活率如此之高,路德维希·施潘道还是高兴不起来,因为他儿子的手术没有成功。文章称,1948年,查尔斯·贝利进行了第一台人类心脏外科手术——他穿透病人的心房间隔,用戴手套的手指清除了心脏瓣膜堵塞。这一壮举只是心肺旁路手术时代的前奏。在旁路术中,患者可在心脏停搏的情况下接受修复手术。

心脏直视手术是"二战"后美国的一项研究成果。这项突破像太空旅行一样不可思议，却也像电影《突出部之役》一样血腥。它最早施于儿童患者身上。20世纪50年代中期，第一批患者在明尼苏达州接受了这项手术。患者都是孩子，都是像小丹尼那样的蓝婴，都有先天心脏缺陷。随着儿科心脏手术的发展，成人心脏手术也已发轫。1954年，明尼阿波利斯市明尼苏达大学的克拉伦斯·沃尔特·李拉海医生将心脏旁路手术付诸实践。他的方法是布置两张手术台，一张给患儿，一张给患儿的父亲或母亲。李拉海医生将亲子二人的血液连通了起来。父亲或母亲的心脏将含氧血输送到孩子的体内，同时，李拉海医生切开患儿的小心脏，修复心脏的缺陷，修补心室间隔缺损。父母亲为了孩子，冒着生命危险上阵。有一次，手术失败了，患儿的母亲不幸脑死亡。还有一次，李拉海无法让病人的父母参加手术，最终使用了狗的肺部为病人输送含氧血。

到了1957年，由李拉海医生首创的这一种活体交叉循环手术被用人工心肺机实施的手术取代了。在明尼阿波利斯市以南三百英里（约483千米）处的梅奥医学中心[1]，约翰·柯克林医生发明的心肺机术式已经能使大部分患有简单缺陷的病人存活下来。在1957年，针对像法洛四联症如此复杂的病情，药物是束手无策的，但此时，人工心肺机这种新机器开始在全美投入使用。《时代周刊》将查尔斯·贝利的人工心肺机描述为"一种怪模怪样的装置"：

　　桌子靠前的边沿上是一台电动机，左右两侧是动力泵。桌

---

1 在2020年11月14日召开的"新诊断国际高峰论坛"上，该机构将其中文译名由"梅奥医学中心"改为"妙佑医疗国际"。

子后方是氧合器——由塑料筒状缸和软管组成的设备。"准备好了吗？"贝利问。现在，要让心脏和肺部进行体外循环，给医生一个干燥的术野[1]，并且让心肺机上场。第一个泵打开时，医生拧紧了大静脉上的压脉器，将血管通往心脏的路堵上，从而使静脉血液沿着导管排出体外，通往心肺机，以便血液在这个人工肺部中吸收新鲜的氧气。拧紧锁骨下动脉上的压脉器后，机器会将血液送回患者体内：血液主要流入主动脉，为头部、手臂和下身供血；另一个小动力泵则将血液通过小导管送入冠状静脉窦，通过逆向流入静脉为心肌供血……此时，患者的肺部将变得虚弱，氧合器接管肺部的工作，动力泵则接管心脏的工作。

这期杂志发行不久，丹尼·施潘道的手术日期也即将来临。小丹尼接受了心脏导管检查术，这是大手术的前期准备。心脏导管术的改进者是两位出身于哥伦比亚长老会医院的医生——安德烈·库尔南和迪金森·理查兹，他们凭此发明在此前获得了诺贝尔奖[2]。小丹尼被固定在手术台上，医生们在他的大腿上切了一个洞，植入了一根导管。医生通过导管将造影剂[3]输送到他的血液中。丹尼和我都不记得那时的心脏导管检查术了，但我和其他经历过这台手术的患者交谈过，他们的回忆里满是造影剂输入血液时的疼痛和恐惧。医生们戴着口罩，聚集在丹尼的床边，穿着含铅的背

---

1 手术时视力所及的范围。
2 1956年的诺贝尔生理学或医学奖。
3 应用于医学诊断技术中以改善组织如血管、体腔成像效果的试剂。

心,使用巨型X射线枪从两个不同的角度(一个是上方,一个是侧面)拍摄他的胸部。他们每秒进行十二次X射线扫描,以获取丹尼心脏的动态情况。

心脏导管检查术后不久,医院就给施潘道一家致电,告诉了他们一个坏消息。希梅尔斯坦医生病了,得了脑癌,无法实施手术。手术必须推迟进行。施潘道一家不得已,只好又等了一年。这位身体羸弱的蓝婴一只脚已经踩在了鬼门关边上。哥伦比亚长老会医院难以找到能够接手这项手术的心脏外科医生。最后,小丹尼的案子交给了希梅尔斯坦医生手下年轻的住院总医师詹姆斯·马尔姆。

1960年,丹尼·施潘道已经六岁了。他整日无精打采,体重只有二十七磅。休息时,他总把双腿抬起靠在胸前。这种蹲坐姿势是法洛四联症患儿的典型表现,它可以减轻他们胸部的压力。施潘道夫妇在婴儿医院见到了马尔姆医生。他高大挺拔,谈吐清晰,举止优雅,风度翩翩。他颧骨很高,头发整齐地分开。他五官小巧,很像亚洲人,他的肌肤几无瑕疵。马尔姆用蓝色和红色的钢笔仔细地绘制了小丹尼的心脏,并向施潘道夫妇解释了他将要对小丹尼实施的手术。他将心脏的四个腔室指给施潘道夫妇看,下面是心室,上面是心房,心室相对心房较大。

在正常的心脏中,血液通过腔静脉流入,接着流入右心房的小腔室。血液从右心房往下走,流到右心室。右心室是一个动力强大的大血泵,将血液通过肺动脉输送至肺部。血液经肺静脉回流到左心房,然后往下流到左心室。左心室通过主动脉向全身输送血液。马尔姆医生解释说,小丹尼的心脏有四个先天缺陷,他会专注于处理其中的两个。小丹尼的心室间隔有一个大洞,心室间隔是心脏中两个大腔室之间的壁,这使得富含氧的和缺氧的血液混在一起从主动脉流出。此外,右心室和肺动脉之间的瓣膜型动脉口狭窄,限制了可能流向肺部的血液量。马尔姆医生将会修补心脏中部的这个孔洞,并扩大肺动脉和右心室之间的间隙。

马尔姆称这台手术能够"彻底修复"小丹尼的心脏缺陷。而施潘道夫妇在与马尔姆医生第一次会谈时还不知道,马尔姆其实从未实施过心脏直视手术。

第三章

先天性心脏缺陷是所有致命性先天缺陷中最常见的。每110个婴儿中就有1个婴儿患有先天性心脏缺陷。大约每3个有心脏缺陷的孩子中,就有1个需要手术。这意味着,在富裕社会中,每所学校(或多或少)都有一名经历过修复心脏缺陷的外科手术的孩子。儿科心脏病学专家和儿科心脏外科医生是这个学科的行家里手。如今在美国,超过85%的先心缺陷患儿接受手术后可活到成年。尽管如此,在所有致命的先天缺陷中,先天性心脏缺陷仍高居婴儿死因榜首。

先天性心脏病是美国常见的慢性疾病之一。心脏得到修复的人能够长寿,也基本健康,只是需要长期监控并关注心脏状况。你的邻居、亲戚朋友或同事之中,可能就有人做过心脏缺陷修复手术。他们看起来也和普通人无异,哪怕正在经历严重的病痛。病患在人群中并不突出。患有中度到重度心脏病的美国人中，大约有90%并未得到他们所需要的终生护理和监测。

法洛四联症是最常见的复杂性先天心脏缺陷。在马尔姆医生的手术取得突破性进展的十五年前，所有患有法洛四联症的孩子无一幸免——大多数患儿死于婴儿时期，而相对健康的少数患儿仅仅艰难地活到了十多岁。在他的外科手术取得发展的十五年以后，美国大部分法洛四联症患儿才幸免于难。他们当中有许多人得以健康成长，曾两次获得奥运金牌的滑雪运动员肖恩·怀特生于1986年，即患有法洛四联症。

1960年，小丹尼进行了手术。在当时，许多法洛四联症患者在手术过程中死亡。死亡率因医院而异。死亡率实在过高，连最杰出的儿科心脏病学专家海伦·陶西格都认为，对法洛四联症患者实施矫正手术是不具备尝试价值的。在希梅尔斯坦医生领导下的哥伦比亚长老会医院，该手术的死亡率超过50%。

****

在1960年，血液还无法长期安全地存储。因此，手术时，血液捐赠者也必须在场。因此，小丹尼的哥哥史蒂维在手术期间全程陪着他。史蒂维是路德维希第二段婚姻[1]的两个儿子之一。二战期间，他从纳粹的魔爪下幸存了下来。那时他是美国海军陆战队队员。他带着二十名海军陆战队的伙伴一起来到了医院，准备献血。

1　原文将second marriage误写为first marriage。——译者注

在那个时代，哥伦比亚长老会医院还没有专为心脏病患者设立的手术室。"每天所有的手术室都是满的，"马尔姆医生回忆道，"胆囊手术、结肠癌手术、乳腺手术、甲状腺手术，多得是。"他不得不跟其他医生争夺手术室。"旅馆也没有空房间。如果我增加我的手术量，那就会有其他的外科医生要少做几台甲状腺手术或是乳腺手术。"

小丹尼被推进了手术室。麻醉医生给他戴上了面罩，要求他从十开始倒数。在他失去知觉后，发生了一件特别的事。"我是从事科学研究的人，"丹尼告诉我，"我是一名经过专业训练的分析化学家。所以这件事，我觉得不像是灵魂出窍。但也有可能是，谁知道呢？当时可能是由于头顶灯的反射光的影响，我突然醒来，看到了手术台边所有医生的倒影。我看到医生们的头，看到我自己躺在手术台上。我看得非常清楚。真的，我切实感觉到我背对着手术室的天花板，正往下观看整场手术。我看到了全副武装的医生们，看到了躺在手术台上正在接受治疗的自己。"他感觉到自己的灵魂脱离了肉体，俯视着观看手术过程。"那是贯穿我一辈子的记忆。"

马尔姆医生小心翼翼地切开了小丹尼的胸腔。他们使用的心肺机配备了新式的转碟式氧合器，这是一种与意大利大腊肠差不多大小的装置，它被安装在一台尺寸标准、外形酷似缝纫机的机器上。这一机器位于一个滚压柜上，伸出长长的透明导管。机器上装有备用的血液和血液稀释剂混合物。一根导管接入了小丹尼的主动脉，另一根导管插入了他右心房上方的腔静脉。随后，丹尼的血流进了机器，流经一组转碟。每个充入血液的转碟都灌注了氧气，富氧的血液又被输送回小丹尼的循环系统。心肺机可以调节血液的流动速度。马尔姆通过心肺机减缓了小丹尼的血液流速，将他的体温降到了82华氏度（大约27.8摄氏度）。下降后的体温会使得丹尼的新陈代谢速度减慢，为他提供保护，使他免受手术过程中可能因缺氧造成的损伤。因为那时，小丹尼心脏的血液都流干了。

马尔姆切开小丹尼的心包。心包就是覆盖在心脏表面的保护性组织。现在，医生要对心肌动刀了。如果是其他外科医生，他们会在右心室中部切一个水平切口。但马尔姆医生没有这么做，而是切了一个垂直切口。马尔姆医生致力于心脏电生理学（主要是在控制心跳的电流系统方面）的研究。这个切口不会干扰心跳的电路，同时也让马尔姆医生得以更好地观察室间隔上的孔洞。

右心室内壁不光滑，用医生的话来说，是呈小梁状的，由纵横交错的肌纤维网组成。即使使用当今强大的成像技术，我们也可能难以确定每个室间隔缺损的边界。马尔姆凭直觉找到了小丹尼的缺损边界。他取了一块特氟隆补片，填补了心脏中部（心室底部的心肌壁和顶部的软组织之间）的缝隙。他使用的是褥式缝合法。这种缝合法使用的是大线圈，外观像火车轨道，粗糙但足够安全。马尔姆医生确定缝合好了，完全没有缝隙之后，便转而处理肺动脉口狭窄问题，即心脏右侧的动脉口堵塞。

他在右心室和肺动脉之间开出了一个大孔，切掉了所有堵塞的组织，放入流出道补片[1]以使血液流向肺部的通道变得顺畅。他希望让血液尽可能快速地流动起来，并且扩大血液的流动空间。正常的心脏会有肺动脉瓣阻止血液从肺部回流，而小丹尼的通道则是开放的。

马尔姆将小丹尼的室间隔封堵上了，这解决了肺动脉的狭窄问题。他

1　原文将outflow tract patching误写为outflow patch。——译者注

在尽可能不损伤心肌的情况下，缝合了小丹尼的心脏，接着缝合了心包。他们把心肺机从小丹尼身上取了下来。血液冲向了心脏，心脏开始搏动起来。小男孩的体温恢复了，血液基本也正常流动了。整个手术大约用了一个半小时。据马尔姆医生说，关键是要让血流水平尽可能地接近正常水平。当我在电话里问及让患儿存活的奥秘时，他对我喊道："堵住！不泄漏！"

1960年，还没有为心脏病患者专门设立的康复病房。据丹尼回忆，当时他住在一个大房间里，那儿还有许多孩子。他醒来时，发现自己身处一个透明的塑料氧气帐下。手术后头两天，他一直待在这个高湿度的环境里。他的父母当时就在一旁走来走去，但不能触碰他的上身。静脉输液给他补充了血液和体液，也给了他必要的糖和电解质。护士们偶尔进来，将青霉素和链霉素注射到小丹尼腿上的肌肉里。

"手术之后，我的皮肤马上变成粉红色的了。"丹尼告诉我。

氧气帐拆下来后的那段时间，丹尼只能坐轮椅。"我记得我每天滚轮椅，弄得双手特别脏，太恶心了，我再也没有吮过我的拇指。"六天后，他终于可以走动了。当他从医院回到家时，一切都变了。他可以爬楼梯了。他体重增加了，也长个了。施潘道一家的阴霾退散了。小丹尼恢复得足够好之后，他的哥哥史蒂维带他参加了一个海军舞会，以庆祝他的康复。丹尼在所有给他献血的年轻人面前被哥哥好好炫耀了一番。

20世纪50年代后期，一个新时代——心脏直视手术时代悄然开启。60年代初，一种"新型"的人类诞生了，比如丹尼·施潘道，比如我，我们将与经过手术修复的心脏相伴一生。

第四章

我和丹尼·施潘道一样，也患有法洛四联症。但我比较幸运，比他晚十年出生，生于1966年。但是，产科医生没有发现我的先天缺陷。我的父母把我带回家时，还以为我非常健康。我的儿科医生也一样，我第一次见他的时候，他也没有发现我那个无精打采的心跳声。1966年还没有今天这种检查心脏缺陷的方法——超声波，也没有胎儿超声心动图，那时只能用听诊器来诊断。我第二次看医生时，医生才发现我的心脏缺陷，那时我已经一个月大了。医生向我的父母推荐了曼哈顿上西区圣卢克医院的儿科心脏病专家露西·斯威夫特医生。

女性医生在1966年并不常见，但在儿科心脏病学领域，情况却不一样。在小儿畸形心脏的研究中，女医生正是权威。约翰斯·霍普金斯大学那位在1944年提出布莱洛克分流术的陶西格医生，便是儿科心脏病学科的创立者。1966年，她仍健在，而且还在工作。她的学生被称为"陶西格骑士团"，是这一学科的主导力量。纽约地区主导儿科心脏病学研究的专家大部分也是女性，而且大部分是陶西格医生的学生：耶鲁大学的鲁思·惠特莫尔、纽约大学的乔伊斯·鲍德温、哥伦比亚大学的西尔维娅·P.格里菲思及康奈尔大学的玛丽·艾伦·恩格尔。

在我母亲的记忆中，斯威夫特医生是一个看着有些怪异的、敏捷的小个子，同时又是一位意志坚定、具有专业奉献精神的女性。斯威夫特医生检查了我的手指和脚趾，用听诊器听了我的心脏，然后用手指按着我的腹部，同时闭上了眼睛。海伦·陶西格是听障人士，所以她开发了指尖触诊以聆听婴儿心跳的技术，并且将这些技术传给了她的学生。触诊我的腹部之后，斯威夫特医生让我接受了 X 光检查。

我的父母收到了诊断通知，心脏缺陷、法洛四联症，他们俩都没有听过这些名词。倘若不治疗，我可能活不到十四岁。但是幸好，斯威夫特医生向他们解释，那是可以治愈的。她给我的父母推荐了哥伦比亚长老会医院的詹姆斯·马尔姆医生，斯威夫特医生的住院医生规培期就是在这家医院度过的。马尔姆医生是世界上最有能力治愈我的人。

我最近认识了一位女士，她与我同年出生于芝加哥，也患有同样的病。她的父母第一次带她看医生时，医生建议他们放弃治疗，说她活不了了。幸好，露西·斯威夫特医生很清楚该让我们找谁。我的父母走到了第168大街，那里距离我家只有五站地铁。我的一生就是这样过来的：有那么一位专业临床医生，只要我需要他，他就在那儿。

我的父母在纽约城里马尔姆医生那个宽敞而闷热的候诊室里坐着，我坐在母亲的大腿上玩闹。马尔姆医生在他的办公室接待了我们。在我最近与马尔姆医生的会面中，我发现他既内向又有趣。尽管已经九十多岁了，但他依旧敏捷且令人生畏。他神气十足。我采访了他的同事和病人。与我交谈过的人无不对他怀有深深的敬畏之情。每个人都喜欢他，除了我母亲——当年，马尔姆医生把她吓得半死。

她曾告诉我："他的眼睛吓到我了。"

他的眼睛是蓝色的，是那种高空的天蓝色，特别清澈。后来，我母亲看了心理咨询师。她告诉对方，医生是怎么吓到她的。

咨询师点点头。"他们可是放弃了许多事才做到的呢。"

马尔姆医生打算用手术刀划开她宝宝胸口的完美肌肤。他还想用锯子锯开她儿子的胸骨。他打算用一个不锈钢牵开器撬开她儿子的肋骨。他打算戴上无菌橡胶手套，用手指去按她儿子仍在跳动的心脏。他打算切开心脏周边的大血管，将塑料导管塞入这些切口。他打算用这些导管抽走心脏的血，然后将她的儿子连接到一台新式的机器上。这台机器的马达嗡嗡作响，它的插头连接着手术室墙上的电源插座。在她儿子的肺部萎陷后，马尔姆还要用手术刀切开心室。此时这一套金属碟片、橡胶导管和塑料套管将代替心脏发挥作用。他打算取一片特氟隆补片塞到孩子的心脏里。他还打算用针线将特氟隆补片缝到她儿子的心脏上。他要深入她儿子的心脏，进入肺动脉瓣，切下一块东西。最终，她儿子的小心脏会被剖开，被切下一小块扔到垃圾桶里。

马尔姆是一位出色的临床医生。他的同事发现，在手术室发生灾难性事件时，他反而会更加专注和镇定。他热爱工作——我与他交谈时他告诉我，他喜欢每天都去手术室。他最喜欢干的事情莫过于戴上口罩，穿上外科手术服，让他的钳子和手术刀进入幼儿的心脏。"我仍想念这种感觉，"他告诉我，"我这老家伙还是很想上手术室。"我的母亲一定发现了他的一些特质——酷得非比寻常，对某些事深深着迷并充满渴望，这些特质都使我母亲感到不安。她被要求做的事是民间传说里才有的：将儿子献给这位英俊的陌生人，让他拿刀插入儿子的心脏。

正在阅读本书的读者都认识一个接受过心脏手术的人，那就是我。我恰恰就是被这位陌生人动了刀才幸存下来的。但话说回来，在1966年，心脏外科手术才刚刚起步。马尔姆当住院医生时，也还没有所谓的心脏直视手术。到了20世纪50年代后期，仅有少数几家极为专业的医院进行过心脏旁路手术（手术时患者的心脏会从循环系统中移出），患者均是儿童。直至1966年，我的父母也未见过接受过心脏手术的人，也没有听说谁家孩子的心脏经历过手术修复。他们认识的所有人都没有关于此事的体验。

我的父亲是一名精神科医生，他所在的纽约布法罗的医学院并不实施心脏直视手术。他告诉我，关于这种手术，有人在瞎折腾，但结果非常糟糕。他成长于布法罗一块中下层犹太飞地，是一位保险推销员的第二个孩子，当年也是学校里最聪明的男孩。我母亲的父母是来自波兰梅莱茨的犹太人，他们一家住在纽约皇后区的一所小公寓里，她的父母都讲意第绪语。我母亲是耶鲁大学研究19世纪英国文学的博士，同时也是城市学院的英语教授。她的博士论文研究的是拜伦勋爵。

我的父母都是绝顶聪明、受过良好教育的人。他们通过努力学习、接受教育，实现了阶层跨越。他们具有科学素养，是被城市同化的世俗犹太人。在他们眼中，他们父母的生活充满繁文缛节。当初，我父亲在犹太人赎罪日（犹太人会在这一天禁食并为赎罪祈祷）和我母亲约会，还点了培根和鸡蛋，这赢得了我母亲的青睐。他们的朋友都是曼哈顿上西区的艺术家和知识分子。这帮人聊起天来百无禁忌，诗人约翰·济慈、越南战争、性高潮、艺术家罗伯特·劳申伯格、音乐家塞隆尼斯·蒙克、大麻、弗洛伊德……无所不包。但是，"法洛四联症"这个词超出了他们的理解范围。对英语教授来说，甚至哪怕是对医学博士而言，这个词看起来也像是胡诌的。"Tetralogy"虽是英文单词，但属于人们日常不会说也不会写的词。即便这个词出现了，那也是用于表述艺术领域的"四联剧"（也称"四部曲"），而不是医学领域的"四联症"。我记得我小的时候，威廉·萨菲尔在《纽约时报》上撰写专栏"谈语言"，他在2002年提及了这个单词，当时他已经八十三岁了，他写道："现在我知道了，三卷作品就叫'三联剧'，四卷作品就叫'四联剧'。"那法洛呢？"法洛是谁啊？"去年夏天我母亲问我。这个名字，就像《格林童话》中的侏儒妖郎波尔斯蒂尔德斯金，有一堆音节，却什么意思也没有。马尔姆医生坐在他的办公桌前，头发梳理得整整齐齐，他眉清目秀，讲话字斟句酌。

他讲的故事，人们并不相信。马尔姆自诩英雄，但他所做的事情，跟魔鬼所为有什么区别？他想要她儿子的鲜血，于是以一副超人的形象出现，表现得温文尔雅、从容不迫，并且还具有担当精神。我的父母被吓坏了，他们经历着一种他们自己也说不清的本能性的恐惧。

我的医学博士父亲，认为这是个诅咒。在我确诊前的一天晚上，我一直在婴儿床里哭喊，他没来哄我——他认为，这就是诅咒的原因。是的，他觉得，就是因为自己没有起床哄孩子，上帝伸出了手指，在他儿子的心脏上戳了一个洞。我的外婆罗斯从皇后区搭地铁来看我。她把我从婴儿床上抱起来，对我母亲说："孩子的皮肤怎么这么蓝？"

母亲从外婆手里把我抢过来。"才不是！"我母亲说道，怀里却分明是一个皮肤发青紫色的婴儿。

好消息是，马尔姆能够修复我的心脏。不那么好的消息是，要等到我五岁，长高到能够上心肺机的时候，他们才能给我动手术。在那之前，我的医生们对我无计可施。据我父亲讲，当时医生告诉他，他们会监测我的心室压,希望我能撑到1971年。在这段时间里,我将命悬于这些压力值的平衡与博弈中。

后来,我开始爬行、学步,最终学会了走路,我的心脏问题也逐渐凸显出来。我越是用力,我的嘴唇和指甲就越频繁地变得青紫。我感到疲累的时候,会和丹尼·施潘道一样蹲着,这样能减轻心脏和肺部的压力。(现在我还会做那个蹲姿,可以像一个瑜伽学员一样柔软地做出这个姿势。)在两岁的时候,我做了第一次心脏导管检查术。

那次检查,我躺在手术台上,处于麻醉状态。医生在我的腹股沟开了切口——我的身体第一次被手术刀切开,医生在我的股动脉中插入了一条细细的导丝。导管沿着导丝送入,穿过我小小的躯干、腹主动脉,越过主动脉弓,进入我的心脏。医生使用导管测量我的心室压(以毫米汞柱[1]为单位)。他们促使导管喷出造影剂,然后用X射线显影,用透视仪拍下了畸形心脏的血流照片。他们看到我心室之间的壁上有一个洞,即室间隔缺损,并且测量了缺损的大小。他们观察了含氧血和缺氧血在心脏中混合的情况,并测量了我那个狭窄的肺动脉瓣的功能。在正常的心脏中,血液会从右心室经由此处流向双肺。他们看了我的主动脉,它就悬在我心脏中间的孔洞上方。动脉血和静脉血的混合物从心脏流出,到达体内其他地方。医生们试着量化这个过程的每一个步骤。我的血液中有多少氧气?我的心肺系统受损到什么程度?

如果有必要,马尔姆医生和他的同事会在我的大动脉上进行分流手术,看看它是否能增加我的血液含氧量。这与丹尼两岁时进行的大动脉分

---

1 压强的非法定计量单位。

流手术一样，就是约翰斯·霍普金斯大学的陶西格、托马斯和布莱洛克于20世纪40年代共同研发的那种分流手术。但是，我很幸运。医生说，我的四联症"相当平衡"。我的肺动脉瓣狭窄情况并不严重，有足够的血液流向我的肺部。看起来，我还是有可能活到五岁的。在这种情况下，医生不会对我进行干预治疗。不过，我父母就得面对三个充满不确定性的年头。手术之后又会怎样呢？没有人知道。当时，通过手术矫正心脏的病例少之又少。到了1970年，年龄最大的一批经历过矫正手术的法洛四联症患儿已在术后生活了十年。他们看起来还不错，过得很健康。

我的父母那一代人比较内敛，不会明着谈论孩子罹患的怪病。从我被确诊到接受手术那五年间，他们表现得冷静而坚忍，没有对任何人提起此事。我的父亲是精神科医生，非常关心我的情感发育。他决不能接受我被区别对待。他不想让任何人对我的病情大惊小怪或是心怀忧虑。他更不希望我把自己当成病人。

我的外婆每星期一都会从皇后区来看我。她知道我最喜欢吃什么，最爱玩什么，她还认识我的朋友。她知道我哪个朋友爱喝鸡汤，哪个朋友不爱吃青豆。她肯定也知道我嘴唇发紫、手指发青是怎么回事。我的精神和体力逐年变差，但她和我母亲之间却有一种不必言说的默契。她们不谈论我的病情，她们假装没有这回事。我的父母甚至没有将我的情况告知学前班老师。

我的母亲是一位热情、善于社交的女性，非常健谈。不管在哪儿，她都能结交到朋友，并且与朋友保持长期来往。我在公园的沙池玩耍的时候，她就坐在旁边的长椅上。后来，坐在公园里其他长椅上的母亲成了她相交一生的朋友。她们中有些人一起上过大学，有些人的丈夫还会分享迷幻剂。20世纪60年代后期，她们轮流邀请朋友们到自己家中享用晚餐。她们会交换食谱和手稿。她们一起参加反战抗议活动。直到今天，我的母亲还会与当年在公园长椅上认识的朋友共进午餐。但是在那个时期，哪怕在那段她们能互相给对方的孩子换尿片的亲密关系中，她也从未向她们提起我的病情，当然也未提及我需要接受的心脏手术。

我曾对母亲说："我的病一定让你精神崩溃了。"

"是的。"她说。

我笑了。

她严肃起来。"是的，这事儿让我发疯，"她说道，"这是我一生中遇到的最令我疯狂的事。"

其实，我的症状还挺明显的。

"我记得你的嘴唇经常发紫。"许多年后，我最好的朋友的母亲告诉我。那当然了，她怎么可能不记得。当时，我每天放学都会去她家，和她的孩子们一起玩耍。

苏珊·桑塔格在她所著的《疾病的隐喻》[1]一书中，分析了人们对不治之症三缄其口的态度。"一种人们缺乏了解的疾病，"她写道，"光是这些疾病的名称就似乎具有一种魔力。"哪怕在医学界，这些可怕的词语也是禁忌。她引用了著名精神科医生卡尔·门宁格于1963年出版的《生机脉冲》中的话："据说单是'癌症'这个字眼儿，就能杀死那些此前一直为恶疾所苦却尚未被它（立刻）压垮的病人。"我父亲在威廉·阿兰森·怀特精

1　程巍译，上海译文出版社，2014年。

神病学、精神分析学与心理学学院的同事们大概会同意门宁格的说法，他们会主张，对付我身上这种病症——闻所未闻的怪病，最好的办法就是只字不提。按门宁格的话说，光是提起这个怪病的名字就会让我病得更重，病名的每个音节都具有神秘的魔力。此外，如果人们知道我将不久于世，他们可能不希望他们的孩子和我一同玩耍。桑塔格写道："与患有一种被认为是神秘的恶疾的人打交道，那感觉简直就像一种过错，或者更糟，是对禁忌的冒犯。"保密是最具智慧也最得体的对策，对我的健康和社交状况都最为有利。

我想，我的祖父母去的皇后区那座犹太教堂里的那帮正统派犹太人会同意这个做法。犹太律法中，有一个概念叫作"邪恶的舌头"：犹太人不可说犹太人的坏话。你不可以随便说自己孩子的闲话，不能将他遭遇的不幸事件当作谈资。对我的祖父母而言，随意谈论他们小孙子罹患的神秘心脏病是有罪的。我父母周围所有的社会力量、权威人士，不管是家族人士还是专业人士，犹太人还是非宗教人士，他们都同意：必须像《安妮日记》中的安妮·弗兰克一样，把有关我心脏的秘密藏在阁楼里。后来，我的父亲隐秘地和他的好友利奥谈到了此事。

"噢，加布里埃尔吗？"利奥不愿听下去，"他不会有事的。"

我的父母无法对人言及此事。洛丽·摩尔在她的短篇小说《这儿只有这种人：儿科肿瘤病区咿呀学语的儿童》里说道："能说什么呢？你只需稍稍转身，就能看到它，它就在那儿：你孩子的死亡。它半带着象征，半带着邪恶，蹲守于你的盲区，直到猛然扑向你，如果你倒霉的话。这时它就像一个绑架你的凶猛小国；它也像间地下室，直截了当地把你牢牢困住——

你的边界就是它的边界。有窗吗？难道不该有窗吗？"

在我的记忆里，我并不认为自己身患疾病，也不认为自己有肢体上的缺陷。其实我是知道的，但我不承认。我的生活受到很多限制，但我从不觉得自己生病了。我制定了一些策略来隐藏自己的虚弱，并学会好好地应对它，与它和平共处。我不曾尝试在操场上攀爬猴杆，也从不参与赛跑。小伙伴们玩捉人游戏时，我会坐在我的三轮车上，独自玩耍。我从未遭到排挤。我过得十分快乐，收获了特别好的友谊。

"你变得娴熟了。"父亲说。我学会了假装健康。

不在学校的时候，我常常骑在父亲的肩上。我还记得，那时的我常把手放在他的前额上，他的头就和我的躯干一样大。我是一个被溺爱的孩子。我并无多少有关自我怜悯的记忆，父亲却记得，因为那曾触动过他。有一次，他让我关上冰箱门，我对他说："我感觉心里有声音。"这句话让他心头一紧。父亲告诉我这个故事时，他的手仍紧抓着自己的胸口。

说起当年的心脏手术时，他总会提到，手术就发生在阿提卡监狱暴动[1]期间。我想象着这样一幕：九月天里，我的父亲，一个不眠不休、胡子拉碴的大个子，穿着被汗水浸透的牛津布衬衫，站在奥杜本宴会厅对面的医院大门外。而在我出生的前一年，黑人领袖马尔科姆·艾克斯就在医院对面遇刺。父亲的整个世界天翻地覆。

相比之下，我的世界只是稍稍地被打乱了。接受心脏手术的时候，我并没有感到我的症状被缓解或是被治愈，反而感觉像遭遇入侵。我本来是他们口中的"加比宝宝"，可爱得不得了，大家都对我特别好。但突然有一

1　发生于1971年9月9至13日，严重地威胁了当时纽约的社会稳定。

天，他们就在我身上扎针、扎刀子，没有人在乎我是否能够适应这些。他们不让我玩耍，也不让我起床，更不让我回家，整整十一天。

第五章

在我的记忆中，马尔姆医生的办公室是一个昏暗的地方。我记得，我在手术前去过那儿一次。我记不清他当时的面容了，可能是因为我当时没有看着他，也可能是我在母亲的腿上躲着他。

他们没有对我解释说那是一台心脏手术。他们只告诉我，那是一台可以让我跑得更快的手术。会面结束后，我慢慢地离开马尔姆医生的办公室。我迈着大大的步伐，摇晃着手肘，脑海中想象着未来的我奔跑的速度。我想，手术后我就能像蝙蝠侠和闪电侠一样健步如飞了。

父母后来告诉我，在手术前一天晚上，我还在医院和朋友们通话聊天。那时，我的脑海中出现了这样一个画面：瘦小的我顶着一头20世纪70年代流行的浮夸黑发，咧着一嘴龅牙，坐在病床上微笑，大大的电话听筒紧贴着我的耳朵。第二天早上，我被推进了手术室。他们给我戴上了氧气面罩，那是一个三角形的面罩，连接着一根同样呈淡蓝色的伸缩螺纹塑料软管。

醒来后，我发现自己动弹不得，身上满是针、管和线，顿时我怒不可遏，尖叫不已。在康复病房里，身着白色制服的护士拿着工具和托盘忙前忙后。一位护士毫不客气地对我说："你安静点行吗？"在我的印象中，这位护士金发碧眼，美得可以上电视（可能我把她与电视里的一位护士弄混了）。"你看那边那个小宝宝，"她指着我病床隔壁的婴儿床，对我说，"那个宝宝都没有哭呢。"

他们沿着走廊用轮椅推着我走，走廊的瓷砖墙上贴着小熊维尼的贴纸。医院的扬声器播放着《星期天可不行》。时至今日，我仍反感那低沉的旋律。我关于当时住院的记忆相当淡薄，并且零散而模糊：我的病床被防护帘环绕着，其他的病床也都是如此，角落里的电视机正播放着节目，我那虔诚又无私的母亲陪伴着我。

有一回，母亲突然想喝姜汁啤酒。那之前，她不曾对这种饮品有什么念想，那之后也是。那天，她说："我走开一会儿，一转眼就回来。"那之前她从未说过这样的话，那之后也没再说过。于是，我开始转眼，转呀转，转呀转。她回来之后，我抱怨道，我眼睛都转了七十二次了。

我喜欢吮手指，因此，我对医院的做法十分不满。我的左手满是导管和胶带，他们还把我的左手固定在了我脑袋的上方。据他们解释，这是为了防止我睡着后将静脉注射管拽出来。

"你就吮右手大拇指嘛！"医生这样对我说。他哪里懂什么吮手指？！要知道，左手大拇指才是吮手指的精髓。

后来，我不再需要终日躺在床上了。我可以坐轮椅，开始在医院里转来转去。我逐渐熟练起来。有人建议我和我父母的那位下身瘫痪的朋友——理查德·布里克纳进行轮椅赛跑。于是，我想象出一条终点线，想象着我冲过线，想象着我双手举过头顶，庆祝胜利。

1971年，病人在进行心脏直视手术之后的恢复期里，通常每天都要注射青霉素。青霉素浓度非常高，从我的腹股沟注射到体内，直让五岁的我痛不欲生。我记得他们推着工具盘走过来的声音。那发生在我的视线范围之外。随后，我会看到护士走近我，给我注射。我还记得，我恳求他们不要这么做。

他们最后一次给我注射时，我大发脾气。他们只好抓住我，我的四肢分别由四名护理人员紧紧抓住。父亲抱着我的头，他笑了。我记得，当看到他胡须下散发出的笑容时，我顿时大发雷霆。他怎么可以帮着别人来对付我呢？现在我明白了，对他来说，当时他眼前的景象一定是世界上最让他感到幸福的景象。那可是他五年来魂牵梦绕的一切。他的宝贝儿子还活着，得到了救治，并且还能将情感付诸武力。

出院回家后不久的一天，我在夜里醒来了，注意到手术疤痕上有一处溃疡，看起来像是被虫咬出的红疙瘩。母亲想给医院打电话，但父亲带我去了洗手间，让我站在马桶座上，用镊子将一段黑色的缝合线从皮下取了出来。自此之后的三十年间，直到我接受第二次心脏直视手术之前，我的胸前一直有一个小孔，也就是那段缝合线原本所在的位置。

我收到了很多礼物。其中有一个是会做加减法的玩具，它不是计算器，也不是算盘，而是一个站在方形数字板上的塑料小人。如果你将它的双腿移到下方的数字上，它的大铅笔就会跨过数字板，指出两个数字的和。还有一份礼物，那是一个特殊的枕头——我相信它就是现在的"丈夫枕头"[1]。这个枕头带有扶手和靠背，像椅子一样，我可以坐在它上面看电视。每晚睡觉前，母亲都会在浴室里给我的手术疤痕涂上可可脂，好让疤痕不

1　即 husband pillow，一种带扶手的护腰靠垫。

那么粗糙。这些可可脂是一管一管装的，她从底部向上挤压铝制管身，可可脂就从顶部冒出来。我特别喜欢这个味道。

结束了煎熬，我回了家，生活恢复正常。一位医生曾对我母亲说过一句不吉利的话："其他病人都不敢做这台手术呢！"但我的家人非常坚定。住院期结束了，我的预后情况很好。我们将这次经历称为"修复术"，这听起来比"外科手术"稍微委婉一些。在我看来，这台手术而非心脏病才是当时发生在我身上的坏事。对于一个五岁的小孩来说，"好事"不是身上一个潜在的致命性疾病被治愈。我从来不允许自己往这方面想——如果不做手术，我就会瘫痪并死亡。对我来说，"好事"就是能待在家里，平平安安的。我认为，抱恙不该是我的常态，我的正常生活状态应当是感到舒适、毫无病痛。1971年接受第一次心脏矫正手术之后，我必须定期去看医生，但从此生活在梦寐以求的健康状态中。

我的胸口有一条疤痕，除此之外，没有别的。我九岁的时候再想起那台手术时，感觉它仿佛是发生在上个纪元的事。我对小学一年级的日子几乎没有记忆，只对天竺鼠笼子和柜子里用来挂大衣的挂钩有些许模糊的印象。二年级才是我生活开始的时候。

****

攻克先天性心脏病是现代医学取得的伟大突破之一。在儿科心脏直视手术的引领下，成人心脏手术随之到来，这种手术的影响十分广泛。也许你的某位表叔身上就有一个新的心脏瓣膜，某位姨祖母心里装着一个心脏起搏器。或者，你常去的熟食店的掌柜阿姨也做过心脏搭桥手术。而这一切都始于像我这样的孩子。

儿科心脏病学改变了世界。这门学科由两名女性——陶西格和她的前辈莫德·阿伯特所开创，而这两名女性都曾因性别被医学院拒收，她们的行医志愿活动也都曾被男性主导的医疗机构阻挠。为了能够行医，她们被迫照看心脏有缺陷的患儿，因为那时没有男性医生认为这些患儿的心脏值得一看。患有先天性心脏缺陷在当时就是死胡同，任何人对患有该病的孩子都无能为力。但是，极具天资与耐心，且受过诸多训练的阿伯特和陶西格出现了，她们学会了诊断并治疗那些症状。维维安·托马斯则发明了许多适用于儿科心脏外科手术的设备，设计了一些针对心脏缺陷患儿的重大突破性手术方案，并培养出了多位重要的第一代心脏外科医生，而他本人却没有上过医学院。因为他是黑人，也因为他十分贫穷。早期心脏外科手术方面的先驱若要实施手术，便要游走于传统观念和习俗的边缘，要冒着被吊销行医执照和危及患者生命的风险，有时还会触犯法律。

我们这些在童年时期接受心脏手术并存活下来的人的心脏得到了修复，但并未被完全治愈，我们生活在疾病与健康的边界。我真是太幸运了。我已经活过了五十岁，比心脏手术年轻不了几岁。我的运气一直很好：每当我的生命陷入危险，医生就会出现，并发明一些新的东西来拯救我。我经历了心脏外科手术和医疗技术发展的一波又一波浪潮，心脏手术的历史铭刻在我的心脏肌肉上。在本书中，我将尝试为我那块被铭刻的肌肉发声，通过我心脏的故事来讲述心脏外科手术的历史。

我五岁接受第一次心脏直视手术，三十岁出头时接受第二次开胸手术。我的前半生大部分时间都在否认我得了心脏病这一事实，我的后半生则被安排定期接受手术。经历这一切到底是什么感觉呢？

　　有时感觉很吓人，但总体来说挺棒的。我觉得很幸运，受到了眷顾。我的生活跟你的差不多，亲爱的读者，只是我活在医药的支持及死亡的阴影下，但除此之外，我与你几无差别。我有一份工作，两个孩子，我的婚姻生活很幸福。我会去爬很高的山，会骑车环绕纽约，会在瑜伽课上倒立。我每天要吃五颗药，身上有手术留下的疤痕，经常需要叫救护车去医院，也经常进出手术室。我的皮下埋有医疗设备，但我只要穿上衣服，你就看不见它们。

　　我习惯了。现代医学创造的奇迹有点像现代飞行技术带来的成果那样。在医院候诊就像在机场候机。你都得坐在那儿候着。在这段时间里，你的心情会变得烦躁。你都得脱掉鞋子，经过一些扫描仪器。在上秤之前，都要把口袋里所有的零钱取出来。医院的人每次都会戳你，问你同样的问题：双脚浮肿吗？呼吸困难吗？爬楼梯觉得累吗？这个过程和背诵课文差不多，大家都心不在焉。看乘务员讲解安全带的系法和座位下方氧气面罩及救生衣的用法时，也是同样的感觉。这一切都相安无事，直到突然有一天，出大事了！引擎快失灵了！座舱压力出现异常！飞机要骤降三万九千英尺！然后，飞机又恢复平稳，危机解除。你又重回云霄，以每小时五百英里的速度继续从纽约飞往洛杉矶，继续感受双腿在飞机上的不适。

第六章

1973年秋天，我七岁了，父亲和我从位于第108街的家出发，乘坐地铁去往华盛顿高地的哥伦比亚长老会医院。那时，距离我第一次做心脏直视手术才过去两年。

当时，纽约地铁的列车还没有被壮观的涂鸦覆盖。如果我没记错的话，月台上还有一些口香糖自动贩卖机。大部分机器都出了故障，硬币槽被堵住了，但我还是会把手指伸进去，希望机器能吐出一盒五颜六色的口香糖来。

父亲和我站在一起，很不协调。棕色的披头士型刘海遮住了我的前额，父亲的风格则更偏向诗人艾伦·金斯堡和古巴前领导人菲德尔·卡斯特罗。他一头黑发向后梳着，黑色的胡须遮住了他的下巴。我和父亲轮廓的相似之处就这样被掩盖了。我个头很小，瘦得皮包骨；而父亲身高六英尺，体格健壮，双肩结实，手掌宽大。他内心的焦虑使得他随时保持警惕，而我内心的焦虑让我心神恍惚，我在日常生活中总显得心不在焉。去医院的这天，我的哥哥丹尼尔也来了。他比我大三岁，苗条纤细，长着一张英俊又严肃的脸，额头上有一撮典型的犹太卷发。丹尼尔对那天的记忆比我的更加清晰，而我居然莫名其妙地把他从那天的记忆中剔除了。

地铁经过第116街后，来到了地面。我跪在座位上，转身把脸对着车厢窗户呼气。窗户起了雾，我的鼻子留下了印记。窗外一侧是我就读的学校的大楼，另一侧是哈德逊河。我还是个婴儿的时候，每年至少要去一次医院。但这一次我们没有去医生的办公室，而是去了大礼堂，礼堂大厅里挤满了接受过心脏直视手术的孩子。他们似乎都很愉快，无论是（这些孩子包括白人小孩、黑人小孩）男孩还是女孩。每个人似乎都在微笑，都在结交朋友。我感到非常困惑。据丹尼尔[1]回忆，那天礼堂里有很多生病的孩子，他们的情况都不如我好，他被吓到了，不敢看他们。

我很腼腆。我不因自己的手术感到羞耻，没有试图遮掩胸口的大疤痕。在朋友家留宿时，在游泳时，也从未掩盖它。但我认为进行这台手术是私人的事，是我自己的事，不是用来做谈资的。我也认为，手术已经过去，已经结束，这件事令人很不愉快，不值得庆祝。

"做过这样的手术的大人在哪里？"我问父亲。

"没有大人做过这样的手术。"他望向大厅，脸上掩饰不住好奇，"这里没有比你大十岁的人。"

手术后的那个夏天，我开始读C.S.刘易斯[2]的书。我跌跌撞撞地闯进了英格兰北部一座古老城堡中的衣橱后的神秘世界，皮外套变成了杉树，樟脑丸变成了遍地的白雪，我进入了纳尼亚王国。这个地方太适合我了！所有的纳尼亚传奇故事中，我最喜欢《黎明踏浪号》，其中凯斯宾王子和四个孩子乘坐"帆船号"驶向世界的终点。这个设想令我万分着迷：世界是一个平坦的圆盘，在圆盘的边缘，海水哗哗地往下流。当父亲告诉我，医院礼堂大厅里没有比我大十岁的孩子，世上也没有大人接受过相同的手术时，我似乎突然受到了世界终点的感召，感觉海洋倾泻而下，世界逐渐

1　此处指作者的哥哥。
2　英国作家，《纳尼亚传奇》的作者。

被遗忘。那天在医院里，与那些微笑着步向死亡的孩子们在一起的时候，我忽然意识到我这艘小船正在驶向世界的边缘，那是我人生中第一次对死亡有所感知。我不知道其他人在童年第一次面临死亡时有什么想法，而我只想吞下这个念头，将它埋在内心深处。

我记得，我们这帮孩子被称为"开心俱乐部"——我还记得我把这个名字和披头士乐队的专辑《佩珀中士的孤独之心俱乐部乐队》名字弄混了。我们排队进入礼堂就座。纽约大都会队最著名的球星汤姆·西弗和威利·梅斯就在礼堂的舞台上。我对1973年的威利·梅斯有些疑惑。他曾是有史以来最伟大的棒球运动员，但那时已经四十三岁了，早过了巅峰时期——他既不能击球，也不能跑垒，更不能传球和守场。我实在理解不了，一个与我父亲同龄的人还被人称为"喊嘿小子"[1]。汤姆·西弗就不一样了，他才是真正的巨星。我和朋友一起玩耍，就扮成他和其他几位球员——图·麦格劳、克里昂·琼斯、费利克斯·米兰。这时，西装笔挺的西弗站在台上，微笑着向我们挥手。

他在台上发表了演讲。他说："你们这帮孩子是真正的英雄。"我完全不懂他的意思。我梦想成为一名英雄，成为像他那样的棒球运动员（倒也不尽然，我跟朋友说过，在棒球休赛期间，我会做一名兽医）。我们是英雄？谁会梦想成为一名心脏病患者呢？

汤姆·西弗所在的纽约大都会队在1969年赢得世界大赛后，有了"奇迹大都会队"的称号。汤姆·西弗却对此表示反对。他认为，那不是什么奇迹，他们拼尽全力才赢得冠军。西弗环顾大厅时，会不会觉得我们是奇迹呢？我

1　原文为the Say Hey Kid。

觉得自己也不是什么奇迹。我不想知道我是多么幸运，才能与父亲、哥哥及所有像我一样的孩子坐在那个大礼堂里，共同承受困惑、孤独和疏离。

与汤姆·西弗和威利·梅斯一同坐在台上的，还有马尔姆医生。马尔姆医生也让我困惑不已。我还是婴儿时，他就给我看病，手术前也来看过我。手术后，他又到病床前看过我，而且不止一次。他是上百位用手戳过我的医生和护士中的一个，而我偏偏记不住他的样子。在我们家，马尔姆医生的名字出现了一遍又一遍。我曾以为他的名字是"姆妈医生"，这个错误的拼写好像有一种魔力，模糊了我对这位男子——一位名唤"姆妈"，修补了我心脏的医生——的印象。他坐在球星们身边，显得矮小而普通。接着又有演讲，台下又响起了掌声。我一旁的男孩似乎很激动，这在我看来很奇怪，难道他很乐意加入"开心俱乐部"吗？

我们排着队，到舞台上请球星们在节目单和签名簿上签名。后来，我为写作此书采访马尔姆时，他给我讲了一个故事。他看见一个男孩站在队伍末端，等得很不耐烦，他认出那是自己的老病号。于是，马尔姆叫他："过来，约翰尼，我给你签名。""我不要。"约翰尼拒绝了，他想要的是汤姆·西弗的签名。马尔姆大笑着告诉我这个故事，我想，这是他成功的一个标志。我们这帮孩子对自己的心脏没有什么顾虑，对棒球却心怀梦想。我们越是觉得马尔姆普通平常，他取得的成就就越大。

我和哥哥丹尼尔都拿到了台上所有人的签名。丹尼尔一直保留着那本签名簿。后来，他给我看了马尔姆医生的签名。马尔姆在他的名字下方画了一颗小小的心，里面有两个X，就像两个针脚，也像两只眼睛。乍一看，很难分辨这颗心到底是死了还是正在接受修补。礼堂里许多孩子都戴着大都会队的帽子，许多人还带来了棒球手套。丹尼·施潘道却没来参加。

1961年，他和家人从布鲁克林搬到了长岛的普莱恩维尤。手术后那几年，马尔姆医生一直在监测他的情况。手术五年后，马尔姆宣布丹尼已经痊愈。此后，丹尼仅在1971年回了一趟医院，接受了一次术后十年的体检。丹尼和马尔姆医生一直保持着良好关系。"他看起来很有信心，自信满满，"丹尼告诉我，"他笑起来很亲切，看起来干净利落。他是一位超级厉害的专业人士，也很热情，巡房的时候态度特别好，非常真诚。他的衣着非常整洁，皮肤紧致，脸上光滑得像打了蜡一样，头发梳得非常整齐。他的笑容很好看，他很爱笑。而且他的双手很温暖，很温柔。他没有让我困扰过。他没有给我打过针，没有给我抽过血，也没对我做其他事情。他总是在他的日志本里写些什么。我记得这事儿，是因为我特别好奇。我记得我问过他，'你为什么写这个''你怎么在画画''你在干什么'之类的。"马尔姆医生为丹尼保留了一份厚厚的档案，那里面保存着所有的详细计划书和他为丹尼的心脏绘制的图片。

他们最后一次会面是因为十几岁的丹尼希望旁观一场心脏直视手术，马尔姆同意了。他没有让丹尼在手术台边看正在接受手术的孩子，也没有让他看从患者胸腔切下来的东西，而是在一次对成年男子施行手术的过程中，让丹尼走到了手术室的观摩台上，俯看身着手术服的马尔姆、病人被打开的胸腔，以及嗡嗡作响的心肺机。丹尼直到五十岁才再次去看心脏病专家，那时，他的心脏出了问题。他被告知因心源性猝死的概率极大。

1973年那天，和我一起在医院礼堂里的是患有各种心脏缺陷的孩子。

有时，我们会被合称为"先天性心脏病患者"，但这个称呼过于笼统。先天性心脏病并非只有一种，而是有很多种，有些是由染色体异常引起的，有些则是宫内发育异常引起的，还有一些则病因不明。有些先天性心脏缺陷与某些遗传病存在相关性，比如，在患有唐氏综合征的儿童中，法洛四联症的发生率很高。如果母体为胎儿提供的血液的含氧量不足，致使在宫内的胎儿呼吸窘迫，那么胎儿就可能发育出具有最严重缺陷的心脏，一生下来便有心脏病。

最常见的也是最简单的心脏缺陷：心脏腔室间的间隔壁上有一个洞。而我患有的法洛四联症是最常见的复杂型先天性心脏缺陷，这种心脏缺陷通常会被描述为四种不同心脏缺陷的集合。其实，这是胎儿发育过程中一个单一问题的结果。室间隔是心脏底部两个大腔室之间的壁，它在胎儿发育时会分为两个部分，底部是坚韧的肌部，顶部是单薄的膜部。在正常发育的心脏中，这两部分会相互连接并融合在一起。而我在母亲子宫中时，这两部分未能正常发育。我的室间隔顶部的膜部——圆锥隔向一侧偏移，阻塞了我的肺动脉瓣。

一位心脏病专家曾向我解释道："法洛四联症，其实就是圆锥隔的移位。"

我和丹尼·施潘道有相同的心脏缺陷。假如膜部无法与下方的肌部融合，并且朝相反方向偏移，那就会导致另一种心脏缺陷。这时，阻塞的就会是我的主动脉，而不是我的肺动脉瓣。医生将这种情况称为"主动脉瓣下狭窄"，这种缺陷可能导致主动脉狭窄或缩窄。马尔姆医生也给有这类缺陷的孩子做过修复手术。患有主动脉瓣下狭窄及主动脉缩窄的孩子当时也和我一起坐在观众席上。

在心脏发育的过程中,有很多地方可能出问题。心脏瓣膜由微小的瓣叶组成,这是一种在心脏收缩和舒张时聚拢并分开的片状组织。肺动脉瓣膜有三个瓣叶[1],三尖瓣同样也是三个瓣叶。这些瓣叶会随着心跳不断开合,瓣叶打开时进行血液循环,瓣叶关闭时抑制血液回流。如果胎儿肺动脉瓣的三个瓣叶没有独立发育,而是融合在了一起,那么会形成阻塞,这被称为"肺动脉瓣闭锁"。如果三尖瓣的瓣叶融合了,那就是"三尖瓣闭锁"。闭锁的瓣膜就像身患心力衰竭的人的瓣膜,影响着胎儿的发育——胎儿的心脏中会有一个腔室没有血液流过,因而这个腔室无法正常发育。

一些权威人士称,先天性心脏病至少有十八种;也有一些人认为,至少有三十五种。这些病症之间可能只有细微的差别。肺动脉闭锁伴室间隔缺损是一种与我的情况非常类似的缺陷。这种缺陷就是心室上有一个孔(室间隔缺损),同时肺动脉瓣完全阻塞。在一些情况下,胎儿的整个心脏右侧可能无法发育。出生后,婴儿就会出现右心发育不全综合征。这样的孩子只有一个心室,无法将血液泵入肺部。在1973年,心脏外科医生无法救治仅有一个心室的孩子。

先天性心脏病可能是遗传性的,也可能是环境导致的。患有心脏缺陷的人约占总人口的1%,但在他们的孩子中,先天性心脏缺陷的发生概率为3%。暴露在某些环境中,先天性心脏病的发生概率可能更高。如果你在电影院或地铁站观察来往的人群,并猜测人群中患有先天性心脏病的人数(这可能会是你的第一次,但我经常这样干),那么1%听起来似乎是个很

1　原文将three leaflets误写为two leaflets。——译者注

大的数字。但是，想想人类心脏的复杂性及胎儿在子宫内有可能出现的林林总总的问题，1%听起来就显得不足挂齿。神奇的是，竟然有高达99%的婴儿能够发育出健康的心脏。

"开心俱乐部"中有一些孩子一生下来就伴有可怕的致命缺陷。比如大动脉转位——肺动脉和主动脉错位，心脏在循环系统中的基本功能被倒置，血液会经过静脉输送到身体各处，而动脉则将血液输送到肺部。如果不经手术矫正，患有先天性大动脉转位的婴儿就活不长久。如果不施加干预，这些婴儿会在出生后几个月内、几周内、几天内甚至几小时内死亡。

在20世纪50年代，加拿大一位伟大的外科医生威廉·马斯塔德致力于研究针对大动脉转位患儿的治疗方法。他的同事们戏称他为"野蛮比尔·马斯塔德"。我听一位老医生谈起过马斯塔德的医术，说马斯塔德医生的外科手术技术简直天下无敌，哪怕是两个屁他都能缝合起来。50年代，马斯塔德医生在实验性心肺旁路手术中尝试了新技术。他发明了一种有机的心肺机（后证实无效）：他将刚被杀死的猴子的肺部清洗至半透明状，然后将它们放在罐子里，将患者的血液导流以经过这些被清洗且已停转的猴肺，以期为患者的血液充氧。1957年，他发布了二十一台此类手术的结果，其中三名患者在他发表结果时仍活着，但在不久后都去世了。

从1952年开始，马斯塔德尝试通过外科手术医治患有大动脉转位的婴儿。大约在十年的时间里，他主持的这类手术死亡率为100%。在他孜孜不倦地寻找血液导流方法的过程中，一名又一名婴儿死在了他的手术台上。经历连续十一年的失败之后，1963年5月16日，马斯塔德为一名患有大动脉转位的一岁半女婴进行了一项称为"大动脉调转术"的手术。在这个女婴身上，马斯塔德在她左右心房之间放置了补片，以使静脉血流向她的肺部，动脉血流入体循环，从而调转她心脏内上方的血流方向。这个手术被称为"马斯塔德手术"，是接下来十年里大动脉转位的标准治疗方法。

马尔姆在20世纪60年代中期和后期也实施过马斯塔德手术。因此，礼堂观众席中一定也有一些孩子的心脏里带有补片。他们也在为球星们鼓掌，排队请球星们签名，没有人知道他们心脏内上方的补片还能撑多久。其实，根本没有人知道我们的心脏还能撑多久。

我们是第一批接受心脏矫正手术的患者。1973年之后，随着技术的发展，马尔姆医生可以为婴儿实施手术。比我小的法洛四联症患者可能不记得自己接受过这项手术，他们的心脏缺陷在婴儿时期就被矫正了。

接受矫正手术之后，我和丹尼·施潘道这样的患者看起来状态良好，但我们的心脏终究还是有缺陷的。我们的右心室和肺动脉之间都没有瓣膜。在正常的心脏中，肺动脉瓣膜会伴随每一次心跳不断地打开和闭合。而我们心脏的那个位置是完全开放的。我的血液会从心脏流向肺部，然后从这个开放的通道回流到因过度发育而肥厚的右心室中。1963年，马尔姆在他的法洛四联症外科手术报告结论中使用了"完全修复"一词，但这个表述很快被弃用了，并且被改为"全面矫正"。毕竟我们的心脏瓣膜数量终究是不正常的。

要在墙上悬挂一个大书架，应该使用四个锚钉，但其实只需三个就可以将书架固定。在头十年里，书架很可能支撑得很好。但是再过一阵子，它也许就会松动起来。最好定期检查书架，以确保其始终牢固。这个装置可能需要一些修复。

礼堂大会结束后，我们到谢伊球场继续庆祝。我们所有人看上去都很健康，没有人知道我们心脏里的补片何时会变质，没有人知道我们肥厚的右心室以后会怎样，也没有人知道谁会遭遇致死性心律失常。丹尼·施潘道平安无虞地活了几十年。他笑着告诉我，他十几岁的时候过着"实验性的人生"。时隔三十五年，他终于再次拜访马尔姆医生。其实，他没有任何不适的症状，拜访心脏病专家只是为了申请保险。然而检查发现，丹尼的血流反向漏回右心室，导致右心室严重肥厚。这次拜访后不久，丹尼被告知需要再次接受心脏手术。他吓坏了，他的人生中长期压抑着的巨大精神创伤又回来了。我的心脏修复后，没能像丹尼的那样维持几十年。二十多岁的时候，我的心脏已经变得很不稳定，但没有人知道该怎么做。

说回那场棒球比赛，纽约大都会队在球场上层给我们留了位置。我们兴高采烈地坐在一起，主持人向观众介绍我们。他们在计分板上贴上了我们就诊医院的名字，好像还有马尔姆医生的名字和"开心俱乐部"，我记不清了。整个体育场的人站起来为我们欢呼。

我是否担心我的心脏能支撑多久？我是否认为自己是一个医学奇迹？不，当时我没有想这么多。我只是问我爸要了热狗，并且在自己的计分卡上给球员计分。我希望纽约大都会队获胜。

第七章

我为撰写本书而采访的外科医生和心脏病专家如今都是耄耋之人。早在婴儿医院的马尔姆医生修复丹尼·施潘道的心脏之前，他们就开始了自己的职业生涯。他们都记得，在心脏直视手术时代来临之前所面临的那些可怕的伦理考量。韦尔顿·M.格索尼医生后来在哥伦比亚长老会医院领导小儿心脏病学科，20世纪50年代后期，他正在波士顿儿童医院经历他的住院医生规培期。

他告诉我："早期的病人付出了惨痛的代价。"

心脏病患者，尤其是法洛四联症患者，给医生带来了大难题。1944年，陶西格、托马斯和布莱洛克在巴尔的摩开创的血管外科手术技术大大地缓解了法洛四联症患儿遭受的痛苦。医生在患儿的肺动脉和锁骨下动脉之间通过缝合进行分流，从而延长患儿的寿命。一些孩子做了这个手术后，身体状况几乎没有改善，比如丹尼·施潘道，但绝大多数患儿术后反应良好。虽然之后还需要手术治疗，但总算过上了也算多彩的生活。

到了20世纪50年代后期，布莱洛克分流术已经是一种相当安全的手术了，它能将八岁的法洛四联症患儿的寿命延长十到二十年，甚至更长。但与此同时，在1958年，如果你试图将一名八岁的法洛四联症患儿送上手术台，为他实施手术，以期让他的心脏获得更长效的修复效果，那么这个孩子很可能无法撑到那个周末。

通常，对自己的技术充满信心的外科医生都会希望多做手术。但对于韦尔顿·M.格索尼这样的医生来说，每一次确定何时给哪个孩子进行大风险手术，都是极其艰难的。

"这是一个巨大的伦理困境。"格索尼医生告诉我。我见到他时，他已经八十多岁了，但看起来清瘦而富有活力。他仍对多年前医治过的患儿和他们的父母深感同情。"在你十岁的时候，通过手术延长二十年生命，意味着你至少可以活到三十岁。'在你十岁的时候'，这听起来可能是个很好的结果。问题是，在你五岁或十岁，甚至在婴儿时期或新生儿时期，你愿意承担多大的风险，愿意接受多高的超预期的死亡率，好让自己有机会获得额外五十年寿命呢？你能不能接受有5%的孩子可能死在手术台上，而他们本可以在布莱洛克分流术的帮助下幸存二十年？你愿意牺牲多少个孩子来做试验性手术，好让下一代的孩子活得更久呢？"

早期在明尼苏达州进行的试验性手术通常是以取代布莱洛克分流术为目标实施的。李拉海医生做的第一台旁路手术就让患儿与其父亲冒了生命危险，患儿和他的父亲之间建立了复杂的交叉血液循环——利用父亲的心脏为孩子供血。有时候，李拉海医生会在布莱洛克分流术对患儿仍然有效的情况下，冒险为他们进行这种活体交叉循环术，若只实施布莱洛克分流术，患儿只需经历安全简单的手术便可以延长十年生命。在哥伦比亚长老会婴儿医院，希梅尔斯坦医生经手的大多数法洛四联症患儿都没能存活下来——十一位患儿中有七位死亡。这些患儿中，有一些无疑是无望救回的。但是，如果希梅尔斯坦像其他心脏外科医生一样保守，那么有些患儿其实是有望在安全进行布莱洛克分流术的情况下多活一二十年的。早期医院的心脏直视手术死亡率有的是25%，有的是50%或者更高，这具体取决于患者心脏缺陷的类型和医院采取的措施。

医生不仅要考虑眼下的病人，还要考虑病人的下一代，这就造成了极其艰难的伦理困境。如果他们过于谨慎，如果他们不曾尝试对蓝婴实施旁路手术，如果他们坚持在患儿大动脉中进行布莱洛克分流术，那他们只能延长患儿的寿命，而无法治愈患儿。而有了心肺机，圣杯就在眼前，唾手可得。他们可以让未来的患儿过上长寿、幸福、健康的一生。只是，就他们眼下的专业状态来看，最初的开胸手术几乎都是致命的。

20世纪50年代后期，格索尼医生与世界上著名的心脏外科医生之一——波士顿儿童医院心脏外科主任医生罗伯特·格罗斯展开了合作研究。几十年来，格罗斯医生不仅是全美优秀的胸外科医生之一，也是全世界顶尖的小儿外科研究项目中优秀的外科医生之一。他潇洒又气派，是一个骄傲的天才。但他在心脏直视手术——将心肺机连接到患儿身上建立体外循环，打开心脏实施手术的道路上可谓举步维艰。格罗斯偏爱独立发明手术设备和术式。他对心脏缺陷患儿的治疗效果并不理想，患儿接连去世。格索尼终于承受不住了。尽管他具有一定的权威，但还是去找了波士顿儿童医院小儿心脏科负责人亚历山大·纳达斯。恐惧万分的格索尼请纳达斯终止格罗斯的试验。

"我以为他会把我踢出去，"格索尼告诉我，"但他接受了我的请求。"他们取消了那个项目，至少在短期内没让它继续。

跟进我的案子的儿科心脏病专家是格里菲思医生。她于1955年加入哥伦比亚长老会医院。格里菲思医生在耶鲁大学医学院师从惠特莫尔医生，后者曾于1944年在约翰斯·霍普金斯大学进行的全世界第一台蓝婴手术中担任陶西格医生的助手。格里菲思医生和惠特莫尔医生曾数次前去陶西格医生位于科德角的避暑别墅，参加"陶西格骑士团"的夏日聚会。格里菲思医生还与马尔姆医生合著过一篇论文。这篇关于法洛四联症疗法的突破性论文发表于1963年，介绍了马尔姆医生发明的一系列有效的矫正术。

在哥伦比亚长老会医院，格里菲思医生参与了希梅尔斯坦医生早期关于心脏直视手术的尝试项目，并在手术前后观察患者的情况。她也在与高死亡率苦苦搏斗。她的儿科项目负责人将她叫到办公室，派遣她到明尼苏达州考察一番。明尼苏达州是心脏外科手术的摇篮，负责人让她去看看，为什么那儿的手术结果比哥伦比亚长老会医院的好那么多。

如果说，在20世纪50年代，明尼苏达州是心脏旁路手术的新月沃地，那么明尼阿波利斯市的明尼苏达大学和梅奥医学中心就是心脏手术的"底格里斯河"和"幼发拉底河"，是心脏手术的伟大起源地。梅奥医学中心的柯克林医生出于技术上的考虑，对心脏直视手术持保留态度。明尼苏达大学的李拉海医生是一个狂人，在医学和生活上都是一个浑身是胆的冒险家。李拉海医生哪怕整夜外出喝酒、跳舞，带着宿醉回到医院直接进入手术室，做的手术仍无可挑剔。最初的心脏旁路手术，正是李拉海医生首创的双患者活体交叉循环术——用成人作为活体心肺机，通过输血为患儿的血液充氧。但是，到了1958年，柯克林医生利用心肺机发明的术式超越了前者。于是，格里菲思被派到梅奥医学中心向柯克林医生取经。

我去格里菲思医生家拜访过，她的公寓位于曼哈顿上东区。公寓里播放着古典音乐，透过窗户就可以俯瞰东河。当时，格里菲思医生已经九十多岁了，她身材高挑，身着白衬衫和深色百褶裙，戴着领结，看起来硬朗又优雅。我们见面那天是一个星期四。前一天，她还去了哥伦比亚长老会医院小儿心脏科巡房。她每周都会如此。当时，她收养的流浪猫蜷成了一团，缩在我脚边。她说："这只猫，最好别摸。"她一头白发梳得整整齐齐，是与瓦利安特王子[1]同款的波波头。她询问起我的健康状况，满怀的关切和希望与我小时候向她问诊时别无二致。随后，她向我讲述了她在明尼苏达州罗切斯特市访问时的情况。

"那是我第一次搭飞机，"她告诉我，"每个部门给了我一百美元，我不知道这笔钱放到现在是多少，但在当时，打一个电话大约是五美分。那一次出访是我行医生涯中最重要的经历。手术室相当私密，除了中间那张供患者躺着的手术台和手术台周围的手术设备以外，还有一个观摩台。观摩台未设玻璃隔板，我戴着面罩观看手术。眼前的手术仿佛是在下一个世纪进行的。它已然先进到超乎我所见之事和所能理解之事的程度，而柯克林医生和操作心肺机的麻醉医生之间却有着无间的合作，真令人震撼。"

"一周内，有三个孩子做了手术，他们都有室间隔缺损。"室间隔缺损，就是心脏两个具有泵血功能的腔室之间的肌壁上有一个孔。"这些孩子的年龄在六岁到十岁之间。在这次访问中，我最重要的事就是观察患儿的情况并给他们问诊。只有三个孩子，但是在那个年代，三个孩子都能活着从手术室出来并进入康复病房，实属不易。当然了，我对康复病房的工作很熟悉，主要是帮患者设置维持生命的静脉输液，以及不间断地监测他们的心电图和血压。康复病房里一切井然有序，没有发生可怕的事情，三个孩

1　1991年播出的动画片《瓦利安特王子传奇》的主角。

子都平安从康复病房撤出，送回了普通病房。"

"回到纽约之后，我告诉他们：'关键不在康复病房的管理，而在手术室和希梅尔斯坦医生所做的事上。'"

让一名兼职的初级医生来给高级外科医生的工作挑刺，是一件了不起的事。但当时，在哥伦比亚长老会医院，随着一个全新的外科手术世界在眼前展开，他们听取了格里菲思的意见。她提出的意见很大一部分与哥伦比亚的外科医生对先天性心脏缺陷的理解有关。

"出身于哥伦比亚长老会医院的医生都没有接受过心脏解剖学的教育，"她告诉我，"而在梅奥医学中心，柯克林医生和所有与他合作的人都接受过心脏病理学方面的培训。早期的心脏手术，例如修复室间隔缺损，较大的问题之一就是容易形成心脏传导阻滞。"心脏传导阻滞会破坏心脏电传导系统，继而破坏心脏的搏动能力。"在我访问梅奥医学中心的时候，没有一名患者出现这种问题。而我们医院的医生都没有接受过心脏电传导系统相关的教育。"

换句话说，希梅尔斯坦医生通过接受教育成为一名胸外科医生，但他没有研究过儿童心脏复杂的运作方式——心脏的肌肉系统和电传导系统之间的复杂关系。因此，他经手的多名患儿的心脏在手术中受到了损害。后来，当希梅尔斯坦医生去世，马尔姆医生准备接管心脏外科项目时，他便与格里菲思密切合作，一同研究先天性心脏病。先天性心脏病的研究在当时是女性的工作，格里菲思医生是个中翘楚，而陶西格是该领域的先驱。

第八章

2017年，我致电马尔姆医生。我告诉他，我要感谢他挽救了我的生命。他回答的第一句话是："怎么过了这么长时间才来感谢我啊？"

我支支吾吾地说，我正在写一本书，想要采访他。他给了我婴儿心脏基金会的电话号码，并请我捐款。"就当是这通电话的费用。"他说。

翌月，我在哥伦比亚长老会医院心脏外科成立五十周年的医生聚会上见到了他。聚会上有许多杰出的医生，一些突破性术式的发明人，例如开发了修复大动脉转位新技术的扬·卡热伯尔医生和为比尔·克林顿做心脏手术的克雷格·史密斯医生。这是一群十分自信且成就感十足的男人（当时，心脏外科医生全部都是男性，其中年长的全部都是白人）。想象一群受过高等教育并且功勋卓著，挣了不少钱的退役王牌战斗机飞行员聚在一起的样子吧。他们衣着保守，看起来很有绅士派头，无须招摇。他们早已证明了自己的能力。他们与死神过招，而且赢了，赢了一次又一次。

在那群人中，我无数次听到马尔姆的名字。"詹姆斯·马尔姆就在这里！""那是詹姆斯·马尔姆吗？"他已经九十二岁了，脸庞看起来比旧照片上的要圆一些，但他身高与我一般，手很有力，眼神清澈。就他这个年纪来说，他的皮肤十分光滑细腻，只是有一些细细的皱纹。

"你的书写完了吗？"他笑着说，"你可得尽快完成，否则我就读不上了。"

1959年，小蓝婴丹尼在等待手术时，马尔姆还只是哥伦比亚长老会医院的一名初级医生。他的工作一直都局限在非直视心脏手术上。所谓"非直视心脏手术",即对主动脉施手术,例如布莱洛克分流术。那一年,希梅尔斯坦还在主持这一项目,但马尔姆没有机会进行他所向往的心脏直视手术。

"1959年,我们的项目陷入困境,情况很不好,患者死亡率很高,很多患者出现了并发症,"马尔姆告诉我,"过了将近一年时间我才等来我的第一位患者。"

他和格里菲思一样,也到各地考察其他医院的研究项目。

"我有机会到全国各地的医疗中心参观,并且在各中心逗留一段时间,以研究心脏直视手术技术,"他告诉我,"在这趟旅途中,我目睹过差劲的心脏手术,也见识过优秀的心脏手术。"

我请他说说其中的区别。

"手术室里不得喧哗,气氛不能太过活跃。手术室里必须安静,使人能够聚精会神。我实地探访过。在手术室里必须举止得体,事事必须有条不紊。必须有人掌舵,由此人说了算。做手术与做任何事一样,都得有人掌控全局。"在马尔姆看来,这主要得看掌舵的外科医生是否有感染力。"不能自以为是,但是要有信心。如果没有良好的背景,没有充足的训练和足够的纪律性,那就做不到这一点。"

马尔姆自学了先天性心脏病解剖学。这样,当他日后打开第一名小蓝婴的胸腔时,就能对将要面对的东西胸有成竹。

哥伦比亚长老会医院的病理实验室由多萝西·汉西内·安德森医生管理。在那个没有女性外科医生的年代,安德森受训成了外科医生,医疗机构则安排她到冷门的病理学领域做研究。但是，安德森以哥伦比亚长老会医院为起点，改变了医学界。她最为知名的成就是发现了囊性纤维化疾病。她兴趣广泛，在实验室里收集了一批有缺陷的儿童心脏。每周，马尔姆、格里菲思和另一位儿科心脏病专家悉尼·布卢门撒尔都会到安德森医生的实验室参加研讨会。

格里菲思告诉我："重点是学习解剖学，要全方位了解心脏传导系统，而且不仅仅是观察正常心脏的传导系统，还要观察存在室间隔缺损的心脏的传导系统。"

安德森个子高大，脸庞较宽，轮廓鲜明。照片中的她看起来气度不凡，一脸严肃，身着男式服装。业余时间里，她会做木工、修屋顶，她自家房子所有的修葺工作都是自己完成的。她酒量惊人，发型和她的实验室一样出了名的凌乱。在20世纪50年代，同性恋者拥有的特征，她基本上都有。

心脏外科医生马尔姆加入了这个研讨会，这件事在我看来很有意思。他的出身环境非常传统，以白人、新教徒为主，男性占主导地位，但他非常乐于每周与一名犹太人——布卢门撒尔和两名女性——格里菲思和安德森一起工作，主办研讨会的安德森还是一名同性恋者。我想，这与他对自由主义政治理念的忠诚态度有关。马尔姆与上一代的胸外科医生不同，他想要学习关于儿童心脏的所有知识。他只对一件事感兴趣：在人的心脏上施手术。

1925年，马尔姆出生于俄亥俄州克利夫兰，在伊利诺伊州埃文斯顿长大。他的父亲是来自瑞典的第二代移民，马尔姆是家中长子。他打小患有儿童哮喘,并且频发肺部感染。他非常钦佩为他治疗的当地医生。当从这些病痛中康复时,他已经知道自己这辈子要干什么了。

"除了做医生,我没有想过其他的路子。"他告诉我,"不知为何,我从来没有想过从事别的工作。"

二年级的时候,马尔姆认识了康斯坦丝·玛莎·布鲁克斯。马尔姆认定,她就是自己将来要娶的女孩。他的目标极其明确。年少的马尔姆就如解剖刀一样坚韧。他在家中地下室建了一个实验室,配备了一台显微镜和一些载玻片,以为自己未来的职业做准备。他在学校表现很好。他擅长手工。每次全家人到密歇根州北部避暑,马尔姆就会去给渔夫打工,帮他们给捕捞到的鱼刮鳞、清洗。他用两年时间完成了普林斯顿大学的课业,并在1949年以优异的成绩毕业于哥伦比亚大学医学院。"我在临床课程上比较出众,尤其擅长外科,因此我选择从事外科工作。"他告诉我。对于其他采访对象,我不得不为他们组织语言,以期他们的话在付梓后能被轻松地读懂。而对于马尔姆,我全然无须操心,他的表达清晰明了。

他在费城宾夕法尼亚医院实习。"我获得了非常棒的临床经验,"他告诉我,"在这里,你可以见识到所有可能存在的伤口(包括枪伤),还有堕胎、酗酒、吸毒、贫穷,这些在哥伦比亚长老会医院是看不到的。"后来他应召入伍。他担任初级医疗干事,是"菲律宾海"号航空母舰上唯一的外科医生。飞机会从母舰上起飞,轰炸朝鲜的城市。三百名海军大多都很健康。马尔姆最常做的手术是给那些因性病导致包皮感染的水手施包皮环切术。有一次,他不得不在台风期间做了一台阑尾切除术。

"那艘船太大了,而且摇摆不定。当时我们整个舰队共同进退,四十艘船一起减速。那是我在海上漂泊两年的时间里唯一说了算的时刻。"他回忆道,"第七舰队所有船都必须放慢速度,以维持手术台的稳定,直到我完成手术。"

他回到纽约,开始了他的住院医生规培期。那年冬季的一天,一场可怕的暴雪席卷了曼哈顿。当天,值班的常驻胸外科住院医生无法上班。马尔姆正在休假,但一直待在家中没有外出。他的住处离医院很近,于是他主动请缨,到手术室辅助进行一台肺部手术。

"我被引荐入了胸外科,接着便入了迷。"他说,"当时,我满脑子都想着胸外科。我觉得那是我见过的最伟大的事情。在那之后,我决心成为一名心脏外科医生。这意味着我还得接受几年培训,但我的妻子没有反对。"

在他接受胸外科培训期间,整个胸外科学科发生了翻天覆地的变化。心肺机诞生了。当我问及他对儿科兴趣的来源时,他的回答让我失望。"你要知道,最早的心脏手术,就说第一台心脏直视手术吧,就是为了治疗先天性心脏病的。"他对小孩子不那么感兴趣,他的兴趣在心脏上。

20世纪50年代后期,格里菲思、布卢门撒尔和马尔姆都在三十岁上下,刚开始行医,而心脏外科是医学界最为前沿的领域。当时,希梅尔斯坦医生病倒了,不久前还漂泊在日本海上给水手割包皮的马尔姆被任命接手他的项目。马尔姆梦寐以求的机会就这么突然降临了。

"你吓蒙了吗?"我问他。

"我完全没料到。"

"在学习儿童心脏矫正术时,你觉得最难的是什么?"

"不难,"他说,"他们都说不过是小菜一碟。"

格里菲思向我描述过,交给马尔姆的第一批病例很简单,大多是有关房间隔缺损(心脏内上方腔室之间有孔)和室间隔缺损(心脏内下方腔室之间有孔)的。他们逐步积累经验,并着眼于更为复杂的病例,例如丹尼·施潘道患有的法洛四联症。

马尔姆正当青年,强壮又聪明,专业上训练有素,并且善于观察。他的一位学生约翰·诺曼在撰写关于心脏外科医生受压力影响的文章时,描绘了他超乎寻常的沉着特质。"在心脏外科医生看来,心脏外科手术是一门新兴专业,而这门专业的特点就是长时间的乏味并穿插着一些可预期的恐怖事件——这已经很糟了,更糟的是还有一些不可预期的事件。即使如此,我们这些二三线医生注意到,在不可预期的事件突然出现的时候,马尔姆的承压能力似乎更强了——此时他的认知能力显著提高,技术表现得更为出色。在应对术中不可预测的压力时,这是一种令人钦佩和艳羡的能力。"

当我们谈起他那些突破性手术时,他试图将重点从自己个人的成功上转移开来。"我当时身处顶级外科医生团队,团队的其他项目同样做得很好。"他太谦虚了,他确实是顶尖的。"一切都落实到位。我学过先天性心脏病解剖学,而很多人不太了解。我做的那些并不是实验性手术,也不是开创性手术,而是经过精心计划的手术。我不知怎地就找到了我的一席之地。一切都轻松有趣,令人激动,并且十分值得。我恰好在心脏外科手术历史上这一正确的时间点赶上了培训,因此感到非常幸运。我在20世纪

60年代加入了这个项目,我非常相信自己对该领域的了解与业内其他人的一样多。太巧了。"

"有没有哪些时刻令你激动不已呢?"我问他。

"那还用问,当然是每天起床后奔向手术室的时候。时至今日,我仍怀念那种感觉。"

他没有什么曲折的学习经历,他的成功顺理成章。一名又一名患儿幸存下来,他们心脏的缺陷得到矫正,他们的小心脏开始正常跳动。正如他所说:"谁都不准死。"

马尔姆在1963年与格里菲思共同发表了有关法洛四联症的治疗方案,现在回过头看来就好像是明摆着的。方案大概内容是:(一)闭合室间隔缺损,确保心室不渗漏;(二)清理肺动脉阻塞,使血液可以流往肺部;(三)使用流出道补片代替肺动脉瓣膜,使血液能自由流动;(四)保持心肌完好。前两个就像是依据水管工的观测结果——确定哪些孔要封闭,哪些通路要疏导——而设计的方案。只是在20世纪60年代初,封闭这些孔需要非常高超的技巧。放到今天,哪怕手术台边已经有了3D心脏成像和超声心动图显像,也可能难以识别畸形心脏内呈网状的、凌乱的肌肉组织中的每一个孔。而马尔姆手眼并用。第三个矫正方法是心脏病学专家经过长期集体实践而总结出的风险计算方法:在没有肺动脉瓣的情况下,一名患儿可以活上数十年,且右心室的功能尚可。第四个矫正项目与马尔姆和安德森一起进行的培训以及他对畸形婴儿心脏的病理学研究有关,但也与手术天赋相关,毕竟这还是由人来操刀。没有人能做得像他一样好——进入心脏,重新引导血流,切割、修补并缝合,没有人能完成得如此细致而优雅,让肌肉本身毫发无损。较早接受手术的病例中有四十一例取得了成功，这实在令人震撼。

****

在我采访格索尼的前半个小时里，他几乎没有笑。他十分严肃，解说起来相当仔细。他对我知无不言。他的沙发上还放着收拾了一半的行李箱，他和妻子当天晚些时候要飞往佛罗里达州。他根本没有时间好好招待我。

不过，当他谈起自己阅读马尔姆发表于《循环》杂志[1]的文章时，还是为我表演了一下。他一下子变成了喜剧演员。他的下巴仿佛惊掉了，他从假想的捧在手中的杂志中抬起头，瞪大了眼睛。

"我简直不敢相信！"他咧嘴笑了起来。

第九章

现在，我应对我的心脏的两种态度与许多人应对死亡的态度并无二致：一是恐慌，一是否认。当我的心脏表现健康时，我担心它会生病。当感到心脏不适时，我假装无事发生。我不知道我的胸腔里正在发生什么，其实很多人都不知道。人类对心脏的误解由来已久，其中充满敬拜、使之神

1　国际权威医学期刊。

秘化和想要否认的态度。

埃及人将死者制作成木乃伊时，会几乎抽出所有器官（大脑从鼻孔拉出，以免破坏头部和脸部），唯有心脏会被保存在石棺内的遗体中。十字军违反教皇的旨意，烹煮同袍的遗体以将其肉煨下，但也保留了心脏，将心脏随同遗体骨架送回死者家中。心脏是亚里士多德的智慧之源，也是莎士比亚的人性情感之源。《申命记》[1]和《箴言》[2]有言，要用身体的这一部位存记上帝的话语。当时西方人都不知道心脏是如何运转的——假如心脏运转的奥秘传到欧洲，欧洲人会捂住耳朵拒绝接受。在今天的叙利亚，13世纪伟大的医生伊本·纳菲斯正确地描述了血液的肺循环理论，但他的发现随即被基督教世界抹去，这种有意无意的忽略长达数百年之久。

在莎士比亚《亨利六世》[3]下篇中，理查·金雀花被激怒了，并且这样描述自己的心：

> 我哭不出来；我的怒火像炽炭一样在燃烧
>
> 我全身的液体还不够熄灭我的怒火
>
> 我的舌头也不能发泄我心头的烦躁
>
> 因为我一开口说话，我的呼吸就会把胸中的火焰煽旺
>
> 烧灼我的身体，我又得用眼泪来浇灭它

---

1 《圣经·旧约》第五卷。

2 《圣经·旧约》第二十卷。

3 章益、方重译，人民文学出版社，1991年。

在理查看来，他的心脏是一个炉子，愤怒使他的心脏经受高温燃烧，这怒火使热血冲向头部，把头部的水分烧干，导致眼睛不能流泪。心火还从嗓子眼里把气往里吸，导致他无法开口说话。在1591年的埃文河畔斯特拉特福[1]，这可不是言过其实的诗歌，这涉及最前沿的生理学。理查的心脏和当时领先时代的医学家所主张的心脏运转方式一致。

对于莎士比亚和他同时代的人来说，关于心脏的知识都是从基督教和古典学的结合中汲取的，基本都来自《圣经》和伟大的罗马医生盖伦（又称"帕加马的盖伦"）的著作，后者在文艺复兴时期是欧洲解剖学思想的权威。盖伦提出了对身体的全观理解，这一种可被理解的系统知识取代了那些主张恶魔、诅咒、巫师和罪孽引发疾病的零碎看法。

盖伦的职业生涯始于角斗场，他最初是一名角斗士医生。后来，他成为皇帝马可·奥勒留的医生。他喜欢通过竞技性的活体解剖来证明自己比其他医生优秀。有一次，盖伦剖开了活猿并取出了它的内脏，然后让其他医生去将器官放回原处，其他医生都无法做到，最终盖伦亲手"重装"了这只猿。他还曾用一头活猪来展示他对神经系统的理解。他一条一条地割断猪喉咙的神经，猪长声尖叫，最后，他割断了一条神经，让猪无法再发出声音。

盖伦认为，健康的关键是保持平衡。身体不宜过热或过冷，也不宜过湿或过干。身体由四种体液组成：来自肺部的黏液，来自胆囊的黄胆汁，来自脾脏的黑胆汁，以及来自肝脏的血液。这些体液必须保持均衡。发烧和炎症源于多血症，即血液过量，因此多数疾病和感染都可通过放

1　莎士比亚的出生地。

血来治愈。

罗马的医生都没有对人体进行解剖的经验，盖伦的研究都是以动物解剖为基础的，因此他的解剖学理论有一些明显的错误。比如，盖伦认为人的肝脏像狗的肝脏一样，也分为五片肝叶，并且这些肝叶紧抓着胃部。他看到牛脑底部的血管网，认为人体内也有同样的结构，将其称为"奇网"[1]。

根据盖伦的说法，消化后的食物以乳糜的形式从胃部流向肝脏，肝脏将乳糜转化为自然灵气[2]，自然灵气可以滋养人体。血液如同涨潮和退潮一般往复流动，在必要时，人体器官会集聚自然灵气，推着血液流动。一部分血液进入心脏的右心室，一部分血液流到肺部。盖伦还认为，心脏的间隔膜这块厚实的心肌部分上有一些细小的、肉眼看不到的微孔。血液通过这些微小的孔进入左心室，与来自肺部的空气混合。空气中蕴含着元气[3]，即生命灵气。通过一个被称为"调合"的过程，血液中的自然灵气与空气中的元气混合。这些血液在心脏这个熔炉中加热，当心脏膨胀时，混合后的血液会往上冲至大脑。脑部的奇网以自然灵气和元气做原料，提炼出动物灵气[4]，动物灵气从大脑往下流经神经，让人体充满活力。

莎士比亚是相信这套理论的，列奥纳多·达·芬奇也一样。达·芬奇是世界上观察力最为敏锐的人，而在他所画的人体解剖图中，人的肝脏和狗的肝脏一样，有五片肝叶，心脏的室间隔上有一条微小的通道。尽管他可能亲

1　原文为 rete mirabile。

2　原文为 natural spirits。

3　原文为 pneuma。

4　原文为 animal spirits。

自动手解剖，也亲眼观察，但他的解剖图仍遵照了盖伦的解剖学理论。盖伦的理论不仅在文化上被奉为医学经典，还在法律上通过暴力确立了权威地位。英国和法国的医生可能会因为有悖于盖伦的理论而被吊销行医执照。1553年，迈克尔·塞尔韦图特斯发表了自己的主张，认为心脏中心的间隔上没有小孔，血液和空气在肺部汇合并且混合在一起。因此，他被宣布为异教徒，不得不从法国的宗教裁判所逃走。他逃到了日内瓦，谁料新教徒也憎恨他。约翰·加尔文下令将塞尔韦图斯绑在木桩上处以火刑，并焚毁他的所有著作。塞尔韦图斯被烧死了，与此同时，在帕多瓦以东三百英里外，研究人员开始意识到盖伦对心脏的描述并不准确。

原来，我眼中的难事也是所有人眼中的难事——了解自己的心，真的太难了。

第十章

我最后一次见格里菲思医生时，她试图指出我心脏的潜在隐患：我的心脏在手术中可能没有被完全矫正。当时我十几岁，她在办公室的灯板上放上了我的X光胸片，对我们描述我的心脏扩大的情况。

"这是一件坏事吗？"我母亲问。

"如果从诗意的角度看，那就不是什么坏事。"格里菲思医生说。

X光片并不精确，仅提供影像、轮廓。我的X光胸片显示我的心脏扩大了，但无法指出实际扩大的部位。超声心动图也不精确，尤其是在20世纪80年代，当时超声心动描记术刚问世不久，医生很难通过心动图判断我的心脏将会如何或是否会继续逐年扩大。我从格里菲思医生的儿科诊室"毕业"时，大家心里都带着一个未经核实的但心照不宣的信念——我的心脏已经没有什么问题了。在此之前，我一直都在努力树立这个信念。

我记得小时候，有一次和朋友玩扮海盗的游戏。我们试着想象，假如出生在海盗时代，我们会怎样。我说："我想，我应该会死掉吧。"游戏的气氛突然凝固了一分钟。很快，我们又回到了游戏里，举着剑打斗，在家具上跳来跳去，挥舞着我们用来代替海盗旗的道具。

小时候，我会和一些男孩子一起走路上学。在路上，我笑嘻嘻地跟他们推断道，到我五十岁的时候，我大概已经死了，这是一种既疯狂又幼稚的吹嘘。对小孩子来说，活到五十岁的念头，就跟死亡一样不真实。一个路人拦住我，说："孩子，别说这种话。"我从小个子就不高，这让我很尴尬。通常，我会试着不去想我的心脏和手术。我瘦得皮包骨，不擅长运动。但在小学的时候，我也可以参加体育活动——虽然从未被优先挑选去组队，但也从未被冷落。有时候，人们会指出我的病况，而我会感到惊讶。有一次在夏令营，有些淘气的孩子打算把我扔到湖里，但有一个小伙伴说："当心，当心——他做过心脏手术！"太扫兴了。跟我同屋的那些酷小孩都被扔进湖里了呢。

我父母的一个大胡子嬉皮士朋友，扎莱·伯恩斯坦，坐在我们家客厅的沙发上，说："他已经康复了吗？就这样，他能够正常生活了？老天啊，这真是一个医学奇迹！"我吓了一跳。医学奇迹？——我从来没有这样看待自己，也不想知道这些话是什么意思。

从历史上看,疾病是一件可耻的事情。苏珊·桑塔格颇有说服力,她发现健康的人倾向于将疾病的责任归之于患者本人,而患者也倾向于将疾病的诱因归于自身。她再次引用卡尔·门宁格的话:"疾病之诱因,部分来自外界对患者的影响,但更多地则来自患者对待世界的方式,对待自己的方式……"在门宁格看来,疾病是心理不健全的结果,是患者自己造成的。

从童年到少年时期,再到青年时期,我都坚决不当受害者。我从小就在学习如何掩饰和否认我的病情,哪怕身体不适也尽力不表现出来。苏珊·桑塔格指出,卡尔·门宁格的主张在医学、文学和哲学上都有着悠久的历史。她引用了叔本华的话:"意志显示自身为有机体……而一旦患上病,就说明意志本身出了问题。"患者总是受这种观念影响,并将自己的疾病视为自身人格败坏的体现。桑塔格还引用了卡夫卡的话:"我不相信我所患的病是结核病,至少一开始不是结核病,毋宁说它是我的整体崩溃的一个症候。"而我的意志里,全是他人对我的过度补偿和我自己对于变强壮的渴望。

在清醒的时候,我可以竭尽所能地不去想我的心脏。到了夜里,我却会想到此事,但并不是对我的心室或瓣膜有着什么特别的担忧。我会想象我不再活着的世界,我会想象我不再存在的存在,我会想象什么都没有的虚无。我记得我曾睡不着,跑到父母的房间,试图向他们解释我内心的恐惧。母亲紧紧抱着我。她的无神论是实实在在的,她决不会告诉我一些她自己都不相信的东西。她说,我们从无处中来,将去往虚无。

我记得七年级的生物课,记得解释受精卵在子宫内分裂的图示,那张图所表示的过程便是细胞层面上的"湮灭"。我坐在教室里小小的塑料椅上，双手紧紧抓住连着椅子的胶合桌板。我感觉椅子腿下方的地板开裂了……

"噢上帝，噢我的上帝……"我小声说道。

小说家特里·普拉切特说，向上帝祈求帮助就和与雷暴争论一样毫无意义。我并非不同意他的说法，但我仍会祈祷——小时候每次想到湮灭，我都会祈祷；长大后每次躺在医院的轮床上被推进手术室，我也会祈祷。内心惊恐的时候，我也会祈祷，正如我被逗乐时会大笑一样。从理智上讲，我是不可知论者，也没有宗教信仰。无论上帝是以有胡须的、制定人间律法的父亲形象存在，还是以长着大象头、打着铃鼓的男孩为载体，哪一个的可能性都不比另一个的大。但无论如何，我还是会祈祷。我不相信那些自称从不祈祷的人。我不相信这些人，就和不相信那些声称从不自慰的人是一样的道理。如果他们说的是实话，那就更有理由可怜他们了——他们竟然不曾学会以一种舒适的方式触摸自己。

每年，我都要去医院做检查，脱到只剩内裤，走进冰冷的、铺着白色瓷砖的X光室，然后将我的胸部压在一块冰冷的玻璃板上，左侧、右侧、正面和背面，一面也不能少。戴着护目镜、身着防辐射铅衣的技师会先校准那把巨型的枪，要我站着不动，然后离开X光室，留下我一个人。接着，X光室里的灯会闪烁起来。后来，随着技术的发展，我便开始做超声心动图检查。我会躺在一个黑暗房间里的医疗台上，光着膀子，胸前满是贴片和电引线。这时，会有一名技术人员（通常是住院医生或实习医生，或是儿科心脏病科的研究员，往往是年轻女性）将一些透明的啫喱状物涂到棒状探头上，然后用探头在我的胸部上涂啫喱。我是一个未经人事的十五岁男孩，而这位年轻漂亮的医生就坐在医疗台边，离我很近，她的臀部贴着我裸着的身子，她的头发垂下来。她会对我说："再靠近一点。"然后轻推我。她会斜靠在我身侧，然后拿那个极其冰冷、黏稠的棒状探头在我的胸部上抹一遍。这时，她身后的屏幕上会出现我跳动的心脏的超声图像，每个腔室、每片瓣膜的状况都会显现。这些图像以黑白的形式显示在一个像雷达屏幕一样的圆锥形区域中，并以红色和蓝色表示一股股的血流。我会装作不害怕，也会装作欲望没有被激起。我会装作一切正常。

我在十几岁和二十几岁的时候，每年都需要佩戴一个动态心电图监测仪。在那个年代，这个设备的体积大约与老式索尼随身听的差不多。我需要用背带将它固定在臀上，用贴片和电引线连着胸部，让它记录下我在二十四小时内的每一次心跳。到了高中，在学校佩戴这玩意儿实在太让人难为情了。我会穿一件大大的格子衬衫，不把衬衫的下摆掖进裤腰里，然后再穿件外套。我会在午餐室和地铁上与所有人保持距离。我会佩戴着这个设备去慢跑，好向医生证明我很健康。我的耐力向来不强，跑上一英里对我来说已是难事，但我会强迫自己佩戴这个监测仪去慢跑，并且在最后阶段进行冲刺——我决心向医生证明我很强壮。每次测试都感觉像是审讯，仿佛医生正试图从我身上搜出什么东西似的。匈牙利作家弗里杰什·考林蒂在其关于罹患脑癌的遗作，即回忆录《我的骷髅之旅》中写道：

　　在接受治疗之前，患者在医院所经历的候诊与体检的情形
与被告在法庭等待审判时的情形完全一致。此时，被告脑海中

只会有一个想法——我是否将被判有罪？如果是，我将面对何种刑罚？无论最后判决如何，此时他已注定因遭他人质疑而受到一定的惩罚。

在佩戴动态心电图监测仪的时候，我从来不让自己考虑一个显而易见的问题：医生让我戴这个仪器，是想看到什么？我坚持认为自己是清白无辜的——我既无罪，又单纯。我把身体健康当作一种个人的美德。我甚至不敢相信自己生病了。现在我知道，在20世纪80年代，如果那个监测仪在我身上发现了医生所担忧的情况——那些导致其他法洛四联症患儿死亡，如今使我受罪的心律失常问题，那他们是不可能治愈我的。今天医生用来治疗我的心律失常问题的疗法诞生于过去的二十五年间。我是否认识其他必须佩戴动态心电图监测仪，必须接受超声心动图监测的人？我们佩戴这个仪器仅仅是为了满足医生的好奇心吗？我不知道，我当时唯一的想法就是要向他们证明我是正常的。

我和女孩子在一起时很害羞，身体也很拘束。接受手术时，我年纪很小。在那之前，我就必须约束自己——不能奔跑、不能跳跃、不能跳舞、不能太激动。我猜想，也许这加剧了我临阵退缩、徘徊观望、置身事外的倾向。我越是对哪个女孩子感兴趣，就越发觉得自己胸口的手术疤痕会让她对我兴趣尽失。甚至到我将近三十岁时，这条手术疤痕仍让我深感难堪。

但事实上，没有人反感它的存在。每个与我共眠过的女人都会触碰我的疤痕，并且用手指顺着抚摸它。我在大学的第一个女友在分手后写了一首诗，大意是尽管我心脏上有特氟隆补片，但她仍为我倾心不已。我的朋友们喝醉后口无遮拦的时候，还会拿我的心脏来打趣。他们会跟我说："你是多么好的一个人，虽然你的心做过手术，上面有疤痕，但是，哇，加布，你的心真的很好。"

其实，没有什么好隐瞒的。大多数人都很有同情心。女性根本不在乎这一点，她们反而可能会被打动。有些人甚至觉得这条疤痕很有魅力。不久之前，我在布鲁克林遇到了一位年轻的咖啡师。他露出胸膛炫耀他童年时期心脏手术留下的疤痕，仿佛那是一个很酷的文身。他看上去就像在模仿中了箭的圣塞巴斯蒂安[1]。而我，总是小心翼翼地扣好衬衫的第二颗纽扣。

我曾听一名心脏病学家说，法洛四联症病例在接受治疗之后，平均能恢复心脏75%的功能。但是，这本质上是一个模糊的数字，是两个正态分布曲线的交集。我从几岁到十几岁，动作都快不起来。我身体很弱，无法跳得高，耐力也很差，看起来瘦骨嶙峋。但是，我从七岁到十七岁，每天一放学，我都会去做运动。我会和附近的孩子一起去公园玩四对四的触身式橄榄球或足球。我们常常在第107街到第109街的田地里的一些狭长的泥土地上摔打，这大大地影响了草的生长。

枫香树掉落毛刺球，小偷偷走我们的计算器手表，涂鸦艺术家在墙上涂绘一些夸张的字母、面孔和用色大胆的画作，我们还玩极限飞盘，有时三对三，有时四对四，有时五对五。我的朋友们玩技特棒，我稍稍逊色于他们，但我仍是我们组建的小型俱乐部的成员。我们和同城一些优秀的

1　圣塞巴斯蒂安（St. Sebastian, 256—288），天主教圣徒。

高中球队打比赛,还击败了他们。我每天都沉浸于此,强迫自己跟上其他孩子的步调。他们动作比我快,身体比我强壮,也比我更有耐力,是拥有正常心脏的优秀运动员。我玩得很开心。我的心脏手术已经是过去式了。我就是这样想的。

格里菲思医生特别善良,特别善于鼓舞人心。那个时候,她的瓦利安特王子式波波头还是银灰色的,还没有变白,她那一股东海岸的贵族腔调却始终如一。我完全猜不到她在医学界拥有多么重要的地位——在哥伦比亚长老会医院儿科心脏病学科创立之初,她就已经位列其中;她还与马尔姆医生合著了一篇与我的天生缺陷有关的重要论文。她是一位和蔼的年长女性,举止有些庄重。她是别人的祖母,对我来说却像是我的祖母。格里菲思医生不希望我把自己看作病人。其他医院的医生会召集像我这样的孩子,定期给他们做心脏导管检查,还会让他们留院过夜以观察他们的心脏状况。格里菲思医生不希望我总躺在手术台上,或者醒来时躺在医院的康复病房里。我记得她告诉过我,她的一名病人参加了海军陆战队。她希望我的活动不受限制,不要觉得自己对什么事无能为力。

十八岁的时候,我逐渐离开了她的照顾,马龙·罗森鲍姆医生接手了我的案子。在20世纪80年代初,还没有形成所谓的成人先天性心脏病学这样的医学领域,也没有专门研究我这种病例的医学学科。1975年,英格兰的简·萨默维尔医生提出了这一设想,他预见了这门学科存在的必要性,考虑到了像我这样的孩子会幸存下来,并且在成年后需要专门的医生来进行治疗的事实。1980年,约瑟夫·佩洛夫医生在美国加利福尼亚大学洛杉矶分校创立了美国第一个成人先天性心脏病中心。但成人先天性心脏病患者的数量相对较少,因为很少有先天性心脏病患儿能活到成年。

在我写此书的时候,美国大约有240万患有先天性心脏病的患者。这些患者中,有一半以上是成年人,这可是大新闻——当时,根据成人先天性心脏病协会的调查,已有很多先天性心脏病患儿活到了成年,成年患者的数量有史以来第一次超过了儿童患者。我们当中有越来越多的人能活得长久,能活到中年甚至以后。我听一位医生说,再过几十年,我们会需要老年先天性心脏病领域的专家。存活下来的人还会继续增多,但是成人先天性心脏病研究领域才刚刚起步。直到最近的十年,美国心脏病学会才将成人先天性疾病列为一个子学科。成人先天性心脏病领域的首次专业认证考试于2015年举行。目前,这一领域还在建立标准,好让医院获得成为成人先天性心脏病护理中心的资格。到目前为止,大多数成人先天性心脏病患者看的都不是合适的医学专家。据成人先天性心脏病协会(美国研究该领域的最大的非营利机构)估计,大约90%患有中度及重度心脏病的成年人都得不到合适、合格的医生的治疗。

当时,我都不知道我有多幸运。罗森鲍姆医生从未接受过成人先天性心脏病方面的培训——在他年轻的时候,根本不存在这种东西。但是,在20世纪90年代,他与格索尼医生合作编写了一本关于成人先天性心脏病的教科书,并且开始为该领域培养第一代住院医生和研究员。我很幸运,我的案子能交由罗森鲍姆医生负责,一如当初我的案子有幸落入马尔姆医生之手一般。在纽约市,专注研究我这样的患者的医生只有一位,那就是罗森鲍姆医生。只是在1984年,我还是一名高四学生,当时的我不是这样想的。我不觉得自己有病，我也不乐意看医生。

　　如今，我非常钦佩罗森鲍姆。我将我的心脏托付给他，这是我对一个人所能给予的最大信任。我对这个男人产生了非常深厚的感情，我爱他的所有才华和窘态。但起初，我并不是这么想的。罗森鲍姆医生从电生理学科领域进入成人先天性心脏病学领域，前者是一个高度智能化的领域，研究心电生理模式。他并未像格里菲思医生那样容宠，没有给我慈父般的感觉，也没有一点长辈风范。在接手我的案子的早期，他的巡房态度并不好。他是一个不修边幅又容易分心的家伙，年纪只和我的表兄的一般大，头发乱蓬蓬的，有时还胡子拉碴的。有一次，我躺在他的诊疗台上，他从我的胸口拿起听诊器，说："你知道吗，加布里埃尔，他们快要造出人工心脏了。"我猜他是想讲一些安慰我的话，或者他认为这个话题可能会引起聪明的患者的兴趣。但我觉得被冒犯了。他把我吓坏了。我为什么需要人工心脏？我明明很健康！难道他不知道吗？我的生活有赖于我对病情睁一只眼闭一只眼的态度。用威廉·詹姆斯[1]的话说：

　　幸福像所有其他情感状态一样，有其盲目性，对眼前的相反事实视而不见，如同本能的武器为了抵制侵扰而进行自我保护……无论出于什么原因，人只要有现实的快乐，此时此刻，就根本不可能相信会有罪恶。他肯定对罪恶一无所知。在旁观者

　　1　威廉·詹姆斯（William James，1842—1910），美国哲学家、心理学家。

看来,他那时似乎固执地闭眼不见罪恶,并将罪恶遮掩起来。[1]

　　格里菲思医生将我视作成功的案例。对她来说,我是学科前进进程的一部分,也是她每日巡视患儿的工作中的愉快部分——其他患儿都在术前或术后竭力挣扎。她允许我继续沉浸在幸福和盲目之中,为此我非常喜欢她。罗森鲍姆医生则更为慎重地对待我,他站在更为长远的立场上看待我的生活。他的骨子里刻着冷静和保守。如果我能再活十年、二十年甚至五十年,到时候我会是什么样的呢?他在考虑那些可能导致我的心脏土崩瓦解的风险,而且他正在努力为我规避这场劫难。

　　两位医生最为明显的差异是对我的右心室的看法。对马尔姆医生之后的儿科心脏病专家来说,这是一个教条。外科医生们在患儿阻塞的肺动脉瓣处放置流出道补片,患儿反应良好。人人都相信,法洛四联症患者术后耐受性非常好,不需要肺动脉瓣。在儿科心脏病学科发端的最初几十年,医生一直专注于将患儿的寿命延长,使其能够成年,而非致力于将其寿命延长到中年。因此,我便成了这个学科的新问题。心脏正常的人通常不会出现肺动脉瓣问题。罗森鲍姆的诊疗室里出现了一批像我一样心脏血液倒流的人,他开始琢磨是否应该采取行动。

　　他的处境有些令人为难,他要与20世纪八九十年代的正统观念背道而驰。某种意义上来说,他的处境与60年代的马尔姆和格里菲思的没有什么不同,后二者在布莱洛克分流术能轻松延长法洛四联症患者生命的情况下,仍着手为法洛四联症患儿实施心脏直视手术。没有关于我这类患者

　　1 《宗教经验种种》,威廉·詹姆斯著,尚新建译,商务印书馆,2017年。

的数据，也没有人知道，我这种扩大的心脏衰老之后会发生什么。此外，也没有足够的病人，没有可依据的医疗方案来治疗我这个年龄的先天性心脏病患者。要对我这类患者进行瓣膜置换手术[1]，危险不容忽视。患者每次进行心脏直视手术，肌肉和传导系统受损的风险都会成倍增加。罗森鲍姆医生所投入的医学领域，在1990年尚不存在。他对美国儿科心脏病学家之间的共识有所怀疑，认为应该在我的右心室出现问题并发生右侧心力衰竭之前给我装上新的瓣膜。他还认为，不作为的风险可能要大于手术的风险。

于我而言，我并未感觉我的心脏有什么特殊之处（除了它被修补过之外），我也并未察觉到我的医生在美国心脏病学界的特殊处境。二十岁出头的时候，我感觉身体不错。要我相信自己已陷入危险之中，几乎是不可能的。我的活动不受限制。我没有症状，也不曾感到心悸。我喝的酒有点多。我从来不去健身。有一次我下决心改变，去公园慢跑，但才跑了四分之一英里，就止步了。我记得我的室友问道："加布，这事儿你打算怎么办？"我没有大声说出来，我的答案是，那就不跑了呗！

罗森鲍姆医生让我去做心脏压力测试。我戴着呼吸面罩骑自行车，胸前遍布心电图电引线。工作人员问我为什么要做这个测试时，我回答他们，我真的不知道。测试后，我问他们我做得如何，他们说："还行，没有心脏病的迹象。"我真想拿他们所说的这句话给罗森鲍姆医生来一场劈头盖脸的回击。

他查看了压力测试和我最新的超声心动图检查结果。他说，他想让我

1　又称"人工瓣膜替换术"或"人工瓣膜置换术"。

再做一次心脏导管检查。他想让我住院观察一晚，将导丝插入我的心脏，测试心脏压力，看看右心室的状况。

我拒绝了。

他叹了口气，坐在椅子上转了转。他是个沉着的家伙，看上去非常冷静，有时甚至像是在犯困。"好吧，"他说，"但明年你再拒绝，我可就要'押送'你上检查室了。"

我讨厌他这么说。我打电话给我的朋友们，又打电话给家人抱怨。我不想要一个要"押送"我的医生。

"也许你应该换一个医生。"他们对我说。

到了下一次检查的日子，我又回到了医院。我躺在心脏超声实验室的医疗台上，屋子里很暗。帮我做检查的那个女人非常迷人，动作利索，身材瘦弱，看起来是南亚裔。她让我脱下衬衫，在医疗台上躺下。她把透明的啫喱状物挤在我的胸前，让我靠着她躺好。她就坐在医疗台上，我裸露的皮肤紧贴在她的裙子上。她的香水闻起来让我很舒服。黑暗中只有我们俩。但是那一刻，我的目光和注意力都不在她身上，而是在超声心动图检测仪的显示屏上，在显示我右心室的影像上，在那些渗漏和血流的神秘图案上。

我从心脏超声实验室回到罗森鲍姆医生的诊疗室等他。他拿着一份文件，皱着眉头走了进来。此刻，他就是沮丧的侦探，而我是疯狂的犯罪分子。他想要更仔细地检查我的心脏。他希望我留院观察，他想将一根导丝插入我的心脏，测量心脏压力。当时，我二十八岁。我做了我唯一能做的事——我逃走了。

第十一章

盖伦的心脏理论一直流行到了大航海时代。在这个时代,帆船探索地球,望远镜描述星象,解剖学家的刀则绘制了人体图像。在意大利,加布里埃莱·法洛皮奥发现了卵巢和子宫之间的管道。他还命名了胎盘(在拉丁语中意为"蛋糕")。巴尔托洛梅奥·欧斯塔基发现了人耳里的一条管道,这条管道后来以他的名字命名(欧式管)。1559年,雷亚尔多·科隆博声称发现了阴蒂。科隆博的老师安德烈亚斯·维萨里是盖伦作品的出色翻译者和编者之一,也是盖伦理论犀利的批评家之一。维萨里摆脱了传统权威的窠臼,重新阐述了医学知识。

在维萨里之前,解剖课程和理论都以希腊和罗马的著作为依据。罪犯被处决后,尸体交由一名解剖者(通常由当地理发师或外科医生担任)主刀,供医科学生观看。接着,会有一名指示人——通常是高年级医学生,指出将要讨论的身体部位。讲师即教授本人,会坐在高高的主席位上"照本宣科",描述学生看到的东西。教授"参考"的课本通常都是盖伦的作品。维萨里的伟大革新就是尸体解剖(autopsia,原意是"亲自观察")。他根据自己观察到的内容,而非经典课本,下刀解剖、亲自指点并据实描述。伟大的医学史学家罗伊·波特曾说:"维萨里通过人体解剖实践来检验盖伦的学说。"伽利略为天文所做的一切和维萨里为人体所做的一切,正赋予了知识以权威。

维萨里出生于布鲁塞尔,在法国求学,当时的医学院还是一种准宗教机构。(在16世纪早期,巴黎的医学学生在上学期间必须禁欲。)维萨里的兴趣并未局限在书本上，他对人体很感兴趣。他会偷偷溜出学校，到坟场去研究瘟疫死难者的骨头。1536年，受战争形势所迫，维萨里被迫离开巴黎返回卢万，但他继续进行他的调查研究。一天，他在城墙外走着，遇到一具盗贼的尸体，"绑在木桩上的尸体，被秸秆的火烧焦了一部分"。尸体的骨架已经被鸟清理干净，"骨骼已完全暴露，仅由韧带固定在一起"。他干了一件非凡的事：

> 我看到尸体已完全干瘪，没有湿润腐朽之处，就利用这意想不到的大好机会……爬上木桩，把股骨从髋骨拉了下来。在我拉的时候，肩胛骨连同手臂和手都脱了下来……在几次往返中，我偷偷地把腿骨和臂骨运回，仍把头部和躯干留下，然后我在晚上让自己关在城门外，这样我才能把牢牢用链条缚住的胸骨取下。我实在太想把那些尸骨弄到手，因此我独自在深夜身处那么多尸体中费力地爬上木桩，毫不犹豫地把我那么想得到的东西拉了下来。我把这些骨头拉下来后就把它们运到距离较远的地方藏匿起来，等到第二天，我才能把它们一点一点地从另一个城门运回家中。[1]

在帕多瓦，维萨里成了一名教授，同时也成了盖伦学说新版本的译者和编者。他逐渐注意到这位大师的一些错误。他于1539年写道："人的肝

1　《文明的历史：发现者》，丹尼尔·J.布尔斯廷著，吕佩英等译，上海译文出版社，2016年。

脏有五片肝叶的说法是没有道理的。"他于1543年发表了伟大著作——七卷本《人体的构造》（又称《构造》），否定人体中存在奇网——位于大脑底部的那些能将自然灵气转换为动物灵气的大血管。维萨里肯定了盖伦关于血液产自肝脏的观点。而盖伦关于血液流经心脏室间隔微孔的观点，他写道："造物主让血液从右心室渗入左心室，却不让人类看到血液流经的通道，这让我非常惊讶。"在1555年的《人体的构造》修订版中，他更为明确地表达了自己的疑问："在考虑心脏结构时，……我所做的表述大体与盖伦的学说相吻合，并非因为我认为他的观点与事实完全相符，而是因为我仍不信任自己。心脏的室间隔与心脏其他部位一样厚，一样紧凑，一样细密。我依然不知道，血液分子那么微小，它又是如何穿透室间隔的。"

维萨里的学生科隆博，即他后来的反对者（没错，是那个发现阴蒂的人）进一步得出结论："在心室之间……是间隔膜，几乎人人都认为室间隔上有微孔可供血液通过……但是，相信此观点者，大错特错。"在课堂上，科隆博描述了血液从一个心室经过肺动脉和肺静脉流到另一个心室的过程。"血液是通过肺静脉流到肺部的……然后在肺中经过精炼，与肺部的空气混合后通过肺静脉到达心脏的左心室。"

1600年，威廉·哈维在帕多瓦大学求学深造。哈维出身于肯特郡一个殷实的自耕农小地主家庭。他个子矮小，皮肤红润，脾气暴躁，野心勃勃，身上总佩带着武器。年轻时，他在英格兰未曾目睹任何公开的人体解剖或动物活体解剖，他在剑桥大学接受的解剖学教育着重于经典学说。他读过维萨里和科隆博的著作。哈维在帕多瓦大学的教授是吉罗拉莫·法布里齐,后者以"法布里修斯"[1]的名义做研究。教授年纪比较大,其解剖课是对人体的礼赞,目的是"以不亚于马戏团杂技和古代体操的方式展示大自然的荣耀"。

人们纷纷前去解剖剧院观看法布里修斯表演,据哈维的传记作者托马斯·赖特描述:"教师、裁缝、皮鞋匠、凉鞋匠、屠户、咸鱼贩子、门房、提篮少女……放债人和理发师都来了。"教区和大学里的教牧人员,还有解剖学教授们,都身着礼袍。尸体就在解剖剧院底层的厅室被解剖,在适当的时候,尸体会被抬起来穿过活动门,而与此同时,音乐家们纵情演奏。身着紫金色长袍的法布里修斯正襟危坐,诵读经典解剖学著作,而他的助手——那位"指示人",会使用一根指示杆指向尸体上对应的身体部位。解剖表演从清晨开始,持续一整天。任何人都不许讲话,也不许笑,特别是在进行女性解剖学演示过程中。剧院的门房会帮忙维持现场秩序。解剖完人的尸体之后,表演课程的下一个环节就是动物活体解剖,狗的惨嚎声同样有悠扬的音乐声相伴。

哈维学成后,带着先进的意大利医学教育知识回到了英国。他娶了富人的女儿,在伦敦医学界扶摇直上。他担任皇家医学院院长,并先后担任国王詹姆斯一世和查理二世的医生。他宣誓支持盖伦的学说,起诉抵触盖伦学说的医生。在公开场合,哈维表现出的思想是倾向传统的。但私下里,他并非如此。

在伦敦行医的日子里,他每天回家就在烛光下做实验。他会带一些狗、猫、鹿和小牛回家,将它们绑在书房的解剖台上,塞住它们的嘴,然后

1　原书将Fabricius误写为Fabricus。——译者注

开膛,观察它们裸露、跳动的心脏。烛光跃跃如豆,惊恐的动物们的鲜血喷薄涌出,身体止不住地扭动,要看清它们的心脏不容易。哈维发现,在对鱼类、蛇类和蜥蜴等冷血动物进行活体解剖时,他能够更细致地观察心脏的跳动。他观察到心脏在舒张时松弛,在收缩时挤压。他将水装满一颗心脏的右心室,并挤压它,证实液体无法通过室间隔。在对哺乳动物进行活体解剖时,他一刺穿主动脉,主动脉便像气球被戳破一样爆裂开来。心脏每一次收缩时,他都观察到主动脉血液的一次爆炸性涌出。通过测量血液流出量,哈维计算出了每一次心跳所能推动的血液的量。他用每一次心跳所推动的血液量来做乘法,计算出了每分钟、每小时所推动的血液量。结果,他得出的数字实在太大,大到令人怀疑肝脏每天的产血能力。那么,血液究竟从何处来? 它会去向何处?

哈维在花园里挖了一些洞穴,他会在半夜里独自爬进洞穴,思考心脏的结构。他的一名病人身上有一个洞——这位贵族青年小时候经历过一次意外,伤口虽然已经愈合,但胸膛上留下了一个洞。哈维将这位患者带去面见国王。他将自己的手指伸到青年身上的洞里,触到了青年跳动的心脏。他让国王也伸出手指触摸。他们被深深震撼了——心脏,人类情感的中心,灵魂栖息的场所,竟然可以像脸和手一样被触碰。

回到家,他召仆人到书房,对他们进行实验。他绑紧他们的手臂,发现他们的手指和手掌都变得毫无血色。他明白了,血液只沿一个方向流动,血液从动脉离开心脏,然后通过静脉回到心脏。他的观点逐渐清晰:人体内有定量的血液,并且会循环流动。从心脏到肺部,再回到心脏;通过动脉流到身体其他地方,再由静脉返回心脏。

哈维的结论近乎不可言说。当时为众人所接纳的观点是：手之血液在手，脚之血液在脚。哈维的观点令人震惊至极，仿佛他说的并非什么血液循环，而是人体骨架上的骨头会在身体各处缓缓地来回游走，而且彼此像交换零件似的。提出这种观点在当时也是违规的，这违反了哈维曾宣誓要遵守的专业守则。英国皇家医学院的章程明令禁止其成员以任何方式违背盖伦学说，而哈维还是医学院的院长。哈维发表了自己的研究成果——《动物心血运动的解剖研究》（又称《心血运动论》）。他为这种新发现的血液运动创造了一个术语：循环。他说："我认为我的理论并未破坏盖伦的学说，反而为它添砖加瓦。"但他的同事们并不这么认为。

如果血液在体内循环运动，那体液就乱了套——根据盖伦的说法，体液是疾病的本质。此外，假如人体保持恒定的血液供应，那么放血疗法作为医疗手段便几无意义。如此一来，给受感染的腿放血便不能减轻患者的痛苦，因为身体其他部位的血液仍会往感染处流动。哈维对此非常谨慎，他坚称自己无意挑战放血疗法："由日常经验可知，[放血]¹对许多疾病的治疗颇有裨益。"但怀疑派提出了更大的经验挑战。哈维无法解释血液如何从动脉流到静脉。直到1661年，毛细血管才被发现。哈维的循环系统理论中有一处空白，他也无法解释循环运动的目的。这便是亚里士多德所说的"目的因"。在哈维所处的时代，没有人知道氧气和细胞是什么。

哈维的理论在发表后的几十年里，一直面临外界的阻力。医生们不会

1　方括号中的文字是哈维原话中没有的，作者为方便读者理解，根据语境补全了句子。下同。——译者注

放弃自己对盖伦学说或放血疗法的信念。在哈维去世后的一百五十年里，他关于心脏和血液的卓识对普通医生的工作几乎没有影响。托马斯·杰斐逊在1806年写道："哈维关于血液循环的发现是我们对动物机体整体认识的一个美好的补充，但若回顾那个时代之前与之后的医学实践，我没有发现任何由此发现而衍生的伟大进步。"医生们仍给病人放血，以期帮助病人减轻发烧、肿胀或被诊断为多血症的症状。1799年，乔治·华盛顿发烧、喉咙痛时得到的医疗方法与中世纪欧洲医生医治患者的方法并无区别。华盛顿的医生们用了西班牙斑蝥，这让他的喉咙起了水泡、肿胀，他无法吞咽，也无法呼吸。他们在华盛顿睡前给他抽了两品脱[1]的血液，第二天早上又抽了一夸脱[2]的血液，这相当于抽走了他体内近一半的血液。他们把华盛顿弄死了。17世纪伟大的解剖学家们将心脏和循环系统的图绘制了出来，但要学会浏览这些图纸，还需要很多年。"心脏病专家"一词直到20世纪20年代才出现。

本书罗列了我为与自己特殊的心脏和平共处所做出的努力，讲述了我所经历的先心缺陷、手术和生命危险。但是当我回看人类医学史时，我发现我的经历就像是伟大历史的一个完整的缩影，尽管微小却历历可数。人类天性似乎历来如此，不愿太过细致地了解心脏的功能。

1　1品脱等于0.568升。
2　1夸脱等于1.136升。

第十二章

2017年秋天,我旁听了贾米勒·阿伯豪森医生在纽约长老会医院为医生和医学学生所做的演讲。阿伯豪森医生是加州大学洛杉矶分校成人先天性心脏病计划的负责人。他的演讲主题是"单心室心脏病",但在演讲开头,他细致地讲述了成人先天性心脏病患者社会心理方面的护理问题。阿伯豪森提醒听众,许多成人先天性心脏病患者在十岁之前就接受过多次心脏直视手术,因此在成年后,他们对就医产生了恐惧。阿伯豪森认为这种恐惧基本上是一种创伤后应激障碍。

他说:"这就是这么多人逃避护理的原因。"

大多数成年先天性心脏病患者会在长达数年,甚至数十年的时间里逃避他们所需要的护理。在一次这类患者的复诊中,阿伯豪森医生警告前来会诊的医生:"记住不要提起'移植'这个词,否则他再也不会来见你。"

听众笑了起来,表示认同。

为什么会有这么多患者逃避护理呢?这是本书要深入探究的问题。我咨询过成人先天性心脏病协会主席马克·罗德,问是否存在一些地理、经济或教育上的因素让一些患者继续接受护理,而使得另一些患者放弃护理。他耸耸肩,表示几乎没有可靠的数据。美国没有统计接受护理的患者数量,大多数数据是根据加拿大收集的统计数据得出的近似值。在加拿大,医生通过国家卫生制度可以精确地追踪先天性心脏病患者。在美国,医生只能将这些比例用在总人口数据上,然后得出大概的结论。

有些患者失去了医疗保险，根本无力负担超声心动图检查的费用。另一些患者在地理位置上离合适的医生太过遥远。假如你住在爱达荷州，你得搭飞机前往明尼苏达州，才能到达那家离你最近的成人先天性心脏病中心——梅奥医学中心。如果你感觉身体状况良好，而且手头并不宽裕，你可能就不愿意每年都掏钱买机票去做检查。不过，我们当中很多人避开医生，仅仅是因为我们根本不愿认为自己有病。

"这是我作为医生的关注点，也是我作为人类的关注点之一。"布朗克斯的蒙蒂菲奥里医院成人先天性心脏病专家阿里·N.扎伊迪医生说道："我接诊过一些二十年没看过医生的患者，我问他们感觉身体如何，他们说感觉很好。他们没有抓住事态的重心，因为他们已经这样生活了很长时间。这种状态就是他们的常态。"像我这样的患者，根本不知道"健康"为何物。

扎伊迪医生高高瘦瘦的，留着整齐的灰色胡须，脸上总挂着少年般的热情微笑。他成长于医生家庭，从伦敦搬到卡拉奇，再搬到美国。他主要接诊儿科患者和成年的先天性心脏病患者。扎伊迪医生十分担心那些没有接受护理的患者——他们长大后，便不再去看合适的心脏病专家。我在他的办公室遇到了一名这样的患者——布里奇特·拉特利夫，他将这名患者的病例描述为"坚不可摧的成人先天性心脏病"。

布里奇特个子很高，是个皮肤黝黑的漂亮女人。她年纪和我相仿，但看起来要年轻一些。她是一所公立中学的校长，她引以为豪的女儿已经成年，同样富有魅力。布里奇特打算不久后便从纽约市公立学校系统退休，并将基于信仰创立一家非营利组织，为布朗克斯地区的青春期女性提供帮助。她特别招人喜欢，身体也很好。但是，在2015年3月与阿里·扎伊迪医生见面的时候，她已经处于严重的心力衰竭状态，而她自己竟毫无知觉。而且，那一次去看医生甚至都不是出自她自己的意愿。

扎伊迪医生告诉我，他第一次见布里奇特的时候，一走进检查室就看出来她病情恶化了，腹部积水、双腿肿胀。扎伊迪当时立刻断定，布里奇特右侧心力已经出现衰竭的情况。但布里奇特对此置若罔闻。

"她当场翻脸，对我说：'我只有十分钟时间。我的车就停在外头，我马上就要吃罚单了。我真搞不懂，我为什么要来看医生。'"

布里奇特全职工作，独自抚养女儿长大。她虽然患有心力衰竭，但严格执行锻炼计划。结束一天的忙碌后，她都会爬三层楼梯回到公寓。到家后，她会跟着吉利恩·迈克尔斯[1]的健身录像带，在电视机前跳动、抬腿、拉伸。

布里奇特告诉我："锻炼，锻炼，锻炼，天天都努力锻炼。"

她的同事发现她的健康状况正在变差。往常的布里奇特总是充满生气、精力充沛，但最近变得无精打采、疲倦不堪。有一天下班后她感到筋疲力尽，把车子停好后，坐在驾驶座上睡了两个小时。她没把这当回事儿，醒来后，照旧爬三层楼梯回家，换衣服，放上迈克尔斯的健身录像带，又开始做她的常规锻炼——平板支撑和踏板有氧操。

她有过一阵阵的头晕目眩，记忆力也变差了，有时还想不起要说的单词或者习语。她出现了心衰所致的典型症状——咳嗽，像烟民一样不间断

1　吉利恩·迈克尔斯（Jillian Michaels，1974— ），美国私人教练、商人、电视名人，以《超级减肥王》（ *The Biggest Loser* ）闻名。

地气喘性咳嗽，这表示她得不到足够的氧气。当人们问起她是否得了感冒时，她生气了。

"我脾气立马就上来了，"她告诉我，"我说，你才感冒了呢。"

扎伊迪医生将听诊器放到布里奇特的胸口。他听到布里奇特的心脏上部腔室高速运转，但和下部腔室的节奏完全不合拍的声音。

他告诉布里奇特："你出现了心房扑动的情况。"

布里奇特表示反对："没有，这不可能。"

心房扑动、右侧心力衰竭——按扎伊迪医生的说法，这就是布里奇特的常态。她不知道什么是生病，因为她从未体验过健康的状态。对于布里奇特来说，这便是她的人生故事：遭受创伤，予以否认，然后凭借意志力和对上帝的信仰一路过关斩将。

她在北卡罗来纳州长大。在生命的头八年里，她的心脏病一直是个谜。她总是嘴唇发紫，总是心悸，但没被确诊过得了什么疾病。儿科医生和家庭医生常为她做检查，但他们也不知道布里奇特的心脏是怎么回事，并且对此感到害怕。

"我看过的医生总是处于惊慌状态。"她回忆道，当她咳嗽时，他们会很害怕。他们担心咳嗽会扯伤她的心脏。他们不想给她注射或让她接种疫苗，以免破坏她的皮肤。"他们怕我受到感染，"她告诉我，"他们说，如果我出现了感染症状，那它就会直达心脏，然后我就会死。"

小时候有一次，她戴着耳环去看医生，医生们吓坏了，让她妈妈把耳环从她耳朵上取了下来。她被禁止运动。在公园里，她只能坐在长椅上看着其他孩子玩耍。后来，他们一家搬到了布朗克斯，她才开始去看儿科心脏病专家。

"我每年必须去看两次医生,"布里奇特回忆道,"他们还是不知道我出了什么问题。随着年龄的增长,我变得非常恐惧。其他生病的人好歹知道自己的病名,如果他们得了哮喘,他们能向别人说明白,那我算是怎么回事?"她的嘴唇暗无血色。她很容易疲倦。她会发生心悸。"老师们会问,这是怎么回事?我妈妈会说,我们也不知道。这是让我最难受的事。"

终于,在十岁的时候,她得知了自己的病名:埃布斯坦综合征(又称"三尖瓣下移畸形")。这是一种先天性心脏缺陷——心脏右侧发育异常,就像上下颠倒了似的。心脏上部的右心房大,而下部的右心室反而小,腔室间的瓣膜发育异常。对于布里奇特这种情况的心脏,在1973年是无计可施的。根据医生的说法,她未来将会不可避免地走下坡路,活力会不断减弱。于是,她学着弥补自己健康上的不足,凡事尽力而为。

她与母亲及三个姐姐住在一处公寓里。街上的孩子们聚在一起打棒球、玩躲避球、跑垒、打排球。布里奇特加入了他们的行列。当她心脏感到不适时,她就会停下来休息,躬身坐在一旁,另一个孩子会上场代替她。她的朋友们会围上来,隔着衬衫触摸她那慌张的心跳,并大声向其他孩子呼叫。

"看!看!她的心跳得真快!"

布里奇特可以感觉到心跳的声音就在耳边回响,她说:"感觉就好像心脏快要跳出来了。"不舒服的时候,她从来不喊大人,从来不上楼去找她母亲。她知道,一旦她的病情成为焦点,她的母亲必定不会再允许她到街上玩耍。于是,她养成了倔强的性格和爱掩饰的习惯。

"我习惯了，"她解释道，"这成了我的标记。我在附近的街坊心中就是这样的形象。就像那个戴眼镜的小孩，眼镜是他的标记一样，而我是布里奇特，那个心脏有问题的干瘦女孩。"她在学校表现很好，她非常聪明。她喜爱阅读，喜欢据理力争。其他孩子捉弄她的时候，她会还击。她还会跟别人打架。"我的心脏不好，"她告诉我，"但除此之外，我决不允许自己软弱无能。"

随着年龄的增长，她的心悸愈加严重。尽管向往远方，但她念大学的时候不得不住在家里。虽然医生曾预言她不会长寿，但她仍奋力追求自己的理想。她获得了硕士学位和教师资格证。当活到了医生所预言的岁数时，她怀孕了。医生认为，如果她坚持产下胎儿，可能会没命。他们告诉她，哪怕孩子真的能生下来，她也无法看到孩子成人。布里奇特对这些警告不予理睬。

"我不会让医生扮演上帝的角色，对我的人生指手画脚。"布里奇特告诉我，"我寻思着，在某些事情上，我相信他们的专业知识，但涉及真正重要的事情，我想按我自己的意愿来生活。二十八年来，我一直与这种心脏病共生。我做到了很多他们说我做不到的事。我就是想要一个孩子。我相信上帝会眷顾我。"

处于妊娠期的布里奇特非常危险。她受到一个医疗团队的紧密观察。她出现了呼吸困难现象，被送进了医院。她接受了剖宫产术，生下了五磅重的漂亮女儿蕾切尔。蕾切尔很健康，布里奇特则不然，但当时她还不知道。

"怀孕对心脏有影响，"她告诉我，"它让我的心脏承受了过多的压力。"

1993年,她在教小学五年级。有一天清早,她刚一上班,便感到胸口像遭受了一阵猛烈的锤击。她发生了极其严重的心悸,这次心悸的感觉与此前的都截然不同。到了八点半,虽然她站着没动,但她的心脏仿佛在飞奔。她独自站在讲台上,教室里有二十五名学生。她告诉他们,开始上课。

布里奇特是一名经验丰富的好老师。她告诉我:"我非常严厉。"此时,这位家里还有一个三岁女儿的单亲妈妈命悬一线。她安排孩子们在自己座位上做数学题。好几个小时下来,她的心脏一直像在遭受猛烈的锤击。孩子们吵闹的时候,她说:"我不想听到任何声音!"

上午十一点,到了午餐时间。她安排孩子们按身高排好队,领他们去食堂。期间,她的心脏一直怦怦直跳。她把孩子们交给食堂的监督员,自己爬楼梯回教室。她的心脏剧烈地跳动,里面仿佛正在进行一桩血腥的谋杀案。

"我这人到底有什么毛病?!"当她告诉我这个故事时,她说道,"我家里还有一个三岁的女儿!我怎么能那样对待我的学生?我从小就是这样,非常固执。我天生就有这种心脏病,所以并不害怕。我一点也不害怕,因为这个病一直伴随着我。我不断地告诉自己,没事的,心悸会停下来,待会就没事了。"

但是它没有停下来。她独自待在安静的教室里,坐在书桌前。她试着站起来,却几乎昏了过去。最后,在快要失去意识的时候,她打电话给校长办公室。校长来时,布里奇特面色苍白、嘴唇发紫,疲惫不堪地靠着书桌。他建议叫救护车。

"不,"布里奇特说,"找人开车送我去医院。"

到了急诊室，她终于支撑不住昏倒了。医生把她救醒后，她将自己这一天如何忍受心脏凶猛的跳动，坚持去上班并且待在学校的事告诉了医生。

"整整两个半小时？！"医生说，"你差点就没命了！"

1999年，布里奇特与她的女儿和母亲回到了北卡罗来纳州。布里奇特在那里做了一年的小学教师。那个春天，她带着学生到夏洛特郊区派恩维尔的前总统詹姆斯·波尔克[1]故居景点旅游。她领着孩子们从大巴车上下来，走向前总统出生的小屋时，她的心脏再次辜负了她。她呼吸窘迫、举步艰难。她的嘴唇发绀十分厉害，甚至有点发黑。然而，按照布里奇特的习惯，她拒绝承认自己处境危险。

"如果是其他人，他们可能会马上去医院。"她告诉我，"但我就是没有。我有些奇怪。我以为我只是得了夏季流感。"

她告诉我，最后她去了一家诊所做了检查，她的血氧含量仅有67%，这几乎是不可能的。正常的血氧饱和度在95%到100%之间，90%便属于缺氧状态，80%则有生命危险。医生也慌了。

"噢，我的天！"医生尖叫道，"你的脸都紫了！"

布里奇特是如此固执、干练，看上去很强势，还能使医生相信她情况尚好。她取了一些抗生素，便离开了诊所。

那天是星期五。到了星期天，布里奇特无法下床，她站不起来。她去不了教堂。她对妈妈说自己没事，但她妈妈坚持叫了救护车。最终，布里奇特接受了紧急心脏手术，带着一片新的心脏瓣膜离开了医院。

到了这般田地，我相信未患有成人先天性心脏病的读者会认为，布里

---

1 第十一任美国总统。

奇特一定会为病情做出妥协，回到纽约，向合适的医生寻求适当的护理。可这样就错了。在经历了长久的致命的心脏危机和最近的一次心脏手术之后，布里奇特又继续保持她的习惯——假装一切尚好。对此我只能说，她简直就是我的翻版，她的故事就是我的故事。再读下去你就会发现，遇到危机时，我的做法与她的如出一辙。我们是同一类人——我们否认自己的弱点，与这些弱点对抗，并试图想象它们并不存在。布里奇特一如往常，不理会自己的症状，哪怕发生的情况是急性的、致命的。扎伊迪医生是她人生第一位成人先天性心脏病专家，而她当时已经快五十岁了。他就在那儿，准备帮助她，而布里奇特执着于自己的习惯。她拒绝了。

悉达多·慕克吉[1]在书中痛陈帮助患者直面死亡是多么困难的事："这项任务难于上青天，这比制定给药方案或施行手术都要微妙和复杂得多。"扎伊迪医生遇到了布里奇特，他所要面对的正是这个问题。

"我看得出来，她的身体向门口的方向倾斜。"扎伊迪告诉我，"我非常温和地告诉她：'听着，我认为你患有埃布斯坦综合征，心瓣的渗漏很严重。我真的认为，你有必要回来复诊。我们得坐下来好好聊一聊。我需要向你解释你心脏的情况。'两次门诊后，我才引导她完成这个过程。最终，做完磁共振成像检查后，我们让她坐下，告诉她：'布里奇特，我们真的能帮你，但如果你在这个阶段仍拒绝治疗，接下来可能就会陷入无法扭转的境地。'"

布里奇特面临的是心脏移植手术，但她坚持要完成这一学年的教学工作，三月、四月、五月和六月都要上班。她和许多患者一样，可以在不接受

---

1 悉达多·慕克吉（Siddhartha Mukherjee，1970— ），印度裔美国医师、科学家、作家。

任何干预措施的情况下带病生活。她性格中好强的一面让她克服了人生中许许多多的困难，但这已经成了她的弱点，而且几乎要了她的命。在同事们的记忆中，她的好强性格令人不寒而栗。他们总担心她在爬楼梯的时候跌倒，而她担心他们不得不从墙上取下除颤器来给她做电击，把她救醒。说来也奇怪，对布里奇特来说，心脏移植手术给她带来的压力要比她在20世纪90年代接受瓣膜置换术时的小。

手术第二天，医生将听诊器放到她的背上，让她呼气。她先吸了口气。要知道，几十年来，她从来就无法吹灭生日蜡烛。如今，她吹出一口气，只见床头的塑料杯掉在了地上。她身上从未发生过这样的事。

"那种感觉……这么说吧，"她告诉我，"如果我是运动员，那我大概是小威廉姆斯[1]那个级别的。"

第十三章

我在哥伦比亚大学获得文学艺术硕士学位距今已经五年了。我看着朋友和同学出版书籍，参加他们的出书派对和婚礼。我将布鲁克林中心区的一间廉价公寓分租了出去。我身兼多个教职工作来养活自己。我每天做的第一件事就是端着一杯咖啡坐在书桌前。我用浴袍的腰带把自己绑在办公椅上，这样我就不会走开。

1　塞雷娜·威廉姆斯（Serena Williams，1981—），美国女子网球运动员，全球第一位网球大满贯黑人女冠军。

我正在创作的小说有一个不错的故事背景。故事讲的是，大学毕业后，阿尔诺·费恩和他的女友娜奥米搬到东村的一间公寓，对附近的毒品站心生好奇。娜奥米会去上班。费恩读报纸，浏览分类信息，和他的朋友杰克一起喝咖啡。

　　不过这本小说还没写出来。费恩没有找到工作，也没有外遇。女友出门后，他就坐在窗边看街景。他不买卖毒品，也不吸食毒品。他没和妓女睡觉，也没和卧底特工一起工作。我把握不了他进入危险世界的时机。派对上的陌生人问我做什么工作，我会说："写作。"我还不是作家。我希望有一天我能成为作家，等到我的小说发表，还获得国家图书奖，我会在发表获奖感言时指出：奖赏并不是衡量作家艺术成就的真正标准。

　　当然了，我接受不了罗森鲍姆医生传达的消息——我需要做心脏检查，而且可能需要再次接受心脏手术。心脏手术！又要经历一次心脏手术！我的父母吓坏了。1966到1971年这段等待手术的时间，我的父母受尽困扰，但他们如愿地保护了他们的孩子，使他对潜在的危险毫不知情。如今，他们早已埋藏起来的东西再次破土而出。

　　一些刻在骨子里的本能被触发了。我们组成了"战队"，颤抖的手指攥成了拳头。我妈陷入恐慌。我爸像一个熊爸爸，用后腿支撑着身体站起来，咆哮着，打算扭下罗森鲍姆医生的头。我爸打电话给一位老熟人——我们就管他叫乔治·劳埃德吧，他是一名退休的心脏外科医生，曾在哥伦比亚长老会医院工作。罗森鲍姆医生提出的所有让我感到困惑的问题，也让劳埃德困惑不已。如果我没有症状，那我们为何要讨论心脏手术？如果我的心脏病专家不想给我做心脏手术，那为什么要我留院做导管检查？罗森鲍姆医生所说的"预防性心脏手术"到底是什么意思？

"放什么狗屁，"我爸说，"导管检查风险是低，没错，但谁会随随便便让人拿东西去插自己的心脏！这可能会导致感染、流血，甚至可能会导致死亡。不要做这个检查。"

父亲做了一辈子的精神科医生，也是一名医学博士，手术能力很强，不过在医疗判断方面较为保守。他会为生活中的细节焦虑不已，例如，在往车上装行李或者拆快递包装之类的小事上。但是一遇到危机，他就变得专注、冷静而坚定。他博览群书，阅历丰富。他正当壮年的时候，他的亲戚、朋友和邻居常常会到我们家来，寻求他的建议。尽管他现在已经上了年纪，精力也在走下坡路，但他从前的病人仍会在遇到麻烦时打电话向他咨询。我上大学之后已经不向他寻求建议了，但现在，我又遇到了危机，于是再次求助于他。

"不行，"他在电话里说，"除非你知道他为何要这么做。如果他是为了自己的研究，那肯定是要拒绝的。"

到了春天，我去了罗森鲍姆医生的办公室，将我在笔记本上列下的问题一一读给他听。然而，他的每一个答案似乎都使他的立场看起来更加难以辨别。

我问："假如我接受了导管检查，检查结果显示我的右心室功能正在变弱，那么这是不是意味着我的心脏会很快出现问题？"

"不一定。"罗森鲍姆医生说。他有些坐不住。

"如果我接受你建议的手术，做完之后我是不是就能保持健康？"

"不能保证。"他摇摇头，他的办公桌上堆满了文件。

我问他："有没有见过像我这样的陷入心力衰竭的病人？"

"没有。但是，病人会在发生心力衰竭后来找我。"

"心力衰竭是什么样的？"我不再照着笔记提问。他面露尴尬，然后给我快速讲解了心力衰竭的大致表现：身体无法动弹，四肢肿胀，乏力。

"好吧。"我说。我试着改变话头，问他："那手术呢，你有多少病人接受了这项手术？"

"还没有。"

"没有？"

他说："但是欧洲有一些病人做了这样的手术，术后反应良好。"

我提到我父亲的老朋友劳埃德，劳埃德认为没有理由让我接受心脏导管检查。

"乔治·劳埃德？他是个心脏外科医生。"罗森鲍姆说这话的口气，好像乔治·劳埃德是一个空调修理工。

"好吧，"我困惑地说，"乔治·劳埃德说了不算，可我们不就是在谈论心脏外科手术吗？难道没有人可以和我谈谈，给我意见吗？"

罗森鲍姆耸了耸肩。他微微举起手掌，说："不太可能。"

我告诉他，除非有其他人可以给我参考意见，否则我不会考虑接受心脏导管检查。

"倒是有一个。"罗森鲍姆的态度缓和了一些，"迈克尔·弗里德。但他在波士顿。"

"行，"我没好气地说，"那我就去波士顿找他。"

"好，"他试着让气氛缓下来，"不如这样吧，咱们先安排好今年秋天做导管检查,你在检查之前到波士顿看看弗里德医生。如果他认为该取消导管检查,那咱们就取消。"

行吧,感觉已经退无可退,我按他说的,定好了做检查的时间。但私下里,我怀疑他像我爸说的那样,在做试探性资料搜查,为他的论文搜集数据。

事实上,我父亲的判断不无道理。罗森鲍姆医生确实希望获得有关我和我这类患者的数据。但他的研究没有一丁点儿不当之处。没有数据,也没有传统的治疗方案可供参考。他无法告诉我手术成功的统计学概率,因为没有足够多的像我这样的患者——临近三十岁,患有法洛四联症,而且心瓣渗漏严重,右心室肥大。他见过心力衰竭的病人,也听说过欧洲有手术成功的案例,他认为我是接受这种新型外科手术的不错人选。他是方圆几百英里内唯一时常和成年先天性心脏病患者打交道的人。纽约地区没有人能给我其他的诊疗意见。我当然可以去波士顿,也可以去洛杉矶,可以去梅奥医学中心,但也可以和罗森鲍姆医生谈一谈。

如今,那台手术的术式已经成为标准。我认识的几乎所有成年法洛四联症患者都在二三十岁时接受了第二次手术,更换了肺动脉瓣膜。对那些比我小二十岁的患者来说,手术不是当下要做的,而是长期治疗计划的一部分。但是,在1994年,罗森鲍姆医生采取此举其实冒了很大的风险。他违背了当时医学界的共识。在他出版于2002年的关于成人先天性心脏病的书中,有一个章节的主题就是关于这个术式的。罗森鲍姆每一次与我谈起此书时,他都有点懊恼:他不得不在谈及法洛四联症肺动脉瓣置换术时注意自己的用语。

对他来说，导管检查是明摆着的事，根本不需要考虑。这是唯一了解我心脏压力的办法，而且相对安全：99％接受心脏导管检查的人不会遭遇任何不良后果。我在从医院回家的地铁上，衬衫上仍粘有心脏超声医生给我涂的啫喱，我在心里默默念着这个概率。如果说每一次搭地铁，我都有1%的概率流血、感染甚至死亡，那我决不会搭地铁，我宁可永远坐公交车。于是，我预约了弗里德医生，请他给我参考意见。

我通过兼职工作获得了体面的医疗保险。除了房租，医疗保险是我最大的支出。但是，在社交、精神和心理层面，我对心脏手术都毫无准备。我有一帮和我一起看篮球比赛、喝啤酒的朋友，还有一些和我交换阅读书稿的朋友。但是，就算是与亲兄弟谈论我的心脏，我还是会感到不自在。

"你不能只靠自己处理这件事。"我的老朋友安妮警告我。

但我习惯于独立处理自己的事。我负担不起心理治疗师的费用，也不想参加互助会。布里奇特·拉特利夫在与我讲述她的故事时说过："我希望人们能看到，我们有上帝的眷顾，我们的生命有意义。"但我不像她那样信仰上帝，也无从获得她那样的信念。我向来执着于艰苦的斗争，以使自己远离病情的真相。我的心脏在我的内心深处，是不可言说之物。我的心脏便是我的死神，我不想看见它。

四月到了。我与波士顿弗里德医生的会面也随之到来。我出门晚了，从第34街地下通道直奔宾州车站，我跑过那条噩梦般的长长的拱廊，跑过了乞丐、上班族、日光灯和星期五餐厅[1]。这一边的列车往新泽西捷运开，另一边的列车开往长岛。我看了看手表，背包在我的肩上晃动。我走过臭气

1　星期五餐厅（TGI Fridays），是一间主营休闲餐饮的美式餐厅，起源于美国。

熏天的男洗手间，来到一个巨大的缺少阳光的售票大厅。此时，差不多上午十点了，而我要赶的那趟去波士顿的列车的发车时间是十点零三分。如果售票处排队的人不多，我还有机会赶上。

我掏出信用卡。到我了。"我能赶上这趟车吗？"我问防弹玻璃后的那个人。他耸了耸肩。他把麦克风从嘴边移到了他的左侧，没有说话。

我买了票，抬头看了看巨大的显示屏上的发车时间。上面的指示标记闪闪发亮。

我以最快的速度穿过售票大厅，经过推着行李箱、背着徒步旅行包的年轻的欧洲旅客和西装革履的商务人士。前方有一个入口，走下楼梯就到了月台，最后几个像我一样赶时间的乘客争先恐后。在楼梯中间的平台上，站着一位戴太阳镜的女人，她颤抖着。她一只手拿着车票，另一只手握着一根长长的白色手杖。

"我需要帮助！"她伸出她那根带有软软的橡胶头的白色手杖。"谁能帮帮我？！"她穿着古板的女教师格子套装。她很害怕。她的头发看上去像假发。匆忙的纽约客们从她身边冲了过去。

"全部上车！"列车员喊道。一个穿高跟鞋的女人撞了我一把，奔上列车，黑色的裙子消失在车门处。

"请帮帮我！"那位失明的女士大声喊道。

我停下脚步。列车员又喊了一遍："全部上车！"

我接过那位女士手里的车票，看了看。我告诉她，如果要去巴尔的摩，那她就走错月台了。我把车票还给她，跨过剩下的几级台阶，在列车关门前的一瞬跳进了车厢。列车地板在我脚下震动，列车开动了。我发现了一个空座位，整个人瘫倒在座位上，用力喘气。我的心跳得厉害，就好像我刚赢了一场赛跑。我抬头对着车厢的天花板，闭上眼睛。我祈求上帝，看在我对那位失明女士的善行的份上，让我免于心脏手术吧。拜托上帝，让弗里德医生告诉我一切都好。

说来也有意思，如果当时我的祈祷如愿了，如果弗里德医生告诉我的正是我想听的——我的心脏和我所期望的一样强壮，那我现在已经不在人世了。

第十四章

第一个对我罹患的先天缺陷进行描述的人是伟大的丹麦通才尼古劳斯·斯泰诺[1]。在心脏病学发端伊始，大约在哈维出版《心血运动论》四十年后，斯泰诺即对法洛四联症做了描述。1665 年，斯泰诺在巴黎的一次沙龙聚会中解剖了一个死胎，并发现了后来被称为法洛四联症的症状。

斯泰诺对人体知识的研究既具深度又具广度。他对腺体的看法相当深刻，他主张舌头是肌肉而不是腺体，眼泪来自泪腺，而非人们普遍认为的大脑水状分泌物。他证实了心脏是由肌肉组成的，并且证明了骨骼在数个世纪以后会变成化石。斯泰诺开创了地质学，是第一个发现地球分层结构并且知道地层可表明不同年代的人。他对女性生殖腺的观察对于日后所谓的"卵源论"（即由妇女性腺产出雌性生殖细胞）的发展也至关重要。

1　尼古劳斯·斯泰诺（Nicolaus Steno，1638—1686），丹麦解剖学家、地质学家。

在这些观念成为常识的很久之前，斯泰诺就发现了组成心脏的肌肉和屠户店里的肉无异。人类的繁殖方式和鸡的一样，我们所站立的地面不是一成不变的，而是不断变化的。然而，他最为惊人的举动不是这些发现，而是他对这些发现的摒弃。尽管他的观察发展方向直指达尔文的自然选择论，最终他还是放弃了。正当他的事业达到顶峰时，他放弃了对大自然的研究，转而信奉天主教，成了神父。后来又做了主教，最终成为圣徒。他对于自己曾经的对世界的理解和凭直觉判断的事情闭上了双眼。

在宗教事务中，斯泰诺也像他研究解剖学时一样激进。教皇召他入梵蒂冈时，他竟然从比萨步行前往，教皇为他流血的双脚震惊不已。他在德国做主教，为穷苦的人们敞开大教堂的门，让他们在教堂里过夜。此举激怒了城镇居民，他们威胁要割断他的耳朵和鼻子，并将他赶出城镇。在他死后，欧洲伟大的数学家莱布尼茨寻遍了欧洲，以求找到他曾允诺要写的论文。可惜莱布尼茨并未找到斯泰诺的任何论文遗作。

我得知斯泰诺的存在是因为历史的巧合——他是第一个描述我的心脏缺陷的人。但是，阅读有关他的文章之后，我发现了更多东西：一个与扎伊迪医生和布里奇特·拉特利夫告诉我的故事离奇呼应的故事。我们所说的健康是什么意思？我们如何应对死亡？在我看来，斯泰诺的一生就像是已知与未知、认知与否认的寓言。他深入研究了心脏的本质、时间与有形之物，可能比他那个世纪的任何人都更为深入，以至于他陷入了存在的虚无。直到某一刻，他幡然顿悟，将目光转向了天堂。斯泰诺是我的英雄，他与我全然不同。我一生都不曾像他那样勇敢、坚定又虔诚。我一直都渴望成为茫茫人海中的普普通通的一分子，但我从来都无法直面我的心脏顽疾。

****

按罗马儒略历法[1]，斯泰诺于1638年1月1日出生于哥本哈根，按公历则是1月7日。他的名字用丹麦语表示是尼尔斯·斯滕森，但他会使用法语和意大利语签自己的名字——前者是尼古拉·斯丹依，后者是尼科洛·斯丹侬。而在学术上，他使用拉丁文自称尼古劳斯·斯泰诺纽斯。在他去世后，伦敦皇家学会宣读他的论文时，将他的姓氏缩短了，此后，他便以英文名"尼古劳斯·斯泰诺"为人所熟知。

他的母亲曾是寡妇，父亲曾是鳏夫，两人是在丧偶后再婚的。在充满暴力、瘟疫和饥荒的中世纪，丹麦正在衰落。他的父亲是国王的金匠，但在当时的情势下，要让全家人过上体面的生活，就必须把地窖的酒卖掉。当时全家住在父亲工作室的楼上。外面的街道上充斥着老鼠和污水散发的恶臭。他们一家人去的教堂连屋顶也没有。原来的屋顶被一场暴风雨摧毁了，从未得到修复。

斯泰诺三岁的时候，莫名其妙地跛了。他曾写道："病来如山倒。"他不能奔跑，不能无所顾忌地玩耍。"我很小的时候，很不乐意与其他孩子交谈。因为从三岁到六岁，我病了整整三年，习惯了大人的陪伴，养成了听大人谈论宗教事务而不与同龄人玩耍的习惯。"

1　公元前45年1月1日开始执行的一种历法。

1644年，他的病情有所好转。同年，他的父亲去世了。他母亲嫁给了第三任丈夫彼得·莱斯勒，他也是一名金匠。第二年，莱斯勒去世。斯泰诺十二岁时，他的母亲嫁给了第三位金匠。斯泰诺会帮父亲和继父们工作。他会给镜片抛光，修理手表齿轮，给金属改色，检查水银的特性，这些都是17世纪物理学令他痴迷之处。他的手指也因此变得异常敏捷。

1654年，鼠疫席卷哥本哈根，这个拥有28000名居民的小城中近三分之一的人因此丧命。斯泰诺所在学校的学生被征召去搬运尸体。这些学生中，约有一半死亡。斯泰诺所接受的路德教会教育重视经典和宗教。早年，他学习了拉丁语，在四年级和五年级时学了希腊语。

进入哥本哈根大学就读，要经过一个仪式。申请人需要扮上黑脸，戴上高帽，驼着背，头顶装角，再装一个大鼻子。校方人员则持棍、钳和小刀袭击申请人。袭击之后，申请人换回日常的衣服，并恳求获得入学许可。然后院长把酒倒在被录取的学生头上，并在他舌头上撒盐。

在哥本哈根大学，最具优势的宇宙学课程是该校最为著名的校友第谷·布拉赫设计的。他是世界上最后一位用肉眼观测天文的伟大专家。布拉赫创造了"新星"（nova）一词——他曾观测到一次新星爆炸。他戴着一个金鼻子，因为他在一场决斗中失去了鼻梁。有传言认为，他遭到了约翰尼斯·开普勒[1]的谋杀，因为后者想窃取他的笔记和藏书。布拉赫提出的地心天文体系学说介于哥白尼的"地心说"和托勒密的"日心说"之间，他认为太阳围绕地球旋转，而其他行星围绕太阳旋转。

1　约翰尼斯·开普勒（Johannes Kepler，1571—1630），德国天文学家、数学家，17世纪科学革命的关键人物。

上学期间，斯泰诺有写日记的习惯，他给自己的日记本起名为"混沌"（Chaos）。在日记中，他记录了自己因目睹他人行医而拒绝学医的心事。他写道："我忧心有人将'行医'定义为站在病人面前皱眉头并说疯话的艺术。"他阅读了16世纪神秘主义者帕拉切尔苏斯的故事。帕拉切尔苏斯焚烧了古典医生的著作，相信化学，相信人体健康有赖于硫、盐和汞三元质的平衡。斯泰诺还研究了当时最受欢迎的知识分子阿萨内修·基歇尔的著作。基歇尔绘制了亚特兰蒂斯的地图，自称能阅读象形文字，还曾深入维苏威火山观察其内部。

读过弗朗西斯·培根的作品后，斯泰诺开始致力于实验。他在日记中写道："从现在开始，我将把时间花在调查、研究和记录自然物体上，而不再冥思苦想。"他研究水变成冰的过程，证明不是水的重量发生了变化，而是结构发生了改变。斯泰诺利用数学规则研究皮肤和肌膜的渗透性："此事应依据笛卡尔的方法进行更仔细、更系统的研究，或者直接考虑进入血液的物质是什么、由什么组成、如何运动，以及从血液排出的是什么物质、它们是如何排出的。"他责骂自己懒惰："几乎一整天，我都心烦意乱，全神贯注于各种思考，但除了皮毛之外别无所得，随即我又将一切的原因抛诸一旁。我向您祈祷，上帝啊，请将我从这灾祸中解救，请赋予我力量，使我的灵魂从烦扰中解脱，请让我专心做好一件事，使我专注于熟悉各种药物。"对他而言，研究大自然即研究上帝："一个人若不愿研究大自然的杰作，便冒犯了上帝的威严。"

1660年的冬天是残酷的。瑞典入侵丹麦，哥本哈根郊区火光四起。城市周围的海面冻住了，侵略军将整座城围作一团，市民们饥饿难耐。斯泰诺被召入伍参加保卫战。瘦小羸弱、勤学用功的他驻守在防卫墙边，同时还在日记中记录了雪花的形成与运动过程，阐明了晶体学的原理。没有人知道他是怎么做到的。他拿着日记，带着教授们的推荐信，突出重围，穿过冰封的大海，途经现在的德国（当时也饱受战争摧残），最终到达了阿姆斯特丹。他当时二十二岁。从一座被围困的小城出发——那里还有两万名陷入了半饥饿和疾病状态的市民，最终来到了现代世界的中心。

阿姆斯特丹的面积是哥本哈根的十倍，这里干净、和平又繁荣，是当时世界上最强大的商业帝国的中心，是荷兰共和国[1]的造船业、银行业和捕鲸业之都。这是一个国际大都会，容纳欧洲所有宗教战争的难民：来自西班牙的犹太人、来自英国的贵格会教徒，还有浸信会教徒、瓦隆人和法国胡格诺派教徒。数以百计的印刷出版商出版了数以万计的书籍。这里的书籍的数量比欧洲其他地区的总和还要多。斯泰诺向研究阿姆斯特丹雅典娜神庙的一位非凡的教授杰拉尔德·德·布拉（人称"布拉修斯"）提交了推荐信。布拉修斯接收了他，允许他在实验室工作，但并未瞧上这位朴素的丹麦小伙。轻视是相互的。斯泰诺聆听了布拉修斯的化学演讲，毫不客气地评论说，这位大师的研究粗俗又混乱。

看到布拉修斯对一个死刑犯的头颈进行为期五天的解剖之后，斯泰诺在一家屠户店里买了一只绵羊的头颈，带回了布拉修斯的工作室。他检查了绵羊的颈部和嘴部，利用一个探针检查"动脉和静脉的走向"，还细致地戳了戳肌膜。这时，他手里的探针滑落了。"我感觉到刀尖不限于在隔膜之间活动，它可以在更为宽大的腔中移动，当我进一步推动探针时，我甚

---

1 1581至1795年在今荷兰及比利时北部地区存在过的一个国家。

至听到了它与牙齿碰撞的声响。"

斯泰诺向布拉修斯展示了自己的发现成果。布拉修斯不相信斯泰诺能发现什么新事物。他认为，也许斯泰诺就是用刀子弄个小洞。斯泰诺向他证明了事实并非如此。布拉修斯继续说，那么可能是斯泰诺弄错了。他说，这不是新的唾液管，可能是已被发现的沃顿管。不可能，斯泰诺很清楚沃顿管的位置。他打开绵羊的嘴，向布拉修斯指出了沃顿管的所在。斯泰诺发现的唾液管处在另一个位置。布拉修斯说，那这只绵羊也许是个怪胎。不是的，这个管子存在于所有的绵羊、大多数其他哺乳动物和人体内。

"我似乎发现了一条小唾液管。"他在一封寄回老家的信中写道。斯泰诺的以前的教授托马斯·巴尔托林的回信中不吝赞美之词："哪怕举全国博学人士之力与我一起，也找不到足够的话语来赞美……你所取得的成就。我们的同胞将为你在腺体系统研究方面取得的长足进步而欢腾，我相信我的门生做得到。继续吧，亲爱的朋友。朝着不朽的荣耀继续大步前进吧。"

这条唾液管被命名为"斯泰诺纽斯管"，也叫"斯泰诺管""斯滕森管"。布拉修斯愤怒了，指责斯泰诺剽窃他的学术成果。布拉修斯认为在他的实验室里发现这条腮腺管的功劳应归功于自己，而不是那个丹麦来的"小瘪三"。斯泰诺不得不离开阿姆斯特丹，前往欧洲领先的解剖学研究中心——莱顿大学。在斯泰诺抵达莱顿大学之前，布拉修斯曾写信试图破坏这个年轻人的名声，但并未达到目的。斯泰诺在接下来的两年中，专门研究腺体。他在一个牛头中发现了七个腺体，写下了关于唾液腺、泪腺和乳腺分泌物的研究结果。他在逐渐建立自己声誉的过程中，怒指布拉修斯对腺体知之甚少，并指出，据布拉修斯的作品可知，他显然分不清嘴部里的不同管道。

与布拉修斯的公开对抗以及对腺体的更多发现使得斯泰诺成了名人。他开始讲课，公开表演解剖。莱顿的解剖剧院以帕多瓦那座著名的维萨里解剖剧院为参照建设而成，可容纳两百人。观众席层层紧围剧院中心的圆桌，解剖学家在圆桌上对尸体进行解剖。大厅里陈列着"文物"，包括鲸的阴茎和骑着马骨架的骷髅骑士。公开解剖表演要在寒冷的冬日举行，这样才能使尸体免于腐烂，便于控制臭味。斯泰诺在1661年1月1日进行了一次公开表演，解剖了一具男性尸体。1月5到7日，他对一只狗进行了活体解剖，观察了狗的淋巴、肺和血管系统。1月14日，他对一只怀孕的母狗和它未出生的狗崽进行了活体解剖。2月7日，他解剖了一个名叫雅尼克·詹森的人，此人不久前死于梅毒。

大学生们整天熙熙攘攘。大学每年给他们提供194升葡萄酒和1500升啤酒的免税津贴。他们喜欢在酒馆里玩一种游戏：把一只猫装在笼子里再吊在天花板上，将棍棒扔过去，笼子被砸坏后，他们就一哄而上把猫打死。还有一种流行的游戏是"头放腿上"，一个学生把头埋在一个女孩双腿间，让其他女孩打他的屁股，然后让他来猜是哪个女孩打了他。这些女性大多在大学附近的纺织厂工作。一位英国旅行者描述："据说那时的妇女婚前并未把贞操当回事。"斯泰诺从不掺和这些事。他的耶稣会传记作者拉法埃洛·乔尼[1]将他描绘为禁欲者："他容貌出众，性情温和，举止谦逊。

1　原文将Rafaello误写为Raffaelo。——译者注

他是荷兰年轻女性颇感兴趣的对象，但不受荷兰姑娘诱惑，一如当初不受哥本哈根姑娘诱惑一样。"

斯泰诺一生都未对女性有过浪漫的依恋。在莱顿，他的朋友都是男性，大多数未婚，全都热衷科学、美学和哲学。1661年解剖季结束后的夏天，他和他的新朋友们去了北欧旅行。他们一起散步，乘船，拜访音乐家、作家和化学家，参观古老的城堡和教堂，游览花园和街市，在图书馆和宴会中度过了许多时光。

在荷兰，鸡奸罪的刑罚是绞颈、焚烧，然后淹溺。但是在17世纪60年代的阿姆斯特丹和莱顿，男同性恋文化盛行。他们有秘密的聚会场所和暗号。他们互称"侄女"。他们常在私人住宅、公园，尤其是小酒馆聚会，例如一个名叫"大蛇"的酒馆。斯泰诺在哥本哈根时是一个独来独往的孩子。到了大学，他成了苦行僧。在阿姆斯特丹，则是一名客座学者。如今到了莱顿，他仿佛找到了归宿，无论是在智力、社交，还是情感上。

第十五章

我在列车上焦躁不安，反复思考要向医生提的问题，不断地喝咖啡，最后连问题清单也读不下去了。大约到了中午，我吃了一份希伯来全民牌的热狗，这种热狗是由小餐车里的微波炉烘烤成的。我看着窗外宽阔的、沼泽般的哈德逊河。列车正往北行驶。我要是坐在对面那一侧的座位上，就能看到罗得岛州大西洋沿岸的浮标和码头。

我在后湾站下车，距离约定的时间还有好几个小时。当时是四月。我没有大包行李，只有一个背包。我从科普利广场漫步到芬威公园，在美术博物馆停下了脚步。我对当时在街上看到的或脑海中想到的东西，以及在博物馆里看到的画作没有什么特别的记忆。我只记得当天温暖的天气和一种超乎现实的轻飘感。我向来喜爱独自漫步在陌生的城市中，城市里的众多古迹与我之间尚无往来，正等着我去一一探访。但是，这一次，我感觉自己像在执行卧底任务，假装自己是别人。我藏匿在我的健康人伪装之下，满头大汗。伪装来的躯壳没有破裂，把我困住了。

波士顿儿童医院的儿科心脏病候诊室是一个让人欢快的地方，一个宽敞的开放空间。房间里满是鲜艳的颜色，并洒满了阳光，地板上是柔软的沙发和玩具。哥伦比亚长老会医院有一种华盛顿高地人独有的能切换使用多语种的快节奏氛围，而波士顿儿童医院则像哈佛一样干净而庄重。这里，大多数患者是婴幼儿，他们大多由母亲陪伴，偶尔有一个父亲出现——一个年纪与我相仿的小胡子爸爸。他有工作，有婚姻，还有一位生病的小孩。桌子上堆满了育儿杂志和儿童书籍。有《天才少年》和《大红狗克利福德》等等。旁边一位女士问我来这里干什么。（她在疑心什么？难道亵童者会来儿科心脏病候诊室闲逛吗？）当我告诉她我来见弗里德医生时，她的眼睛亮了。"你的孩子有什么心脏缺陷？"她问我。她说她的孩子有法洛四联症。她的孩子被绑在颜色鲜艳的汽车座椅上睡觉。我不得不向她解释，不是我的孩子，是我自己出生时就患有法洛四联症。她的眼泪夺眶而出。我看着她看着我的目光，她见我看上去又高又健康，这表示她的孩子完全有可能活到我这个岁数。她问我身体怎么样，我告诉她我在大学里教书，身体很好，已经完全康复了。

护士给我称了体重、量了身高后，弗里德医生来了，并做了自我介绍。他个子很高，轻微驼背，秃顶，O型嘴巴上方留着海象式的胡须。我们握手问候对方。他说，他专门为我安排了问诊时间，因为我是特地从外地赶来的。他带我来到了他的办公室。午后的阳光透过窗户照进来，越过他那张大木桌落在地上。

"你去了美术博物馆，感觉如何，喜欢吗？"他问。

我吓了一跳。他怎么知道我去了博物馆？我产生了一种梦幻般的想法，那是小孩子的一种突发奇想，认为老师或父母可能有超能力。我想，弗里德医生就是这种拥有神奇超能力的心脏病专家：他会在病人来看病时推测病人的行踪，判断病人去过什么地方，做过什么事，他了解一切。我脑子里的疑问一定写在了脸上。他轻声笑了，指着我翻领上的美术博物馆别针，那是我在博物馆买票时获得的。我把别针摘了下来，放到了口袋里。

我本预计需要在波士顿做一系列检查，但弗里德医生认为没有必要，他已经拿到了哥伦比亚长老会医院的检查报告。在他的办公室里，他询问了我的教学工作和写作事宜。他用冰凉又温柔的手小心地触摸我的颈部，焐热了听诊器后，才用它去接触我的背部。他又触摸了我的手、脚和脚踝。他观察我呼吸时的胸部起伏。他还和我讨论了我的饮食方案和运动习惯。

弗里德医生详细地描述了我面临的问题。他在纸上画图，解释我心脏的基础情况，以前没有人这样做过。他解释说，由于上一次手术，我没有了肺动脉瓣，这就使得心脏不完整。血液反流回右心室，使得右心室扩大。

他用马克笔画箭头，从标有"右心室"的方框一侧向外顶。我第一次这么直观地了解自己的病情。

"这是什么意思？"我问。

他先是沉默了一下，然后非常认真地开口了。他说，我似乎能够很好地与我的病情共存。而且，经历了法洛四联症矫正术的患者病史表明，随着时间流逝，他们的右心室都趋于扩大，功能也变得更弱。但尽管如此，大多数像我一样的患者都表现良好。

"我需要接受导管检查吗？"我问。

他问我对这次导管检查有什么想法。我如实相告。

他点点头，说他需要时间。他想再看看哥伦比亚长老会医院提供的资料。他向我保证，我没有迫在眉睫的生命危险。他答应我会好好评估此事，并给我回信。我离开了他的办公室。我站在郎伍德大街上，打算叫一辆出租车。我像纽约客一样走向车流，傲慢地举起手。结果，经过的每一辆出租车都从我身边溜过去了。在波士顿，出租车不是这么叫的。

我搭乘火车回到家中，感觉很平静。我采取了行动，我见到了权威人士，现在正等待他的答复。这位热心肠又温柔的哈佛教授兼医生一定会好好处理此事。对此，我坚信不疑。

第十六章

想象一下，斯泰诺在莱顿解剖剧院的解剖台上表演。那是1663年的冬天，海风吹来，寒气袭人。斯泰诺正在进行为期三天的大脑解剖研究。

解剖台上的尸体的内脏已被取出，这减少了腐臭。观众排队观看。阳光从大窗户涌入，尸身旁边还点着蜡烛。斯泰诺穿着防护服，看上去优雅整洁。醉酒的学生们在观众席的后排。在第一排坐着的是大学教授，其中就有一位全荷兰最杰出的医生西尔维厄斯教授。他黝黑英俊，留着大胡子，他的薪水比荷兰其他医生的都要多出一倍。西尔维厄斯旁边坐着一位来自国外的显贵人士——梅尔基塞代克·泰弗诺。后者出身贵族，是一名学者，也是一名间谍。他的发明包括可治疗痢疾的精神疗法和吐根碱催吐法。在著作《游泳的艺术》中，泰弗诺提倡蛙泳。这本书后来成为本杰明·富兰克林的最爱。泰弗诺同时也是路易十四时期的皇家图书馆馆长。他在巴黎家中举办的沙龙是法兰西科学院的雏形，而他的书籍和地图收藏后来成了法国国家图书馆成立的基础。

在教授和显贵们身后的是解剖专业的高年级学生，其中包括扬·斯瓦默丹。斯瓦默丹后来成了他那个时代最伟大的昆虫学家，不过当时的他正在研究呼吸方式。他会在旅馆租来的房间里对狗进行吵闹的活体解剖，弄得房间凌乱不堪（在前一年里，他不得不挪了四个地方）。大多数人不知道斯瓦默丹长什么样。据称，伦勃朗画过一幅斯瓦默丹的肖像画，但真实性尚有争议。既然如此，那咱们就当他个子瘦小，长相英俊，留一头金发吧。当时，斯瓦默丹和斯泰诺形影不离。

斯瓦默丹旁边站着的是雷尼尔·德·格拉夫，格拉夫脾气暴躁，野心勃勃，年纪比斯瓦默丹和斯泰诺要大几岁。在斯泰诺摒弃自然哲学研究之后，格拉夫将其对卵巢的观察成果据为己有。而卵巢排卵过程中释放卵细胞的卵泡（斯泰诺的发现）后来被命名为"格拉夫氏卵泡"。彼时斯泰诺已经放弃了科学研究，他并未做出抗议。在拥挤的观众席后排站着一位隐世者，他就是巴鲁赫·斯宾诺莎[1]。他当时被阿姆斯特丹的拉比[2]开除教籍后，又遭驱逐出境。斯宾诺莎住在离莱顿大学不远的地方，那里有许多门诺派教徒，他以磨镜片为生。他额头很高，长着棕色的大眼睛，别人都看不出他到底是在微笑还是在皱眉。

躺在解剖台上的尸体，颈部被先前绞死他的绳索所扭曲，并且带有绞绳的痕迹。斯泰诺描述大脑时，是这样开场的："当灵魂返归了它的家园，大脑便无法再被称为大脑，大脑也不再认识它自己。"斯泰诺主张，我们无法从头脑内部真正了解大脑。

他用起锯子、手术刀、剪刀、探针时，动作十分优雅。他虽然个子小，但实际上很强壮，无须费力便能切穿头骨。他在尸体头部两边各锯开一条线后，向助手要了一把锤子和一把凿子。他利落地敲击凿子、移开凿子，又在另一侧敲击。他把尸体的头顶盖取了下来，像递碗一样递给了助手。

斯泰诺将观众的注意力引向大脑，并指出，从外部观察大脑内部是比较抽象的。"我们只能说，大脑内有不同的物质，一种呈灰色，一种呈白色，白色的物质由神经连起来，这些神经遍布全身。"他的演讲其实说不上是大脑解剖学课，更多的是在解释我们为何不可能了解大脑。毕竟，即使将大脑切成薄片，展开大脑的褶皱，我们也仍然看不出它的运行原理。"就我个人的看法，我认为真正的解剖需要沿着神经的细线下手，沿线了解它

1　巴鲁赫·斯宾诺莎（Baruch Spinoza, 1632-1677），近代西方哲学的重要理性主义者，与笛卡尔、莱布尼茨齐名。
2　犹太人社团或犹太教教会中的精神领袖。

们所经之处。说实话,这种手法的操作难度非常之大,我无法预言这种方法有没有实现的可能。"他展示了大脑里的物质可被利用和操纵的方式,解释了不同的解剖学家为给自己的论点和解释背书,会如何对大脑进行不同的塑造。

斯泰诺回顾了大脑科学的历史。他对那些未曾进行解剖却对大脑的本质大肆发表看法的哲人不屑一顾。"那些著作只能读个乐呵。"终于,漫长的一天过去了,在详细展示了大脑的所有细节之后,斯泰诺感谢了他的导师为他带来的榜样作用。他描述道:"西尔维厄斯性格质朴,尽管他在此事上所做的研究比我认识的其他所有人都多,但谈及此事时仍带着不确定性。"斯泰诺的结论是:做研究要谨慎,提主张要谦逊。斯泰诺向观众席鞠了一躬。

西尔维厄斯向他表示祝贺。那位显贵人士泰弗诺则坚持邀请斯泰诺前往法国,到自己的沙龙去做演讲。斯瓦默丹为他的演讲所倾倒,不敢直视他的脸。一场晚宴正在等待斯泰诺,正当他走到出口时,一个陌生人上前搭话,询问他,他的这次演讲是否受了笛卡尔的影响,他的观点是否对笛卡尔在遗作《论人》中提出的人体类似发条机器的惊人观点有所暗示。

斯泰诺此前整个星期都在反复研读《论人》。他沉迷于笛卡尔的逆向解剖法(笛卡尔认为心脏会像熔炉一样使血液升温)和笛卡尔对神学的惊人研究。(如果人像时钟机芯,没有自由意志,那么整个道德秩序就会遭到质疑。如果人生来就有罪,就如时钟生来就是用来报时的一样,那悔改还有什么意义呢?)斯泰诺没有遇到过一个和自己一样对笛卡尔如此感兴趣的人。他和那位陌生人相谈甚欢，两人不禁边聊边比划起来。他们十分默契，总能接住对方的话头，知道对方下一句会说什么。斯瓦默丹试图催促斯泰诺赶紧出门。

"请您务必到莱茵斯堡找我。"这位陌生人有一双棕色的大眼睛，鼻子细长而精致。

斯瓦默丹拉了拉斯泰诺的胳膊。

"我非常乐意去！"斯泰诺说。就在他说话的当口，他才意识到自己在跟谁说话——被驱逐出教会的犹太人斯宾诺莎，著名的异端者。只要你与他交谈，你便会下地狱永受折磨！但斯泰诺愿意以开放的心态看待所有事物。

斯泰诺跋山涉水，途经运河、风车、农场、牧场和长满郁金香的温室，从莱顿赶到莱茵斯堡，花了一个小时。斯泰诺一直在研究血液（包括血液循环）、肌肉和心脏，这些东西已经进入了他的大脑。他会在走路的时候想象血液沿着颈动脉往上冲击，滋润着大脑。他会想象新发现的血管——细小的毛细血管[1]在他的手指皮肤下精密地运转。他可以感受到自己心脏的跳动，腿的移动，也能感觉到肌肉逐渐发热和酸痛。但是他无法感觉到大脑中哪怕一根神经纤维的活动，无法感觉到大脑里的任何活动。斯宾诺莎的头上会不会长着恶魔之角？他家里会不会有地狱的硫磺火？当他来到斯宾诺莎家，进门那一刻，心里有一点焦虑。但是，斯宾诺莎家十分明亮。这里的简约风格给斯泰诺留下了深刻的印象。门关上了，斯泰诺感觉像是踏进了另一个世界。

1　1661年意大利解剖学家马尔比基发现了毛细血管。

他们用拉丁语交谈,斯泰诺从记事以来就懂拉丁语,而斯宾诺莎是新近才自学的。他们谨慎地交谈,接着又兴奋地畅谈起笛卡尔和上帝的本质、神与人之间的关系来。斯泰诺主张,只有对大自然进行深入的研究,才能看到上帝杰作的本质。而令他愤慨不已的是,笛卡尔未能把握自然世界的复杂性——这种复杂性可比任何一种常见的机械装置要令人费解得多。斯宾诺莎说,这是一个数学问题。他认为从逻辑上讲,上帝赋予万物的都是明确固定的:无论是大脑、心脏,还是时钟。我们都一样,都是上帝创造的。斯泰诺离开斯宾诺莎家的时候,感觉像嗑了药一样兴奋。

看着转动的风车,看着日落和奶牛,斯泰诺有了主意:他知道如何挑战笛卡尔的权威了。在1663年的莱顿,哈维的血液循环理论所面临的争议,就如同当今各所大学的环境研究项目对全球变暖的非议一样——基本没有。换句话说,循环理论就是公认的事实。有一批专业的医生反对血液循环理论,他们担心这一理论会挖他们业务的墙脚。而对普通人来说,血液循环的概念过于诡异,令他们难以置信。但是,解剖学家清楚这一事实:血液在全身流动。至于心脏的本质,解剖学家的看法则不太一致。笛卡尔在他的著作《论人》中对心脏做了描述,他的说法与莎士比亚的一致——心脏就像熔炉,是能为血液加热的发动机。斯泰诺怀疑这个说法的真实性。他不明白,笛卡尔连心脏这么简单的东西的运作方式都不理解,为何声称自己能理解上帝本质这种复杂的事物。

斯泰诺从莱茵斯堡回到莱顿,开始在实验室里研究鹿的心脏。他将它煮沸,让它变硬,然后仔细观察它的结构。接着,他剥下心包,逐条、逐股检查纤维。"我触碰到心脏的第一束纤维,引着我往下端观察,下端又引我到上端去，"他写道，"这个事实说明了此前我和其他人都不曾了解过的心脏的整体结构。"斯泰诺的观察结果表明，心脏是一块肌肉，心脏的形状就是肌肉的形状，心脏纤维的功能和其他肌肉纤维毫无二致。他将鹿的心脏中的纤维与兔子腿的肌纤维进行了比对，发现它们完全一致。

他取得了突破性成果。斯泰诺着重写道，"心脏不是灵魂之内火或内热之类实质性物质的所在地，也不是血液之类实质性液体的创造者；同样，也不是活力、灵气之类精神性物质的生产者"。笛卡尔关于心脏的所有说法都是错误的。如果说笛卡尔对心脏一无所知，那他又凭什么认为自己知道上帝之本质？"我不用言语而仅用证据就驳倒了那些颇具智慧的头脑。"斯泰诺还写道，"古人每次就餐，上肉食的时候，都不曾意识到这一显而易见的事实。"斯泰诺证明了心脏和肉无异。但他此举是出于神圣的目的，是为了反驳异端邪说。

公开这项发现之后，斯泰诺接受了泰弗诺的邀请，带着他的伴侣斯瓦默丹和几个朋友来到了巴黎。他们一起参观了索邦学院、卢浮宫和凡尔赛宫的动物园。在杜伊勒里宫，他们见证了通过路易十四抚摸治疗的一群颈部因生肿瘤而淋巴结核鼓起的患者。他们参加了由路易十四这位"太阳王"领舞的派对。他们为泰弗诺的客人表演。斯泰诺剖开了小牛的头部，展示了其泪腺、唾液腺和斯泰诺管。他切开了小牛的大脑，指出了西尔维厄斯氏大脑侧裂。斯泰诺对一只狗进行了活体解剖，将其腹腔主动脉结扎，以演示循环理论。为了反驳笛卡尔关于动物不能感知疼痛的说法，斯泰诺触摸了狗的坐骨神经。那只狗扭动并嚎叫了起来。

他解剖了一名先天畸形的死婴。窗户是开着的，尸体的气味和街道的气味混杂在一起。围观的法国人戴着假发和珠宝首饰,穿着厚厚的大衣和高跟鞋,挂着手杖。死婴有一只手像鳍肢,五根手指相连;他还有兔唇,而婴儿母亲将此归咎于自己爱吃胡萝卜的嗜好。

死婴看起来像是雌雄同体,但斯泰诺证实,死婴下体看起来像阴茎的部分实际上是阴蒂。斯泰诺的头发很长,大鼻子和厚嘴唇间耷拉着浓密的胡须。当时在泰弗诺家观看他表演的一位医生安德烈·格兰多热写道:"坦白说,和他相比,我们就是小学生。"而另一位巴黎的医生说:"他在这个领域中冠绝古今。"

婴儿的胸部几乎全是软骨。斯泰诺称,心脏、肝脏和脾脏"都黏附在胃部"。他最感兴趣的是心脏。他进入死婴的心脏,注意到心脏的一些异常情况。肺动脉比主动脉还要狭窄。斯泰诺打开右心室,使用探针探入,发现在本应是结实的肌肉壁的地方有一个洞。有三个"[通往]右心室的孔"。他看到,"同一条管道"连着两个心室和主动脉。

早在我出生的三百年前,斯泰诺便已看到了这一切:室间隔缺损、主动脉移位、肺动脉狭窄及心室壁增厚。这些先天缺陷后来被视为法洛四联症的症状。至于上帝为何会创造这样一个孩子,斯泰诺抑制了在这方面的猜测心理。他表示:"关于此现象的原因所在,我不予言说。"

那个夏天,他和斯瓦默丹搬到了泰弗诺的乡间住宅,三人一起进行繁殖研究。想象一下几名年轻男子穿过高高的草丛追逐标本的情形:他们追逐蝴蝶,捕捉蝌蚪和青蛙,研究鸡蛋,观察无脊椎动物的交配行为。那真是一个充满大自然乐趣的夏天。斯瓦默丹对蜗牛的交配行为做了颇有情调的描述:

事后，小家伙已筋疲力尽，变得迟钝而沉静。它安静地歇息，不怎么蠕动，等待猛烈的生殖欲望再次为它增添精气神，洗刷先前交媾所带来的疲倦感。

夏天结束了。斯瓦默丹回到荷兰继续求学，与家人待在一起。哥本哈根大学拒绝了斯泰诺担任教授职位的申请，他在莱顿和法国也都没有正式工作。泰弗诺动用自己与意大利美第奇家族的关系，帮斯泰诺在佛罗伦萨皮蒂宫谋得了一个职位，伽利略的学生在此创立了一个新的科学团体——西芒托学院。两人就此分离。斯泰诺一路走到托斯卡纳，有时有人陪伴，有时独自一人，走了六百多英里。数十年的战争和瘟疫之后，道路上危机四伏，流浪的匪徒和绝望的难民对他们虎视眈眈。斯泰诺佩着剑，但并不知该如何使用它。

他认为，要拆开机器才能了解它的结构。了解造物者所造之物，才能了解造物者。心脏是由细小的纤维组成的，这些纤维和腿部肌肉的纤维无二。心脏的肌肉扭成了一个有力的、精巧的结，这个结在人的一生中会不断地紧缩和松开。然而，心脏的形成可能不完美，它可能是畸形的。夜里，他会梦见斯瓦默丹。到了早晨，他便忏悔自己的罪过。他围观朝圣者的游行："我的脑海里出现这样一个想法——要么这位圣主只是一块简单的面饼，而那些赋予它如此荣耀的人是疯子，要么它确是基督圣体。"

在枫忒弗洛皇家修道院，斯泰诺与院长在她的私室会面，那是她每日早晨五点到九点祈祷的地方。在蒙彼利埃，他进行了解剖表演，令在场的观众赞叹不已,其中就有正在法国游学的英国科学家。晚餐时,这些英国人讨论起他们一位同事——罗伯特·胡克[1]的工作。胡克当时正在研究一些在山顶和田野中发现的形状奇异的石头,其中有一些石头形似海洋动物。餐桌上的法国人则提到了一个世纪前曾在蒙彼利埃工作的博物学家——纪尧姆·尤德莱。他曾指出,在当地海滩发现的所谓舌石应是古代鲨鱼的牙齿。

斯泰诺到了比萨。托斯卡纳地貌丰富,山地、平原、丘陵均有分布,地球的内脏在此是裸露的。斯泰诺用手指触摸砂岩的轮廓线,研究岩层。"尝试再尝试",是西芒托学院的院训。美第奇公爵向斯泰诺展示伽利略使用过的仪器:望远镜、星盘和浑仪。在这里,死囚会被和缓地绞勒至死,以确保在被解剖学家解剖之前,死者颈部的结构不被破坏。皮蒂宫的地面由于弗朗西斯科·雷迪[2]的实验而散发恶臭——雷迪一直在此研究腐肉生出蛆虫的原理。在美第奇公爵的宫殿中,一名奇怪的瘦弱女子甚为斯泰诺对路德主义的虔诚所震惊。她是玛丽亚·弗拉维娅修女,是一名议员的女儿。她怒目圆睁。她问道,既不认罪忏悔,也无救赎可能的生活,是什么感觉?斯泰诺腼腆地告诉她,他向来不擅与人争辩信仰问题,但他愿意听取所有观点。

然后,一头怪物出现了!

渔民捕捞到一条巨大的鲨鱼,从未有人见过那么大的鲨鱼。这头庞然大物的头被斩了下来,送到了皮蒂宫。斯泰诺测量它的颚骨。其颚骨巨

1　罗伯特·胡克(Robert Hooke,1635—1703),英国博物学家、发明家。
2　弗朗西斯科·雷迪(Francisco Redi,1626—1697),意大利医学家、昆虫学家。

大无比，容得下一个人穿行其中。其头部的皮肤坚韧，大脑很小。真正令斯泰诺印象深刻的是鲨鱼的牙齿，他很轻松地便将牙齿从鲨鱼的颚骨上取了下来。牙齿的形状和他在蒙彼利埃与英国人讨论过的舌石的形状完全相同。他想起了蒙彼利埃周边的群山，风景中的碎岩，还有在高地发现的贝壳。

他前往海岸，前往里窝那和皮翁比诺。他参观了卡拉拉的大理石采石场和切奇纳的盐矿场，研究了地球的形成历史。他写道："比起其他例证，托斯卡纳的例证更清晰地诠释了事物的当前状态是如何揭示其过去的状态的。"

就在他研究地球的本质的同时，他被卷入了关于不可言说者的讨论中。弗拉维娅修女将他介绍给了拉维尼娅·阿诺尔菲。阿诺尔菲是一名已婚妇女，也是一名虔诚的忏悔者，她在长袜内放置尖刺，礼服内还穿着刚毛衬衣[1]。两位女士为斯泰诺引见了一名富有魅力的传道者，保罗·塞涅里。他在冷天里赤身裸体祈祷，每天鞭打自己，直到流血晕倒。斯泰诺加入了宗教狂热者的行列。

1667年，斯泰诺出版了一本小书，该书由三部分组成。第一部分"肌病要素之例证"阐述肌肉的几何形状和动物的活动原理。斯泰诺在第二部分"鲨鱼头部解剖学"中，描述了鲨鱼的牙齿变成化石的原理，并讲解了地球的地层结构。最后一部分有九页，重点讲述小型鲨鱼的解剖。在研究鲨鱼的卵巢后，斯泰诺通过类推得出了女性卵巢中含有卵的结论。这个结论彻底颠覆了人们对人类生殖的想象。科学史学家马修·科布在他所著的《这

1　旧时苦修者所穿的粗制衣服。

一代》中描述道,在这本内容分为三部分的书中,斯泰诺颠覆了整个世界的知识体系。科布认为,斯泰诺发现了"一种最普遍的生命现象——运动的数学解释",打下了"对地球及其历史进行科学研究的基础",并最终证明了"人的卵就像其他动物的卵"。

随着研究向前迈进,斯泰诺洞察了物质现实世界的各个层面。同时,他的宗教危机也加深了。他参观了美第奇劳伦齐阿纳图书馆,研读了希腊语和希伯来语《圣经》原稿,还有《福音书》及其译本。1671年,他发表了最后一部出色的著作——《固体》(该书是关于固体自然包裹于另一固体问题的初步探讨)。书中概述了地质研究的基本原理,这些原理至今仍然适用。两百年后,英国伟大的地质学家詹姆斯·赫顿梳理了这本著作的观点,并将它称为"深时论"。根据斯泰诺的说法,地球需要年复一年、循环往复地运作才能形成,但细心的17世纪读者明白斯泰诺想要表达的意思。莱布尼茨希望斯泰诺能够"从《固体》中推导出关于人类起源的结论"。

斯泰诺不断接近一些不可言说的结论,这些结论在全世界都无人敢想。一天夜里,他在比萨一条黑暗的街道上走着,忽然听到一个声音对他喊:"来,到另一边来。"他内心有一些东西忽然就崩了。斯泰诺不知道这声音从何处来,但他知道这声音的含义。正当审查官还在审议他的《固体》一书的手稿时,他便改宗皈依天主教了。几乎在同一时期,斯瓦默丹在莱顿经历了一次精神崩溃。他和斯泰诺一样终生未婚,也和斯泰诺一样处于事业的顶峰。斯泰诺摒弃研究后不久,斯瓦默丹也放弃了自己的研究。他落入了一位名叫安托瓦内特·布里尼翁的潜修者的控制之下。布里尼翁是一位富有的天主教叛教者,她长着怪异的兔唇,并且总是鼓吹末日即将到来。自此,斯泰诺和斯瓦默丹再也没有见面。

1675年,斯泰诺被任命为执事。1677年,被任命为主教。教会派他前往汉诺威任职,那里的人多数是新教徒。斯泰诺卖掉了他的主教权戒和银十字架,把得来的钱分给了穷人。他衣着褴褛,疏远教区的居民,写信给罗马教廷,恳求后者免去他的职务。他在信中写道,他就像"一个没有任何感觉的死人"。1686年11月21日,他为剧烈的腹部疼痛所困扰,并提笔写道:

> 我往常的轻恙——腹绞痛,如今看来似乎已结成石块。昨晚,我的骶骨痛得彻骨。灌肠后,疼痛转移到耻骨下方。今日早晨起,疼痛似乎持续加强,痛处正形成炎症。一滴尿也没有。我相信有颗石头已然嵌入膀胱的褶皱中,除了引起疼痛之外,它还导致膀胱黏膜发炎,并将成为我死亡的缘由。

写下这些话四天后,斯泰诺去世了。

法国心理学家拉康曾将创伤定义为"与实在界的相遇"。斯泰诺步步靠近深渊,那是虚无的生命之渊。他比周围任何人都更能看清生命的物质基础本质,更能看清实在界的本质。而这种洞察力所带来的影响与创伤带来的相差无几。他必须把目光移开。

斯泰诺逝世三百年后,他对心脏肌肉结构的描述才真正被运用于医疗。他所发现的心脏缺陷并未以他的名字命名。在20世纪40年代陶西格医生出手之前,没有医生尝试过诊断和治疗法洛四联症患儿。在斯泰诺逝世数个世纪之后，西方世界方才开始认真应对人类心脏的构造和畸形问题。

第十七章

拜访弗里德医生后，我回了家，得知我在布鲁克林市中心的公寓租约到期了。7月，我在纽约新学院大学教一个预科班。8月，我在佛蒙特州父母家中过了一个周末。我仍然没有收到弗里德医生的消息。我还没有决定要不要接受心脏导管检查术。手术已经安排上了，但我还没有确定要不要做。和父母交谈时，但凡触及此事，最后总会以呼喊、咆哮收尾。到了月底，我到楠塔基特岛看望朋友杰夫和安妮。他们要结婚了，我们开香槟庆祝。我向他们坦白，我快要被赶出公寓了。安妮和我又唠叨了一回合"加布，你到底知不知道自己在干什么？"

我在波士顿搭乘渡轮和公共汽车，又转了一趟火车回纽约。8月下旬的纽约，气味不如人意。我的信箱里满是文学杂志的退稿信和账单，里面还有一封波士顿儿童医院的来信。我摸出钥匙开门，把背包放下来，然后坐在床上，打开那封信。我记得当时脸上仍有防晒霜的气味，还记得晒伤的脖子与衬衫衣领接触的感觉。弗里德医生的信有三页，单行间距。收件人是罗森鲍姆医生，信末抄送给了我。我当时应该是将这封信读了三遍。我坐在折叠式蒲团上，没有开窗，也没给自己倒杯水喝。我仍保留着这封信，上面满是我的涂鸦和用铅笔涂写的标注、图表、下划线和注释。

我在"气促"旁标注"呼吸困难",在"发绀"旁标注"皮肤发青",在"强迫坐位"旁标注"脚肿胀(？)"。据弗里德医生描述,我没有这些症状。他写道:"他的状况很好,但最近的超声心动图显示,他的右心室功能障碍正在加剧。"此前,我从未了解如此详尽的关于我的病情的讨论。

> 在表现出[成人法洛四联症]明显症状的患者中,我们已经开始使用同种异体肺动脉瓣进行移植置换手术,以期恢复正常的肺动脉瓣功能。然而,这只是一项临时措施,因为这一植入物最终会导致反流,患儿或成人患者最终会再次出现明显的肺动脉反流症状,若植入物钙化,还可能出现肺动脉瓣狭窄问题。

我的末日判决就这样被写成了白纸黑字,我却感到欣慰:他似乎并不希望我接受手术。在第二页顶部,我用下划线画出了这样一句话:"我怀疑布朗斯坦先生正处于从耐受肺动脉瓣反流到出现明显症状这条路上的某个位置。"但是,我到底处在其中的哪个位置呢?我在这条路上走得有多快?"布朗斯坦先生可能会在几年或者几十年后,因为右心室功能障碍而出现症状。我们从丰唐术的经验中可知RV并非必要,我怀疑布朗斯坦先生只要三尖瓣尚好,他便不会再遭什么罪。"我知道他所说的"RV"是指右心室。丰唐术是一种针对天生单心室患儿的治疗术式:血液可以改道输送至肺部,患儿仅凭一个左心室也可以活下来。

在没有肺动脉瓣甚至没有右心室的情况下我也能活得好好的。这一观点正是罗森鲍姆医生和成人先天性心脏病专家所质疑的对象,只是此时尚无足够的数据支持。弗里德医生这是在权衡接受心脏手术的风险及等待的风险,并且他暂时倾向后者。假如我当时能读得更细致,假如我当时能够客观地听取两位医生的意见,我可能已经看透两位医生所达成的基本共识,以及罗森鲍姆医生当初尚未被证实的看法:由于患者心脏衰竭后没有足够有效的治疗方案,外科医生可能需要在患者心脏出现损伤之前先行下手,即预防胜于治疗。也就是说,现在就要下手了。但我当时并不这么认为。

"几年或者几十年后",我带着否认的意识反复琢磨这句话。谁敢说,这样患者就能比原来活得更久、更健康呢?在第二页的底部,弗里德医生得出了结论:

> 我们并没有非常好的解决方案,他也没有症状,并且这台手术很可能只是临时性的,而非永久性的治愈方案。所以我认为此时我们应采取保守的方案……倘若现阶段对手术不做考虑,那么我不确定此时是否有必要进行心脏导管检查术来确定肺动脉瓣反流的程度。这充其量就是半定量研究,我不认为这会改变采取保守方案的决定。

我放下信。当时,我应该兴奋得往空中挥了拳吧。这是我渴望已久的缓刑。我不用做导管检查！我打电话给杰夫和安妮，他们为我感到高兴。杰夫说，这真是一个不错的双关语，医生的名字是弗里德，而我获得了自由[1]。巧了。

那天是 8 月下旬的一个星期天，第二天是新学期开学的第一天。当时我在纽约巴纳德学院教授基础英语课。星期二便是我早前预约的心脏导管检查术的日子。在那之后，我必须搬到新公寓。现在没有理由给罗森鲍姆医生的办公室打电话。还是明天吧，明天一起床就打，取消检查术。

我按计划执行。在坐在办公桌前喝咖啡、打开电脑并反复重读眼前的小说的第一句话之前，我给他的答录机留了言。在边喝咖啡边写作时，有那么一会，我将烦恼抛诸脑后。我从淋浴间走出来时，电话响了。我没接听，电话转入答录机。

"我是罗森鲍姆医生，"一个忧郁的声音说，"我打电话来想和你谈谈你的心脏问题。"

我对这通留言置之不理。

第十八章

只要我对自己的心脏问题视而不见，那它们就不存在。我的人生向来就是这么过来的。我接受了罗森鲍姆医生的建议，也读了弗里德医生的信。我在信上提到的"几年或者几十年后"处，着重画出了"几十年"这几个字。

---

1 "弗里德"的英文是 Freed，"自由"的英文是 free，二者读音相近。

但在内心深处，我切实感觉到了"几年后"这几个字的意味。某种程度上，罗森鲍姆的看法要比弗里德的乐观得多。弗里德在信上使用了最黑暗、最严酷的字眼来阐释我的末日。他似乎在说，一旦我的心脏开始衰竭，我便药石罔效了。我竭力抛开这个想法，但在深夜里，或在地铁上时，它会猛然跳出来。焦虑的来袭让我呼吸困难。我的人生可能只剩下几年的时间了。

罗森鲍姆向我描述了他那些心力衰竭患者的情况，弗里德也描述过心脏反流、心瓣渗漏、植入肺动脉瓣狭窄的情况，但我都尽可能快速并有力地将这些想法消化掉了。我继续一遍又一遍地修改我那停滞不前的小说，继续教授我的兼职课程，继续为纽约尼克斯队加油。心瓣渗漏、心力衰竭就是我床底下的怪物。接受心脏导管检查术就表示要面对这些怪物，我太害怕了。我只想安全地躲在被毯下。我想做个正常人。作为一名心脏病患者，我就像活在柜子里，无比压抑——而最让我感到压抑的恰恰是我自己。我的创伤与自欺之间的这些联系，是一位年长我十岁的先天性心脏病患者——艾伦·萨巴尔让我认识到的。

"你的身体对手术的侵入性做出了反应。"萨巴尔说。1961年，他在十岁的时候接受了第一次手术，修复了主动脉瓣狭窄问题。"身体无法理解，在年龄小的时候更是无法理解。作为一个小孩，你压根不知道这些东西是哪里来的。"

萨巴尔现在六十出头，热情洋溢，充满活力。他胖乎乎的，很有魅力，特别好相处，有些自来熟。他留着整洁的山羊胡，脸上总带着温暖的笑意。我们第一次共进午餐时，是在他居住的公寓附近的咖啡馆里。他向我吐露他早年的两次内心挣扎情况。他说起话来速度很快、态度严肃，他解释道，他的性取向和心脏病在他的童年时期——20世纪五六十年代,都是禁忌话题。精神病界将他的同性恋倾向归为精神障碍,他无法言说。而他的心脏状况在布朗克斯那个中产阶级犹太家庭里,也无人敢提。

在咖啡馆里,我们左边有一帮尖叫吵闹的孩子。艾伦用急切的语调,低声讲述他为压抑性欲和心脏病带来的心理创伤所做的努力。两者都困扰着他,两者都是秘密。在他小时候,没人告诉过他关于他心脏的情况,也没人让他为侵入性治疗做心理准备。他知道自己有些不对劲,知道医生很担心他,但没有人向他做出任何解释。

"我的父母没有告诉我,为什么我要再次去医院,"他谈到自己十岁时接受的心脏手术,"他们只说我要做更多检查。"

小艾伦吓坏了,发起了脾气。父母把他塞到车里,强行带到了曼哈顿。在那个年代,父母无法在小孩接受手术之前陪着他们。他的父母和他道了别,而此前没有人提过这台手术。艾伦被留在医院病房里过夜,接受术前观察。他旁边的病床上有一个男孩,他俩窃窃私语起来。

在今天,如果一名十岁的孩童要接受主动脉手术,他们全家人会获得很多辅导。他们会与社工甚至心理学家会面。医生会遵循既定的规程,提供专门印制的小册子,谨慎地使用适合孩子年龄的语言来描述手术的过程。有很多很好的儿童图书可供心脏病患儿和他们的父母阅读,以帮助他们顺利完成手术。患儿的病房里还有为父母准备的陪床,这样他们可以整夜陪伴孩子。

这些东西,在艾伦·萨巴尔那会儿什么都没有。他父母不愿提起将要发生的事。(在我看来,这就像是一个古老的犹太笑话的黑暗变体。当然,艾伦的父母不愿告诉他关于手术的事。他们不希望他心烦。)艾伦住在当时的第五大道花园医院，就在中央公园附近。透过病房的窗户，他可以看到由北往韦斯切斯特延伸的火车轨道。他睡不着，一旁病床上的十二岁男孩也睡不着。

男孩问艾伦，他为何住院。

艾伦不知道。

那孩子解释说，这个房间是他们用来给手术前的病人住的。

于是，艾伦在半夜里知道了等待着他的第二天早上的"惊喜"。他猜想，应该就是心脏手术。

天还没亮，护士就来了。凌晨五点，恐惧又困惑的艾伦被洗得干干净净。他们给艾伦无毛的胸膛剃毛。他们用火辣辣的抗生素皂，将心脏监测仪的吸盘贴在他的皮肤上，然后用轮床将他推到一个铺有瓷砖的忙碌中的手术室里。

"在失去意识之前，我记得的最后一件事是灌肠。"他告诉我，"灌肠剂里一定有麻醉成分。我只记得屁股被灌了东西，然后被贴上了什么。"

主动脉下狭窄即主动脉瓣狭窄，在很多病例中还包括主动脉狭窄。艾伦的胸腔被打开了，他与一台心肺机相连。外科医生对他的瓣膜和主动脉进行了修复，使更多的含氧血流往他的身体和大脑。他在一个满是术后成年患者的病房中醒来，所有人都呻吟着，散发着臭味，半死不活。艾伦的意识一时清醒，一时模糊。他父母只能进行短暂、间歇性的探视。大多数时候，他都是自己待着。一开始，他恢复得很好，但是他过早地被从术后病房转移到了儿科病房。那天深夜，护理人员推着他的轮床，静脉输液管在他身边摇摆着，嘎嘎作响。儿科病房的门对他的轮床来说太窄了，因此，刚被开胸的艾伦就被人用手抬了起来，移到了另一台轮床上，送进了儿科病房。结果，他出现了术后肺炎的症状，发烧加重了。外科医生又上场了，给他插了喉管，以给他的肺部通气。他在医院待了三个星期。他记得多个夜里，他唯一的慰藉就是他收在病床上的一个晶体管收音机。他将收音机的单端耳机塞到耳朵里，听着1962年的金曲：博比·文顿的《玫瑰是红色的》[1]、四季乐队的《姑娘不哭》[2]。

长大后，艾伦学会了自在地表达自己的性取向。他安然度过了艾滋病危机时期。但小时候那台恐怖的手术无声地在他的心底留下了阴影，他无法面对关于自己心脏的事实。他儿时看的心脏病专家退休后，直到2011年他才重新看医生。他内心的创伤记忆反复涌现。他向我讲起一段往事。在他没有接受护理的那些年，有一次他在加利福尼亚的山间静修。他躺在休息台上接受背部按摩，突然间，童年那台手术如梦魇般在他的脑海中浮现。

"有关当年的术前准备工作的画面在我脑子里闪现，"他想起肛门被入侵，医生给他的肛门贴上胶布的场景。"霎时间，我惊声尖叫，'滚开！滚开！'我号啕大哭。心里所有关于心脏的情绪一时间全部冒出来了。"而在五十多岁的时候，艾伦再次被告知需要接受心脏手术，他的反应和我的一样，他也陷入了恐慌。

我想，我们仨——布里奇特、艾伦和我似乎都有些疯狂。我们拒绝面对自己的问题，并因此冒着失去生命的风险。但当我考虑我们的共同反应时，我倒觉得我们并非完全的神经质。想要避免接受心脏手术的想法是完全合乎情理的。毕竟已经经历过一次，我们自然不愿意再来一次。

1　原文为 Big Girls Don't Cry。

2　原文将 Roses Are Red 误写为 Roses and Red。——译者注

没有人想要生病。现在，"健康"是"正常"的代名词，而"生病"则表示精神失常、邪恶或不人道（或者，用玩滑板的人的话说，"凶险"）。在一本我十分喜欢的小说——唐·德里罗[1]的《白噪音》中，有一位虚构人物默里·西斯金德。他曾是体育新闻记者，后来转而研究猫王。他的用语带着讽刺意味，但在我听来却异常真实。"恐惧才是不自然的。"默里认为，"闪电和雷鸣是不自然的。痛苦、希望、现实，这些统统是不自然的。对于这些，我们不能逆来顺受。我们知道得太多。所以我们自我压抑、妥协和伪装。这是我们幸存于宇宙之中的方式。这就是人类的自然语言。"换成别人，他们的反应都会像我的一样。我知道我的心脏有毛病。这个毛病在我的身体上，在我的胸膛正中刻了一条大疤痕。但是我无法从容地面对它。我能做的只有压抑、妥协和伪装。我并非出于无知而逃避医生。我逃避医生，恰恰是因为我知道得太多。

　　你可以像心脏外科医生登顿·库利在他的回忆录《十万颗心脏》中所说的那样，认为心脏"就是个泵嘛"。这种用词可以给你一种自信又威猛的感觉。但其实人人都知道，你在面对自己身体里这个跳动的东西的奥秘时，给自己蒙上了双眼。有些内脏是沉默的。比如，我们就很容易忽略的肝脏、肾脏和脾脏。也有一些内脏会向我们提出明确的要求。胃说，我饿了。膀胱说，我要尿尿。心脏则不间断地发出声音，但它不是在对你说话。它自顾自地"嘭""嘭""嘭"，就好像那位在演出时背对观众的歌手迈尔

　1　唐·德里罗（Don DeLillo，1936— ），美国散文家、小说家、剧作家。
　2　朱叶译，译林出版社，2013年。

斯·戴维斯[1]一样。当你在半夜里醒来，偷听到你的胸腔中那位扰人清梦的小租户在做音阶练习的时候，你会感到恐惧。因为你知道，一旦这位租户停止练习，你就会死。

我还记得七年级生物课上发生的一件事。当时我觉得生物课实在太乏味了，只能透过不成熟的性幻想来缓解。但如今回想起来，却觉得这件事让我印象深刻。斯特本兹老师告诉我们，我们无法控制自己的呼吸。教室里一大帮十二岁的初中生，个个都成了小尼古劳斯·斯泰诺，开始试着控制自己的呼吸，大口吸气，然后屏住呼吸。肺部已经如此难以捉摸，而心脏更甚——心脏有它自己的大脑。

19世纪末，研究心跳的学者分为两个阵营：支持神经原学说[2]的，他们认为心跳受神经系统乃至大脑控制；支持肌原学说[3]的，他们认为心跳起源于器官本身。肌原学说胜利了。你的心脏特立独行，不用你帮忙就可以干活。你的大脑并没有真正参与其中。

在心脏的上部，即右心房上方，有一簇细胞，叫窦房结，每秒钟左右会发出一次电脉冲。这便是心脏的大脑。来自窦房结的电脉冲在一个跳动的肌肉组织网络中穿行。心脏没有神经细胞，心脏细胞是唯一以自身传导电脉冲的肌肉细胞。电流通过离子交换进行传播，无数的钠离子和钾离子穿行于数十万细胞中。电脉冲首先会到达心脏上部较小的腔室（即心房），心房受到脉冲的驱使而搏动。然后，脉冲在右心房和心室之间的第二个节

1　迈尔斯·戴维斯（Miles Davis，1926—1991），美国爵士乐演奏家、作曲家、指挥家。

2　neurogenic theory。

3　myogenic theory。

点——房室结处再次集聚。接着,脉冲沿着室间隔,通过心室内的浦肯野纤维网再次引发搏动。这时,心室收缩,血液流动。

当我们运动或者激动时,心跳就会加快;当我们睡觉或者放松时,心跳就会变慢。19世纪初期,法国生理学家弗朗索瓦·马让迪通过活体解剖证实,所有交感神经的连接都可以从心脏端切断,而心脏仍会继续自发搏动。在当代的移植外科手术中,患者所有必要的血管都会连接到心脏植入体上,而神经则无法连接上,因此心脏和大脑之间的交感神经被切断了。完成移植后,大脑仅通过诸如肾上腺素之类的血源性激素向心脏传递兴奋。如果心脏因感染、损伤或心肌梗死而受损,电生理系统能够自行适应。如果一条电路受阻,大脑将会出现新的电路。如果窦房结出了问题,房室结就会接管它的工作。现代医学很好地阐释了这一系统的大致原理,但分子传导和适应机制的微妙之处仍然扑朔迷离。

弗里德医生曾对我说:"没有人知道心脏如何给它自己传达信息。"

心脏就是心脏,是它自己。心脏是除大脑外的头号秘密情报机关,这是心脏的神秘和隐喻意义的基础。这也是当你读到叶芝的诗句"总听得它在我心灵深处呼唤"[1]时,你会哭泣的原因。心灵深处是深不可测的。

在为本书做准备时,我有幸与第一位为婴儿施行心脏导管检查术的医生——亚伯拉罕·鲁道夫进行了交谈。1956年,他在波士顿儿童医院完成了第一例婴儿心脏导管检查术。当时,他的大多数患者都是婴儿,大多未经治疗,并且不到一岁就夭折了。鲁道夫开始为患儿施行导管检查术,希望他们能得到治疗并被治愈。我搜集来的资料显示,他是当今仍然在世的

1　飞白译。

最重要的儿科心脏病专家。

　　鲁道夫医生已经九十多岁了，顶着稀疏的黑发，阴沉的脸上布满皱纹。他的手指关节肿胀，说话时会比划。他讲话十分严谨，带有一点南非口音。他讲述那些疯狂的故事时，会不时发出自嘲式的迷人笑声。第一次给婴儿做心脏导管检查术时，他在想什么呢？"嗯……"鲁道夫医生说，"我很害怕。"为什么害怕呢？"我非常害怕，"他笑起来，"我怕我做的这个导管术会把婴儿弄死。"

　　我和鲁道夫医生交流了儿科心脏病学的历史，以及学界为了解和治疗心脏疾病并掌握新疗法付出的努力。我们讨论了新技术、新诊断方法和新干预手段之间的复杂关系。比如，他早期所施的导管术是如何帮助医生理解心脏并指导他们进行手术的。有时，他回答得并不清楚。

　　"毫无疑问，它们是有关系的，"就导管术和手术的关系，他向我解释道，"但不是直接的关系。"

　　我想让他谈谈20世纪50年代中后期心脏直视手术诞生的情况，以及韦尔顿·格索尼曾向我吐露的关于伦理困境的担忧。我的问题似乎让鲁道夫医生感到沮丧。

　　当他知道李拉海医生发明的双患者活体交叉循环术时，有什么感觉？"哦，我们非常激动，"他说，又咯咯地笑起来，"因为我们可以对付室间隔缺损了。"随着我的询问不断深入，他的回答似乎更空泛了。"那时，我们只能基于非常少的信息来做决策，"他告诉我，"你得基于当时的医学法则来做决定。"当提到他的一些从历史角度来说似乎非常伟大的成就时，他显得十分悲伤。他不确定，20世纪50年代针对心房间隔缺损进行的一些高风险突破性的心脏外科手术是否真有必要。他告诉我，很多心房间隔缺损会自行闭合。

谈话结束后，当我正将笔记整理到电脑上，并在脑中回想的时候，我才意识到他的言外之意。对他而言，要解释清楚他在20世纪五十六年代那段日子的感受，实在太难了。尽管非常伤脑筋，但他们仍然要对风险和回报进行复杂的预测，在目前患者与未来患者间权衡利弊，还需开发新技术，因为医学向来就是如此。医学上有一块稳固的已知领域，而在这片坚实土地的周边，还有一片尚未被火光照亮的、未知的茫茫荒地。

在我们交谈之后的一次电子邮件交流中，鲁道夫医生引述了拉什迪[1]最初就自己的小说《午夜之子》中的魔幻现实主义所发表的看法："事实难以界定，而且事实可以有多种含义。现实的基础是我们的偏见、误解和无知，以及我们的洞见与知识。"我无法确定鲁道夫医生引用拉什迪的话是来界定我引导他谈论历史的笨拙企图，还是描述他自己对治疗和诊断方案的早期尝试。所以我认为两者兼而有之。

俗话说，医学既是一种艺术，又是一门科学。（"医生，要是我们需要艺术，"洛丽·摩尔的小说《这儿只有这种人：儿科肿瘤病区咿呀学语的儿童》中一个人物说，"我们会去美术馆。"）对于患者来说，知道医学（尤其是实验医学）是一门关乎想象力的学科，是非常重要的。"我们在黑暗中摸索工作——我们竭尽所能，我们倾尽所有。"这是亨利·詹姆斯[2]关于小说写作的最著名的说法。"我们的怀疑即我们的激情，我们的激情是我们的使命。"显然，鲁道夫医生对儿科心脏病学的看法与此不谋而合。

---

1 拉什迪（Salmon Rushdie，1947— ），印度裔英国作家。
2 亨利·詹姆斯（Henry James，1843—1916），美国作家，代表作有《一位女士的画像》《金碗》等。

第二部分

"醚"醉手术台

第十九章

那是1931年10月的一天。想象你正乘坐一辆从蒙特利尔开往纽约的火车，想象过道那边有一个女人。她散发着一股怪味，闻起来就像玫瑰水掺了甲醛的气味一样。到处都是她的行李，她身旁的座位，她上方的行李架上，都有她的袋子和箱子，有些用麻绳捆着，有些用牛皮纸包着。牛皮纸看起来很脏，好像里面有东西渗漏出来。她手里拿着一本满是相片和图画的作品集，好几次碰倒了一旁那把大条纹伞。

她年纪较长，留着男孩一样的短发。她的外套呈难看的暗紫色，丝绒面料上打着补丁，显得十分破旧。在整趟旅程中，她都没把外套脱下来。她上身穿着硬领的波点衬衣，下身穿黑色长裙。长裙上沾有芥末的污渍，这是她午餐吃三明治时留下的。她戴着眼镜，两边嘴角都有深深的皱纹。

要不是她有大量的纸质文件（杂志、手稿和笔记本），你会以为她是一个古怪的女管家或失业教师。她看上去不知疲倦，似乎把整整十一个小时的车程都花在了工作上。你喝了一杯饮料，小睡了一会儿，醒过来时，她还在那儿工作，眉头紧锁，嘴唇紧闭，笔耕不辍。你一直盯着她，她发现了你的举动，你觉得十分尴尬。但当她微笑的时候，她又变得既慈祥又天真烂漫。然后，她非常客气地为自己的行李占了很多地方表示抱歉。

你俩都在宾夕法尼亚站下车。她戴上了一顶夸张的宽檐帽。她的行李太多了，她差点应付不来，既要拿雨伞，又得提手提包。方才胡乱塞进公文包的文件眼看着就要掉落一地了，你别无他法，只好出手相助。尽管她的箱子已经堵塞了车厢的走道和通往站台的楼梯，但她还是不断地向你和其他正要提供帮助的人表示她不需要特别的照顾。她脸颊发红，话也说不顺畅了，直表示抱歉。

你帮她找了一位戴红帽子的工作人员。对方将她的行李都绑在了一辆手推车上。还剩最后一个发臭的、易碎的盒子，你得帮她拿着。然后，你和她一起走到第八大道出租车站。你手里拿着那个盒子，陪着她穿行在拥挤的人群中。盒子里的罐子叮当作响，盒底有些粘手。你心里想，要是刚才没拿起它就好了。为了缓解尴尬的气氛，你问她带了什么东西来纽约。想不到，她开始快语畅谈起人类心脏的历史、心脏在子宫内的发育过程，以及心脏的畸形发育。她的一双眼睛水汪汪的，看上去充满智慧。在她讲到蜥蜴、乌龟和心室的时候，你试着跟上她的节奏。你们从车站巨大的铁质栏网下走过，从带有巨大玻璃窗格的教堂式天花板下走过，她径直走着，似乎对周遭的一切漠不关心。她上下楼梯时，你想不到她竟然稳稳当当，没有丝毫踉跄。当你们走出车站，走向大街时，你又想起了第一个问题：你这一路帮她抱着的盒子里面是什么东西。你想知道这个问题的答案。

"哦，那个啊⋯⋯"她笑起来，"里面是一些胎儿的心脏啦！"

她一把从你手中夺过盒子。她给了戴红帽子的工作人员一些加拿大元作小费。出租车门"砰"地关上。她摇下车窗，和你说话。她做了自我介绍，自称莫德·阿伯特博士，并邀请你去纽约医学院的双周毕业作品展上观看她的作品。出租车开动时，她还在说话。随着车子驶远，她的声音渐渐被城市吞没。

****

儿科心脏病学的历史始于莫德·阿伯特。她是第一位致力于先天性心脏病研究的医生，第一位对先天性心脏缺陷的种类和病理进行描述的医生，也是第一位出版相关书籍的人。

1869年，也就是斯泰诺的年代退去两百年后，莫德·阿伯特在魁北克的一个小镇出生了，那儿离蒙特利尔不远。莫德的母亲伊丽莎白·阿伯特是一名英国圣公会牧师的女儿，是家里八个孩子之一。在这八个孩子中，有七个死于肺结核。莫德的父亲是一名圣公会神职人员，也是一个杀人凶手。1866年的一个严寒的冬夜，她的父亲杰里迈亚·巴宾将他残疾的妹妹玛丽带到了列夫尔河，把她淹死在了冰冷的雪水里。巴宾在莫德出生之前就逃离了魁北克，而在莫德出生七个月后，她的母亲伊丽莎白同样死于肺结核。

莫德和她的姐姐爱丽斯由外祖母弗朗西丝·史密斯·阿伯特抚养，在蒙特利尔北边的圣安德鲁小镇教区长大。外祖母那时六十多岁，是个寡居的英国移民，是赫特福德侯爵的后代。阿伯特家族是名门望族，根据加拿大国会发布的一项法案，这对孤儿姐妹的姓氏应由巴宾改为阿伯特。

在圣安德鲁教区，莫德的童年和《绿山墙的安妮》里描述的几乎一致。对她来说，一把铅笔刀就是非常棒的圣诞礼物，鲜艳的丝带也是。她是个书呆子式的女孩。十几岁的时候，她在日记中写道："我的白日梦之一，我感觉有些自私，那就是去上学……我还是一样，一旦开始梦想各种可能性，我就会对我知道的永远不可能实现的事情陷入半癫狂状态。啊，要是能和其他的女孩子一起上学就好了！"阿伯特十七岁时，祖母依了她，把她送往蒙特利尔一所女子学校上学。同年，麦吉尔大学向女性敞开大门。几年后，阿伯特申请入学并被录取。这所大学成了她一生的挚爱之所。但是在极大程度上，她对这所学校的热爱却是痴心错付。

"我们个个都充满热情，"她提及那些入读麦吉尔大学的上流阶层女性时这样写道，"我是一个乡下人，在进入艺术专业学习之前，没有任何相关的学习基础，也未经指导。但是我想，我似乎是最为敏锐的一个，我感受到了自己的优势。我简直爱上了麦吉尔大学，而且这份爱从未改变。"阿伯特一生都挚爱麦吉尔大学，但麦吉尔大学却并未把她当回事。她怀揣着一份对艺术事业的梦想进入麦吉尔大学，毕业时，她的心思却全然扑在了医学领域。

在那个时代，成为医生是一件令人激动的事。在莫德·阿伯特的整个童年时代，医学一直都在变化和发展，而且变得越来越严谨，越来越科学和专业化。1867年，即阿伯特出生的两年前，英国医生约瑟夫·利斯特在《柳叶刀》上发表了他首篇有关灭菌学的论文。利斯特在病人伤口的敷料中使用了石炭酸，而且从统计学上证明了感染率的下降。1876年，利斯特在美国推广微生物理论时，他的学说遭遇了质疑和抵制。"人们说空气里有细菌，"纽约医学研究院院长艾尔弗雷德·卢米斯说，"但我看不到它们。"卢米斯和他的同事工作时，穿着未清洗的羊毛大衣从手术室到停尸间又到分娩室，不知不觉地增加了败血症的感染概率和死亡风险。医院就和战场一样危险。很多医生否定微生物理论，就如两百五十年前的医生否定血液循环学说一样。人们否定科学的本能，实在令人惊奇。无论那些理论在今天回顾起来是多么地显而易见，任何新出现的理论都会面临质疑。微生物理论改变了医学，随着微生物理论的发展，医学教育也发生了变化。

现代医学教育之父——威廉·奥斯勒于1876至1884年间在麦吉尔大学任教，并于1893年参与建立了约翰斯·霍普金斯医学院。这是美国第一所要求入读学生必须拥有四年制大学学位的医学院。"未来属于科学。"奥斯勒说。在奥斯勒看来，实验室的技术人员"对医院的设备来讲是至关重要的……技术人员之于内科医生，就如刀和手术刀之于外科医生"。奥斯勒出版于1892年的《医学原则与实务》正是世纪之交的现代医学圣经。

阿伯特渴望进入医学科学这一新世界，但由于是女性，她不被医学所接纳。尽管她以毕业典礼学生致辞代表的荣誉身份毕业，但麦吉尔大学仍拒绝了她就读医学院的申请。"女医生"这一说法在当时看来是可笑的。她的入学申请被蒙特利尔的报纸视作丑闻。麦吉尔大学教职员坎贝尔博士写道："你能想象一个情况危急的患者等待半小时，就为了等女医生整理完她的软帽或裙衬吗？"阿伯特只好入读规模小得多的主教学院医学院。该校接收加勒比地区的妇女、犹太人和黑人。她在那里表现得十分出色，还得了奖。她在欧洲完成了研究生阶段的研究工作，也是有史以来第一位写作的研究论文被蒙特利尔医学和外科学会[1]宣读的女性。这篇论文于

1　原文将Montreal Medico-Chirurgical Society中的Chirurgical误写为Chirugical。——译者注

1900年传到了英国，它的发表先于伦敦病理学会的类似著作，也是首篇由女性写作的医学相关主题的论文。最初，她想成为一名妇科医生，但她在诊断罕见肝病方面的成功使她转而考虑从事病理学工作。

她需要留在蒙特利尔。她的姐姐爱丽斯患有精神疾病，她必须留下来照顾她。她在蒙特利尔工作的时候，姐姐就在圣安德鲁教区休养。凡尔登新教精神病院曾向她发出任职神经病理科住院医生的邀约，但她一心只想进入麦吉尔大学。她向麦吉尔大学负责病理学实验室的乔治·J.阿达米博士发出申请："如果您能举荐我，允许我加入您的实验室，允许我获得神经病理学奖学金……我将非常高兴，但这并非重点。我相信我的力所能及之处远胜于目前我所能证明的程度。"他没有给她提供帮助她在他的实验室工作的奖学金。阿达米说，他至多为她提供麦吉尔大学医学博物馆馆长助理的兼职工作。

"我更情愿在其他任何地方工作。"阿伯特在回信中写道。但她还是接受了这份工作。

她没有独立的办公室。她的办公桌在走廊尽头一个挂有帘子的地方。博物馆里一团糟。其中有奥斯勒早期所有工作的记录——他在那里进行了750次尸检，并且将所有有看头的东西保留了下来。阿达米博士致力于为这些收藏添砖加瓦，尽管他对收藏有着满腔热情，但却无半点整理天赋。1900年，标准化的病理标本分类方法尚未出现。所有的材料都被装到了箱子或瓶子里，而绝大多数容器都被胡乱地放置着。

阿伯特前往华盛顿，学习陆军医学博物馆对馆藏标本的分类方法。期间，她又去了巴尔的摩聆听奥斯勒的演讲。这位伟人离开演讲大厅时，阿伯特跟了上去。大厅门关上时，夹到了她的手。奥斯勒亲自帮她处理了伤口。

她尊敬奥斯勒。她热爱医学科学，麦吉尔大学是她心中的神殿，奥斯勒就是神殿中的神。现在，他就站在她的面前。他高大伟岸、神色威严，而且还在照看她流着血的手指。他对阿伯特的标本收藏工作颇感兴趣，还邀请她到家中用餐。他告诉阿伯特："不知道你有没有意识到，如今你拥有的是一个怎样的机会。"他给她写了一封信，建议她在《英国医学期刊》上查阅一篇题为《临床博物馆》的文章。"生命与死亡的影像荟萃一堂，这太美妙了。"奥斯勒写道，"看完后，想想你能做些什么。"他向她展示了建造一个在北美尚不存在的东西——一座伟大的医学博物馆，一座生动的病理学资源馆——的前景。

回到蒙特利尔，阿伯特面临的任务是艰巨的，她将其称为"前景广阔的苦差事"。她的工作量压得她喘不过气来，终于，她精神崩溃了，休养了半年。但随后，她又投入了工作之中，在麦吉尔大学医学博物馆对每个标本进行标记和分类。她工作起来全然忘我，总是等到博物馆秘书提醒她该下班了才回过神来。她会为耽误秘书的时间而道歉，然后再独自工作到深夜。她总是连续工作很长时间，废寝忘食，全身心地投入。也许她也有一点与她的杀人犯父亲和精神病姐姐一样的躁狂症。

她在欧美国家之间来回考察，以了解医学博物馆的运作方式。在蒙特利尔家中，她的床上堆满了来自世界各地的信件。她躺倒在其中，激动地给这些医生、病理学家和博物馆馆长回信。她组织了一个由医学博物馆馆长组成的国际学会，并担任学会简报编辑。在整理麦吉尔大学的标本的同时,她还创立了一门专业。

在博物馆收藏的那些标本中,最吸引阿伯特的是一位单心室患者的心脏——霍姆斯心。奥斯勒在一封信中向她解释道,这是一种罕见的先天性心脏畸形,于1834年在麦吉尔大学被发现。1901年,阿伯特为《蒙特利尔医学杂志》给第一位报告这类先心畸形的医生安德鲁·霍姆斯撰写了小传。这是阿伯特对先天性畸形心脏研究的第一次贡献。

在19、20世纪之交,研究心脏对医学来讲是鞭长莫及的。实际上,从斯泰诺的时代以来,医学界对心脏的研究并无多大进展。医生对这个器官的认知相当有限,此外,几乎没有任何工具可以检查患者的心脏。在大多数情况下,他们对心脏的看法与威廉·哈维在1618至1619年间提出的"循环"一词的定义类似。在《心血运动论》中,哈维写道:

> 所以,心脏是生命之源,是身体这个小宇宙中的太阳,太阳也可以称为世界的心脏。因为正是由于心脏的搏动,血液才可以运行,可以完善,可以适于营养机体,可以防止腐蚀和凝结。心脏是体内的神灵,心脏行使其功能时,便会滋养、哺育机体,使机体有活力。因此,心脏确实是生命的基础,是机体所有活动的源泉。[1]

据报道,1883年,当时欧洲最杰出的外科医生——特奥多尔·比尔罗特曾说道:"任何一个试图实施心脏手术的人,都将落得身败名裂的下场。"

1　田洺译,北京大学出版社,2007年。

1886年，比尔罗特的英国同行斯蒂芬·佩吉特写道："心脏外科的发展程度可能已经到达了外科的天然极限，处理心脏外伤时遇到的各种自然困难是没有任何新的方法或发现能够克服的。"1892年，奥斯勒称成人心脏病"相对罕见"。

　　最早有记录的心脏手术不是针对心肌层的，也不是针对心脏顶部大血管的，它发生在心包膜上，即包裹着心脏的三层坚韧的膜囊上。早期的这些手术都被遗落在了医疗世界的角落里，当时很快就被人们遗忘了。1815年，法国军队中一名来自加泰罗尼亚的医生——弗朗西斯科·罗梅罗描述了一种治疗心包积液的技术。罗梅罗认为，引起心包积液的原因是南风、西班牙冷汤菜和纸卷烟草。他的治疗方案是，在第六肋骨的弯曲处切开一个口子，然后使用一把小剪刀剪开心包囊，并使液体排出。对于处于恢复期的患者，罗梅罗建议他们食用或饮用山鹑肉汤、浸过红酒和糖的小麦面包及小剂量的苦艾酒。罗梅罗进行了七次此类手术，并未使用抗生素和麻醉药，结果竟然只有一名患者死亡。但是，当他在巴黎医学学会上介绍自己的发现时，权威人士对他的论文并不满意，他对医学的贡献失传了。

　　大约一百年后的1893年，芝加哥一名非裔医生丹尼尔·黑尔·威廉斯三世为一个心包被刺伤的患者做了修复手术。那时正值世界博览会举办期间，世上最早的摩天轮撑起城市的天空，"平塔"号、"尼娜"号和"圣玛利亚"[1]号的复制品漂浮在密歇根湖上。参展商们展出了各种新产品：帕布斯特蓝带啤酒、黄箭口香糖和桂格燕麦片。在南边一家酒吧中，

1　哥伦布发现新大陆时所带领的船队。

一名叫作詹姆斯·科尼什的铁路工人卷入了一场斗殴。有人在科尼什胸口刺了一个洞，随后科尼什被送往福利基金医院。这所医院位于29大街和迪尔伯恩街交界处，是一幢三层楼的砖砌建筑，有十二间房，由威廉斯医生和芝加哥黑人社区创办和运营。威廉斯是整座城市稀有的四名非裔医生之一。

从威廉斯医生的资料照片看，他头发剪得很短，留着浓密的胡须，肤色很浅，肖尼人[1]的特征十分鲜明。他的许多病人都是附近阿默肉类加工厂的工人，来求医的时候总是流着血，通常是被屠宰场的机器轧伤的。7月9日夜里，烂醉且生命垂危的科尼什被送至医院。威廉斯医生摸了摸他的脉搏，听了听他的呼吸声，并把一个木制的长条管状的听诊器放到他的胸部。最初，威廉斯医生将伤情诊断为浅表伤口，于是将其缝合后便让患者休息。但在夜间，科尼什情况恶化，心跳变得微弱而缓慢。威廉斯医生几乎触摸不到科尼什颈部的脉搏。

在一个室温超过37.8摄氏度的病房里，威廉斯医生和六个同事围在一起。他们打开窗通风。威姆斯医生在科尼什的胸部切开了一个六英寸的口子。他使科尼什的肋骨回缩，抽走他的心脏流出的血。科尼什的心脏跳动着，这是病房里所有人都不曾见过的画面。心肌的伤口很小。威廉斯医生没有对心脏做任何处理，只是用羊肠线缝合了心包上的裂口。两个月后，科尼什恢复了健康。他出院时所带着的名头——心脏手术幸存者，是前所未有的。但在当时，一家黑人小医院里的黑人医生的工作成果并未引起多少关注。

1　北美印第安人。

第一位向医学界证明心肌伤口可被修复的人是法兰克福城市医院的主任医生——路德维希·雷恩。他已因实施癌症手术和开创性甲状腺切除术而闻名。雷恩医生的那位病人和威廉斯医生的病人一样,也在酒吧斗殴中遇刺。1896年9月8日凌晨,一名园丁的助手威廉·贾斯特斯被人发现躺在公园长椅后面,流着血,揪着胸口。贾斯特斯被送到医院时,血还在汩汩地往外冒。第二天早上,雷恩医生发现他躺在角落里,奄奄一息。雷恩医生听他的呼吸声,检查他的皮肤,触摸他胸口的伤口。雷恩医生剖开了他的胸腔,发现他的心包胀得像一个气球,是正常心包体积的两倍,并且向腋窝挤压。雷恩拿起手术刀,切了一个开口。只见贾斯特斯心包顿时血流如注,然后血流渐缓成细流。雷恩将流出的血抽走后,看清了贾斯特斯右心室的情况。贾斯特斯的心脏每跳动一次,就有血液从一个半英寸的创口渗出。雷恩用手指摁了摁这个创口,然后做了一件此前记载中从未有人做过的事——他缝合了贾斯特斯心肌上的伤口。贾斯特斯得以幸存。

雷恩医生拓展了这一术式,使这种针对心包积液的手术为人所知。这项手术在很多方面都与罗梅罗实施的手术相似(就是少了山鹑肉汤之类的东西)。雷恩医生著名的同事比尔罗特称这种心包积液修复术"亵渎外科艺术""戏弄外科"。尽管雷恩医生取得了成功,但在阿伯特前往欧洲进行研究学习的1899年,心脏仍带着神圣的光环。幸好,诊断技术在进步,医学界的认知也在不断提升。

听诊器由一根木管变成了我们今天所知的双耳式设备。早期的血压计机器可用以追踪和测量脉搏的运动。到了19世纪80年代,法国医师兼发明家艾蒂安·朱尔·马雷改造了这种设备,使它可以测量心脏收缩压。威廉·伦琴发明了 X 射线机，从此，人们可以描绘出患者心脏的大小和位置。第一台心电图仪是 1895 年威廉·埃因托芬在荷兰发明的弦线式电流计[1]。这台机器在埃因托芬的实验室占地整整三间房。患者先坐好，将一只手和一条腿分别放到不同的水桶中，这两个水桶会将心脏的电脉冲传到一根细小而敏感的丝线上。埃因托芬使用的第一批丝线由熔融态石英玻璃制成，这先是从弩上射出熔融态石英玻璃，将它拉成超精细的丝线，再镀上一层银。这些镀银石英丝的微颤情况经蔡司透镜能够被更加清楚地观察，并且能被辨认。在心电图仪被发明出来的几十年后，它才成为一种常见的临床工具。即使有了这么多新技术，心脏疾病依然神秘莫测。

1901 年，医生对心脏功能的关注程度还不如对心脏病态病理的关注程度，比如，梅毒、风湿热和白喉在心脏瓣膜上留下的瘢痕。医生对心脏的衰老过程和心脏的运行方式并不感兴趣。直到 20 世纪 20 年代，医生才同意对突发心脏病（急性心肌梗死）进行临床诊断。医学史学家罗伊·波特称，此事是"在对临床和机读体征的定义进行冗长的辩论和商议之后"，才得以实现的。在 20 世纪 20 年代，"心脏病学"（Cardiology）是一个新奇词语。如果成人心脏病不为医学界所关注，那先天心脏病就将处于更为被动的地位。奥斯勒在《医学原则与实务》中简单阐释了"先天性心脏病"，他是这样开场的："这类病例的临床意义有限，因为在很大一部分病例中，心脏异常危及病患的生命。还有一些病例，患者的缺陷无法修补，他们的症状也无法缓解。"

1　原文将 galvanometer 误写为 galvometer。——译者注。

1904年，已被封爵并成为牛津大学教授的奥斯勒来到麦吉尔大学拜访阿伯特。"我看着他沿着老博物馆向我走来，他那双乌黑发亮的大眼睛全然定格在我身上，"阿伯特写道，"我永远不会忘记他。"

他们并肩坐着，一起观看他的藏品。鉴于她对单心室心脏的研究工作，奥斯勒邀请她为自己即将出版的医学亚专科百科全书——《医学体系》撰写有关先天性心脏病的内容。在他选择的104位医学专业作者中，阿伯特是唯一的女性。她要写的只是一套庞大的百科全书中的一小篇文章，但按她的性格，她全身心地投入了此事。她回顾了412例尸检记录，制作出了展示体征和症状的图表。她开始系统性地设想并组织先天性心脏病的病理学研究。这篇文章的写作用时两年。当她把文章寄给奥斯勒时，他甚为欣喜。"我知道你会写出好文章，却不曾想到你竟能写出如此鸿篇巨著。这是迄今为止该主题在英语世界里最好的作品，甚至在所有语言中可能都是如此。对于你所付心血和所费劳苦，我心存感激，无以言表。"

阿伯特此时已是世界顶尖的医学博物馆馆长，同时也是先天心脏缺陷的专家。1910年，麦吉尔大学授予了她荣誉医学学位。但是，尽管她所教授的病理学课程已是麦吉尔大学医学系的必修课，学校仍拒绝了她成为医学系教职员的申请。她的同事哈罗德·西格尔博士后来回忆道："麦吉尔大学简直鼠目寸光。在某些圈子里，他们将阿伯特博士视作低人一等，需要他们容忍和迁就的人——一个'娘们医生'。"

在麦吉尔大学以外，越来越多的女性为自身权利奔走呼号。历史学家吉尔·莱波雷说："在1910年之前，'女权主义'这个词几乎未被使用过；然而到了1913年，它已无处不在。它旨在倡导妇女维护权利、争取自由并实现性别平等的愿景。"1911年，阿伯特在哈佛大学发表了题为《医学界的女性》的演讲。这篇演讲稿是一部十六页的史诗，结构紧凑，将她的博学多识展示得一览无遗。她的讲演跨越古今，从提奥多图斯之女奥基阿契斯的医术，讲到公元380年意大利医院的创始人法比奥拉（Fabiola），又谈到十四世纪佩尔西切托的解剖学家亚历山德拉·吉里亚尼[1]，再到1640年引进奎宁树皮粉末治疗疟疾的金琼伯爵夫人，以及1718年将种痘技术带到欧洲的玛丽·沃特利·蒙塔古夫人。阿伯特用此讲稿表明了自己将在历史上占有一席之地的事实。她与她的同事意见相左，她认为自己献身医学并非什么标新立异的事，女性向来都是医学发展的一分子。

1900年，美国大约有7000名女医生，占美国医生总数的5.6%。（当时，英国仅有258名女医生，而法国仅有95名。）在波士顿，这个数字更为乐观：将近五分之一的医生是女性。但是在麦吉尔大学，阿伯特仍被视作怪胎，就像一头会跳舞的狗熊。她怪就怪在，她不是对医学非常了解，而是对医学无所不知。第一次世界大战爆发时，麦吉尔医学院进行了重组。学校的管理层想剔除她，想将她从博物馆解职。她感受到了威胁的来临，惊慌失措地写信给她的上级阿达米，她终于表达了她的愤慨，要求麦吉尔大学慎重地对待她：

你们应当以我应得的和事实所要求的体面来对待我。应承认我是博物馆的专家，是最了解这项工作及其需求的人……

---

1 原文将Alessandra Giliani of Persiceto误写为Allessandra Giliani of Periceta。——译者注

应当基于我在博物馆的教学工作及我的关于先天性心脏病的讲座，授予我副教授的头衔，这是我应得的……应当将我的工资提高至与我的工作相匹配的真正"兼职"工资水平，或提高至真正"全职"工资水平。应当配予我一位年薪1500美元的助理……我在经济上和其他方面都已到了崩溃边缘。

她得到的却是不屑一顾的回应："这世界便是如此，开怀接受吧，切勿担忧……我认为，每个真正的朋友都应当使你认识到，最明智的为人之道是'主如何安排你的身份，你便如何按主的吩咐行事为人'。"

阿伯特病倒了。她接受了大型开腹手术，移除了卵巢肿瘤。她从手术中恢复不久后，奥斯勒便去世了。她承诺为《国际医学博物馆协会公报》编撰一本奥斯勒特别纪念册。她花了六年时间整理资料，这本纪念册最终有六百多页。就在它出版的前一年，哈维·库欣出版了一部两卷本的奥斯勒传记，并获得了普利策奖。阿伯特编撰的纪念册给她留下了一千美元的债务。她着手为她心爱的学校编写传记——《麦吉尔的英雄往事》，可就在准备出版之时，却发现学校邀请了一位艺术史教授撰写了一本类似的书。最终，她在麦吉尔大学当上了助理教授，而她在博物馆的相关职权却被夺走了。

阿伯特是一个古怪的女人。她走路的时候，会看着地面喃喃自语。她过马路和爬楼梯都有些困难。她的衣服上沾满了实验室的标本。朋友们叫她"仁慈的龙卷风""心脏大酋长"，怀恨者则嘲笑她。她获得了得克萨斯大学和宾夕法尼亚女子学院的工作机会，但她一心只想获得麦吉尔大学的认可,可麦吉尔对她不屑一顾。1931年秋天,当她来到纽约市,在纽约医学院的双周毕业作品展中展出她的作品时,她的职业生涯似乎已经走到尽头。

****

在纽约第103街和第五大道交汇处的一幢宏伟大厦中的展览厅[1]里,她摆设了一块长长的灰色木板,木板高约4英尺,长约32英尺。她的展品呈现了一千多例先天性心脏病的概况。它们被分为三个大类和十来个小类,以照片、绘画、模型和心电图图谱等形式展出。她的展品中还有胎儿心脏、乌龟心脏、蜥蜴心脏等等。她呈现了子宫内的胎儿的心脏的发育过程和这些动物心脏在进化中的发展历程。阿伯特的研究对象庞大、杂乱而复杂,却是一个奇迹般的综合研究。那是她有生以来第一次因工作赢得广大的观众。

英国医生邀请她到伦敦的英国医学会百年纪念会上展出她的研究成果。那次展览得到了《英国医学杂志》的赞许。后来,阿伯特将展品运回了大西洋彼岸,于1935年在大西洋城举办的美国和加拿大医学会联合会议上展出。1936年,在加拿大安大略省医学会上再次展出。美国医学会出版了一卷《先天性心脏疾病图集》,以专门刊出阿伯特展览的内容。此时,阿伯特已年近七十。

这是一本薄而精美的大开本图书,包括索引在内共有110页,是有

1　即纽约市立博物馆所在地。

史以来第一部关于该主题的综合性图书。左面的书页密密麻麻地印着小字和拉丁文短语，右面的书页则附有一些复杂的线描图、照片、图标和心电图。

这部图集有一种特别的自创性。它既是一本关于先天性心脏病的纪念册，也是阿伯特思想之集大成之作。她将毕生的智力劳动与心血浓缩在了每一页的狭窄空间里。书前的第一张全版插图是一张11×14英寸的单页插图，名为"爬行动物和哺乳动物心脏的发展"，包含十六幅插图，分为四个小部分：一个猪心脏，两个乌龟心脏，处于九个发育阶段的捷蜥蜴心脏和正在发育的人类胎儿心脏。旁边附有一段简短的文字，以说明人类心脏的进化史，总结胎儿心脏的发育情况，并阐述心脏缺陷病因："人体发育的关键时期是胚胎期的第五周到第八周，也就是在心隔形成之前，而扭转运动、退化消失、调节生长和并合通连的复杂过程就是在此基础上发生的，大多数心脏严重异常的根源就在于其中的步骤受到了干扰。"她的专业知识被浓缩成一段段简短的，适合贴在巡回展览墙上的文字。

第十九张全版插图关乎法洛四联症。十一幅图像列在一个图版上：两张线绘示意图，两张医学检查结果图，两张心电图图谱，一张X光片和四张畸形心脏横截面的精美图示。对页图版上有一段简单的介绍文字，占据两三英寸篇幅的展开描述及对十一幅图像的注释。在介绍文字和注释之间，有一小部分文字列出了十六份可供读者深入研究的参考文献。阿伯特认为，法洛四联症"从临床角度看，也是最重要的[心脏缺陷]"，因为它的发生频率不低，也因为法洛四联症患儿能够活到青少年时期。

"整个心脏史的景象，"她在她那密密麻麻、信息密集的描述中写道，

"高度暗示了在斯皮策理论的迟发性扭转（斯皮策理论的I型和II型移位）发育过程中，爬行动物右动脉的裸露和左动脉的退化所引起的问题，并且在这方面意义重大。"书中几乎没有空间对此进行详细阐述。这是一本想成为博物馆的书，这是一本想成为百科的书，它仿佛有一种迟发性扭转特点，它拥有强大的力量，像智慧生命般艰难地成长，它的智慧却禁不住溢出那些试图束缚它的边界。

这些令人费解的句子是儿科心脏病学的开端。凭借图集，阿伯特将先天性心脏病从无人问津的状态带入了严肃的研究领域，她带着像我这样的孩子从黑暗走向光明。毫不夸张地说，她的著作挽救了我的生命。

第二十章

说回到那天。在我收到弗里德医生的来信，并且取消导管检查术之后，那天早晨，我从淋浴间出来，又听了一次答录机上的留言："我是罗森鲍姆医生，我打电话来谈谈你的心脏问题。"我没有给他回电话，径直上班去了。

巴纳德学院给我的待遇很好。我在那里兼职教书的时候，他们允许我使用一位正在休假的特聘教授的办公室。开学的第一天，我就拿到了这间充满书香的漂亮办公室的钥匙。办公室里有一张大桌子，摆着这位特聘教授的孩子们的黑白照片，还有一把皮革转椅，从窗户可以俯瞰四四方方的院子。我坐在这个陈设讲究的办公室里，拿起了电话。我告诉罗森鲍姆医生的秘书说，我想给他回电话。之后，我去了复印室。我看起来就像一名学者。我穿着西装外套，手里拿着一个笔记本和一本艾米莉·狄金森的诗集。复印完，我回到借来的办公室，紧盯着电话，等着它响起来。我喝了一大瓶十六盎司的苏打水，然后，我上课迟到了。

在走廊上，我遇到了小说家玛丽·戈登。我读过也非常喜欢她的作品，但从未和她说过话。她停下来介绍自己，和我聊了起来，想知道我给学生布置了什么书籍阅读作业。她对我选的书赞不绝口。她问我的写作进展，我也问了她的。之后，我便心绪不宁，感到对自己的作品全无把握，结果忘了去洗手间。

十六位聪明的年轻女性围坐在大圆桌旁，准备迎接大学生活的第一天。我和她们一起看了课程大纲，然后请她们做自我介绍。

"先说自己的名字，再说些你想让同学们知道的关于自己的事。"我说，"好玩儿的，有意思的都行，或者说些你觉得可以告诉大家的事儿。大家轮流来。"

我听到了叹息声。大家都讨厌轮流发言的形式。紧张的同学只报了自己的家乡名，活泼的同学聊起了自己的宠物，自命不凡的同学则提起了陀思妥耶夫斯基。然后，轮到我了。

"我叫加布，"我脱口而出，"我不是真正的教授。"

说出来之前，这话似乎合理，或者至少是诚恳的。毕竟，为了让她们能坐在这间教室里，她们的家人付出了数万美元。但这话一说出来，就像一个屁悬在半空。

"那我们怎么称呼你？"一个学生问道。

"就叫加布怎么样？"我说，"或者加布里埃尔？布朗斯坦先生？"

"叫'布朗斯坦同志'怎么样？"一名学生提议。这下，她成了我最喜欢的那一个。我们就叫她奥莉薇娅吧。奥莉薇娅的五官很小，长着雀斑，脸庞较宽，笑起来特别爽朗。

"布朗斯坦同志啊！"我表示同意。她算是救我出了窘境。我们开始上课，读到狄金森的诗《我喜欢看它蜿蜒千里》。我们大声朗读，每个学生读一小节。然后，我让她们就这首诗的词汇提问。

所有单词问题都解决了之后，我们又读了一遍。我的心思一直往外飘，满脑子都是特聘教授桌上那部大大的黑色树脂电话。我想象它大声响铃，想着电话另一端连着罗森鲍姆医生。另外，我尿急得难以自持。

学生们开始研究这首诗中著名的意象之谜。他们想知道蜿蜒几英里并且舔着山谷爬起来的"它"到底是什么。是某种怪物吗？神？耶稣？是关于性的隐喻吗？我让她们慢慢思考。什么会"嘶叫"？什么会有"驿站"？

"是马！"有人大声说。

"她为什么要描写一匹巨大、愤怒、铲平山谷的马呢？"

作为回应，我抛出了一个问题："什么是'一节一节令人害怕，呼呼作响的呼啸声'？"

"是火车！"

答对了！掌声鼓励！

接着，是一阵令人尴尬的沉默，我无话可说。十六盎司的苏打水都在我的膀胱里冒泡了。我提醒学生们，在19世纪中叶，火车是一种新奇的事物。我问起了这首诗开头的"我喜欢"这几个字。

"这不是火车，"奥莉薇娅认真地说，长着雀斑的脸上已不见那个大大的笑容。"或者说，它是火车，但也不是火车。如果是火车，她会说这就是火车，但这首诗的重点就是她并不能说出这是什么。它是不能言说的事物，而且她虽说了喜欢，但说的并不是喜欢它。她喜欢看它。或者说，她自称喜欢看它。"

我站了起来。十六个漂亮的面孔充满期待地抬头看着我，期望我就奥莉薇娅的观点展开来讲解。

"我得走了。"我说。

我把作业单分发下去，冲出教室，沿着走廊跑到洗手间。当我回到借来的办公室，关上门的时候，满身大汗。我在大椅子上坐下来，盯着电话。电话响起来的时候，我吓了一跳。

"你不能取消今天的导管检查术，"罗森鲍姆医生说，"我们已经把导管实验室布置好了，所有事情都是按计划实行的。你不能这样，最后一天打个电话，说不做就不做。"

我解释道，我刚收到弗里德医生的来信。星期天才收到信，我也没办法更早打电话来取消呀。

"哦对，弗里德医生写了一封长信。"他叹了口气。

"他说我应该再等等。我不想冒险。"

罗森鲍姆医生向我保证，这次手术是安全的。"我们给很多垂死的患者做过这个手术，加布里埃尔。他们都没事。"

我越来越烦躁。"他说不用做，那我就不做。"

"你想要怎么办？"

"我想要时间考虑，想再谈谈这件事。"

他失去了耐心。"我们谈过很多次了。"

我挂断了电话。我们之间的医生和患者的关系似乎就这样一刀两断。

那天晚上，我去参加了一位同事的派对。他是我在帕森斯设计学院做兼职工作时的同事。我们系的系主任和其他文科教师都来了。派对上有一摞装帧精美的诗集，还有开放式吧台。我从杜松子酒开始喝，接着又喝了威士忌。我放肆地和一位红发女演员调情。我醉得实在太厉害了，在洗手间大吐了一场。红发女演员可怜我，送我上了出租车。回到家后，我知道我再也见不到她了。

醒来时，我口干舌燥，脑袋像一个蛋黄被替换成水银的鸡蛋蛋壳。我得小心翼翼地捧着这个蛋壳，因为它随时可能裂开，里面的水银会溢出来，溅得满地都是。我喝水，喝咖啡，吃止痛片，又吃鸡蛋。我感觉脑袋胀一下缩一下的，跳痛得厉害。答录机上有一条信息，还是那天早上我听到的那条。

"我是罗森鲍姆医生，我打电话来谈谈你的心脏问题。"

第二十一章

海伦·陶西格抱着一个小笼子走进实验室,笼子里装着一只猫。她开灯,穿上围裙,把头发扎了起来。实验室里只有她一个人。那是1923年。当时,在美国的医学院和医院里,没有人研究先天性心脏病,也没有人诊断先天性心脏病,更不用说治疗了。那一年,陶西格二十六岁。

她在波士顿大学借用了这间实验室。她不是那里的学生,不是医生,也不是技术员。她没有助手,也没有工资。她完全是利用自己业余的时间来做这些研究。

她摆好工具和材料:手术刀、剪刀、烧瓶、杠杆、生理盐水、毛地黄、肾上腺素和氧气罐。她准备了一个注射器,在里面装了足够剂量的氯惹酮。然后打开笼子,抓住咪咪叫的猫的后颈,把它提起来,对它喃喃地轻声细语。她小心翼翼地将针头扎入猫的腹部,避开肝部和其他主要器官。猫抽搐起来。它用力踢着,伸出爪子。二十分钟后,它完全失去了知觉。三十分钟后,它死了。陶西格在笔记本上记下它的死亡时间:下午两点四十分。

她拿起剪刀,剪开猫腹,剪开血淋淋的皮毛。她用手术刀把猫的心脏从大动脉上剪了下来。就这样,一颗李子大小的猫心,躺在了她的手里。她把猫心浸没到75毫升的台氏生理盐水中,并标上时间:下午三点四十分。猫心开始浸盐水,死掉的心室开始缓慢但明显地收缩。

陶西格小心翼翼地割下一条心肌纤维。她用一只涂有石蜡的夹子夹住它,并把夹子固定在一个玻璃钩子上。她用细线将钩子连接到杠杆上,然后慢慢将肌纤维条往下移,浸入另一个生理盐水瓶中,这瓶盐水中混有猫血。这时，肌纤维条开始以强烈、节律性的脉动频率收缩起来。这个跳动过程持续了将近五十分钟。下午四点四十分，跳动停止。陶西格向烧瓶注入1∶1000的P&D盐酸肾上腺素溶液。通过玻璃滴管轻轻挤一滴注入，肌纤维便以短促的节奏跳动起来。五分钟后，肾上腺素的作用消失了。接着，陶西格往烧瓶里注入了五滴毛地黄，看着肌纤维条又跳动了足足半个小时。[1]她看了看时间，已经五点多了。她把猫的尸体捆绑并处理好，用肥皂和海绵将工作台擦拭干净，离开实验室。此时，那条小小的心肌纤维仍在跳动。

陶西格曾申请入读哈佛医学院，但由于是女性，被学校拒绝了。她还曾申请入读公共卫生学院，却被告知女性可以上课，但不能获得文凭。

"谁会这么傻，愿意读四年却不拿文凭？"她问院长。

"没有人会这么干，我就是希望没人这么干。"院长回答道。

"那我就不当第一个令你失望的人了，"陶西格说，"再见。"

后来，她在哈佛旁听，被迫坐在大讲堂的最后一排。医学生们用显微镜观看载玻片的时候，陶西格和她的显微镜得待在一个单独的房间里。

"这样，我就不会'污染'其他学生，不，其他男学生！"陶西格回忆说。

她在波士顿大学一位友好的教授的帮助下，开始独立研究，着力探索心肌的跳动。她在停尸房和医院里徘徊，寻找研究对象。一天下午，一名病人在两点半去世。下午五点半，陶西格将他的心脏带到了实验室。到了五点五十分，死者的一条心肌纤维被挂在玻璃钩上，被亚麻布线绑在杠杆

1　下午四点四十五至五点十五分。

上。1924年，陶西格在《美国生理学杂志》发表了她的第一篇学术文章——《哺乳动物心室离体肌纤维条的节律性收缩》。

陶西格是第一个发现"哺乳动物离体肌纤维条……只要简单地浸泡在含氧溶液中，便可自发进行节律性的收缩"的人。她不属于任何医疗机构。在1924年，一名女性若想进入医学院，便需要具备这样的研究成果。约翰斯·霍普金斯大学在成立之初接受了一批女富豪的捐款。作为回报，学校允诺每年接收十名女性申请者。历史学家保罗·斯塔尔如是说："美国妇女被迫花钱以获得接受精英教育的机会。"陶西格去了巴尔的摩，开启她的职业生涯。

1924年，关于先天性心脏缺陷，医学界尚无逻辑严谨的描述。十来年后，莫德·阿伯特才出版她的图集。1924年，也没有人对诊断心脏有缺陷的患儿有兴趣，因为没人相信这些孩子能被治愈，包括海伦·陶西格。但她是一位了不起的女性，出生在一个了不起的家庭。

她的祖父威廉·陶西格是一名来自布拉格的犹太移民。他原是一名化学家，后来当过医生、市长和法官。他是格兰特将军[1]的朋友。美国南北战争期间，威廉·陶西格曾在联邦军队中服役。当血腥比尔·安德森率领的一帮联邦恐怖分子将密苏里州富尔顿市一家精神病院搅得天翻地覆时，陶西格法官骑上马，马鞍袋里装着枪和医疗用品，飞驰一百英里。到了当地，他组织了一支志愿者队伍，还将走散的病人聚集起来，用农用马车载他们。在没有军队护送的情况下，他带领车队穿越一片被游击团伙占领的荒野之

1　格兰特将军（Ulysses Simpson Grant，1822—1885），美国南北战争后期联邦军总司令、美国第十八任总统。

地。那里有匡特里尔带领的游击队员，一些像弗兰克·詹姆斯和杰西·詹姆斯兄弟[1]那样的人，以及杀人犯、强奸犯和虐待狂。这些人的荒唐行径被由南方叛军操纵的媒体大肆吹捧。威廉·陶西格带着病人来到了密苏里州的墨西哥市，把他们送上了去往圣路易斯的火车。

威廉·陶西格的儿子弗兰克高大又英俊，在哈佛大学念书，爱打篮球、划船。他提前一年以班级第一名的成绩毕业，获得了经济学博士学位，娶了一位拥有拉德克利夫学院两个植物学学位的新英格兰富家女伊迪斯·吉尔德为妻。他们在剑桥市买了一栋维多利亚式的大房子，距离哈佛大学只有几个街区。这所房子今天仍然矗立着，外墙粉刷成白色和灰色，高高的树篱围着宽阔的草坪。除了碟形卫星天线以外，那景致看起来可能和1898年的别无二致。那一年，他们的第四个孩子——第三个女儿海伦·陶西格出生了。弗兰克·陶西格后来成了哈佛大学的系主任，美国颇具影响力的经济学家之一，还参与制定了《凡尔赛和约》[2]中的投降条款。

海伦·陶西格第一次对科学产生兴趣是在植物学方面。她在母亲的花圃里研究雌蕊和雄蕊，用放大镜观察天竺葵的各个部位。她和父亲一起播种，照料菜园。弗兰克·陶西格教孩子们学德语和音乐。他们会去乡郊野餐，他们家在科德角有一栋避暑别墅。海伦三岁那年，她的父亲患上了神经衰弱。他离开妻子和孩子，到欧洲休养了两年。他回来后不久，妻子就患上了肺结核。

1　美国历史上一对著名的强盗兄弟。
2　即第一次世界大战后协约国对同盟国的和约。

两年来，她一直咳血。弗兰克·陶西格在家里装了一部电梯，这部电梯是由大绳索拉着滑轮组运行的，方便仆人、护士和医生扶助他的妻子上下楼。小海伦发现自己在学校学习起来非常费力。字母们好像在逗她玩儿，上下左右可以颠倒，p变成q，b变成d，d又变成q，来回变。字母的顺序也是乱的，单词拆开又重组。她看不出dread、bread和beard有什么不同。在那个时代，阅读障碍鲜少被诊断出来。在老师眼里，海伦学知识学得很慢，还很执拗。他们强迫她站着，当着所有人的面朗读。每到这时，她就会惊恐发作——出汗、胃痉挛、战栗。她读错的时候，他们会要求她再读一遍，她会泪流满面地跑回家。卧床的母亲在咳血，海伦由父亲照看。

这位哈佛大学经济系主任夜以继日地陪伴他的小女儿，检查她的功课，帮她学习法语动词，陪着她缓慢、仔细地阅读，而他的妻子在二楼卧病在床，奄奄一息。海伦十一岁时，也患上了肺结核。她不得不睡在门廊里，那里比较通风，新鲜空气对她的肺部有好处。某天夜里，母亲的阵阵咳嗽声透过开着的窗户传来，剑桥大街小巷的声音也在耳畔此起彼伏。伊迪斯·陶西格去世了。与此同时，历经两年半的病痛折磨之后，海伦·陶西格康复了。

成年后，她仍爱睡在门廊里。她总说，童年时罹患的疾病让她深刻地学会了"如何节约自己的力量并理解那些没有力量的人"。在拉德克利夫学院，她会打篮球和排球。父亲再婚后，海伦·陶西格搬到了加州。她在伯克利完成了学业。她喜欢登山远足，俯瞰港口的风景。

虽然约翰斯·霍普金斯大学每年招收十名女生，但每年只为应届女性毕业生提供一个实习名额。1927年，有一位女同学的GPA比陶西格高

0.2，就这样，海伦·陶西格与实习机会失之交臂。她的职业生涯还未开始，就第二次由于性别原因被踢离跑道，失去重要机会。毕业后，她离开巴尔的摩，漂泊了一段时间，做了一段时间兼职工作，之后去了纽约和波士顿。

霍普金斯大学的一位教授——爱德华兹·帕克想雇她去做一个无人感兴趣的工作——到哈丽雅特·莱恩儿童之家经营一家诊疗所。这是一个研究心脏病患儿的新诊所，主要研究因风湿热引起心脏瓣膜瘢痕的儿童。陶西格似乎宁愿没有工作，也不愿做照看心脏病患儿的事。

"这个领域确实令人感兴趣，"她在给帕克的信中婉言谢绝了他的邀请，"只不过，我在处理儿童急性心脏病方面的经验几乎为零。"另外，"我很感激诊疗所能为我提供这个工作机会，但我感觉我所能回馈的东西太少，无法达成我希望看到的成就。"

陶西格尽管对照看生病的婴儿不感兴趣，但对心脏颇为好奇。在波士顿，她写信给帕克说："其他人好意为我介绍了另一群'心脏病专家'，他们每周会有一晚在保罗·怀特博士的实验室碰头。"她给"心脏病专家"这个词加了引号，这说明了她的怀疑态度，也表明了当时心脏医学的发展状况。

当时，心脏医学还不是一个被认可的医学专业领域。1911年，在奥斯勒提出的医院科室名单中，还没有一个科室专门治疗心脏。直到1914年，伦敦才开设了第一家专门治疗心脏疾病的诊所。到了20世纪20年代，伦敦的托马斯·刘易斯等医生用上了新型仪器和技术——心电图仪、X光机和血压测量。那时，刘易斯医生开始从临床方面考虑心脏功能和心脏效率。哈佛大学的保罗·怀特博士将这种正在崛起的心脏病学带到了美国。在怀特博士于波士顿组织的一次周会上，陶西格遇到了一位奇怪的老太太：矮小、丰满、皮肤皱巴巴的，头发凌乱，衣服上沾有食物的污渍，手里拿着奇奇怪怪的包裹。在这些包裹中，至少有一个包裹装着非常有意思的标本。那是一颗患有单心室心脏病还是法洛四联症的心脏，我们永远都无从知晓。陶西格在给帕克的信中写道："昨晚怀特博士的实验室里举行了一次非常有意思的非正式聚会。阿伯特博士展示了一颗非常特别的心脏。"不久后，陶西格接受了哈丽雅特·莱恩儿童之家诊疗所的工作。

最初，哈丽雅特·莱恩儿童之家的心脏病患儿大多患的不是先天性心脏病，而是风湿性心脏病。在青霉素被广泛应用之前，链球菌感染通常会从咽喉部扩散至心脏，这会造成儿童心脏瓣膜瘢痕和终身功能障碍。这种可怕的现象是普遍存在的。经济大萧条时期的一项研究调查了纽约市四十八所学校，发现有六十八个专门针对心脏瓣膜瘢痕儿童的特殊教育班级。也就是说，纽约公立学校系统中至少有七千名学生患有风湿性心脏病。

"先天性畸形是世界上最不能让我感兴趣的东西，"陶西格曾解释道，"一开始，我在一个繁忙的风湿病诊疗所工作……它从天而降，砸中了我，或者说我从天而降，砸中了它。"

阿伯特曾在奥斯勒的《医学体系》上发表了一篇备受推崇的百科式文章，主题正是先天性心脏病。除此以外，鲜见就这个话题进行探讨的文章。20世纪20年代末，关于先天性心脏病的文献既无新意又无明确方向，它们似乎继承了斯泰诺的衣钵，但仍无人试图治愈那些心脏有缺陷的孩子。

帕克对这个诊疗所进行了投资。他确保诊疗所能用上X光机和心电图仪，他还采购了一台透视仪——最新的诊断仪器。透视仪能将心脏的连续X射线图像投射到荧光屏上，显示出粗略的影像。

"陶西格医生，"帕克博士告诉她，"现在，你该了解先天性心脏畸形了。"

陶西格仍有些摇摆不定。她告诉帕克，她并不是特别想要了解这方面的知识。

他说："我不管你怎么想，反正你要去了解它。"

在一次采访中，陶西格回忆道："当时我就发誓，我不会被这个'狭隘'的领域所困。"

先天性心脏缺陷是不治之症，但陶西格就像治疗风湿性心脏病患儿一样治疗那些患有该疾病的患儿。她给他们做心电图，拍X光片。她给他们喂食含钡布丁，把他们放到透视仪里，然后开动机器。她在理智上对患儿们的病情入了迷。陶西格称她的病人为"哈丽雅特·莱恩儿童之家诊疗所的填字游戏"：他们是没人能够解答的小谜题。20世纪30年代，能够诊断先天性心脏病的系统尚未出现——哪个孩子患有大动脉移位，哪个孩子患有法洛四联症，哪个孩子心房间隔缺损，哪个孩子瓣膜狭窄，这些都是无章法可循的。当时，没有临床依据要求医生对此做出准确诊断，因为这一疾病无法治愈。1931年，当阿伯特第一次在纽约医学院展出那些后来被收入图集的展品时，陶西格也在现场。（我曾在一个至少一百名医生参与的研究项目中，发现她俩位列四位女性之中。）陶西格特地前往蒙特利尔观看阿伯特的心脏藏品。

她开始观察到一些模式，了解心脏的大小和形状。她学会了分辨大动脉转位的婴儿和动脉收缩的婴儿。前者基本上有两个独立的循环系统，后者的血液含氧量不足。

就在她全身心投入对先天性心脏缺陷的终身研究时，噩梦降临了。陶西格的听力在两岁时因百日咳发生了不可逆转的受损，此时她的听力开始退化。鸟鸣对她已全然失去了意义。她发现自己会调大收音机的音量，离收音机也越来越近。她依然会播放音乐，把手指按在家具上，感受着交响乐产生的共振。很快，她便听不到其他人说话的声音。她开始使用助听器，当时的助听器是一种笨重的真空管装置，像项链一样挂着。她几乎听不到病人的心跳声。她试着使用特制的扩音听诊器，但收效甚微。

挫败的陶西格靠近孩子们的胸口，就如同靠近自家的收音机一般。她靠得更近了，她用手触摸孩子们的皮肤。她温柔、敏感，从头到脚，不放过一寸。她学会用指尖感触他们的心跳。最终，她的触诊比听诊器还有效。她学会了读唇语。在会议上，她会坐在最靠前的一排。姓名和数字对她来说是最难记的，她会请别人写出来。她的失聪和阅读障碍未能阻挠她对新知的渴望。

20世纪30年代中期，她专注研究发绀患儿，也就是那些血液中氧气不足的蓝婴。她对患有法洛四联症的孩子特别着迷。她注意到，有些法洛四联症患儿的健康情况比其他的孩子的要稍好些。但奇怪的是，这些情况较好的孩子并不是心脏比其他孩子的健康，而是除了四联症以外，他们还有额外的心脏畸形问题。他们的循环系统中多了一个洞，这便是所谓的动脉导管未闭[1]。

在子宫里，胎儿在羊水中游走。胎儿不会呼吸，它的肺部是封闭的。胎盘上有许多血管，含氧血通过脐带进入胎儿体内。因此，胎儿能够在具有最怪异的心脏缺陷的情况下存活。在出生之前，胎儿全靠母体的心肺系统供氧。每个孩子出生时，心脏上都有两个孔，那是两条用以将血液从无用的胎儿肺部中分流出来的通路。随着婴儿开始呼吸，心脏发育成熟，这两个孔就会关闭。

其中一条通路位于心脏上部两个心房之间，叫"卵圆孔"。在出生后几周内，大多数婴儿的卵圆孔就会闭合，但有相当一部分婴儿（大约占人口25%）的卵圆孔不会闭合。美国心脏协会表示，卵圆孔未闭并不严重："它不会对健康造成不良影响。"

第二条通路是动脉导管，位于肺动脉和主动脉之间。大多数人的动脉导管在出生后十五个小时内就会闭合，但有些婴儿可能需要三个月。在早产儿中，动脉导管未闭（即开放）的现象十分常见。大多数患有轻微动脉导管未闭的婴儿在动脉导管闭合之前都不会表现出症状。但一个患有严重的、慢性的动脉导管未闭的患儿若不接受治疗，那他的动脉导管就永远不会闭合，他会缓慢、痛苦地走向死亡。

有些孩子出生时就患有法洛四联症和动脉导管未闭。陶西格密切关注这些病例。她对患儿从头到脚进行触诊，了解他们的心脏如何跳动、身体如何肿胀，并观察他们的肤色情况。她记下他们的心率和血压，给他们做心电

1　动脉导管未闭，胎儿主动脉与肺动脉之间的特殊循环管道（肺导管）出生后未能闭合，致部分动脉血分流入肺循环（左向右分流）的一种先天性心脏病。

图、照X光片。她让孩子们吃钡餐,将他们放进透视仪,拍下他们心脏的影像。然后,她把孩子放回婴儿床,将他们恶化的病情记录下来。

有两本关于海伦·陶西格的长篇传记。一本是乔伊斯·鲍德温的《治愈童心》,这本书适合聪明的年轻读者。另一本是杰里·林恩·古德曼的《温柔的心》,这像是一篇学术论文,耶鲁大学的网站刊载了它。两位作者都在陶西格年迈的时候采访了她,都将她描绘成一个贴心善良的对孩子们非常温柔的女人。但我的采访对象对陶西格的印象则不太一样。

尤金妮亚·多伊尔医生是陶西格在约翰斯·霍普金斯大学的学生,也是弗里德医生在纽约大学的导师,她觉得陶西格让人望而生畏:"她不是那种会让你张开双臂去拥抱的人,不是一个温和的人,她非常理智。"多伊尔对陶西格的印象始终是:一名观察着尸体的医生,对那些有先天性心脏畸形的孩子的"遗体进行细致的研究"。在同事鲁道夫医生看来,陶西格是"一个有意思的人物,非常骄傲,有些孤僻,与人疏离"。我问鲁道夫他是否认为陶西格的孤僻性格与失聪有关。他认为这是可能的。在格里菲思眼里,陶西格是新英格兰贵族。她说:"你想想芭芭拉·布什[1]不化妆的样子,陶西格就是那样的。"陶西格因对病人、学生的专业奉献精神和纪律性闻名,而非因温和的性格的魅力。她是一名坚强的女性,在面对不治之症和男性主导的医学领域时,她像她的祖父一样,毅然决然地骑上马,冲入密苏里州的荒野,做好面对游荡的恐怖强盗团伙的准备,去营救需要帮助的人。

---

[1] 芭芭拉·布什(Barbara Bush,1925—2018),美国目前唯一一名见证丈夫和儿子先后成为总统的女性。

经过不懈的努力，陶西格发现同时患有动脉导管未闭和法洛四联症的患儿比那些动脉导管正常闭合的法洛四联症患儿要健康一些。他们的精力更为旺盛，皮肤也更有血色。他们当中甚至有一些孩子症状甚微。由于对病人的持续关注、对病人的控制力及对病例的痴迷，陶西格名噪一时，甚至引起了其他医生的反感。

随着不断长大，一些法洛四联症患儿的动脉导管未闭症状消失了，动脉导管自然闭合了。但这种情况发生时，他们的病情并没有好转，反而恶化了。他们的肤色愈发青紫，活力也日渐消退。如果法洛四联症患儿的动脉导管是未闭的，那他的心跳声听起来会有杂音，但肤色比较健康。如果它闭合了，那么患儿的病情就会加重。患有法洛四联症的孩子和患有慢性动脉导管未闭的孩子情况都十分不妙，但同时患有法洛四联症和慢性动脉导管未闭的孩子的情况则好一些。

陶西格发现动脉导管未闭在某种程度上对法洛四联症有所弥补。她推测，动脉导管未闭导致从主动脉流出的血液分流到肺部，意味着更多的血液流回肺部。这对法洛四联症患儿的室间隔缺损和肺动脉狭窄造成的缺氧问题进行了一定程度的弥补。比起没有动脉导管未闭症状的法洛四联症患儿，患有动脉导管未闭的法洛四联症患儿血液中的氧气更多。

1938年，就在收集患有动脉导管未闭的法洛四联症患儿数据的同时，陶西格得知波士顿儿童医院的格罗斯医生将手术刀触到了此前从未有人触及的新天地。他没有对心脏动刀，而是在心脏正上方下手。他是为动脉导管未闭患儿治病，在为他们缝合动脉导管。

由此，陶西格的想象力有了一次疯狂的飞跃：她想象一名外科医生打开垂死的法洛四联症患儿的胸腔,想象这个手术为患儿制造出另一个缺陷——人造的动脉导管未闭。她向人们描述这一构思——给垂死的患儿制造一个先天缺陷,人们都认为这太荒谬了。他们认为陶西格疯了。她前往波士顿会见格罗斯医生,想听听他的看法。

第二十二章

2018年6月14日,星期天,我开车前往新泽西州南普莱恩菲尔德的圣斯蒂芬路德会教堂,去看望克里斯·霍尔沃森牧师。他三十多岁,头发金黄,白皙英俊,身材相当瘦小。他的下巴很尖,举手投足显得相当保守。他有些谢顶,但看起来很年轻,有一双明亮的蓝眼睛。教堂坐落在南普莱恩菲尔德的公园大道上。那是一条长长的双车道柏油路,沿路两旁是简陋的房子和方正的小草坪。圣斯蒂芬教堂背对着马路。教堂建筑群的主楼建于1960年,屋顶有动画《杰森一家》那个时代的建筑痕迹,两边高,中间低(霍尔沃森说,它看起来像模像样,但排水问题是个噩梦)。教堂的内部较为简约,有一个宽敞、没有梁支的拱顶,没有上了漆的闪着金黄色光芒的木头。光线透过低矮的窗户使得圣堂充满了光亮。礼拜堂的后墙上挂着令人欢快的绿色和白色的横幅。

我在一个冷天里前去拜访霍尔沃森,那天是小马丁·路德·金纪念日。一位身穿驼毛大衣的乐师从管风琴前走到钢琴前,又走回管风琴前。穿着紫色长袍的唱诗班成员聚集在讲坛右侧。有些人带孩子一同前来,有的独自前来。有很多年长妇女穿着开襟衫，戴着三焦距眼镜，留着短发。我第一次见到霍尔沃森是在几个月之前，当时他穿着一件美国全国公共广播电台节目《飞蛾电台》的纪念款衬衫。现在，他穿着他的法衣。他的头发已经长到了背上，苍白的胡子又大又浓密，那是19世纪美国传教士的标志性胡子。

那个周末，席卷全美的性侵丑闻也波及了新泽西州的路德教会。霍尔沃森的一个同事被吊销牧师资格。霍尔沃森将这个消息告诉了他的信众。当天读经的内容出自《哥林多前书》《撒缪尔记》和《约翰福音》，霍尔沃森的思绪都在使徒保罗身上。霍尔沃森向他那些安静、保守的乡郊信众解释，身体和灵魂是不可分割的。侵犯孩子的身体不只是犯罪，同时也是对神的亵渎。"身体非常重要。"他说道，并且提醒他们他所经历的心脏手术。

霍尔沃森闭上眼睛。他解释说，他童年接受的手术令他非常痛苦，但也大有裨益。他的医生们都很关心他。他试着想象，他说他根本想象不了，如果这种关心是不怀好意的，那后果简直不堪设想。他的信众安静极了，气氛非常肃穆。我想象着他胸前那些隐于长袍下的手术疤痕。

1983年，霍尔沃森出生于北达科他州法戈市，出生后不久就开始发绀。外科医生们在他心脏上方的大动脉之间实施布莱洛克分流术，让他的血液流向肺部动脉。霍尔沃森的病情与我的不同，他患的是肺动脉闭锁伴室间隔缺损。虽然我俩都是生来心脏中间就有一个洞，但他是完全没有肺动脉瓣膜的。针对他的情况，医生必须在右心房和右心室之间植入一根导管。他三岁时在梅奥医学中心接受了这个手术。和我的一样，非常成功，他"完全修复"了。他的父母以为这意味着他已经康复，于是他们离开了，回到了正常的生活。

霍尔沃森身体的力量感很差，这是先天性心脏病患者的典型表现。在他三岁到九岁时，心脏病并未给他带来什么困难。"我觉得自己身体状况真的很好，"他告诉我，"我小时候做的事情和你做的一模一样。"他的祖父母住在明尼苏达州，他的父母每年都会去看望他们。在家庭聚会结束后，霍尔沃森和父母就会去罗切斯特，前往梅奥医学中心。抽血实验室太折磨人了。霍尔沃森的血管很细，而且容易滚动，导致扎针困难。工作人员会给他播放迪士尼电影，同时给他拍胸片，做心电图和超声心动图检查。在他九岁那年，检查结果揭示了一个危机。

"我从不认为我的身体有什么问题，"霍尔沃森告诉我，"直到他们用手术刀把我'切开'，对我的心脏动了刀子，我这才感到有些不对劲。"

还没等他真正弄清楚发生什么事，他已在术后醒来，静脉输液管滴滴答答地流进他的手臂，尿液从导尿管流出来。整个世界充满止痛药和防腐剂的气味。当医生从他的胸口深处拔出导管时，他觉得这些导管就像魔术师变戏法用的长气球。他的父母开了几天几夜的车回到怀俄明州时，他的隔膜上方被劈开的胸骨还没有愈合。他的小胸脯上贴着手术胶布，封盖着手术切口的缝线。他的腹股沟上有缝合线和绷带，手臂上有淤青。

他们回到夏延市[1]的家里。霍尔沃森深为自己的濒死经历所困，一直追问父母一些深刻的问题。活着的意义是什么？死了之后会怎么样？他的父母都是不可知论者，拒绝给出终极答案。他们说，他死后可能变成佛陀，变成克利须那神，也可能变成康丽根公司的送水工。因此，当骨头一接合，自己能走路

1　夏延市是美国怀俄明州首府，也是该州最大城市。

了，这个男孩就开始寻找答案。他在夏延的救世军书架上搜寻，他掠过衣物和炊具，翻到了一排排泛黄的平装书。他在书架上不同类型的书中挑挑拣拣，终于翻到了宗教类的书。然后，他取下所有看起来有意思的书。

"现在回想起来，"他告诉我，"当时取下的书中有一些简直稀奇古怪。"

在校车上的孩子们眼里，宗教就意味着基督教原教旨主义。"原教旨主义者，"霍尔沃森告诉我，"真的很喜欢宣传他们的观念，哪怕你没有提出问题。"他开始脱离父母，独自加入拿撒勒教会。后者建议霍尔沃森与他的异教徒父母割席。霍尔沃森的父亲对此的反应非常简单，也很明智。父亲给了他一本《圣经》。霍尔沃森在《圣经》里读到的内容和校车上孩子们所说的大相径庭。

"就这样，我开始读这本书。"霍尔沃森说，"很奇怪，我爱上了它，这才知道有这样一个教派。"

他仍继续参加拿撒勒教会活动，尽管发觉那儿所布的道和他在《圣经》里读到的有差异。此时，他自觉身强体健。十一岁那年，他的母亲参加了得克萨斯州圣安东尼奥市的一个课程学习，获得了公共卫生学位，这可作为她的药剂师专业的补充。霍尔沃森一家计划开车去明尼苏达州看望祖父母，检查霍尔沃森的心脏，然后从那里开车前往圣安东尼奥。在梅奥医学中心，霍尔沃森被安排做了心脏导管检查。

"我感觉到腹股沟里的压力。"霍尔沃森在一个半自传的小故事里这样写道。他慷慨地与我分享了这个故事："一股向外、向内、向上的奇怪感觉，然后我感到胸腔周围有一股热气在轰轰作响。那股热气就藏在那泵动着的生命之血中，那是一股柔和醇厚的热气。这股热气随着导管的停留而增加，而不是自然地散发。"

医生在导管实验室里发现了一些问题，而当霍尔沃森从深度麻醉状态中醒来时，他惊讶地发现自己的胸部又被劈开了。"我试着活动我的手，"克里斯在他的小故事中写道，"我的四肢像灌了铅一样，后脑勺感觉特别沉重。整个身体有一种被往后拉的感觉，就像有一种比地心引力还要强的无形力量将它的特殊拉力施加于我。"他被插上了呼吸管，又被送进了心脏重症监护室，仰面躺着，身体仿佛被砍成了碎片。

当一家人终于到达圣安东尼奥时，霍尔沃森身心均已深受创伤，他感到非常恐惧。"我有意识地决定不交朋友，在书本中躲了一年。"他的母亲有时候会在星期天开车送他去当地的长老会教堂，有时他由一位教友相送。霍尔沃森的胸部还很脆弱，这样的身体条件不允许他举起超过三十磅的物体。他也没法过上得克萨斯州大多数的中学生的生活。

当他们一家回到夏延时，霍尔沃森仍然感到孤立无援。霍尔沃森在拿撒勒教会的牧师，也是他最好的朋友的父亲，被赶出了教会，因为教会声称他无法控制自己的妻子，也就是霍尔沃森那位最好的朋友的母亲。霍尔沃森回忆道，她患有精神病。她的病搅得整个家庭不得安宁，也摧毁了霍尔沃森的世界。他与他最好的朋友、他的牧师、他的教会分道扬镳。

现在，霍尔沃森每次到梅奥医学中心，都感觉像在玩俄罗斯轮盘游戏。他知道，他胸部里面的开口正在愈合，这使他的肺部血流通路变窄。他不得不在候诊室里等着，那里挤满了小孩子和他们的母亲。其他的病友都在读《天才少年》杂志，而他抱着《卡拉马佐夫兄弟》。在做超声心动图检查时，有陌生的女性给他检查身体。她们对他很友善。在黑暗、安静的房间里,工作人员让棒状探头在他的疤痕上滚动,霍尔沃森觉得很难为情,对自己的身体和欲望感到羞耻。

他的生活中所有隔阂都在增大,他的思想和身体之间的隔阂、他和朋友之间的隔阂、他和家人之间的隔阂。他知道自己想从基督教会得到什么:与《圣经》的亲近关联及与世界有目的的接触。上十年级时的一天,他来到路德教会基督教堂。那是通往夏延市南边的高速公路上的一栋盒子般的建筑。他看到讲坛上站着一名留着长黑发的瘦小的年轻女子。

"她掌控着全场,宣讲基督的慈爱与怜悯,"霍尔沃森说,"她的一切都散发着恩典的气息。"

这位是莎拉·莫宁牧师。霍尔沃森被她关于种族平等的布道和她对《圣经》的阐释所感动。夏延的其他教会都要求他与父母割席,但莫宁牧师并未如此。霍尔沃森被路德教会的十字架神学迷住了。

"你的目光所及之处,上帝无所不在。"霍尔沃森告诉我,"是什么救了我的命?不是蝴蝶,也不是独角兽,而是一块聚四氟乙烯补片[1],是他人遗体的一片残骸。上帝与你同在痛苦之中,与你同在苦难之中。上帝降生时,并非降生于城堡,而是降生在马槽。"

高中最后一年,霍尔沃森感觉自己的健康状况还算不错,一家人驱车前往明尼苏达州进行一年一度的身体检查。霍尔沃森对小儿心内科的病房非常熟悉,他给其他病人的家长指路:这里通往X光室,那里通往超声心

---

[1] 原文将Gore-tex误写为Gortex。聚四氟乙烯补片为20世纪60年代出现的以高分子聚四氟乙烯为原料经注塑而成的直型人造血管,已广泛用于临床。其中,"高泰克斯"牌的尤为著名。——译者注

动图室。他随身带着一本《黑人民族主义：黑人身份认同之调查》。"我不受控制地听见胸口扑通扑通的心跳声。"他在给我看的故事中写道，"我等候着心跳跟不上节拍。我等候着心脏不再有声响。我等候着死亡的来临。"他又经历了一场危机。

霍尔沃森被推进了手术室。他的母亲握着他的手，父亲拉着母亲的手。麻醉医生给他戴上了面罩。据他自己描述，他闻到了柑橘和碘酒的味道。之后，他从手术中醒过来，或者说还没完全清醒过来时，他眼前模糊不清，身体正慢慢恢复知觉。呼吸管从他嘴里拔出，我明白那种感觉。这条呼吸管往喉咙不耐受的深处伸入，最后带着环氧树脂气味的干唾液出来。霍尔沃森写道：

> 我蜷缩在白色的床上，知道自己安全了。我明白，那种沉重感和轻盈感都是不真实的。我感受到了疼痛，这十分矛盾，这种疼痛感在吗啡的作用下反而愈演愈烈。感觉就像呼吸管插在我的胸口上。我感受到了吗啡的作用，我感觉我应该把这种感觉给"咳"出来或"吐"出来，但我的身体无法做到。我知道疼痛是真实的。我的身体知道这是真实的。但我身边那些不真实的装置让这种真实感消失了。真人即幻影，幻影即真人，假作真时真亦假。

在回家这一长长的旅途中，霍尔沃森只能吃没有拌酱的沙拉。他的父母和酒店职员争吵不休。母亲总护着他，父亲则变得不那么上心。在车上，他们听着全国公共广播电台的节目和加拿大摇滚乐队Rush的歌曲。

每隔半小时，他们就得停下来，好让霍尔沃森散散步并咳上一会儿，以确保他的体内没有出现血栓。他在酒店浴室洗了个澡，在浴室那无情的灯光下，看着自己映在镜子里的胸部。胸部插管的切口正在愈合。霍尔沃森觉得自己的手指能够伸进这些洞里。他感觉似乎能够看到自己的内脏。当回到夏延的家中时，他知道自己应该怎么做了。他去了俄勒冈州上大学，并且在三年内完成了学业。他在达到法律允许的饮酒年龄前，已经是一名路德教会的神学学生了。

2018年1月，我到霍尔沃森工作的教堂听他就性骚扰和"#me too"[1]运动布道。我为他感到焦虑，我感觉整个教堂的信众都很焦虑。我并不觉得他们不认同他们的牧师，但我感觉他的话风正在滑向那些他与信众之间意见可能会产生分歧的话题上。我看了看过道那边一位独自坐着的年长白人男性。他是全场唯一西装革履的人，清瘦，头发整齐地梳向两侧。我猜想他是个鳏夫，从教堂成立之初就一直参加礼拜。我想象他在这里结婚，在这里送走他的妻子，他的孩子也都在这里接受洗礼。他会怎么看待这个留着长头发、大胡子，在讲坛上充满同情心地提及始于互联网上一个标签的女权主义运动的小伙呢？

我恐怕是个傻子，我竟然在霍尔沃森所在的教堂里萌生出保护他的想法。他已然将自己的弱点化为力量，尤其是当他站在讲坛上布道时。他的布道循守礼拜的规程，同时深深扎根于自己的经历，具有强大的说服力，并且有非常清晰的道德观。尽管这个主题可能令人感到不适，但他的力量令这种不适荡然无存，反而拉近了信众和他之间的距离及信众彼此的

1　"#me too"运动：由美国好莱坞女明星于2017年发起的反性侵运动。

距离。

布道结束后，我们相互说："愿你平安。"教会里的信众互相握手、拥抱，有些人因抱羞而无法这样做，但还是被教友们感动了。就连我这个陌生人，一个不信教的犹太人，也深受触动，感受到了热忱和安慰。

礼拜结束后，霍尔沃森站在门口与信众握手。一位方才在柜台后给信众准备咖啡和曲奇饼的女性拦住了他。"那个，"她说，"我年轻时被人性侵过。"她和霍尔沃森，还有她的儿子私下聊了一会儿。后来霍尔沃森告诉我，她儿子小时候做过心脏矫正手术，很快就要再次接受手术。霍尔沃森将帮助他们渡过这个难关。

****

我想，应对先天性心脏病有几种方法。一种是客观地直面自己的病情，了解科学知识。十多岁和二十多岁的时候，我曾训练和约束自己，决不面对自己心脏有缺陷这一确凿事实，也决不认为自己患有疾病或处于危险境地。另一种方法是相信更高力量的存在，以期获得宗教的慰藉。我没有这种天赋，没有霍尔沃森和拉特利夫那样的天赋。虽然我也祈祷，但我的祈祷是间歇性的，时有时无，并未给我带来持续的安慰。还有一种方法是与他人建立情感连接，建立社交圈。这也是我现在正在尝试做的事，在写这本书的时候，我也仍在尝试。但在我二十多岁时，我没有建立这种情感连接的能力。

在我的童年时代，我的否认和独立态度是我应对病情的有力方案。我想，我的父母没有把我当成疾病患儿来养育是对的。弗里德医生曾和我谈起一些病人，他们在成长过程中一直为自己的心脏问题担忧不已，总把自己当成残障人士。弗里德医生说："这些人永远都长不大。"而我在拒绝承认自己的病情的同时，也给自己建造了一座小型监狱。

在二十多岁的时候，我只是生活的附属品，我的野心被安上了镣铐，我对自己的健康状况予以全然否定。我没有能力与他人建立亲密关系。我把恐惧深藏于心底。我不愿与朋友谈起我的心脏。对我的家人来说，这个话题也是禁忌。结果，我的感情生活如同遭遇冰封，我的爱情总是转瞬即逝。但我也与其他人有过暧昧关系和一夜情。一个美丽、善良、聪慧的女人与我欢愉之后躺在床上，对我说她爱我。我说："我还没准备好把我的生活建立在一段情感关系上。"我一个人生活，一个人工作，一个人写作。我独来独往。但那个秋天，我从波士顿回来后，在巴纳德学院任教，又离开罗森鲍姆医生的诊治，我感到身心俱疲。我的保护壳出现了裂缝。我再次引用威廉·詹姆斯的话：

> 只有两种方法能够摈弃愤怒、忧愁、恐惧、绝望或其他不利的情感。一种是相反的情感威势雄雄，压倒了我们；另一种则是我们拼斗得精疲力竭，不得不停下来。——于是我们戛然而止、放弃、毫不在意。[1]

在收到弗里德医生那封信的几个星期后，我遇到了我后来的妻子玛

---

1 《宗教经验种种》，威廉·詹姆斯著，尚新建译，商务印书馆，2017年。

西娅·勒纳。我认识她很多年了,每次在她面前,我都很胆怯。她实在太美了,也太有趣了。从前,她在我面前总有些骄矜,这让我兴奋不已。我曾在她面前出尽洋相,什么傻话都说得出口,爱吹嘘又做作。(我曾对她提到,我修读过哥伦比亚大学的文学艺术硕士课程,因为——天啊,这个破故事也要讲吗?——"我们专业的毕业生可是有很高的出书率的"——这种话我竟然说得出口?!)而那个秋天,不知怎的,我遇见她时,却一句废话也说不出来。我非常放松,直接问她是否愿意和我喝杯咖啡。

我们在咖啡馆坐着。聊着聊着,我感觉自己比以前更喜欢她了。我们一起散步走过了西村。我们走到了哈德逊河边,一起看河里漂着的垃圾。我转身看她的侧脸。我满脑子只想和她在一起。

我们第一次待在她的卧室里时,我做了一件从未做过的事。在脱掉上衣之前,我把话说在了前头。先前我和其他女孩在一起时,我都会装作没有那道疤痕。我告诉她:"我有东西要给你看。"我很紧张,生怕她被我的手术疤痕吓倒。但玛西娅一点也不害怕,她看起来一点也不为之困扰,甚至还很好奇。她问起我小时候做手术的事。我向她坦白了关于心脏的一切,这些事情我从未向任何人吐露。

第二十三章

20世纪30年代末,海伦·陶西格在巴尔的摩工作,着手研究动脉导管未闭对法洛四联症患儿的影响。同时期，格罗斯医生在波士顿儿童医院为一个名叫洛雷恩·斯威尼的小女孩施行有史以来第一例小儿心肺外科手术。斯威尼生下来就有一个缺陷，但缺陷不在心脏，而在心脏上方的大动脉：她的动脉导管没有闭合，而假如它一直保持开放，那她就会死。

斯威尼是一个爱尔兰移民家庭的第八个孩子，也是最小的那一个。斯威尼一家住在南波士顿一处拥挤的公寓里。斯威尼的父亲会拉手风琴，母亲爱唱歌。"每天早晨，家里的音乐在水壶中回响。"斯威尼回忆说。家人有时会用盖尔语交谈。斯威尼出生时，看起来很健康。在出生后头几周，她的手指和嘴唇都没有发绀，没有水肿，身体其他部位也没有肿胀。但随着年龄的增长，她的身体变得越来越虚弱。她的呼吸声变大了，呼吸也变得费力起来。她很容易感到疲劳。她被诊断出患有动脉导管未闭。虽然除了动脉导管未闭，她在其他方面都很健康，但在1931年，医学界对此无能为力。在很小的时候就被命运预言会缓慢死去的斯威尼常常坐在窗前，看着同龄人在街上玩耍。

她的父亲是波士顿电梯公司的有轨电车司机。他的行车路线往返于布莱顿和剑桥。有一天，和妻子在他们做礼拜的圣哥伦布基尔教堂前过马路时，他被一辆汽车撞倒而离世。斯威尼的母亲成了寡妇，还带着八个孩子。最小的孩子因心脏病而垂危，可怜的寡妇伤心欲绝。几近绝望的母亲再次带着七岁的斯威尼去看医生。她仍不肯放弃，难道真的无力回天了吗？终于，她被介绍给波士顿儿童医院的格罗斯医生。

1938年夏天，格罗斯第一次见到斯威尼，给她做了全面的检查。女孩告诉医生，她知道自己"胸部里面有问题"。她的母亲说，每次靠近孩子，都能听到"嗡嗡的声音"。格罗斯的笔记描述了仅用听诊器和血压计诊断动脉导管未闭的结果，如下所示：

> 患者入院时，身体瘦小，营养不良。颈动脉搏动异常剧烈……胸部静脉突出。有一处心前区隆起。叩诊时，心脏明显扩大，扩大部位多在左侧。心前区有明显粗震颤，胸骨左侧第三间隙最为强烈。心前区持续震颤，并在心脏收缩时加剧。胸骨左侧的肺部区域，听诊时有粗糙的机器样杂音，第二间隙，尤其第三间隙最为强烈。在心脏搏动周期中，这种杂音是连续的，与震颤一样，在心脏收缩时大大增强。

格罗斯是一名小个子的青年医生，他胸膛宽阔，眼睛细长，衣着整洁，举止文雅，性格偏于保守。他童年时期罹患的白内障使他一只眼睛失明，他从未将此事告知他的病人和同事。小时候，格罗斯十分喜欢机械，父亲鼓励他拆装钟表，这也许是为了帮助这个独眼男孩提高深度感知能力。格罗斯能够拆卸和组装汽车的发动机，不能独立缝补衣服。他的手术室里，有一个特殊的工具箱，护士们将它刷成了金色。他对手术室的器械很感兴趣，后来还尝试发明泵和量具。即使他不算特别敏捷，但至少也是一名很有创新精神和创造力的外科医生。他知道斯威尼患有动脉导管未闭，知道自己想给她做手术。

在格罗斯之前，也有医生尝试过做手术治疗动脉导管未闭，但无一成功。在此前一年，马萨诸塞州综合医院的斯特里德医生为一名二十二岁的女性患者做了动脉导管紧急结扎手术，术后，她因血流感染而死亡。格罗斯医生一直坚持做实验——在狗身上做动脉导管未闭手术。他在狗身上制造出了人工动脉导管未闭，然后将它们闭合起来。他在斯威尼身上看到了机会——他可以成为第一个成功治疗动脉导管未闭的人，第一个进行心脏缺陷手术的人，还能挽救一个小女孩的生命。

格罗斯请示上司查尔斯·拉德医生，希望得到他的许可。拉德拒绝了，他认为格罗斯的想法太过冒险，也为时过早。之后，拉德就去休假了。

拉德医生是波士顿的大人物，也是世界上颇为杰出的儿科医生，祖上几代都是哈佛学子。格罗斯医生则出身卑微，其父只是巴尔的摩的制琴匠。

拉德在欧洲度假的时候，格罗斯又去看望了斯威尼太太，去看望这位寡居的移民和她奄奄一息的女儿。他想为她的女儿做手术。他解释说，这是一个实验性手术，也许能够挽救斯威尼的生命。斯威尼太太去了圣哥伦布基尔教堂，也就是她丈夫死于其门前的教堂。她请示了神父的意见。

"是这样的，斯威尼太太，"特雷西神父说，"假如上帝要带走她，那他无论如何都会把她带走。你让她接受手术吧，上帝会仁慈以待的。"

1938年，波士顿儿童医院没有窗明几净的候诊室，也没有暖和的小儿心脏科休息室（1995年我在那儿待过）。那儿只有冰冷的、木制的长椅。当时，家长不被允许陪同患儿进入医院。斯威尼太太因此悲痛欲绝，又惊恐万分。她害怕再也见不到自己的孩子了。全家人瞒着七岁的斯威尼，对她说此次去医院是要看望母亲的一个侄女。长姐带她上了一辆电车，又步行到朗伍德大道。她踏上台阶，独自走进了医院。大门一关，她就被抛弃了。

手术那天早上，斯威尼独自坐在手术等候区的大木椅上，等待医生叫自己的号码——99号。

****

格罗斯医生是第一个施行儿科心脏手术的人，但在他之前还有一些举足轻重的前辈。其中一位便是血管外科学之父——亚历克西斯·卡雷尔，他是早期提出"心肺机"概念的人之一。当寂寂无闻的阿伯特在麦吉尔大学埋头苦干时，当她从宾州车站搭乘出租车前往市区到纽约医学院大厅展出她职业生涯后期的工作成果时，卡雷尔就在几个街区之外的洛克菲勒大学。他是个著名的天才，同时也是一个神秘主义者，一个疯子，一个反动主义者，他呼吁屠杀那些在他看来基因不良的人。

1902年，卡雷尔二十九岁。这一年，他被法国医学界禁止行医，因为他声称自己在卢尔德见证了一个奇迹。他说他目睹了圣水被泼在一名年轻女子的肚子上，随后圣水治愈了她的肺结核的事。法国的反教权法禁止医生鼓吹奇迹疗法。因此，为了继续行医，卡雷尔不得不移民美国。

卡雷尔先后在芝加哥大学和洛克菲勒大学工作。他是第一位开发端对端吻合术（即把切开的血管缝合在一起的技术）的医生。他声称这项技术的发明源于他对他的母亲——一位裁缝的缝纫技术的模仿。他将母亲使用绣花针的技术搬到了静脉和动脉的缝合技术中。由于这项开创性的成果，卡雷尔在1912年获得了诺贝尔奖。当时他三十九岁，而这只是他事业的开端。第一次世界大战后，他在纽约开始了有史以来最早的器官移植研究。他曾将一只狗的肾脏缝合在它的肩上,肾脏继续生长,还产生了尿液,但这夺走了狗的性命。他还曾从一只狗身上摘下一条腿,成功缝合在另一只狗身上。

卡雷尔培养了一只鸡的心脏,并使这颗心脏于鸡的体外跳动,同时声称鸡的心脏组织将永远活跃。他在洛克菲勒大学的实验室的墙壁和家具都被刷成了黑色,所有的工作人员都必须穿黑色的衣服。卡雷尔还与著名飞行员查尔斯·林德伯格合作,研究灌注泵[1],即将氧气输送到体外活体器官中的装置。林德伯格和卡雷尔使用自行发明的灌注泵让猫的甲状腺在其体外维持了数周的生命力。林德伯格的妹妹患有心脏病,他梦想拥有一种新的灌注泵,一种可以让他妹妹在接受医生治疗的同时保持生命活力的心肺机。

林德伯格和卡雷尔都痴迷于优生学和种族科学,都幻想着人类的种族完美。他们是美国法西斯主义的主要同情者。1935年,卡雷尔出版了《人之奥秘》一书,这本书是当年美国第二畅销的书,仅次于《飘》。在书中,卡雷尔主张:"民主的原则在反对精英阶层发展的过程中加剧了文明的崩溃。"在1939年再版的导言中,他对"种族中最优秀元素的灭绝"表示担忧,并宣称"欧洲的种族之前所处的环境从未像今天的这样危险"。卡雷尔对美国的"人口道德素质"感到忧心,认为美国的"不合格的人口数量可能约有三四千万"。这本书的德文版增加了一些新段落——赞同使用毒气来消灭"基因不良者"。

1939年,卡雷尔六十五岁,到了从洛克菲勒大学退休的年龄。1941年,

1　原文将perfusion误写为profusion。

亨利·菲利浦·贝当元帅[1]邀请他到法国维希，在那里，他成立了"法国人类问题研究基金会"。我们无法界定卡雷尔在该机构中的所作所为及其所应背负的责任，但我们能够确定，这个机构曾参与一个由神秘主义和无人道暴行组织所推进的可疑活动，并曾将卡雷尔所信奉的"优生梦"付诸行动。如卡雷尔主张的那样，成千上万被视为对人类的"道德品质"具有威胁的"不合格者"惨遭杀害。战后，他在法国和美国都被普遍认为是卖国贼、通敌者，不过他也有支持者。理查德·宾医生是一名曾在洛克菲勒大学与卡雷尔共事的德国犹太难民，他在约翰斯·霍普金斯大学开始职业生涯之前，曾说："对我这个年轻的孩子来说，他是一个了不起的人。我与他通信来往，他写给我的信都充满了善意、鼓励和深情。我从未看到他天性中'恶毒'的一面。"

但是，在卡雷尔的生活和工作中，确实有一些东西揭示了心脏外科手术的骇人之处。心脏外科的核心就是冰冷的暴行，是工业化、临床的活体解剖和对人体的切割。这就是我的母亲在马尔姆医生眼中看到的一切，这让她恐惧不已。

****

今天美国所有的介入医学手术都在温控无菌手术室中进行。麻醉医生给病人注射先进的止痛药和麻醉剂，并使用昂贵的电子设备监控他们的脉搏、血压和血氧情况。在风险颇高的小儿外科手术中，社工必须随时为

1　第二次世界大战中法国战败时，出任傀儡政权——维希政府的元首。

家长和患儿待命。而在1938年，在斯威尼的案例中，这些工作全部由一名女性完成。她叫贝蒂·朗科，是一名加拿大护士，此前仅接受过三个月的麻醉课程培训。

在20世纪30年代，所有的护士、麻醉师都是女性，所有的外科医生都是男性。1937年，哈罗德·福斯医生在一次演讲《外科医生与他的麻醉师》中，用欢快的口吻描述了这两种专业人士之间的关系，其言语颇具性别歧视意味：

> 外科医生期望他的麻醉师拥有敏锐的心智、机警的智慧，以及忠诚、忠实、谦让的品质和卓越的奉献精神，而麻醉师通常都不负所望……她希望自己在出错时能得到鼓励，得到有用的、建设性的建议或批评。她渴望在坚持不懈地完成自己和手术室里其他人都了解的非常精细的工作时，能得到赞许。

贝蒂·朗科使用的大部分设备都是她自己制作的。如果没有适合患者使用的足够小的血压袖带，她就会用手术用的管子做一个。如果面罩对患者来说太大，她就会用酒精来浸泡，使面罩收缩。她剪开大小不一的导管，自制管子给病人输药。她在手术前给孩子们喝一种由十份葡萄糖兑一份白兰地的饮品，让他们安静下来。在孩子们被麻醉时，她会给他们哼勃拉姆斯的《摇篮曲》。她在术后康复病房的婴儿床上方画上了星星。在孩子们术后恢复期里，她会给他们描绘星座。

在手术期间，她通过给病人测量脉搏、记录呼吸节奏来观察他们的生命体征，并且仔细观察他们的其他情况。在一份口述的历史记录中，朗科回忆说，当时的观察手段非常"可怕"，并且"糟透了"。在斯威尼的手术中，她使用了环丙烷[1]作为麻醉剂。这种麻醉剂极易爆炸，曾在附近医院的手术里引起火灾。为了减少静电火花，格罗斯医生必须将手术室的湿度保持在55%以上。手术室里没有安装空调系统。朗科的手术笔记上沾有汗水和血液。

　　就这样，在夏季的波士顿，在这个炎热而潮湿的手术室里，一名独眼住院医生和他那位"多面手"护士，不顾医院外科主任的明确反对，进行了有史以来第一台心脏矫正手术。朗科通过面罩为病人输入环丙烷，并将病人翻身朝向一侧。格罗斯在第三肋和第四肋之间下刀。在手术笔记中，他写道："由于左肺向内侧萎陷，我们可以清楚地看到纵膈外侧。"他把手指放在病人的心脏上，感觉到"整个器官有一股充满生气的快感"。他继而写道："当听诊器触及肺动脉时，有一种连续的、震耳欲聋的轰鸣声，听起来就像封闭的房间里大量的蒸汽逸出时发出的声音。"格罗斯使用动脉瘤针和丝线将动脉导管进行闭合。斯威尼的血压立马从110/35升到了正常的125/90。格罗斯观察了三分钟。他发现动脉导管太短，无法将其切开，于是他就让它保持闭合状态。他在报告中写道："手术当天下午，患者只有轻微不适；第二天早上，患者可在椅子上坐起来；第三天，患者已能在病房里走动。"

　　他给斯威尼买了一个小玩偶，并拍了一张她穿着白色褶边连衣裙，无精打采的照片。她那双暗沉沉的眼睛显得疲惫又惊恐。"由于学界对该病例的兴趣"，斯威尼在医院多待了一个星期，期间她的母亲仍不被允许前去探望。但斯威尼一个人也没多大问题。她活到了九十多岁。

1　一种极易燃易爆的无色气体，分子式为C_3H_6，医学上可用作麻醉剂。

****

　　在巴尔的摩开往波士顿的火车上,海伦·陶西格将她有关法洛四联症患者的笔记整理了一遍,她将把它们展示给格罗斯。由于心室间隔缺损,法洛四联症患者心脏大腔室内的静脉血和动脉血会混合在一起。由于肺动脉狭窄,能到达肺部的血液不足。但如果动脉导管未闭,一些额外的血液将会回到肺部,而不是输送到身体其他部位。这样一来,进入肺部的血液量就会增加,输向身体的氧气量也会因此增加,如此,患儿的健康状况将被改善。

　　在火车上,陶西格试着背诵她的理论:通过制造一个人工的未闭导管来缓解法洛四联症的症状。打一个洞,在动脉之间做分流,将更多血液引流到肺部,将更多氧气引到身体其他部位。她下火车后径直来到了郎伍德大道,找到了格罗斯的办公室。当她向格罗斯解释她的想法时,格罗斯取笑了她。

　　"我想,"陶西格后来回忆道,"在他看来,他已经好久没有听说过这么疯狂的事情了。"

　　"夫人,"他说,"我做的事是闭合未闭的动脉导管,不是制造未闭的动脉导管。"

　　陶西格比他高半个头,却十分谦逊地问他,如果可以制造未闭的动脉导管,她的设想是否能成为现实。她谦卑地说:"如果可以,这对一个发绀的孩子来说将是天大的好消息。"

　　格罗斯拒绝了她。

　　为格罗斯说句公道话,他那些被制造出人工动脉导管未闭的狗可全都死了，无一幸免。在大动脉之间建立分流通道实在太难了：窄了，血液无法进入肺部；宽了，肺部会被血液淹没。以前没有人做过这样的手术。于是，陶西格回到了巴尔的摩。

她决定去找医院最新聘请的外科医生布莱洛克碰碰运气，看看他是否认可她的理论。布莱洛克刚从范德比尔特大学[1]医院调来，在实验方面颇有名气。布莱洛克在治疗战地出血性休克方面取得了巨大的进步。他是美国外科界一颗冉冉升起的新星。

在约翰斯·霍普金斯大学医院，陶西格在布莱洛克的实验室见到了他。他身材矮小，脸色偏白，英俊又热情，戴着一副圆框眼镜，一头黑发从额头往后梳，一副南方绅士的派头。他的母亲是美利坚诸州同盟[2]总统杰弗逊·戴维斯的亲戚。布莱洛克医生身边的椅子上坐着一个人——维维安·托马斯。他比布莱洛克高大，也更年轻，他的脸较长，举止也较温和。他穿着一件白大褂——起初陶西格或许颇感疑惑，因为他是个黑人。

巴尔的摩当时实行种族隔离制度，约翰斯·霍普金斯大学为有色人种设置了单独的入口和卫生间，且标有"有色人种专用"标识。托马斯不能与陶西格和布莱洛克使用同一个饮水器。在医院里工作的其他黑人做的都是琐碎的体力活，没有一个穿白大褂的。托马斯可能会因为和布莱洛克或陶西格共进午餐而被逮捕。他满怀期待地坐在那里。他是布莱洛克的特别助理，布莱洛克将他从范德比尔特大学医院带到霍普金斯大学实验室。陶西格向他们介绍了法洛四联症患儿和动脉导管未闭。

1　又称范德堡大学。

2　又称南部邦联，由19世纪下半叶美国南方蓄奴州成立。

她或许很紧张，但她从与格罗斯的会面中吸取了教训。她不打算告诉一位外科医生应该怎么做。陶西格保留她的结论，只是简单地讲述那些依据和她的观察：动脉导管未闭的患儿和非动脉导管未闭患儿的比较，动脉导管闭合后法洛四联症患儿会出现的症状。她将此作为激发听者好奇心的一个引子、一个谜题提出来。她大声问道，有没有什么办法可以帮帮这些孩子，就像"水管工疏通管道一样"。

布莱洛克看着托马斯。托马斯抽起了他的烟斗。

第二十四章

20世纪90年代，我仍活在对自身疾病的否认之中，明知自己的身体状况岌岌可危，又不愿承认这一事实。我是一个身处科学的荒原上的病人。弗里德和罗森鲍姆都是杰出的医生，他们在自己的领域声名显赫，但哪怕他俩凑在一起，对我的病情也无能为力。

"我们经常会遇到这种两难的情况。"弗里德医生说。那是在2018年的某个春日，我和弗里德医生共进午餐，在马萨诸塞州布鲁克莱恩他家附近的扎弗提格餐厅。他吃百吉圈面包和鲑鱼，我喝罗宋汤，吃土豆煎饼。我给他带了一瓶雅文邑白兰地，以报答他的救命之恩。他对此似乎有些难为情。我非常享受和他共处的时光。

弗里德医生解释说，他在20世纪90年代中期遇到我的心脏问题时所面临的处境，在儿科心脏病学史上是非常典型的。这与格索尼和格里菲思在

50年代末遇到患者的心脏问题时所遭遇的困境并无多少区别。当时，他们不得不在布莱洛克分流术（安全，但只是权宜之策）和完全修复（危险，但有机会治愈）之间做出抉择。

"原本，咱们这个东西还算可以。"他说。他指的是布莱洛克分流术，或者是我那颗经手术修复后存在心漏问题的四联症心脏。"然后，有人想到了新的东西。"他指的是20世纪50年代的心脏直视手术，或者90年代的瓣膜置换术，"每当你要尝试新的东西时，就要面对未知的风险。"

20世纪50年代末，布莱洛克分流术给患者带来了一定程度的健康。患者们在术后存活了数十年。矫正型心脏直视手术的危险性在早期要比现在大得多，死亡率也更高。两种手术的死亡率曲线要产生交叉，需要一些时间：几年后，经矫正手术修复的患者的存活率才开始高于经分流术修复的患者。在90年代，像我这样的大多数患者——经分流术修复后出现心漏问题的法洛四联症患者的生存质量还算不错。我们无疑是有生存风险的，但瓣膜置换手术同样有风险。没有任何数据表明医生应何时、何地及如何对患者进行干预，尤其是对像我这样看起来相当健康的患者。

在我接受分流术的二十年后，也就是1991年，医生们很难判定谁能活下来，谁又会死去。手术后，患者们都有了肺动脉瓣。血液能够通过肺动脉进行反流，流向右心室。两个心室变大了。接受法洛四联症修复术之后，有些患者过了五十年还很健康，有些患者刚过五年就出了岔子。那时候没有留下数据。我们这些能活下来的患者都感觉自己很健康。很多已去世的病人没有得到看护，他们的病案无人监护，也无法找回。很多患者猝死于突发心律失常。在这些病例中，心室扩大只是许多潜在的致死因素之一，医生也没有办法证明这些死亡案例与心室功能障碍有关。对于一个特定的患者来说，结果是不可知的。直到今天，情况仍是如此。这个问题仍然让人费解。我们不可能知道一台修复术能让一位特定的患者存活多长时间。

"我们仍在试图了解因子是什么。"弗里德医生在午餐时告诉我。

弗里德医生边吃百吉圈面包边向我解释，20世纪80年代的影像技术无法让医生看清心脏的衰竭情况。格里菲思医生从X光片上可以看出，我的心脏变大了。但图像太模糊了，她无法确定是哪个心室变大了，也不知道它变大了多少。

当时，格里菲思医生没有办法测量右心室扩大的程度。有了超声心动图之后，医生们才有可能看出患者的哪个心室扩大了，但超声心动图仍无法给出确切的测量结果。心电图像的清晰度很大程度取决于探头的角度和操作人员的技术，心电数据也不是精确的。我在自己近期的一些超声心动图检查中观察到了这一点，罗森鲍姆医生向我展示过。一年年过去，使用精确到毫米的数字来说明心室是扩大了、缩小了还是保持不变，仍是个难题。

1995年后的每个春天，我都会去波士顿弗里德医生那儿复查。他会看我的X光片和超声心动图，然后给我做运动测试。在尝试标绘我心脏的衰竭过程时，他自己也处在迷雾之中，在未被探索过的领域里踽踽独行。他有的只是模糊不清的地图，缺乏真正可辨识的标注。我知道我的心室功能正在退化。但我说服自己，我的预后和别人的预后没有什么不同。我告诉自己，没有人能知道一颗心脏能撑多久。没有哪颗心脏能够永远跳动下去。我和妻子商量我心脏的事，把她也卷入了这个疯狂的事件中。但我坚决不让她陪我去波士顿。

在波士顿儿童医院的每个春天，我在小儿心脏科病房的X光室里，站在米妮、米奇[1]和巴尼[2]的照片旁。工作人员升起冰冷的玻璃板，我把胸口贴在上面，他们将X光片装在一个棕色的大信封里给我，让我去下一站——超声心动图实验室。大信封里的X光片就像一份秘密证据，可以给我定罪，也可以使我无罪释放。我拿着它，感觉压力重重，就好像拿着死刑判决书去见刽子手一样。

我在超声心动图室里祈祷，祈求上帝不要让X光片显示我需要接受心脏手术的迹象。弗里德医生向我解释过，瓣膜置换术是随着影像技术的进步而发展起来的。20世纪60年代初，梅奥医学中心的贾恩卡洛·拉斯泰利证明了植入导管可以缓解肺动脉狭窄问题。到了90年代，我在弗里德医生那儿看病的时候，肺动脉瓣膜已开始使用于少数心室功能已经衰退或正在衰退的先心病患者身上，但结果是否有效仍存在疑问。弗里德对结论的依据并不满意。瓣膜置换术也许可以解决我的问题，但也有可能加重我的病情。哪怕手术成功了，我的病情也有可能恶化。弗里德医生对诊断技术也不满意。无论是通过超声心动图还是心脏导管检查，都无法让他展现我心室的量化数据。运动测试结果显示，我的表现略低于平均水平，只达到根据我的年龄段预计的表现水平的85%。但这个结果对我的案例来说毫无意义。实际上，对一个先天性心脏病患者来说，这个结果已经相当不错了。超声心动图无法确切地证明我的心室是否正在扩大，而心室在何种大

1　即动画片《米老鼠和唐老鸭》中的动画形象。
2　恐龙巴尼，1998年上映的动画电影《巴尼冒险记》中的角色。

小下会开始危及我的健康，手术（手术本身就很危险）是否能让我脱离心脏功能减弱带来的危险，以及手术是否会给我带来新的问题，这些问题我们都不得而知。

1997年，我与玛西娅同居了。我将一份薄薄的、经过精心打磨的小说草稿寄给了出版商，随后收到了非常友好的退稿信。于是我郑重地放弃了这本书。我带着所有的草稿、笔记和修订稿——当时这些东西已经装满了两个复印店纸箱，我把它们放在路边，向它们说了声再见。

在弗里德医生的办公室，他再次提醒我，我的心漏症状相当严重，心室非常大。我问他，我是否需要做导管检查（就好像这才是我恐惧的事，而不是身体可能崩溃）。他说，下次再谈吧。在他看来，我一定是一个双重谜题。他若想到达治疗我心脏的彼岸，那么我所有的恐惧都是他必须绕过的障碍。

那年8月，我和玛西娅结婚了。在一个阳光明媚的日子里，我们在佛蒙特州一个帐篷下跳舞庆祝。一年后，她怀孕了。我在纽约州立大学石溪分校找到了一份全职教师工作。从我们在布鲁克林的家到学校，通勤过程让人疲倦，单程需要两个半小时。我上班路上会在火车上写作，下班路上会批改论文。幸好每周只需要上两三天班，而且我有很好的医疗保险和退休保障。

她到底在想什么，竟然嫁给了我这个心脏不断衰竭的男人？我们到底在做什么，竟然在不知道我还能活多久的情况下想生孩子？这些问题的答案就像X光片上的阴影一样模糊。我想，我们所想的或许和每个人许下类似承诺时所想的并无二致。因为我们相爱呀！

1999年4月2日，她半夜把我叫醒，告诉我羊水破了。我很恼火，说她在胡思乱想，"还是赶紧继续睡吧"。接着，我们进了产房。玛西娅痛苦地尖叫。她似乎既想让我陪着她，又完全不想见我。她满头大汗，然后竭尽全力一推，我的女儿伊丽莎就这么出世了。

"是个女孩！"我大喊，"一个紫色的女孩！"

我把女儿抱在怀里。她太小了，裹着医院的毯子，非常瘦弱。整个世界开始以她为轴心来运转，或者说我的世界有了一个新的轴心——伊丽莎·罗斯·布朗斯坦。

她是个不那么安分的婴儿，总是大喊。没奶喝或者不睡觉的时候，她就声嘶力竭地号叫。她每晚会醒好几次。玛西娅睡眠不足，深为激素的变化所困扰。她在儿科医生的办公室里哭，我下班回家后她也哭。5月里的某天，我傍晚下班，夕阳西下时才从地铁站里爬出来。我那仿佛经历了战斗的疲劳的美丽妻子抱着我漂亮的女儿——伊丽莎，她的脸蛋鲜红，小嘴定格成嗷嗷叫时的样子——圆O型。为了让她静下来，我们什么办法都试过。有时，给她唱歌是有用的。或者，像抱着足球那样抱着她。我将手放在她胸口，让她的肚子靠在我的前臂上，这似乎能给她胀气的身体减轻一些压力。有人说，吸尘器的声音可能会有效果。于是，下班后我们家就出现了这样一幕：玛西娅把着吸尘器四处跑，我一只手抱着孩子在屋子里跑；两个大人唱着《这是你的土地》，而孩子不间断地号叫。

第二十五章

我请维维安·托马斯的表侄科科·伊顿医生描述他的表叔，这位美国职业棒球大联盟坦帕湾光芒队的骨科医生说了一个词："谦卑。"

我回应，这个词让我不适。我说，在他的一生中，整个白人世界一直就想让他这样的人谦卑。他并未被当作一个普通人，他经历过种族隔离和种族歧视，面对生活中层出不穷的屈辱，他从未放弃尊严。在那么多人试图让他感到卑微的情况下，他仍取得了巨大的成就。

陶西格提出的术式由布莱洛克实施，而托马斯就在他的实验室里研究出了这个术式的步骤，最终让心脏手术变得可行。是实验室技术专家托马斯，而不是外科医生布莱洛克或心脏病专家陶西格，为蓝婴手术做了研究，制造出了仪器，设计出了开创性的技术。我告诉伊顿，我想换一个词来描绘他。

"我能说什么呢？"伊顿医生在他工作的光芒队春训场馆办公室中与我通话时对我说，"我还是会用这个词形容他。"

他的表叔托马斯亲手建造了自己的房子，还打造了所有的家具。他主持家庭烧烤聚会时，用的抹刀是自己用手术夹子做的。托马斯的肖像挂在约翰斯·霍普金斯大学的墙上。伊顿告诉我，托马斯被问及为何自己的肖像会挂在那里时，他只会这样回答："我在这里工作过。"

在约翰斯·霍普金斯大学，托马斯的工资与门警的差不多。医院的女工拒绝帮他收垃圾，医院领导也拒绝给他补贴。布莱洛克还让他给他们的实验室刷墙。他时常遭到贬损。在实验室里，托马斯培养出了许多伟大的医生，这些医生在接下来的几十年内成了心脏外科的权威。而他自己却不得不靠给布莱洛克当仆人来补贴收入。他在布莱洛克的派对上当酒保，给布莱洛克的学生和同事调酒，还为布莱洛克的婚礼做司机。

托马斯从未想过要搬到巴尔的摩。他在纳什维尔长大，成长于一个庞大的、保护性的家族和社区之中。到了巴尔的摩，他遭遇了一种新的歧视，而且是独自遭遇，他认为这座城市十分令人厌恶。但是，他别无选择。当雇主布莱洛克从范德比尔特大学转到约翰斯·霍普金斯大学时，托马斯不得不随他从纳什维尔来到巴尔的摩。因为在这个世界上，除了布莱洛克，没有人会同意让他从事自己热爱的事业。

托马斯年少的时候就想成为一名医生。他是一个木匠的儿子，很小的时候就开始干活了。他攒钱供自己上学，但在他十九岁时，也就是1929年，他的积蓄在股灾中全部蒸发。木匠活儿也不景气。刚到范德比尔特大学布莱洛克的实验室工作时，他认为那只是让他"安然度过寒冬的权宜之计"。他以为经济会回暖，能重新找到工作，再度攒钱，然后继续求学。但现实并未让他如愿。

起初，托马斯在布莱洛克实验室的工作有些令人毛骨悚然，可他一丝不苟地完成了。1929年，布莱洛克在纳什维尔做动物实验，以进行休克方面的研究。托马斯的工作是在实验用犬身上诱发全身性休克，并测量它们身上奇形怪状的伤口。这意味着得给狗上麻醉，用锤子砸它们的后腿，然后观察它们血压的变化。

"我很快就克服了自己不想对动物施暴的想法。"托马斯在回忆录中写道。

托马斯往一个U型管子里装了半管水银，将它用作血压计。U型管一侧有一个橡胶浮球，连着一根铝棒。狗的血压发生变化时，铝棒就会移动，并将血压的变化体现在一张烟熏过的蜡光纸上。这张纸会绕着一个慢慢旋转的滚筒旋转。一切结束后，托马斯会小心翼翼地对狗进行截肢，将血管缝合起来，再将截下来的腿和另一条腿进行称量和比对，看看有多少血液流到了伤腿上。当时，他的酬劳比他当看门人时挣的还少。

随着技能不断娴熟，托马斯的职责也越来越多。他开始设计工具和实验。二十岁的托马斯高瘦英俊，皮肤黝黑，四肢修长，手指又长又灵敏。他的冷静和礼貌是出了名的，甚至有些过分讲究了。

相比之下，布莱洛克简直是个酒鬼。托马斯说，布莱洛克"擅长和女士打交道，而且是一个很爱开派对的人"。布莱洛克在实验室的冰箱里放了一箱可口可乐，他的储藏室里还有一桶十加仑的威士忌。托马斯写道："他所讲的脏话能让那些创造了许多俗语的水手们自愧不如。"托马斯告诫布莱洛克，如果想让他留在这里工作，就不要在他面前说脏话。布莱洛克答应了，他们就这样达成了合作关系。

多年来，两人的职业生活融合在了一起。"我们很难看出来，"艾伦·伍兹医生回忆说，"究竟是布莱洛克医生还是托马斯先对一项技术有了最初的想法，他们的合作实在天衣无缝。"他们在过敏性休克方面的研究改变了在役受伤士兵的治疗方式。（布莱洛克晚年时说，他在休克方面的研究才是他医学生涯中真正的胜利，而非对蓝婴的研究。）布莱洛克来到约翰斯·霍普金斯大学时，接受这份工作的条件是要带着助手一同工作。

托马斯第一次见到陶西格时就喜欢上了她。"她又高又瘦，性格开朗，说话带着地道的新英格兰口音。"

这两位矜持的专业人士都得不到同事们的充分尊重，他们合作起来似乎不错。他们在约翰斯·霍普金斯大学实验室见面的第一天，"她就详细介绍了先心病发绀患者的问题，"托马斯说，"她对法洛四联症特别感兴趣。"

观看陶西格收藏的心脏标本时，托马斯惊呆了。他花了好几天去观察那些法洛四联症患者畸形的心脏。他先是为人类的问题感到惊奇：一个有着如此心脏的孩子竟然能活一年？接着，他又为陶西格提出的手术技术问题感到有些吃力。

托马斯的第一个问题是如何在实验动物身上制造出诱发法洛四联症的条件。他在狗身上进行实验，就像他在纳什维尔所做的一样。在动物身上操作手术，同时发展和完善手术技术。当然，他无法在不杀死狗的情况下在狗的心脏中心打一个洞，所以他尝试了不止一种限制血液氧合的方法：对肺动脉进行结扎，切除部分肺部。托马斯连续工作十几个小时，杀了一条又一条狗。最后，他开始研究大动脉，尝试让含氧血倒流回心脏，让含氧血与静脉血混合。这个方法奏效了，托马斯成功地制造了一批发绀的实验用犬。

在成功地将狗的大动脉血液进行重新引流后，他就开始尝试创设人工导管。这项实验工作持续了两年。他发明了用于儿科心脏手术的特殊器械，编织了丝线。他将针剪下来，把针头磨得十分锋利，好让它们能在儿童细小的动脉上发挥作用。他制造出特殊的手术钳，以用于完成布莱洛克分流术。作为一名外科医生，托马斯是一个奇迹。他是那么严格明确、聪明灵敏，且总是精准无误，因而约翰斯·霍普金斯大学的医生们总派他（并未给他更高的报酬）去教他们的学生该如何做手术。

布莱洛克对托马斯设计的手术是否有效持怀疑态度。他认为，这只能轻微地缓解法洛四联症患者的症状。与此同时，陶西格确定了一个手术候选人：十五个月大的艾琳·萨克森。萨克森是早产儿，出生后不久就由陶西格照看。

萨克森出生于8月。起初，她被诊断出室间隔缺损，即心脏中间有一个孔。但她的病情很快就恶化了。陶西格怀疑萨克森早期因为有动脉导管未闭的问题，所以情况相对较好，但几个月后，萨克森的病情因动脉导管闭合而恶化。

根据陶西格的报告，到了第二年3月，萨克森的病情已十分明显，她的心脏有显而易见的严重缺陷。"就餐后，患儿严重发绀，翻白眼，失去意识并表现出严重的病态。"6月，萨克森被送进了哈丽雅特·莱恩儿童之家。"患儿营养不良，发育不良。目光呆滞，嘴唇发绀……患儿接受输氧和苯巴比妥注射后，仍表现得十分烦躁，一旦离开氧气帐，嘴唇便立即发绀。"

萨克森无法自行活动，她到哪里都必须由人背着。她的体重无法增长。她必须抱膝才能睡着。"患儿会反复发作，"陶西格写道，"先是呼吸急促而深沉，然后突然手脚发软，失去意识。"到了10月17日，她陷入昏迷。如果不进行干预，萨克森必死无疑。

布莱洛克还没有做过这类手术，对人没有，对狗也没有。虽看过托马斯工作，但他自己从未亲手进行切割和缝合。于是在11月，他安排了一个日子，让托马斯教他做这台手术。那天，托马斯给他的雇主准备了一切，可手术台上的狗、手术器械都齐了，布莱洛克却没有出现。就在托马斯快要失去耐心的时候，电话响了，是布莱洛克打来的。萨克森快死了。如果他们准备做这台手术，那就必须马上进行，哪怕布莱洛克还没有在实验室里给狗做过试验手术。

****

手术在1944年11月29日上午进行。布莱洛克非常紧张，于是让妻子开车载他去。托马斯将手术室布置好了。"缝合材料，动脉夹，七英寸长的阿德森止血钳（用作持针钳非常合适），钝头直角神经钩和用以拉起缝线的平滑刺刀式钳。"安排好了这一切，托马斯便躲了出去。他太害怕了，看不下去。

约翰斯·霍普金斯大学的麻醉科主任奥斯丁·拉蒙特医生给萨克森做了检查，但拒绝参加手术。她太小了，拉蒙特想。即便麻醉剂不会夺走她的生命，手术也会夺走她的生命。他认为，让这孩子自然死去会更加人道。布莱洛克求助于一名初级麻醉医生——刚从医学院毕业一年的梅雷尔·哈梅尔。他同意帮忙。

布莱洛克这台手术由他手下的住院医生丹登·库利和优秀外科实习生威廉·朗迈尔担任助手。库利后来创立了得克萨斯心脏病研究所，并成为第一个将人工心脏植入人体的人。朗迈尔后来成了加州大学洛杉矶分校医学院的创始人之一，并在洛杉矶建立了在世界范围内都举足轻重的心脏手术中心。布莱洛克到达手术室时，第一时间找的并不是这两个人。他要找维维安·托马斯，托马斯此前在对狗进行实验时指导过库利和朗迈尔。

"我想，最好还是叫托马斯过来。"他说。托马斯来到手术室的观摩台，在那里他可以俯瞰手术台。

"托马斯，"布莱洛克说，"你最好到下面来。"

那天，手术室里有七个人：布莱洛克、托马斯、陶西格、库利、朗迈尔、哈梅尔，还有一名手术助理护士夏洛特·米切尔。雨水落在大窗户上，暖气片嘶嘶作响。房间里阴冷又潮湿。

"我们中许多人都认为这台手术会是一场大灾难。"库利回忆说。

患儿被推了进来。她的体重不到九磅，身型非常小，在无菌手术布的包裹下显得更小了。陶西格安抚好患儿，抱着她，把她放到手术台上。麻醉医生哈梅尔费了一番心思，才将呼吸管插到这个小女孩的气管里，她一开始接受输氧，脸色立马就好转了。陶西格站在小女孩脑袋一侧。萨克森吸入了呼吸管里混合着氧气的乙醚。据托马斯说，患者实在太小，他们没有给她量血压，因为他们找不到足够小的血压袖带。

布莱洛克让托马斯站在能看清手术过程的地方，于是托马斯找了一张脚凳，踩在上面，站在布莱洛克后面经由后者的肩部俯视手术过程。从在观摩台上拍摄的手术照片可以看出，六个人围在手术台周围，托马斯戴着手术帽和手术面罩，站得很高，就在主刀医生身后。资历尚浅的库利将针头插入萨克森脚踝细小的静脉中，准备输液。

布莱洛克从患儿的左侧进胸，手术切口从胸骨一路开到胸腔侧面。他从第三肋间进入胸腔。手术室的光线不足，必须用一盏常用的落地灯来照亮患儿的胸腔。患儿的静脉和动脉都非常细，在托马斯看来就像毛细血管一样。患儿的出血量比预期的多，这增加了找到大动脉的难度。布莱洛克找到了左肺大动脉，将其与周围的组织切割开。

在陶西格看来，这条动脉"不比火柴棍粗"。托马斯说："患儿的血管不及那些用来开发这个术式的实验用犬血管的一半粗。"布莱洛克将托马斯制作的一个夹子套在肺动脉上，停顿了一下，看患儿是否耐受。然后，他又套上第二个夹子。他问托马斯空间够不够用，是否能在肺动脉上做一个切口。托马斯认为操作空间足够，实际上，切口未必需要那么长。

"布莱洛克的坚韧品性非同寻常，"朗迈尔回忆道，"可见血管袖带只有几分之一毫米大，而切口本身就有四五英寸。我记得当时在现场看着他给患儿开刀，我不敢相信自己的眼睛。"

布莱洛克继而将患儿的左锁骨下动脉缝合到他在肺动脉上开的切口处，建立一个模仿开放动脉导管的通道，以将更多氧气引到肺部。缝合线之间的间距必须小于一毫米，而且缝合处就在血管边缘。这是一个缓慢又费力的过程。库利记得，"布莱洛克医生会向身后的托马斯提问。他会说：'托马斯，我应该采用这种方法还是那种方法？'托马斯始终应答自如"。

托马斯看着布莱洛克缝针，在针线走错方向时就会纠正他。"嗯，那你就看着点，"布莱洛克不耐烦地说，"别让我放错了方向。"一组留置缝线在最初的缝合线上方穿过。接着，第二组留置缝线全部固定。缝合夹全部被移除，出血量极小。就这样，血管被连起来了。

布莱洛克后来写道，从技术角度看，他所发明的这个连接术——吻合术，看起来很好。但患儿的动脉实在太小了，他仍十分不安。而且他感受不到患儿心脏那种"生机勃勃的律动感"，那种血液在足够的压力下冲射而出的感觉。

麻醉医生哈梅尔低声说:"肤色好转了。看！快看！"

陶西格和朗迈尔低头看着患儿,看着她嘴唇上刚刚显现的樱红色。"这是我见过的最具戏剧性的画面,"托马斯后来说道,"那几乎是一个奇迹。"布莱洛克用磺胺清洗患儿的胸腔,并将其关闭。整台手术总共用时九十分钟。

****

萨克森躺在康复病房里,其他人感受不到她的左手手腕的脉搏,左臂比右臂要凉得多。她活下来了,但血液循环很差。陶西格的年轻同事惠特莫尔医生没日没夜地陪伴在她身边,以助她度过艰难的恢复期。

"我不得不将针扎进她的胸部两侧,以抽走那些压迫她肺部的空气。"惠特莫尔医生回忆道。有几次,萨克森的肺部萎陷,不得不接受抽气。当时还没有重症监护室,没有呼吸机,也没有监测仪可以测量她的肺部压力,惠特莫尔不得不自己制造出一台监测仪。萨克森被严密监护了两个星期,期间她反复发烧。她接受了输氧和青霉素注射。手术两个月后,她才离开医院回到家中。

1945年5月,陶西格和布莱洛克公开了他们的工作成果。很快,各地的医生,包括波士顿的格罗斯医生都前来观摩他们的工作过程。病人也蜂拥而至,挤满了医院。全国各地的报社争先恐后地将发绀的婴儿送至约翰斯·霍普金斯医院。走廊里挤满了记者。"有些家长甚至没去咨询他们自己的医生,"托马斯回忆道,"他们乘汽车、火车或飞机过来。许多人没有和医院沟通,没有和门诊预约,也没有订酒店,直接就来了。心脏门诊部人满为患。"儿童外科的病房被改造成了心脏病房,还被调侃为"法洛四联症病房"。手术前,婴儿床和病床上的孩子嘴唇发蓝,手指粗短,他们蜷缩着、蹲着,以缓解胸口的压力。有时,一个病房里住着二十个孩子。

托马斯每天早晨七点开始给病人采血,一直工作到晚上十一点,并打电话给手术室询问第二天的安排情况。布莱洛克要求托马斯参与前六十台手术。托马斯要么在医院,要么在手术室两个街区外的哈丽雅特·莱恩儿童之家取材料或往那儿送材料,他一定会听到医院对讲机对他的传呼声。夏天的手术室非常热,令人难以忍受。大纱窗会敞开。医生们穿着手术服,戴着口罩,汗流浃背。手术室里有一台风扇来让室内的空气流动,还有一个巨大的聚光灯照着布莱洛克的术野。这个巨大的落地灯摇摇晃晃地立着,总会被手术团队或四五个在场观摩的医生碰到。

布莱洛克和陶西格在世界各地做巡回演讲和展示。托马斯留在霍普金斯医院工作。布莱洛克去世后,直到20世纪70年代,托马斯才被授予约翰斯·霍普金斯大学外科教授的头衔。任职后,他将培养一代黑人外科医生作为自己的使命。

布莱洛克与陶西格共事多年,但我们不清楚他是否喜欢她。"如果我死后能上天堂,"他曾说,"那是因为我能忍受陶西格的脾气,才得到上帝的眷顾。"其他男医生似乎颇为赞同。他们因陶西格的学生(大部分是女性)对她的追随方式而在私下里称她为"女王"或"老母鸡"。

陶西格在约翰斯·霍普金斯大学培养了一百二十多名学生。"陶西格骑士团"遍布全美。1947年,她出版了《先天性心脏畸形》一书。这本书在60年代初进行了修订，80年代再次修订，将近四十年里，一直是该医学领域的权威教科书。

陶西格在她位于马萨诸塞州科土伊的别墅里为学生举行聚会。她对客人的要求很简单：她上午要工作，不愿被打扰；午餐之后，她才是聚会的女主人。她喜欢游泳，爱开船。她终生未婚。除了工作，她似乎没有私人生活。她是第一位担任美国心脏协会主席的女性，获得了由林登·约翰逊总统颁发的自由勋章，还被授予了法国荣誉军团骑士勋章。八十多岁时，她仍在研究鸟类心脏的先天畸形问题，并发表研究作品。她在一次倒车汇入车流时丧生。

"她开车技术相当糟糕。"一位男同事回忆道。

许多接受布莱洛克分流术的病人在术后活了好几十年，许多人成功接受了心脏直视手术，心脏缺陷得到了全面矫正。接受分流术后，有些病人仍有些发绀，但他们恢复了活力，分流术让他们活得长久又充实。有些接受了分流术的患者甚至活到了今天。他们不曾接受矫正手术，带着可怕的畸形心脏活了几十年。他们大动脉中的分流器重新引流血液，为他们的血液充氧。我采访过一位这样的患者。

1965年的圣诞节前一天，库利在得克萨斯州为贝伦·布兰顿施行手术。当时，布兰顿还是个婴儿，库利在她的心脏大动脉上放置了分流器。布兰顿的父母特地从委内瑞拉带她来做手术。但后来，他们不肯让她接受第二次手术以修复她的先天缺陷。

2017年6月，我在一家酒店的酒吧里见到了布兰顿。那时，距离库利给她植入分流器已过去五十二年。她身材娇小，看起来很时尚也很年轻，披着一头乌黑的长发，脸蛋圆润漂亮。她喝了一大杯酒，身边有很多朋友。要是非让我猜她的年龄，我会猜她三十多岁。如果你问我她有何异样，我会说她一切正常。

"是我的妆容让我显得年轻啦！"她笑着说。然后，她给我看她的手，她的戒指很好看。她的手指很小，但每一个涂了指甲油的指甲下，都是青紫的。这么多年来，她的右心室都无法正常运转。虽然，1965 年植入的分流器在一定程度上弥补了她的心脏缺陷。

她一生中的大部分时间里，都很少接受后续治疗。1972 年，在她七岁那年，全家人从委内瑞拉加拉加斯飞回休斯敦陪她复诊。库利医生建议让她接受后续手术，但她的父母反对医生将心肺机连到她身上进行旁路手术。

"我的父母，"她告诉我，"他们什么都怕。"

布兰顿在家人的庇护和宠爱中长大。他们不允许她游泳和骑自行车。父母从未教她开车。他们不可能同意的。她的母亲会说："你疯了吗？你的心脏这样，你还敢开车？"她一直活得很好，直到十七岁的一天，她醒来时发现自己心律严重失常，无法动弹，乏力得无法刷牙。到了医院，医生给她做了心电图，告诉她，她快不行了。她呕吐出了黄胆汁，昏了过去。后来她说，当时她感觉像在黑暗中飞行，飞到了一个安静至极的地方。她描述道，一道亮光出现了，就像从门外射进来的一样。她告诉我，她看到了当时刚去世不久的教父。她相信，就在那一刻，医生对她的胸口使用了除颤器，她被唤醒了。在那之后，她便当她的心脏问题不复存在，重新开始生活。

"我就是这样，"布兰顿告诉我，"生活可不是演戏。我讨厌戏剧性。"

她上过法学院，但法律不适合她。当在人前出现心律失常问题时，她会假装一切正常。"我需要在朋友面前保持冷静。"她说。后来，她离开委内瑞拉，去了北卡罗来纳州。她结了婚，生了一个孩子。孩子很健康，但怀孕给她的心脏带来了令人非常害怕的压力。

布兰顿和布里奇特·拉特利夫一样，一直生活在心力衰竭的状态下。对于健康问题，布兰顿也不曾承认，也未曾遇到合适的医生。当她终于去看一位成人先天性心脏病医生，被告知需要接受心肺移植时，她的反应是愤怒地否认。

"她当着我的面，把一切都告诉了我。"布兰顿说。医生向她描述了她所罹患的肺部高血压，以及她的肺部因一直以来的心脏功能衰弱而受到的损伤。"当我走出她的办公室时，"布兰顿告诉我，"我想，'这个老巫婆懂什么叫活着吗？'但我转念一想，她人也不坏，只是告诉了我实情罢了。就这样，我开始了解自己的病情。"

布兰顿被列入等待心肺移植的患者的名单，而且曾确定过一次手术日期，但在最后一刻取消了。布兰顿在电话里得知这个消息时，正和朋友们在一家餐厅里。她被诊断出心源性肝硬化，她的肺部和心脏的长期损伤使她的肝脏也受到了损伤。医生们担心会出现并发症，因此，取消了她的移植手术。

我认识布兰顿时，她的病情没有任何好转的希望。但她不屈不挠，撑住了。她认识了第二任丈夫约翰·布兰顿，他把她宠上了天。我最后一次见她，是在一个派对上。她穿着细肩带条纹连衣裙，前襟上有一个巨大的眼球图案，看起来美极了。

私下里，她不停地挣扎。"我变得非常怕死。超级怕死。"她拒绝独自出门，"我常常感觉自己快要晕倒了，怕没有人来救我。"尽管如此，她在公众场合还是打扮得漂漂亮亮的，并且看上去很强健的样子。她像往常那样活着，竭力让自己相信她比实际上健康。

每次在医院接受麻醉时，她都会告诉丈夫："亲爱的，我待会一醒来，你就给我涂点口红。"有时候，她发现自己越来越无力。有时，她在和朋友一起用餐时，会无法动弹，没有力气从椅子上站起来，但她会凭着意志力勉强支撑住。

"只要我的屁股能离开椅子，我就能站起来走路。"她告诉我，"这人哪，可以失去一切，独独不可以失去魅力。"

第二十六章

6月，我们都去了波士顿，这是我第一次让玛西娅陪我就医。伊丽莎已经三个半月大了。她的腹绞痛症状开始有所缓解。我们初为父母，对照看女儿这件事十分焦虑，这使她变成了一个胖胖的漂亮婴儿。她穿着绿白相间的条纹连身衣，在候诊室里显得非常可爱。其他的宝宝都是心脏病患儿，我们是现场唯一带着健康宝宝的父母。尽管我深陷恐惧、疑惑和迷茫之中，我仍认为，命运让我们有幸得到伊丽莎，实在有些不可思议。

弗里德医生没有让我做心脏导管检查，而是让我做了磁共振成像检查。事后多年来，我都以为他这样做是为了安抚我衰弱的神经——我一直害怕导管检查术，因此，他想出了另一种检查方法。但是，我在2018年再次会面时，他解答了我的疑惑。实际上，核磁共振检查比心脏导管检查更安全，患者受到的辐射也更少，而且提供的数据要准确得多。1995年，波士顿儿童医院心脏科购买了一台核磁共振成像仪，他们花了好一段时间才掌握它的使用方法。核磁共振成像技术通常用于拍摄静态身体部位，例如大脑和膝盖，而心脏总是处于运动状态，因此，心脏科必须学会将核磁共振成像仪与心电图仪结合起来使用，以捕捉成像。用心脏病专家的话说，要将心脏收缩和舒张时的最小收缩状态和最大舒张状态捕捉下来。

我穿着医院的病号服，进入核磁共振成像仪的舱中。它像一台巨大的白色洗衣机，而我就像被扔进洗衣机里的衣服，卷成一团，反复旋转。嗖嗖的噪声填满我的耳朵。哦上帝，请让我知道，我这是能活下来，还是要死掉？机器不断的响声给了我答案：噗滋……噗滋……噗滋……我听了一遍又一遍，祈祷了一轮又一轮，机器急促的响声仿佛变成了话语：不死……不死……不死……我弄不清楚，"不"和"死"之间有没有停顿。"不，死！不，死！不，死！"是这样吗？还是"不死。不死。不死。"？如果有停顿，那我就要死了。如果没有停顿，那我就能活下来。我的生死就悬在那个标点符号上。

我回到了候诊室，把温暖可爱的伊丽莎抱在怀里。她拿手指点兵点将，笑个不停。弗里德医生穿过候诊室时瞥见了我们，他的目光停住了。他看着孩子，眉头紧锁。他的神情有了变化，我看出了他的意思。从前我只是一个精神紧张的二十九岁单身寡佬，他大可鼓捣我的心脏；而我如今是一个三十三岁的有妻有小的男人，他若要鼓捣我的心脏，可就是另一回事了。

在他的办公室里，他给我看我心脏的照片和测量结果。他解释说，正常的右心室和左心室的大小相差无几，但我的两个心室的大小却有明显的区别。在心脏的舒张期（心脏扩张时），我的左心室测量值是140毫升，右心室的测量值却是472毫升。在心脏的收缩期，我的左心室收缩到53毫升，右心室却几乎没有收缩，测量值为342毫升。我的右心室反流分数——反流血量，高达50%。本应流向肺部的血液有一半出现了反流。弗里德医生向我解释说，这些数字并不表明我的心脏病情正随着时间而变化。他并不清楚我的心脏比他第一次见到我时大了多少，但现在，测量结果十分明确。

"我反对。"我说，"我感觉自己很健康，难道不应该等出现了症状再接受手术吗？为什么要在我感觉很好的时候做手术？"

弗里德医生揉了揉额头。他并没有将实情直截了当地告诉我，指出我情况不妙，揭穿我是在自欺欺人，戳破我只是习惯了掩饰自己孱弱的事实。他给我讲了一个温水煮青蛙的老掉牙故事。他说，他没有煮过青蛙，所以不知道这个故事是不是真的，但我和故事中的青蛙有些相似。水温在慢慢升高，我现在还没反应过来到底怎么回事，等我反应过来，我很可能已经被煮熟了。

"你的意思是说，等我出现症状的时候，你就没办法救我了？"

他点了点头。

"也就是说，我真的需要接受心脏手术？"

"没错，如果你想看到你女儿大学毕业的话。"后来，弗里德医生把他的笔记给了我。他写道：

我想不会有什么意外。布朗斯坦先生在日常活动中并未受限于心脏病。客观上，他的最大摄氧量和他处于静息状态时的心输出量都有一定程度的减少。这是肺动脉大量反流、右心室扩大和射血分数降低造成的，无疑折损了他在运动中增强心输出量的能力……尽管这几年来，我觉得他的病况并无什么真正的变化，但我认为大多数照料过成人先天性心脏病患者的小儿心内科医生和成人心内科医生都会建议他接受手术，更换肺动脉瓣膜。随着我们在护理青少年法洛四联症患者方面的经验的不断积累，同时结合大量的证据来看，我认为右心室容积长期过大很有可能导致患者最终陷入衰竭……我仔细地与布朗斯坦先生讨论了这个问题。

我试着消化他告诉我的信息。这位外科医生会将我的胸腔劈开，心脏切开，在我没有瓣膜的地方装上一个新的瓣膜。这样就能阻止我的肺动脉反流，让我的右心室恢复泵动力，或至少阻止右心室功能减退，使我免于心力衰竭。我的哥哥8月初就要结婚了，我还想去参加婚礼呢。弗里德医生认为我这个想法是合理的。婚礼之后，新学期差不多就要开始了，我这样告诉自己。

"12月怎么样？"我问他，"会不会听起来有点疯狂？"

"不会，"弗里德医生说，"有些人喜欢马上处理事情，有些人不喜欢嘛。"

"那就为我安排12月的吧。"我告诉他。

那个夏天太折磨人了。我是不是太累了？我是不是不该开车？有一次开车，我以为视野的盲区里有什么东西。玛西娅大喊我的名字，我猛地踩刹车，车轮在高速公路上打滑，就像冰上的溜冰者一样。我们在路堤上滑行，一次又一次地弹跳。终于，车子停了下来，安全气囊爆开，打在我们的脸上，伊丽莎倒挂在汽车座椅上，笑得前仰后合。幸好，玛西娅系了安全带。

然后，当我们回到布鲁克林的家中，开始整理行李中的玻璃碎片时，我们被告知我童年时的一位挚友去世了。他帅气又聪明，前半生麻烦不断，直到最近才似乎找到了自己的幸福。他是在马撒葡萄园岛度蜜月时去世的，死因是突发神秘的心律失常。这未免太不公平了，世事实在无常。伊丽莎和我们一起参加了他的葬礼，而在几周前，我们才在同一座教堂里参加他的婚礼，大都会歌剧院的唱诗班还在他们的婚礼上唱了歌。他的新娘曾是唱诗班的成员，如今，成了他的遗孀。

秋天的时候，玛西娅做回了她的兼职工作。伊丽莎天天睡觉，茁壮成长，她变强壮了，腹部不再绞痛，也变成了一个非常讨喜的孩子。她还发展了自己的兴趣，比如玩那只和她一起洗澡的玩具小黄鸭。每天早上，我都把她抱在胸前，带她出门散步。每星期，我有两天要去石溪分校授课。如果我能在漫长的火车旅程上将所有备课和评卷工作都处理完毕，回家后我就会非常放松，感到非常舒适。我父亲对他第一个孙女宠爱有加。那时他刚退休，时常过来帮我们照看孩子。我几乎没花钱，就在一所改造成课后辅导中心的褐沙石屋子里弄了一个小小的工作室。那里白天时常是空着的。

在石溪分校，我没有向任何人透露病情。在地铁的台阶上，我的心总是颤抖着跳动着。深夜里，我常为焦虑所困。我幻想出一个可怕的画面：在手术过程中，我从麻醉中醒来，然后看到了他们用来打开我胸腔的锯子。我想象着那把旋转着的钢刀，沾满血迹的锯齿咬着我，锯齿的口吐出血液、皮肉和骨头，而我就躺在手术台上眼睁睁地看着这一切。我不确定命运会指引我去向何方，在接受手术之前，我再怎么猜想也毫无意义。

我继续琢磨我要写的故事。有时在辅导中心，我翻阅书架上的书，阅读童年时读过的故事。我回到了纳尼亚¹，回到了地海²。我重读了辅导中心为学生们储备的经典故事集。我尝试写童年的故事，可能是因为那时我童年时的挚友刚刚去世。我总想起他的心脏和我自己的心脏。我开始就着身边的经典故事书写我自己的过往。比如纳撒尼尔·霍桑的《脆弱地带》：我让霍桑笔下的主人公住在我父母所住公寓楼的七楼，我和我的小伙伴暗中窥视他，而我笔下的第一人称叙述者爱上了主人公的女儿。我找到了一个我从未读过的弗朗西斯·斯科特·菲茨杰拉德写的老故事——《本杰明·巴顿奇事》。我本以为自己读过菲茨杰拉德的所有作品，这个故事不在我高中时学校给学生推荐的精选书单里，它被收录在一本叫作《爵士时代的故事》的小册子中。这个故事的假定前提令人惊叹，一改菲茨杰拉德

1　前文提及的 C.S. 刘易斯的《纳尼亚传奇》的故事发生地。
2　美国作家厄休拉·勒古恩的小说《地海传奇》中的一个虚构国度，具有奇幻色彩。

其他作品的常态。这个创意真是太酷了,返老还童,回到出生前的无意识状态,整个故事似乎围绕着死亡、回忆与记述展开。我把我改写的《脆弱地带》的稿子寄给了几家文学杂志社。想着,哈哈,你们退我的稿,你们这些混蛋,就问你们敢不敢退霍桑的!我对菲茨杰拉德的故事进行改写,越写越长,而且把故事写得迂回曲折又稀奇古怪。我重写这个故事不为别的,只为了标记时间、探索大脑奥秘、玩味语言。此事只为悦己,假如并无其他读者。

是时候去波士顿做手术了。我的主刀医生第一次见我时,就向我强调了我所面临的风险:感染、心脏衰竭和死亡。("我想,他这样做,"弗里德医生告诉我,"是因为他的妻子是一名律师。")一名社工向我详细介绍了手术的步骤,并解释说,术后我醒过来时,喉咙里会插着呼吸管。

"那会是什么感觉?"我问道。

"嗯……"她打破了原本平稳的讲话节奏,"不知道,我也没试过。"

手术前一晚,我们一家住在酒店里。伊丽莎半夜醒来,玛西娅起身去照看她,我说:"你别去,我来吧。"反正我压根没睡着。那一晚,我也没有其他事要做。我将她从婴儿床里抱起来,抱着她,坐在床沿。我想,如果这是我生命的最后一个夜晚,我想就这样度过,我想要最后一次安抚我的女儿,让我的妻子安然入睡。

第三部分

「开心」俱乐部，重奏

第二十七章

我的意识十分缓慢地恢复了,从深不见底的黑暗中一点一点地恢复了。在那片黑暗中,我的脑海里首先冒出来的是一句长长的诗。我没有听到具体的词,也没能记住它们。它们的出现是一场幻觉。

詹呀詹姆斯,莫呀莫里森,韦瑟比·乔治·杜普里,细心照料着自己的妈咪,虽然他只有三岁。

我被剃干净的胸口皮肤被缝合好后,被包扎上了绷带。一根导管插入我的胸口左侧,以吸出胸腔内的液体。我的胸骨被骨钉固定住了。心脏里缝上的新的瓣膜,是从猪身上移植来的。两根线穿过我的皮肤,一头连着墙上的电源插座,另一头连着心脏起搏器,连到我的心脏。我的手臂连着输液管,生理盐水、抗生素和吗啡正往里滴。阴茎连着一条导管,导管通向一个袋子,袋子装着我身上所有往外漏的东西。我嘴里还有呼吸管,它每隔十秒就给我的肺部充一次氧气。这些事,我一点都不知道。我脑子里只有小熊维尼故事里的那一句诗,别无其他。艾伦·亚历山大·米尔恩[1]的这首诗,一定是三十年前我第一次接受心脏直视手术时,我母亲给我朗读过的。

---

1 美国作家,《小熊维尼》的作者。

这首小诗是我心头的一根绳,将我的思绪拉回过去。

过了很长时间,我才恢复意识。我第一个感知到的是呼吸管,我把它想象成一条枪管形状的管子,它大概两英寸粗,直直地塞在我的喉咙里。我感觉到,它就压在我的气管软骨上。每次我试着吸气,呼吸管中的气流就会停止流动,使我憋得失去意识。紧接着,它又立马给我供氧,使我恢复意识,我又能试着吸气。一旦我尝试吸气,我就会窒息。而我一旦被憋得失去意识,它又给我输氧。我又一次醒来,试图呼吸。结果,管子又一次让我憋气。这种情况持续了一段时间,我反复清醒、窒息、昏睡,清醒、窒息、昏睡……

我记得墙上挂着一面钟,但我不确定自己的眼睛有没有睁开好好看过它。我也不确定,在那样的状态下,我有没有能力睁开眼睛。但我确实看到了,在每次呼吸管让我憋气和我再次陷入昏睡之间,我看到了一个黑白相间的厨房挂钟。两个指针,十二个数字,挂在白墙上距离天花板大约一尺半的地方。有时,只差几分钟就到午夜。有时,时钟往前走。有时,时钟往后走。黑暗中会传来一个女人的声音。她说,他们要把我往侧边翻翻,给我拔管。她还说,拔管会让我有一些不舒服。

我感到背上有压力。我感觉到身体转向左侧。胸骨被劈开的两半相固定之处相互摩擦,胸口就像有牙齿在摩擦一样。我感觉得到支撑着胸骨的骨钉。我感觉到摩擦的震动,但感觉不到疼痛。我所有的神经都仿佛在燃烧,但它们与我的大脑断了联系,或者说它们与我大脑中能感知痛感的那个部分失去了联系。我知道我的骨头和内脏被劈裂了,但并没有真切地感受到。我非常害怕。我猜那根呼吸管非常长。管子出来的时候带有一些黏糊糊的黏液,我的嘴就像被冻住、吸干了一样。当时差不多就是这样的感觉。他们又把我放平，让我仰躺着，我的身体、导管和输液针都回到了原地。我想，当时我应该睡着了。

我渐渐走出了黑暗，我的家人走近了我。玛西娅在我身边，我的父母也在我身边。他们问我想要什么，我说不出话来。这时，有人灵机一动，让我把想说的写下来。我试着潦草地涂了几笔。我不记得当时用的便签纸和笔是什么样子的了。我的手就像鳍状肢，迟钝不已。我终于写下了"喝水"。

"他口渴了！"他们欢声雷动。

护士们说不能让我喝水，但她们同意让我吃一勺碎冰。啊，那勺碎冰在我荒漠般的嘴里融化了。至此，我的心脏还是未能自主搏动。

第二十八章

心脏直视手术是20世纪50年代的一项发明，就像当时美国另一项伟大的发明——摇滚乐一样，它不是一个人的努力成果，而更像整个国家的智慧之集大成。

心脏外科手术始于我们这种孩子，始于明尼苏达州。此前几十年，医生们一直在心脏周围施手术，甚至在心脏上方的大动脉上施手术，比如布莱洛克分流术。而当他们成功通过将患者与心肺机连接起来建立体外心肺循环，并且打开心脏时，突破性的进展便由此诞生。突破发生在明尼苏达州的两个地方：明尼阿波利斯和罗切斯特。20世纪50年代，像马尔姆和格里菲思这样的年轻医生想要了解心脏医学的发展时，他们就会去罗切斯特的梅奥医学中心观摩约翰·柯克林医生的工作过程，或者去明尼苏达大学了解沃尔特·李拉海医生的工作细节。

　　柯克林和李拉海就是心脏外科界的披头士和滚石乐队，是托尔斯泰和陀思妥耶夫斯基。他俩既是竞争者，又是互相激励的伙伴，是携手为医学开疆拓土的垦荒人。柯克林更冷静，更具有严谨的技术思维。他的传记作者戏称他为"冰人"。李拉海比较冲动，更富有创新精神，不爱循规蹈矩。库利医生在他的回忆录——《十万颗心脏》中，讲述了自己在1955年与几位有抱负的年轻心脏外科医生共赴明尼苏达州的一次旅行。在罗切斯特，柯克林待人亲切，但也很拘谨。他邀请库利和伙伴们到家里做客，他的妻子为他们准备了一顿令人愉快的晚餐，饭后大家喝了"一丁点儿"雪利酒。还不到九点，柯克林就让大伙回家睡觉，说第二天还有工作。早上他在医院接见他们，他们观看他做手术。这帮年轻人从梅奥出发，前往明尼阿波利斯，见到了李拉海。李拉海金发碧眼，下巴就像电影明星的那样，脖子上有一道可怕的疤痕。

　　晚餐时分，李拉海带着这些初级医生去了一间餐馆，库利在回忆录中将其描述为"城边公路旁的一个小餐馆"。在那儿，酒保对李拉海说："你好啊医生，今晚还是老规矩吗？"李拉海的老规矩是先喝四杯双份马提尼，吃完牛排后，再喝三杯，然后和女侍应一起跳舞。库利努力跟上他的节奏。他和朋友们到了清晨才爬回酒店房间。第二天早上，他们顶着头疼、眼花缭乱地匆匆赶到医院，发现李拉海还没来。到了十点，在原定的手术开始时间过去一个小时之后，李拉海才走进来。"他浑身看起来黏糊糊的,满头大汗,似乎也需要医生的救治。"那台手术的患者是一个孩子,他的心脏上有个小孔。那天使用的心肺机是李拉海设计的鼓泡式氧合器。李拉海还有些宿醉反应,甚至可能还有点醉,但他的手术功力不减。这台手术相当"出色、成功",库利写道。

"每一个'创造性'的天才,"奥登[1]写道,"不论是艺术家还是科学家,都带有几分神秘感,就像赌徒或疯子。"李拉海拥有一种通常连伟大的心脏外科医生都没有的天资,他具有丰富的想象力,而大多数心脏外科医生都是有条不紊、小心翼翼的人。与此相比,李拉海显得带有一些反面形象。在20世纪50年代,他是心脏外科方面最重要的发明家、教师、导师、筹款人和推广人。他也是一个不怕违法的派对狂,在职业生涯达到巅峰后不久便毁了自己的前途。在明尼苏达大学工作的后期,一天深夜,他醉酒驾驶,撞毁了他的快艇。他妻子的漂亮脸蛋撞到了仪表盘上,破了相,伤痕累累。医院没有将李拉海提拔为外科主任,他收拾好所有设备,在实验室的地板上留下一朵长茎玫瑰,开车去了纽约。20世纪60年代,他的妻子留在了明尼苏达州,而他在曼哈顿过着浪荡的单身汉生活。他在酒吧斗殴,疏远同事,还被判犯有税务欺诈罪。他也许是历史上最具影响力的心脏外科医生,但在生命的最后几十年里受尽屈辱,也无法执业行医。

1918年,李拉海出生于明尼阿波利斯郊区的伊代纳。他的父亲是一名牙医,是斯堪的纳维亚移民的孩子,母亲是钢琴乐师。李拉海在小学时跳级两次,到了高中却对学业产生了厌烦情绪,费了很多气力才通过化学考试。一开始,他就不为权威所动。"我不太会相信那些写着'禁止这样做'

---

[1] 奥登(W. H. Auden,1907—1973),英裔美国诗人,20世纪重要的文学家之一。

或'不要那样做'的警示牌，"他说，"如果有理由做某件事，那我通常就会义无反顾。"

他把自己的玩具BB枪改装成了能使用点22口径子弹的枪。他用废旧零件，在无说明书指导的情况下亲手打造了一辆摩托车。李拉海本以为自己会继承父亲的衣钵，成为一名牙医。但当他发现医学院和牙科学校的入学要求一致时，他想，既然如此，干脆学全一点，做个医生好了。

在明尼苏达大学上学时，他被医学院的外科主任欧文·温恩斯坦医生迷住了。温恩斯坦是位令人信服的讲师，也是个有魄力的人。温恩斯坦在父亲经营的挪威小农场里长大，他帮父亲照顾小猪、搬运粪便。20世纪20年代，温恩斯坦来到明尼苏达大学时，那里还是蛮荒之地，但他对此地的前景十分有远见。他聚集了一批献身外科研究的教职人员，鼓励他们积极追求自己的理想。后来，他建立了一个足以载入史册的外科科系。

温恩斯坦是一个发明家，他最为著名的发明是腹腔吸管。这一发明挽救了许许多多遭受枪伤的士兵的生命。（奥格登·纳什[1]有一首诗写道："愿我安息于欧文·温恩斯坦腹中，他制作的精湛吸器必能令我复生。"）作为外科医生，他主张对癌症施行积极的、根治性的手术，包括半体切除术，即切除患者下半身；内脏切除术，包括切除膀胱、生殖腺体、淋巴结、脾脏、直肠、双肾和一大块结肠。他有一个多次进出监狱的醉鬼儿子。他的妻子对他恨之入骨，她知道他怕蛇，便常常将蛇包装成礼物，差人送去。

1938年，二十岁的这一年，李拉海听温恩斯坦讲授了其在老虎和熊的

1　奥格登·纳什（Ogden Nash，1902—1971），美国诗人，以其轻快的诗歌闻名。

阑尾上所做的实验的过程。G.韦恩·米勒在其为李拉海所著的传记《心脏之王》中提到，就是在那个时候，李拉海决心成为一名外科医生。他想和勇于对野生动物动手的人一起工作。李拉海完成医学院的学业后，便和他那个年代大多数医生一样，入了伍。他随美军穿越地中海，在安齐奥战役中登陆意大利。盟军在那场战役中被逼到了沼泽地里，遭遇了德军的空中炮轰。

作为陆军流动外科医院部队的一名外科医生，李拉海还亲眼见证了大屠杀。"我所目睹的现代战争之恐怖远超我的预想。"他后来在家中写道。他有一项工作是为伤兵颁发紫心勋章。"那是一枚美丽的奖章，"他写道，"但是拿一个人的腿、手臂或脸来换取它，可不怎么值得。"

****

第二次世界大战对心脏外科发展的贡献不亚于任何一名杰出的医生所做的。美国陆军建立了第一个专门治疗心脏伤口的外科病房。来自军方的拨款推动了心脏导管术的发展。归根结底，是战事要求美国政府对医学投入大笔资金。1941到1951年，短短十年间，美国联邦政府在医学研究上投入的预算已从不到300万美元增长到7600万美元。二战前，青霉素价格高昂，生产难度大，但战场需要它。联邦医学研究委员会便与伊利诺伊州皮奥里亚市的布拉德利理工大学展开合作。战争结束之前，青霉素已经可以以一万五千加仑桶装的规格被低价生产出来。

哈佛大学的德怀特·哈肯一直在尝试用手术切除心脏上的感染性生长

物（在抗生素普及之前，这些东西可以长出像藻花一样的疣状赘生物）。战争时期，他驻扎在英国，当时的伦敦饱受炸弹袭击。来自欧洲大陆战场的伤兵抵达英国时，胸口上都带着可怖的伤口，弹片就插在他们的心脏上。这些伤口即便没有当场要了士兵的病，也会使他们遭遇血流感染或是血栓，并最终中风，最好的情况是在恐惧中度过一生。这些伤兵终其一生都在等待着那么一天，那块金属碎片从心脏转移，利落地夺走他们的生命。

时至1945年，人们对心脏手术的偏见非常严重，以至于没有什么医生愿意接触这些心脏有伤口的病人。哈肯为了获准实施心脏手术，不得不向上级申辩，最终上级允许他建立一个专门负责胸外科手术和心脏伤口的科室。经过一番努力，科室终于建成：他们就在格洛斯特郡赛伦塞斯特小镇边的乡下，搭了几间半圆拱形活动铁皮屋。这些早期的心脏手术室既没有隔音装置，也没有暖气设备。冬天十分寒冷，夏天十分炎热。但这些手术室配备了透视仪、心电图仪和最重要的青霉素。患者一车一车地被送来，他们的胸口无一不带着丑陋的伤口。

哈肯前两次从步兵中士勒罗伊·罗尔巴克的心脏中取出弹片的尝试都以失败告终。罗尔巴克在发生于法国圣洛附近的一次战斗中受伤，他的心脏被一枚炮弹炸伤，一块金属片插入了他的心脏深处。哈肯是个红脸的大个子，顶着一头红发，在手术室里总是大肆咆哮，在手术室外却迷人又十分健谈。后来，他的学生都称他为"大红人"。1945年8月15日，哈肯用镊子夹住了罗尔巴克胸腔里的金属碎片，但碎片从镊子上滑落，被搏动的心脏吞没。11月，哈肯再次尝试，又一次用镊子夹住了金属碎片，然而又一次失败了。透视仪的影像显示，碎片在罗尔巴克的心脏中随着每一次心跳上下浮动。罗尔巴克陷入了绝望，恳求医生把碎片从他身体里取出来。次年2月19日，哈肯进行第三次尝试。

他打开中士的胸腔，使其肋骨回缩。这一次的术野非常合适，让他将患者的心室看得清清楚楚。在触碰金属碎片之前，哈肯在创口周围用了一圈缝合线。然后，他使用一个有齿血管钳（一种类似镊子的剪刀状钳子）夹住碎片。他一拉，"忽然间，随着一声脆响，就像香槟的软木塞被拔掉一样，碎片从患者心室中蹦了出来"。哈肯写道："心室内的压力使得鲜血如泄洪般喷涌而出。"哈肯拉起伤口周围的缝合线，创口像皮包的口子一样紧紧闭上了。但血液仍往外流，哈肯用手按住创口。"我拿起穿着丝线的大针，将它穿过心肌壁，再从另一侧出来。缝了四根线后，我将手指慢慢抽出，又接着缝了好几根。"但哈肯的手指移不开。原来，他的手套被丝线缝住了。"我竟然把手套缝到了心肌壁上！于是，我们割开手套，我的手指这才抽出来。"罗尔巴克的胸腔关上了，他活了下来。英国许多著名的外科医生来到这些活动铁皮屋参观拜访。摄影师们则在手术台上方的橡板上拍照。哈肯成功施行了134台针对胸腔创口的手术，无一例死亡病例。他以英雄的身份回到了波士顿。

与此同时，在德国，一个古怪、孤独、颇有魄力的医生正在尝试从另一个角度进入心脏。

****

有关心脏导管的故事要从维尔纳·福斯曼说起。他是一名泌尿外科医生，也是纳粹成员。福斯曼在其回忆录《我的自体实验》中讲述道，他童年时的最爱是科技和德国皇帝。小时候，福斯曼曾目睹莱特兄弟[1]到访德国期间开飞机的情景。他深为军人游行，以及街道上挤满"衣着五颜六色、挥舞着旗帜的欢呼雀跃的人们"这些画面激动。他的父亲在第一次世界大战中去世，他的家庭一贫如洗。他们靠捡甘蓝菜和发酵的黑面包为生。只有到了星期天，他的母亲才会烤乌鸦当晚餐。到上大学时，福斯曼的兴趣已从航空转向医学。他了解到，19世纪的法国医生让-巴蒂斯特·奥古斯特·肖沃曾使用一根导管插入马的颈静脉，并使导管从其颈静脉通往心脏。福斯曼设想：也许我可以将导管插入人的心脏。

当时是20世纪20年代。福斯曼对魏玛共和国十分反感。他在回忆录中写道："除了对那一小撮自我放纵的人而言，所谓的'黄金二十年代'不过是昏暗的时期。"福斯曼师从一位叫作弗赖德尔的博士。这位博士面色黝黑，穿着落了灰尘的黑色天鹅绒边长袍上班，在办公室里养着一只高大的牧羊犬。弗赖德尔给了福斯曼一些政治宣传小册子，让他分发给同学，这些小册子当中就有《锡安长老会纪要》[2]。福斯曼承认："恐怕这些想法已经四处流行起来了。"

1929年，福斯曼在柏林北部小镇埃伯斯瓦尔德的红十字会医院找到了一份实习工作。他身材高大，肩膀宽阔，头发又黑又长，眼睛狭长。他嗜酒如命，还是摩托车骑行狂热爱好者。但他仍不忘他的疯狂初衷：他要将导管插入人的心脏。

1　一对美国兄弟，飞机发明者。
2　本书宣传反犹主义。

埃伯斯瓦尔德这家红十字医院的主任医师理查德·施耐德[1]是福斯曼母亲的朋友。当福斯曼带着自己对心脏导管的设想找到他时，施耐德说："我不可能同意你在病人身上进行这样的试验。"福斯曼在和一位年轻同事皮特·罗迈斯喝啤酒的时候，向后者解释了自己的想法。罗迈斯同样表示反对，他认为这个设想非常危险、不人道，而且没有意义，不能带来什么明显的好处，也许福斯曼应该先从动物的心脏入手。福斯曼没有回应，只是笑了笑。

要做这个实验，他需要一个静脉切开术用具包、一条导尿管和一台X光机。他还需要一名同伙。于是，他"开始在护士长格尔达·迪岑周围晃来晃去，就像一只嘴馋的猫在奶油罐子周围游荡"。

午饭后，我就在食堂闲逛，希望能在格尔达护士离开餐厅时撞见她。我们常常互相借阅书籍，所以很容易找到闲聊的话题，她偶尔还会邀请我去她的小办公室……慢慢地，我小心翼翼地将话题引向了我常弹的老调上，结果我发现她对此也颇感兴趣……就这样，我一点一点地笼络了我最重要的信徒。就在我和施耐德提出我的设想并被拒绝两个星期后，格尔达对我说："我们如果不能一起做这个实验就太可惜了！"我确信，是时候了。

福斯曼给格尔达护士看肖沃的实验照片，并演示他将如何从手臂而非颈部进入病人的体内的过程。他们决定一起开小差，悄摸摸地在午后进行

试验。"我知道只有在午休时间,趁着医院的人都在打盹,我才有可能完成我这见不得人的'勾当'。"于是,他俩蹑手蹑脚地溜进手术室。格尔达护士向福斯曼表示愿意献出自己的身体。她愿意做福斯曼的病人,愿意让福斯曼把导管插入她的心脏。福斯曼让她躺在手术台上。"我以光速将她捆绑起来。"他在回忆录中写道。

格尔达护士的手脚被捆绑住,福斯曼背对着她。他给自己的左手肘部上了麻醉。福斯曼没有理会格尔达护士,他在自己的皮肤上切了个口子,将一根长长的动脉瘤针插入了静脉。他打开动脉瘤针,将导管推进自己的手臂大概一英尺。他用纱布和无菌开口海绵处理了切口,然后向格尔达护士展示自己的手臂,导管渐渐往深处走。在格尔达的注视下,他扭动着导管使它不断深入。他给格尔达松绑,让她扶着自己上楼,去医院顶层的X光室。福斯曼拖着导管,跟跟跄跄地走在医院的走廊上。正当他往上爬楼梯的时候,他的酒友罗迈斯看到了他。

"你这个白痴,你他妈在干什么?"罗迈斯问道。他试图抓住导管,准备将它从福斯曼身上拔出来。福斯曼描述道:"我不得不往他的小腿上踢了几脚,让他冷静下来。"福斯曼到了X光室,罗迈斯和格尔达跟在他后面。"我放置了一面镜子,这样我就能从镜面上看到我的胸部和上臂。如我所料,导管已经到了肱骨的端头。罗迈斯希望我就此打住,马上把导管取出来,但我不同意。我继续把导管往里推,这时,导管几乎已经推进体内两英尺了。镜子显示导管已到达心脏,导管的尖端已抵达右心室,就如我预想的那样。"

1929年,福斯曼的照片登上了全德的报纸头条,他由此从小镇的红十字会医院转到柏林的沙里泰医院。那是全德最负盛名的医院，由当时全德最著名的外科医生费迪南德·绍尔布鲁赫管理。

在沙里泰医院，福斯曼对绍尔布鲁赫高压管理下的森严等级制度和传统治理模式感到恼怒。他因不服从上级被开除了。他回到了埃伯斯瓦尔德，在那里继续他的尝试。他将彩色染料射入自己的心脏，以提高 X 光影像的准确度。

他想要开发新的方法以将药物直接送入心脏，但他的想法没被接纳。一方面是由于他缺乏合作精神，另一方面是由于心脏导管的用途对他而言还不确切。最终，福斯曼放弃了心脏导管的研究，接受成为泌尿外科医生的培训。1931 年，希特勒上台前两年，他加入了纳粹。福斯曼在莫阿比特医院工作，那里 70% 的医生都是犹太人。同事们一个个消失，福斯曼的地位也随之上升。医院更名为罗伯特·科赫医院，新外科主任由党卫军高级军官库尔特·施特劳斯担任。当所有的犹太人都消失后，福斯曼成了施特劳斯手下的外科副主任。

我们很难知晓福斯曼作为纳粹军医到底做了什么。在自己的回忆录中，他总是一副无辜的样子：他拒绝在俘虏身上做实验，在事后才知道精神病人被屠杀，并且总是在表达恐惧。他自称并不苟同其他军官和纳粹党员对"优生学"的狂热态度。纵观其回忆录，福斯曼始终想将自己描绘成一个在纳粹党中微不足道、无知、无辜的小人物。但他又忍不住夸耀自己的人脉。"我直接给约瑟夫·戈培尔打了个电话。"他这样写道。后来又吹嘘说，一个同事"想把我从事的研究工作的内容告诉海因里希·希姆莱，并把我介绍给他认识"。福斯曼随德军进入波兰，后来又进入俄罗斯。战后，他由于纳粹党员的身份被禁止行医三年。20世纪40年代末，他重新以泌尿外科医生的身份执业。他对心脏导管的研究止步于早期在埃伯斯瓦尔德所做的试验，但他的设想被美国两位医生注意到了。后来，两位医生荣获诺贝尔奖，福斯曼也因此获奖。

****

安德烈·库尔南和迪金森·理查兹三十七岁，两位都是退伍并发表过许多论文的哥伦比亚大学教授，也都在纽约贝尔维尤医院胸科工作。他们最初做心脏导管实验的动机与心脏手术无关：他们只是想测验病人肺部的功能。为此，他们必须测量病人动脉和静脉中含氧量的差异。通过穿刺手臂或腹股沟的动脉，他们可以轻松得到像样的动脉含氧血液样本。但若要获得纯净的静脉血液样本，则只能从心脏的右侧获取。他们研制导管，正是为了更准确地测验病人心肺系统的功能。

一些医学史料称，1935年，库尔南在巴黎偶然读到了一篇描述福斯曼1929年所做的研究工作的文章。但在库尔南的自述中，这并非事实。他说，他是在与一位前教授的一次谈话中知道心脏导管的。这位教授做过数百次肺部血管造影及多次实验。库尔南坦言："当时出色的心脏病学家严厉地抨击了那些实验，他们告诉我，拿管子插入病人的心脏是'道德败坏'的表现。"回到纽约后，库尔南和理查兹开始使用导管从心脏右侧抽取静脉血，先在狗身上抽取，然后以猴子为对象，后来在人的尸体上进行。1941年，日军轰炸珍珠港，他们的研究工作进展缓慢。之后，美国联邦政府开

· 234 ·

始着手研究士兵的缺氧症状。此时，布莱洛克被任命为"休克委员会"负责人。库尔南去了华盛顿，向布莱洛克描述自己的研究工作，以期得到补助。布莱洛克回应道："你的补助金到手了。"

在纽约，车祸、工作事故和暴力犯罪事件层出不穷，受害者不计其数。库尔南和理查兹使用导管探索那些垂死的心脏的问题。库尔南测量压力和血流量，理查兹则制作精致的心脏图片，以前所未有的精细度展现心脏的模样。战后，他们的一位同事——陶西格的门生之一、儿科心脏病专家乔伊斯·鲍德温，便凭借他们的技术为先天性心脏病患儿拍摄畸形心脏的照片，从而更准确地诊断先天性心脏病。

与此同时，联邦政府对医学研究的投入也在不断增加。美国国立卫生研究院的拨款预算从1945年的18万美元增长到了1947年的400万美元。1949至1951年，美国超过三分之二的医学院都申请了美国国立卫生研究院的拨款，用以建立心脏病学研究中心和心脏导管实验室。除了联邦政府的拨款，慈善捐款和个人投资也纷纷支持这类研究活动。从1941到1951年，美国全国医疗总支出从1800万美元增长到1.81亿美元。1924年，美国心脏协会成立，这是一个将专注于心脏病学科领域的医生组织起的团体。1948年，美国心脏协会改组为公益组织，致力于专门筹集资金，增进公众对心脏病的了解。在联邦政府、慈善机构和大学的支持下，明尼阿波利斯建立了心脏专科医院。这家医院有一个拥有四十个床位的科室，专门用于心脏缺陷患儿的治疗。

李拉海从战场上回来后，只申请了一个住院医生的项目，也就是这家专攻心脏外科的新医院将要建立的科室。温恩斯坦对他的面试非常简短。

温恩斯坦:"你什么时候能来上班？"

李拉海:"今天。"

温恩斯坦:"你缺件白大褂。"

第二十九章

我经历的心脏直视手术如同一次纯粹的黑暗之旅。不是死亡,而只是到另一个世界游览了一番。醒来时,我对于自己的回归感到既讶异又满意。我躺在心脏重症监护室的病榻上,隐约意识到我右手边门外有个护士站,病房外的人来来往往。我听到机器的哔哔声,人的口哨声和哭声,夜里和白天并无明显的差别。每次我好不容易睡着了,就会有人来检查我的生命体征,给我量体温,确定我的氧气量。有一个按钮可以加大吗啡的用量,但我想靠自己扛住。除非我真的需要它,否则我一丁点儿也不想再碰那东西。

这个想法实在太愚蠢了。"要未雨绸缪。"我的护士告诉我。

我被自己的胸口吓了一跳,我的胸毛被剃光了,胸口被纱布、管子和电线盖住了,还有一些污渍。棕色的污渍看起来像血迹,黄色的污渍(我猜)可能是抗感染剂。我的手臂上有很多胶带和电线。一切都散发着难闻的气味。

有那么一会儿,我欣喜若狂。太好了！我没死！弗里德医生过来检查我的情况,严肃地告诉我,我的心脏未能自主搏动。我给了他一个顾客式的满意的傻笑。但很快，我就开始焦躁起来。他们让我站起来，这只会令我感觉自己非常狼狈。我整个人非常虚弱，并且惊魂未定。我全身都被管子和电线缠着。我的腿、我的脚、我所有的器官，都累坏了。

花是谁拿进来的？给我扔出去！我哥哥从加州飞过来看我，带着一罐漂亮的橘子酱。我在重症监护治疗病房一看到它，就想吐。

"好了，好了，"他试图安抚我，"也许过几天你就想吃了。我把它留在这儿，放在你看不到的地方就好了。"

"不，"我说，"拿出去！"

玛西娅是我唯一想见的人，只有她不会刺激我疲惫的神经。她拿我的导尿管说笑，给我讲伊丽莎宝宝的故事。她在我的病床边贴了一张伊丽莎的小照片。那是我的小小偶像，是我的小小企盼。

我试着看书。我带了约翰·勒卡雷[1]的《锅匠，裁缝，士兵，间谍》，但无法静下心来，也没有力气拿起这本书。

"别给自己压力，"弗里德医生看到我这样，说道，"休息吧。"

漂亮的夜班护士布里安娜推着一台电视机和录像机进了我的病房。她推荐我看汤姆·汉克斯主演的《长大》。但屏幕的颜色太刺眼了，录像带的光、影像的移动方式、过度饱和的红色、演员的脸，都让我无法忍受。我带了CD和耳机，但音乐也使我焦躁，尤其是欢快的音乐，譬如披头士、莫扎特、马文·盖伊的音乐。

护士们将导尿管末端连着的大袋子清空了。我简直不敢相信，那么一

1　约翰·勒卡雷（John Le Carré，1931—2020），英国著名谍报小说家，代表作有《柏林谍影》《完美的间谍》等。

大袋尿液全是从我身体里流出来的，也不敢相信她们手里拿着的导尿管是从我的阴茎里出来的。我的阴茎在哪儿，还在床单下面吗？

做每件事都很费劲。医生们又让我站起来。我的心脏还是未能自主搏动。我胸口有两根电线，它们使我的心脏保持跳动。我的腿没有力气来支撑我。在网络漫画《艾莉的夸张人生》中，作者阿莉·布罗施将忧郁描述为对一切事物都失去了兴趣的状态，就如同她的玩具动物随着她的长大而失去了生命一样。她在漫画中画出了自己十多岁时的一个搞笑画面：她试图与一匹玩具马玩太空历险游戏，但是失败了，她只是拿着塑胶玩具马在空中挥舞而已。布罗施写道："忧郁就跟这种感觉一模一样，只不过我对所有事情都是这种感觉。"这就是我的感觉。音乐、书籍、电影，他人、我的父亲、我的母亲、我的兄弟们，站着、躺着、醒着、睡着，一切的一切都失去了吸引我的魔力。把它们都丢进车库，送到慈善超市吧。

当然，我心里偶尔也会泛起一些涟漪。比如，我不愿意一个人待着，我会让玛西娅给我讲伊丽莎的故事。而当弗里德医生对我说，我的心脏在没有心脏起搏器刺激的情况下开始自主搏动时，我确实有些迷惑不解。我的一个愿望被证实已经实现了，而我却没有意识到我一直以来正殷切希望如此。两根电线取了出来，它们就这样从我的心脏，从我的肉体里，缓慢地滑出来，滑到空气中，留下针刺般细小的伤口。我听得入神的第一首音乐是钢琴爵士乐——比尔·埃文斯的《给黛比的华尔兹》，它诡秘的和弦声在我的脑海里飘来荡去。

全世界有史以来最善良的护士把导尿管从我的阴茎上取了下来。她全不避讳，也很风趣。我看不见她的手在干什么，但我有一种阀门被打开的感觉。一根导管从我身体里取出来，它插得比我想象的深多了。

"快起来啦！快起来！"弗里德医生说。

我开始一步一步地在病床边来回走动。我的身体非常虚弱，头晕目眩，但只要能起来走动，我就坚持走上那么一会儿。我带着静脉输液杆，不停地扩大我的走动范围。我穿着两件医院的病号服，一件穿在前面，一件挡住屁股。我粗略地了解了我病床周围的情况。我的病床是护士站周围许多凹间病床中的一个。周围有一些躺在婴儿床上的孩子和一些躺在病床上的老人。"瞧瞧！他走起来了！"护士们取笑我，"慢点，哥们！"我可以吃普食了。我又能独自上洗手间了。那儿有一个呼叫护士的按钮和一个安全扶手。我平衡了一下身子，拉了个大便。我们总是在失去身体的愉悦之后，才真正体会到拥有它时的快乐。

我又试着读《锅匠，裁缝，士兵，间谍》，这一次我沉浸其中。我翻了翻我的CD，巴赫的不错，比莉·荷莉戴的也很棒。我播放了《新晨》，这不算鲍勃·迪伦最伟大的专辑，但应该是他最欢快的那一张。我一直把它和他从那次著名的摩托车撞车事故中恢复过来的故事联系在一起。专辑同名主打歌的前四组和弦都是E小调和弦，是鲍勃自己弹奏吉他，一、二、三、四，一拍一组和弦。他的演奏有一股踌躇感，却也带着自信的气息。这首主打歌听着就像是他好一段时间没弹吉他，忽然拿出吉他来，稍稍磨合了一阵，熟练之后弹的第一支舞曲。然后，音乐行进，在一个半拍后跳到A大调。是时候醒过来了！这时，乐队音乐切入，迪伦开始了他的"喔喔啼"。

"你没听到……公鸡喔喔啼叫吗？"他唱道。他说只要活着就很幸福。这便是我当时的感觉，尽管我不在迪伦所唱颂的"蔚蓝的天空之下"。我还活着，我很幸福，我在重症监护室的荧光灯下。

第三十章

查尔斯·贝利曾说过："没有比外科医生更自负、更好胜的人。"

在1945和1946年，在心肺机诞生之前，贝利先于伟大的德怀特·哈肯医生一步，成了第一位在医院进行心脏手术的人。

"有句老话说'一山难容二虎'。"贝利说，"这句话的意思其实是，同一座山上容不下两头公老虎。"他就是这么看的：他和哈肯互不相让，争夺百兽之王的宝座。贝利成就不如哈肯，名望也不如他，但贝利比哈肯更有闯劲，他竭尽所能地去赢。

20世纪40年代，在青霉素被大范围使用之前，最常见的心脏疾病是风湿性心脏病。未经治疗的链球菌感染会扩散到心脏，导致心脏瓣膜上留下瘢痕并引起狭窄、变形。贝利认为，参照哈肯在赛伦塞斯特的简陋的屋子里开创的术式，他可以疏通那些阻塞的瓣膜。

贝利是个小个子，脾气暴躁，早早就谢了顶。他成长于新泽西州。他的父亲原是一位银行家，但在贝利很小的时候就失业了，家里过得捉襟见肘。"他在我十二岁时就去世了。"贝利回忆道，"我看着他往盆里咳血，母亲连连安抚他。我盯着这个可怕的画面，看着二尖瓣狭窄无情地夺走一个年轻人的生命。他当时只有四十二岁。"贝利受此驱使,想要找到治疗杀死自己父亲的疾病的方法。

他的母亲是个霸道的人,她很早就决定,她的儿子将来要做医生。"我的母亲在我五岁前,也许是三岁前,就使我下定了要当医生的决心。"她本来想让贝利去学肿瘤学,但父亲的早逝对他打击很大,他对心脏病学产生了兴趣。他把这看作自己对母亲影响力的反叛。"在[父亲死去]那一刻,我改变了我的方向,而她再也无法说服我。"

贝利去了拉特格斯医学院。"我没有在任何一所惯于培养优秀人才的名校就读过。"他说,"部分原因是我没有足够的经济条件。我是个聪明的孩子,如果努力一些,也许能进入哈佛大学或约翰斯·霍普金斯大学,但我没有能力支付学费。"他在大学期间通过售卖女式内衣赚取学费,他觉得这对于他提升作为外科医生所需的技艺很有益处。"很早的时候,"他说,"二尖瓣的结构与老式女款紧身褡的相似性给我留下了深刻印象。"贝利在手术室里以灵巧的双手和绝对的专注力而闻名。

他的计划很简单:做一圈荷包缝合线,像哈肯在赛伦塞斯特所做的那样。不过,他不是要从那一圈缝线中掏出一块金属弹片。相反,他要将手指插入心脏,拨开僵硬的瓣膜。然后,他会把手指拔出来,就像香槟的软木塞被拔出一样,并将那圈缝合线拉起来,使切口闭合。贝利打算使用哈肯使用的那种穿着丝线的大针来缝合切口。

贝利在狗身上练习他的技术方案。之后,1945年11月,贝利为沃尔特·斯托克曼进行了开胸手术。这位三十七岁的男子因二尖瓣狭窄而濒临死亡。贝利在其第三肋和第四肋之间切了开口,使用肋骨扩张器进入了胸腔。然后,他划开心包,看到了患者跳动的左心房,就在闭合的二尖瓣上方。

他先上了一圈缝合线,就如哈肯所做的那样。然后,他在这圈缝合线中间切开一个口子,一道血柱向上喷涌出来。贝利把食指塞进洞里,同时拉紧荷包缝合线来封口。谁料拉那条缝合线非但没能把切口合上,反而撕裂了肌肉。"患者严重出血,立即使用大号金属止血钳夹住。"贝利在手术笔记中写道。可惜,止血钳也穿透了肌肉,破坏了心脏的结构。"无法控制的大量出血导致患者当场死亡。"

贝利没有气馁。六个月后,他遇到了另一位病人,威尔玛·史蒂文斯。这是一位二十九岁的母亲,因二尖瓣闭合而心力衰竭。她肺部有积液,呼吸困难,腹部浮肿,肝脏肿胀且有触痛,四肢纤细无力。

贝利再一次上手术台,打开了她的肋骨。他划开她的心包,在左心房上了一圈缝合线。这一次,贝利的手指上戴着一根狭窄的管状金属探针。他把金属探针推到患者已形成瘢痕的心脏瓣膜上。患者皮肤发绀。贝利的手指完全堵塞了她的心脏。他用手指切开她的瓣膜,继而把手指拔出来,拉紧荷包缝合线,并将心脏外部缝合起来。一切看似顺利,但问题是,他使患者的二尖瓣被完全撕裂了。现在,她的心脏每搏动一次,血液就会倒流至她的肺部。两天后,她死了。贝利的外号——"屠夫",就是从这个时候开始传开的。

在波士顿,哈肯正在进行类似的手术,病人也在一个个死去。哈肯是一位战争英雄,也是一位成功的外科先驱人物。而贝利在费城的哈尼曼医院工作,那儿没有哈佛大学那样的资源。贝利的主任乔治·格克勒医生把贝利叫到办公室，训了一顿。他给了贝利一张纸，上面是他打出来的希波克拉底誓言，以及他自己对这份誓言的解释。

"格克勒最后告诉我，让我不再继续进行这些手术是他身为基督徒的责任。"贝利说，"我的反应有些激烈。我告诉他，我相信这个手术，我相信自己是对的……而我作为基督徒的责任是继续进行手术。"

在被格克勒取消在哈尼曼医院的手术资格后，贝利又安排了一次二尖瓣手术，这次是在特拉华州的威尔明顿纪念医院。他开车到那儿做了手术。这次的病人是一名三十八岁的男子，威廉·威尔逊。贝利将他送进手术室，打开他的胸腔，切开他的心脏，先上缝合线，再用手指插入心脏，戳开瓣膜。贝利的管状金属装置还是卡住了。他只好把管状装置取下来，用手指撕开瓣膜。接着，他将心脏缝合起来。但还是老样子，这位病人的二尖瓣膜也被完全撕裂了。手术后，威尔逊只活了五天。威尔明顿纪念医院也取消了贝利的手术资格。

这时，在整个费城，贝利只在两家医院还拥有手术资格。他担心，如果在这两家医院中的一家手术失败，恐怕从此就彻底无缘手术了。他没有放弃，相反，他决定在一天内安排两场手术，上午一场，下午一场。如果上午的病人没活下来，那他还可以快速前往另一个地点，有机会为下午的病人做手术。

那天上午八点，贝利在费城综合医院为三十岁的杰罗姆·兰德尔进行手术。贝利刚打开兰德尔的胸腔，他就出现了心律失常、心脏骤停现象。贝利将他的心脏握在手中，进行心肺复苏，使它恢复跳动。兰德尔的主治医生也在场，他希望贝利继续进行手术。贝利不愿意，他不希望自己手上又增加一例死亡案例。他说，除非兰德尔此时已经被宣布死亡，否则他不会继续。兰德尔的医生听从了贝利的建议。

贝利给兰德尔的心脏上了一圈荷包缝合线，在心房做了一个切口。他把手指插入心脏，打开了阻塞的二尖瓣。他拉开荷包缝合线，缝合了切口。几分钟后，兰德尔的心脏停止了跳动。贝利脱下手术服，清洗完毕后，穿上运动夹克，上了车。他驱车穿过费城，来到了主教医院。在那里，他事先安排了同样的手术。他知道离成功越来越近，自己的技术也越来越好，尽管失败了几次，但自己可以挽救生命。

"很明显，我觉得前四名病人的死亡是出于不相干的原因，而我的手术原理是经得起推敲的，可以继续发展，只是需要进一步改善。"他说。他把车停在主教医院，进了大楼。他换上手术服，见到了他的团队。"那种辛酸的感觉实在太强烈了，我真的无法描述。"他后来在接受采访时说道，"你明白吗，几乎全世界都在反对我的做法，而且此事与利益相关，我甚至可能失去我的行医资格……实际上，我也不是没有想过，也许我真的疯了。"

另一边，波士顿已有六名病人在哈肯的手术中失去了生命。此时，二十四岁的康斯坦丝·沃纳已被麻醉，躺在贝利面前的手术台上。他做了切口，使用肋骨扩张器进入胸腔。他给心脏上了缝合线，然后切开心脏。贝利的手指上套着一个新工具，这是一个做工精细的切刀，用以分离瓣膜的细小瓣叶。他在狭窄的瓣膜上切了个口子。他放下切割工具，将手指放到洞里，扩大小瓣叶之间的空间。贝利在黑暗心腔内的这次触摸，终于将瓣膜的细小瓣叶分开了。他抽出手指，将外面那圈缝合线拉起来。他将切口缝合好,修复了心包膜,关闭了胸腔。康斯坦丝·沃纳康复了。

手术后第三天,她已经能够站起来,从病床走到卫生间,走到走廊上,也能在病房里散步了。她还在住院的时候,波士顿传来消息,哈肯也让一名病人活了下来。贝利非常紧张。哈肯会不会抢先一步,称自己是成功完成心脏瓣膜手术的第一人?这时,美国胸科医师学会在一千英里以外的芝加哥举行年会。

贝利将康斯坦丝·沃纳裹得严严实实的,将她送上了火车,带着她一起去参加年会。在那儿,贝利在同行面前介绍她:这是第一位在心脏瓣膜手术中存活的病人。

****

在明尼阿波利斯,李拉海开始了他的住院医生规培期。动脉导管结扎术已成为标准术式,美国全国各地都在施行布莱洛克分流术。在纽约的贝尔维尤医院和巴尔的摩的约翰斯·霍普斯金医院,乔伊斯·鲍德温和理查德·宾正在使用心脏导管术获取患儿心脏缺损的精确图像。医生们知道,如果能进入患者的心脏,他们就能将心房和心室上的缺损缝合起来。但是在当时,想要进入心脏,又保住患者的生命,是不可能的。心脏停搏四分钟,患者就会发生脑损伤;心脏停搏六分钟,患者就会死亡。

波士顿的罗伯特·格罗斯发明了一种在保持心脏跳动的情况下进行心脏手术的方法,他将这种方式称作"心房井"。格罗斯将一个塑料漏斗缝在一个患儿跳动的心脏的心房壁上,这个漏斗可以分流并控制心脏的出血。格罗斯用钳子夹住缝合线和针头,把它们浸入漏斗的血池中,往下刺入患儿的心脏。亚伯拉罕·鲁道夫医生当时也在场,他是手术团队的初级成员。当时,格罗斯是第一次尝试这项技术,鲁道夫惊恐地看着他沉着而自信地缝合患儿的二尖瓣——不是缝合心房间隔缺损,而是缝合二尖瓣。

"在直视下进行的外科手术的效果,"李拉海医生冷淡地说,"要比盲视下进行的更加理想。"

另一种进入心脏的方法是诱导低温。通过降低病人的体温,医生可以减缓病人的血流速度,从而为在心脏内部多作业几分钟赢得时间。二战期间,德国和日本的军医在战俘身上做实验,以了解极寒天气对人体的影响,并且研究了低体温症对身体和心脏的影响。在伪满北部的平房区,石井四郎医生在战俘和平民身上做实验,他将战俘称为"圆木"。(他这样称呼实验对象,是因为他所属的731部队的所在地伪装成了木材厂。)石井对他的实验对象进行电击、活体解剖、毒杀、射杀,试图了解人类忍耐力的极限。他冻住他的"圆木",以确定活人所能承受的最低温度。这些酷刑的残忍程度与克劳斯·席林医生在德国达豪集中营所实施的酷刑的残忍程度难分上下。

罗马天主教莱奥·米耶开洛斯基神父是这些纳粹的一名实验对象,他在纽伦堡审判中证实了这些实验的残酷性。在集中营里,米耶开洛夫斯基神父被分在苦工队伍中,经常挨饿,感到头昏并晕倒。1942年,他自愿接受新任务,希望能换得一些面包。没想到,他被送到医院去"工作"。他在那里被下了毒,染上了疟疾。纳粹让他染病后,护士们又给他注射了更多东西。有些会引起头疼,有些会引起肾脏疼痛,有些则让他无法说话。

最终，神父被转移到了所谓的"航空实验室"。在那里，实验人员给他穿上了飞行员制服和毛皮衬里的靴子，然后将他浸入冰水之中，用连在他背部和直肠上的电线测量他体内和体表的温度。米耶开洛斯基恳求他们放过自己，说自己已被冻僵。德国人笑道，"没事，就一小会"。每隔一会，他们就从他的耳朵里抽取血液样本。他的体温从99.7华氏度（约37.6摄氏度）降到了86华氏度（约30摄氏度）。最后，米耶开洛夫斯基晕了过去。后来，施虐者的实验结果穿越大西洋，传到了美国。

1946和1947年，在巴尔的摩，一位加拿大外科医生艾尔弗雷德·比奇洛在布莱洛克手下工作。他对在心脏手术中运用低温治疗的可能产生了好奇。他的灵感并非来自纳粹的酷刑，而是来自他对小动物的观察。他在艾伯塔省长大，在那里，土拨鼠会在洞穴里冬眠，它们的身体几乎和结了冰的窝一样冷。比奇洛想，是否能使用类似的方法，使人进入低温状态，手术后再让他们复苏？在1948和1949年间，他在120只狗的身上进行试验，检验自己的理论。只要将狗的体温保持在68华氏度（20摄氏度）以上，这些狗就能从心脏手术中存活下来，而且它们的大脑似乎不会受到损伤。比奇洛在1950年的一次会议上展示了他的研究成果，但并未获得心脏学界的认可。毕竟，从未有一例病例接受这项手术，既没有志愿者，也没有转诊病人参与这项研究。

在费城的哈尼曼医院的查尔斯·贝利注意到了比奇洛的想法。随后，他买了一台六英尺长的冰柜来给实验用犬降温，但这台冰柜并不奏效，或者说效果不尽人意——它把狗冻得像冰块一样坚硬。于是，贝利使用了精神科医生为治疗精神分裂患者而设计的橡胶降温毯。这个方法在狗身上似乎奏效,贝利由此认为比奇洛的设想是正确的:低温会让病人生存的时间增长一倍,达到十二分钟。贝利是个足智多谋的人,他找来一名病人做实验。这是一位二十七岁的女性,患有心房间隔缺损,心脏上部腔室之间有一个孔。1931年8月,他把她推进了手术室。他用冰冷的橡胶降温毯给她的身体降温,并用钳子夹住她的心脏使之停搏。贝利动作很快,他切开她的心房,缝好缺损口,关闭心脏,只用了六分钟。但是,当贝利松开夹住心脏的钳子时,病人的心室发生了纤维性颤动:心脏开始以每分钟两百多下的速度跳动。大动脉变得半透明起来。原来,贝利不慎让空气进入了她的心脏。她死了。与此同时,亚历克西斯·卡雷尔和查尔斯·林德伯格设计的人工心肺机还在继续工作。

1931年,林德伯格和卡雷尔在洛克菲勒大学工作时,约翰·吉本医生正在麻省综合医院接受培训。作为一名青年医生,吉本曾彻夜清醒,目睹一位中年妇女因肺栓塞死亡。天刚拂晓,吉本的主管医生们就试图实施手术。他们钳住了患者的冠状动脉,必须在四分钟之内完成手术。但是他们用了七分钟才取出肺部的血块。当他们松开钳子时,病人已经死了。吉本大受打击。他受到了启发,决心制造一台心肺机。在之后的几十年里,他全身心投入这一计划中。最初,他的研究更多是受到了肺部手术的启发,比如肺栓塞手术,而非心脏手术。

他在麻省综合医院研究心肺机有五年之久。吉本娶了同是哈佛大学医学院学生的玛丽·霍普金森为妻,两人在宾夕法尼亚大学继续这项工作。1941年,吉本夫妇制造出了一台基础版的旁路机,这台机器可以让一只猫存活二十六分钟。但他们的研究工作被打断了。吉本被征召入伍,前去一个偏远的南太平洋小岛上服役。

　　吉本从战场回来后，又回到了费城工作。美国国际商用机器公司的托马斯·沃森加入了吉本夫妇的计划。他们并不是唯一尝试设计心肺机的人。在底特律，F.杜威·道得里尔医生正与通用汽车公司合作研究一个类似的项目。在多伦多，威廉·马斯塔德医生正在研究他的有机心肺机，那些清洁过的猴肺被挂在密封的大罐子里。1945年，战争结束后，温恩斯坦的门生之一克拉伦斯·丹尼斯到费城拜访吉本夫妇，吉本对丹尼斯很是友好，还向他介绍了自己的机器研究项目。就在李拉海医生从意大利回来时，克拉伦斯·丹尼斯在明尼苏达大学也研究起了心肺机。

　　到了1950年，李拉海已是温恩斯坦手下的住院总医师，同时也是医学界的闪亮新星。他魅力超凡、才华横溢，并且勇于冒险。心脏专科医院的建设已接近尾声。心脏直视手术的研究似乎正待扬帆，而李拉海处于研究的最前沿。他的同事们注意到了一件令人担忧的事——李拉海的脖子上长了一个肿块。温恩斯坦给它做了活检。是淋巴肉瘤，他得了癌症。在1950年，这种癌症病人在治疗后，活至五年的生存率只有25%，活至十年的生存率则更低。温恩斯坦决定为这台手术主刀。

　　************

　　有一次，温恩斯坦在丢弃了一位接受过半体切除术的病人的双腿后，收到一封匿名信。"你那么喜欢干这个，"信中说，"你怎么不把自己的头切下来呢？"温恩斯坦手下的一些住院医生总说："温恩斯坦讨厌癌症，因为癌症杀死的病人比他杀死的还要多。"

李拉海医生接受了温恩斯坦的手术。李拉海在医院最好的朋友约翰·刘易斯为温恩斯坦担任助手。1950年6月1日早上7点15分，李拉海接受麻醉。温恩斯坦的团队从李拉海的喉部入手。大卫·斯泰特进行了初步探查手术，切下了李拉海腮腺的残余肿块。斯泰特完成后，第二位外科医生接手。理查德·瓦尔科处理了李拉海颈部的其他地方，取出了所有的淋巴结核腺体。此时已是上午11点15分，手术已经进行四个小时。温恩斯坦注意到李拉海颈静脉旁的一些腺体增大了。医生们当即展开讨论。

温恩斯坦接手手术。他劈开李拉海的胸骨，进入胸腔，切除了淋巴结、腺体、肌肉、脂肪、一条完整的肋骨和胸腺。李拉海大量出血。当医生们再次为他进行缝合时，已是下午6点。这台手术总共耗费十小时三十五分，李拉海输入了超过两加仑的血。从麻醉中醒来时，他感到非常惊讶。他没有料到温恩斯坦会剖开他的胸膛，他在术前并没有同意这一点。在医院住了两个星期后，李拉海回到了妻子身边。他胸口的伤口有些发炎，理查德·瓦尔科到他家来给他清理伤口时，他给瓦尔科和自己调了马提尼。

后来又出现了许多并发症：李拉海的胃部扩大了。他得去一趟急诊室，还得住院治疗。他的脸部一共接受了十二次放射治疗。他很厌恶这些治疗，担心自己会失明。温恩斯坦建议他接受第二次手术，看看体内是否还有必须移除的东西。李拉海拒绝了。他情绪低落，身体严重受损,凶吉未卜。这种癌症卷土重来并夺走他生命的概率非常之高。

第三十一章

每个人都告诉我,我恢复得很好。弗里德医生说:"你看起来简直可以给心脏手术当招牌广告。"我从重症监护治疗病房转到了普通病房,那是个单人间。现在回想起来,应该是我父亲掏的钱。

一名实习医生对我说:"希望我做完心脏手术后,也能恢复得像你这样好。"

他是澳大利亚人,很年轻,体格健壮。我不敢相信他也要做类似的手术。他解释说,他的父亲和祖父都患有心脏病。等年纪大了,他一定也需要接受心脏直视手术。

"弗里德医生放任你太长时间了。"他告诉我。他是第一个这么说的人,他说我等了太长时间才接受心脏手术。但他又表示,我现在一切都很好。

危机已经过去了。新的肺动脉瓣膜阻止了血液的反流。接下来,就希望我扩大的心室能强壮起来,并且缩小,但没有人对此有把握。没有人知道这片新瓣膜能维持多久。五年?十年?二十年?唯一可以肯定的是,有一天它会失效,需要再次更换,到时候我还得接受心脏手术。

父亲给我买了三件格子衬衫,我脱下病号服,换上其中一件。我看起来不完全像自己，也不像一个心脏病人。我那位上了年纪的叔叔是一个漫不经心的数学天才，我从小就喜欢他，但他很难接近。他悄悄沿着走廊来到我的病房前敲门。真是个大惊喜！我想，也许他以为我活不下去了，所以现在见到我活着他非常高兴，我也很高兴见到他。他身上散发着香烟的味道，总爱引用卡尔·马克思的话。对我来说，人类的世界又宽阔了一些。

"慢慢来。"弗里德医生说。

我洗了澡。我站在淋浴头下，自接受手术以来，我的身体第一次真正感到愉悦。我的皮肤已经习惯了酒精的擦拭，如今在温水的刺激下产生了快意。站着的感觉真的太好了，我感觉找回了自己。我觉得自己很强壮，想把一切都从身上洗刷掉——不只是洗掉身上的敷料，还包括整个心脏病历程。

我用毛巾把身体擦干，穿上一件我爸买来的衬衫。那是一件厚厚的法兰绒衬衫，仿佛纺织布料的厚度可以表达他对我的爱。我穿着它，看着镜子里的自己。那是我吗？接着，我的心脏开始跳动，像低音鼓一样疯狂地跳动。一时间，我不知所措。

我躺回病床。没事了，我告诉自己。我没事了。

心脏的跳动问题自行解决了，我感觉心脏恢复了正常。现在我面临的问题是，我该不该告诉医生刚刚发生了什么？

我假装自己没事，我想这是我的问题。我的想法有失妥当，我的做法或许仅仅出于本能，我又做了我一直在做的事——在自己并不健康的时候假装无恙。又或者，我这么做是有预谋的：我想出院，我想回家，我不想再接受任何检查。

但事实也许很简单，从开始假装自己无碍的那一刻起，我真的变得健康了。也许这就是健康的表现，也许健康就是我们假装自己并未处于垂死状态而表现出来的样子。

第三十二章

温恩斯坦为将要静养的李拉海办理了停职留薪手续。1950年秋天，李拉海回到了工作岗位。他不再是那个随和又调皮的年轻人了。他见识了战争，身体还曾被剖开，他可能很快就会死去。手术后，他的脑袋和疤痕累累又无力的脖子显得不太协调。

现在，明尼苏达大学医院里有一台心肺机，是克拉伦斯·丹尼斯按照吉本的设计制造出来的。这台机器长六英尺，高三英尺，有一个玻璃塔立于铬合金和不锈钢制成的底座上。要使用这台设备进行手术，需要十六名专业人员：两名主刀医生、两名助理医生、两名麻醉医生、两名护士、两名技工、一名负责输血的工作人员、一名负责管理血氧的工作人员，以及四名负责操作机器的工作人员。还有数不清的运动部件需要监控：泵、阀门、开关、发动机、血流量仪、磁化线圈、旋转碟片组，以及一个储存脱氧血的罐子。

1951年，明尼苏达大学医院的团队试用了这台机器。那位曾经为李拉海切除喉部结节的瓦尔科医生担任主刀医生，李拉海观摩手术过程。病人叫帕蒂·安德森，还不到六岁。短短的几年，她经历了三次住院。她有些斗鸡眼，身体很虚弱，被诊断患有心房间隔缺损，即心脏上部腔室之间有一个孔。

早上8点，医生们在心脏专科医院二号外科手术室给帕蒂上了麻醉。这是一间很小的屋子，墙是绿色的，地板瓷砖是白色的，装有蒸汽暖气片，天气热的时候，医生们就会开窗通风。瓦尔科花了四个小时才进入女孩的心脏。她的心脏已经严重肿大，心跳不规则。刚过中午，他们开始给她接上心肺机的血泵，这个过程花了一个多小时。手术室里有十六个人一起忙活，以确保一切顺利。下午1点22分，瓦尔科命令道：

"开泵！"帕蒂被接入心肺机。她的心脏和肺部连通了体外循环机，机器对她的血液进行充氧。

瓦尔科做了切口。心脏出血了。吸引器的吸力不足。血泵在运行，但出血量太大，医生们几乎无法看到心脏。瓦尔科用手指触摸患儿的心脏内部，发现上部腔室之间和下部腔室之间都有孔，瓣膜也有畸形问题。先前的诊断并不准确。瓦尔科缝合了他能缝合的地方，最大的孔缝了十一针，然后他闭合了这颗带着畸形瓣膜的心脏。下午2点02分，经历了四十分钟的手术后，帕蒂被从机器上抬下来。下午2点45分，她被宣布死亡。

美国其他地方的外科医生也遇到了类似的挑战。在费城，吉本遭遇了与瓦尔科同样的滑铁卢，失去了他的第一位旁路搭桥病人：血泵在运行，但术前诊断不准确，手术后不久，患儿就死了。1953年5月，吉本再次尝试。他的病人玛莎·克劳利是威尔克斯－巴里学院的一名十八岁的大一新生。此前她受尽心房间隔缺损的折磨。当吉本切开她的隔膜，接上氧合器，打开她的心脏时，没有发现任何意外情况。患者的心房之间有一个五十美分硬币大小的孔。吉本将心肺机连在克劳利身上用时二十六分钟，期间他缝合了她的心房间隔缺损。吉本确认缝合成功后，便将玛莎从机器上抬了下来，让她恢复体内循环。克劳利醒来后，感觉很好。她被治愈了。

吉本历经整整二十年时间才打造出这台心肺机。他是有史以来第一位成功实施心脏旁路手术的医生。但吉本是个沉默寡言的人，不愿他人过多关注自己。他过了差不多一年，才将这台成功的手术作为研究成果发表出来。他将论文发表在一份毫不起眼的连他的同事都甚少关注的期刊《明尼苏达医学》上。他从未在医学会议上宣扬自己的成就。后来，他又给两名患儿做了手术，两台手术都失败了。两名患儿死后，他似乎对此失去了兴趣。自此，他再也没有使用过他的心肺机。他的一位朋友对此评论道："其他人都在冒险并杀害婴儿，他不想这样做。"

要想成为心脏外科之王，除了拥有创造力和实验成果以外，还必须在生与死之间游刃有余，你必须敢于冒险，你必须乐于展露锋芒。李拉海医生的头和他的脖子显得不太协调，但他非常强壮。他已经准备好了。他要去争夺王位了。

第三十三章

我们一行人从波士顿乘飞机回纽约。玛西娅、伊丽莎、我、我的父母，还有我们的朋友汉娜，她和我的妻妹沙伦大老远跑来陪在玛西娅身边支持她。我当时坐着轮椅，通道口与机舱门相接处的地板上有一个小口，空姐问我能不能站起来，我差点笑出声来。那当然了！我当然站得住！她以为我是谁啊？我才不需要坐轮椅呢！

我沿着过道走到我的座位，汉娜说了些什么。我不记得她具体的用词，她说我看上去并没有生病。这让我很困惑，我本来就没有生病，我只是做了心脏手术，仅此而已。除此之外，我什么问题都没有。这又不是什么大不了的事！

回到布鲁克林，我穿回自己的衣服，就像一个普通的市民，但可能有一点僵硬，看上去就像背部受伤了一样。早上照镜子的时候，我的胸膛看起来和以前的不太一样。胸毛都剃光了，我从五岁就有的手术疤痕也不见了，它被切除了，取而代之的是一条细细的线。胸膛表面看起来已经愈合。这条线看起来就像是毛笔画过而留下的痕迹，这让我那被剃光了的胸膛看起来像是泥捏的。

我无法提起一加仑牛奶，也无法端起一锅沸腾的面条，因为我的胸骨仍在恢复中，我还很脆弱。我抱不了我的女儿，这使小伊丽莎非常沮丧，我也非常懊恼。

我拒绝回去看罗森鲍姆医生。事实证明他的诊断是正确的，甚至是有预见性的。是他救了我的命，他是最快掌握情况的医生。可是，尽管如此，或者说正因为如此，在我眼中，他变成了某种妖怪。我所有的愤怒、恐惧和我所有的软弱，全都投射到了这位医生身上。这位医生干预了我的病情，告诉了我真相，告诉了我应该怎么做。他为我做了这么多，征得了我的同意，救了我的命，而我却无法原谅他。我找了一位内科医生做术后检查，这位年长的医生是我家人的朋友。他建议我去看专业的先天性心脏病专家，但还是同意帮我做检查。

我搭出租车到他位于东39街的办公室。我比预约的时间来得早一些，在1月的阳光下散了一会步。这是我在心脏手术之后第一次独自在城市里走动，我感到害怕，脚步不太稳。我不知道自己感觉是否良好，但我想应该还行。我不停地检查自己的脉搏和平衡性。我有没有头晕？我是不是无精打采？这在心脏手术后是正常的吗？

纳赫蒂加尔医生的老式心电图机安在墙上，使用老式吸盘连接患者的皮肤。过了很长时间，他才读到检查结果。他给波士顿那边打了几个电话。我出现了心房扑动症，他说，心房跳动过快。他认为我需要去看心脏医生。于是，第二天我便飞去了波士顿。在那里，他们给我做了电击复律，把一个摄像头从我的喉咙塞进去（这非常疼），把我弄晕了一分钟，然后电击我的心脏，让它恢复正常的跳动节律。然后，我订了回纽约的机票。

"这么远飞来可太愚蠢了！"弗里德医生说。他说得非常温和，这样的话恐怕没有人能说得像他这样。我还是没去罗森鲍姆医生那儿。我真的不想见他。我的焦虑与实际发生的问题完全不成正比。为什么呢？在座的各位心理学家，跟我一起唱：让我去面对罗森鲍姆，等于让我直面死亡……

　　我去波士顿看心脏医生，有一个好处，就是能在精神上让所有烦恼离我两百英里远。在纽约，我不再是心脏病患者。但我的否认态度也给我带来了不可避免的反噬：我总怀疑自己出现了心房扑动症。我总用手指按颈静脉，闭上眼睛，感受心脏是否以正常的节律跳动。以前，心房扑动时，我以为那是正常的表现。现在，我的心脏正常跳动了，我倒时常担心自己是否出现心房扑动症。

　　玛西娅比我早恢复上班。我母亲在我们的公寓陪着我和小伊丽莎。在我做心脏手术的这段时间，母亲心理上和我一样痛苦，甚至可能要比我更为艰难。她看到我康复，既紧张又欣慰。她用烤炉烤吞拿鱼，结果吞拿鱼被点着了，冒了火。我抓起一盒盐，倒在火苗上。她吓坏了，我却觉得很痛快。我扑灭了火苗，似乎就不再那么虚弱无力。

　　文学杂志打来电话的时候，我母亲也在场。他们想把我在秋天寄去的故事刊登出来。这可从没发生过，我感觉十分有趣。《西北评论》和《夏威夷评论》打来电话时，母亲很乐意扮演我的秘书。这些都是发行量很小的杂志——这个词用得对吗？它们是可以"发行"的那种出版社，还是只是负责印一大堆复印件出来？不管怎么样，收到它们的电话让我感觉很好。我的胸骨恢复了。我又可以拎包裹了。我进行了我一生中最愉快的一次购物体验。我高高兴兴地把东西从货架上搬下来，放进购物车。我提起两个购物袋，拎着它们回家。到了家，我把女儿抱在怀里。她向我跑来。抱抱！抱抱！我把她放下，她又吵着要我抱她。我和玛西娅也重拾爱火，卿卿我我。我的胸膛里有一些怪异的感觉和声音，就好像有人在里面拨吉他弦似的。我给弗里德打电话,他说听上去,我所描述的症状没有什么好担心的。毕竟我的心脏里有太多东西被切开、缝合和移动过,任何一种东西都有可能发出声音。

虽然担心自己是否还会出现心房扑动症,但我仍去跑步。那应该是我术后第二次或第三次慢跑,那是在4月的一个下雨天。我也没跑多久,只是慢悠悠地跑了一英里,可能还不到一英里。我的心跳加速了,我感觉很好。但是后来停下来时,我的心跳速度并没有减缓。我在细雨中往回走,走到了我们住的公寓楼。我休息了一会儿,但心跳还是非常快。我上了楼梯。我们住在一栋排屋的三楼,我在每个楼梯平台都停下来休息了一会儿。但我的心跳速度还是和刚才慢跑的时候一样快。

我回到家。玛西娅说:"躺一会儿。"我照做了,心跳恢复了正常。但当我站起来去拿水杯的时候,心跳又加速了。我又躺下,心跳再次放慢。玛西娅让我给弗里德医生打电话。他非常仔细地了解了我的情况,慢跑、心率、我的感觉。他问我是否头晕,心跳加速后过了多长时间才恢复正常,还有我现在感觉怎样。

他停顿了一下,沉思了一会儿。"如果再出现这种情况,给我打电话。"

这种情况确实又出现了,就在夏末的时候。当时,我在我们公寓楼的走廊里,从中央楼梯往下看。我怀里抱着伊丽莎。我们邻居家的保姆站在楼下,和我聊一些无关紧要的话题,宝宝长得多快、天气如何之类的。

我微笑着,装作享受于我们的交谈,其实很想赶紧回家。她和我聊起她照顾的小姑娘家里的一只贵宾犬。那只贵宾犬还以为自己是保姆照顾的主要对象，以为自己是宝宝，而宝宝是小狗。她说着说着，我的心脏开始"怦怦砰"地跳起来。

我说："好啦。"我希望这句话能同时表达出"够了"和"再见"的意思。但楼下的女人没能明白，她还想告诉我贵宾犬的饮食习惯和它的贪玩程度。

伊丽莎在闹脾气。我的心脏"怦怦砰"地跳个不停。我说："我得走了！"我进了屋，把伊丽莎放下，躺在沙发上，等着心脏平静下来。心脏恢复之后，我伸手去够电话，但没有把它拿起来，也没有拨号码。我知道应该给弗里德医生打电话，但没有这么做。

我给伊丽莎念了《野兽家园》[1]。马克斯的房间里长出了一片森林……

第三十四章

格罗斯发明的心房井在一定程度上取得了成功。也有一些医生使用低温疗法成功修复了心房间隔缺损。但要想深入心脏，他们就需要进行心脏旁路手术，用机器给患者的血液充氧，同时对心脏实施手术。

李拉海统计，从1951到1955年，美国有四家医院共实施过十八台心脏旁路手术。但只有一名患者活了下来，是吉本的患者。李拉海认为，机械式氧合器的活动部件过多，因此出问题的可能性很大。他想到了子

1　美国作家莫里斯·桑达克于1963年出版的儿童文学作品。

官里的胎儿依靠母体心血管系统的生存方式。他想,是不是可以用一个人来代替心肺机呢? 如果在手术过程中,使患儿的血液流到母亲体内进行充氧,然后再流回自己体内,会怎么样呢? 孩子能否依靠父母的身体在手术中存活下来呢? 李拉海把自己的这一设想称为"交叉循环"。

在寻找人类实验对象之前,他在狗身上做试验。他从商店里买来器材:啤酒桶的管道系统和一个价值五百美元的乳品泵。乳品泵的型号是史克马牌的T-6S,它可以使多股液体流向不同的方向。李拉海给两条实验用犬上了麻醉,将它们放在不同的手术台上。然后,他将供体犬的股动脉和静脉与受体犬的主动脉和腔静脉相连。他对受体犬的心脏进行结扎,然后进行手术。在手术过程中,一颗心脏同时供两条狗使用。

通过交叉循环术,李拉海成功地在实验用犬身上实施了心脏旁路手术。他做了好几个月的实验,结果是一致的。于是,他提出将这项新术式运用到患儿身上的想法。

明尼苏达大学医学院主席塞西尔·沃森医生对此十分震惊。采用这一术式意味着一次要对两个病人展开手术,而不是一个,感染的风险增加了一倍,脑损伤的风险也增加了一倍。而且,有很多潜在的并发症:两名病人的身体大小不同,有可能引发血流速度、麻醉剂量方面的各种问题。一旦有什么意外令大人昏迷,孩子可能也就没命了。两个人都可能死亡。"百分之二百的死亡率!"沃森说。

李拉海在交叉循环术期间和之后都对实验用犬进行了细致的研究,并为它们实施了安乐死,也对尸体进行了解剖。他的团队检查了实验用犬体内的二氧化碳和血红蛋白水平,以及血压和脉搏的变化。术后,他们使用显微镜对实验用犬的肝脏、肾脏、心脏、肺部和脑部进行了观察研究。研究结果是压倒性的，显然，只要交叉循环术实施得当，父母和孩子都不会受到任何损伤。温恩斯坦翻看了研究数据，支持李拉海对抗沃森。

第一位病人是一名一岁的男孩——格雷戈里·格利登斯。他是来自明尼苏达州希宾市的格利登斯夫妇的第十一个孩子。父亲莱曼在铁矿工作。夫妇俩先前有一个孩子因先天性心脏病夭折，莱曼愿意做小儿子的人工心脏。

手术安排在1954年3月26日进行。当天，李拉海第一台手术是一台常规疝气手术。之后，他便专心投入于交叉循环术上。两张病床被推进了心脏专科医院的二号手术室，也就是瓦尔科尝试实施旁路手术的那一间。麻醉医生使用的麻醉剂是环丙烷，也就是1938年格罗斯和朗科在波士顿给斯威尼做手术时使用的爆炸性气体。一个连着一个黑色袋子的面罩戴在了小格利登斯的脸上，随后医生挤压那个袋子，以给他输入适当的剂量。随后，李拉海切开了男孩的胸膛，医生们看清了男孩心脏的情况。这时男孩的父亲莱曼的腹股沟已剃得光滑，他在药的作用下，摇摇晃晃地被带进了手术室。

医生给莱曼上了麻醉，他们不希望他在手术中动弹或受惊。李拉海在莱曼腹股沟的主动脉和静脉上接了套管，然后将套管另一头接到了那根干净的啤酒桶管上。另一套类似的管子一头连在乳品泵上，另一头连入了小格利登斯的心脏。

"开泵！"李拉海说。

史克马 T-6S 乳品泵开始搅动。血流的速度必须经过严格的控制。太慢，小格利登斯会死；太快，血液会淹没小格利登斯的内脏组织。

李拉海找到了小格利登斯心房间隔缺损的位置，将它缝合起来。他确保没有渗漏，也没有其他的孔。他将乳品泵从父子俩身上撤下，并封闭了患儿的胸腔。一切看起来很顺利，直到小格利登斯在康复病房里出现了胸腔感染。使用大剂量的抗生素、抽吸肺部、按摩心脏等措施，都未能将这个孩子救回来。手术没过几天，小格利登斯就死了。

李拉海没有退缩。他确信交叉循环是有效的，于是找了另一名病人——帕梅拉·施密特。小施密特四岁，患有心室间隔缺损，即心脏下部大腔室之间有一个孔。小施密特体弱多病，羸弱无力，气短，还咳血。由于心室间隔上的那个孔，她长期受感染影响，并曾因肺炎住院四次。

手术本已安排了日期，却因小施密特又一次肺炎发作而推迟了。除此以外，还有其他的困难。小施密特母亲的血型与她的不符。她的父亲是工厂的工人，他血红蛋白水平过低，还患有贫血。医院血液科的医生不建议让她的父亲作供体。施密特夫妇非常着急，他们知道小格利登斯的结果。但李拉海向他们指出，这是唯一能让他们的女儿活下去的办法。

李拉海开一辆又大又闪亮的别克敞篷车。他戴黄金首饰，常带着漂亮的护士一同兜风。他在意大利见识过军事屠杀。他在手术台上被剖开过，又活了下来。他有他的使命。他不会因医院领导的阻挠、患者的肺炎情况或先前的失败案例而退缩。当小施密特从肺部感染中恢复过来，手术便重新安排上了，而她的父亲将作为交叉循环术的供体一同接受手术。他的身体大概有女儿的五倍大。

还是在二号手术室,他们摆好了两张手术台。医生剖开患儿的胸腔,并对患儿父亲进行麻醉。他们仍旧使用了乳品泵和新的啤酒桶管。李拉海没有使用外科手术放大镜(因为那时尚未有此发明),他从一位耳鼻喉科医生那儿借来了一盏头灯。

他用一把短尖刀刺穿两人的动脉。很快,两组管子就在两张手术台之间输送血液。小施密特的血液从静脉血管流进了史克马 T-6S 乳品泵,然后经过一条透明管子流进了父亲的腿。父亲的肺部血液通过泵,直接流进了她的主动脉,进入了她的大脑。

李拉海检查小施密特的室间隔膜壁,找到了心室间隔缺损的位置。他穿线、打结,把孔缝合起来,并确保没有任何渗漏问题。一切都很顺利。但当他开始关闭心室切口时,小施密特的心跳变慢了。心室和心房的跳动节奏乱了,心跳非常不协调。她的心脏不受控制地痉挛,没有血液,就这样乒乒乓乓地跳动着。然后,大概在这种异常情况持续九十秒之后,她的心脏又恢复了正常的跳动。方才的心律失常神秘地登场,又神秘地消失了。这时,李拉海下令:

"松开压血带!"

血液涌入小施密特的心脏,它保持着正常的节律。管子和乳品泵都被撤了下来。一切都稳定了。

1954 年,医生的职业道德不允许他们向公众宣传自己。但贝利带着他的病人乘长途火车到芝加哥参加医学会议时,可一直都在卖弄。而吉本在研究方面悄无声息地取得成功之后,始终表现得十分谦逊,总是一丝不苟。

低调和谦逊不是李拉海的风格。明尼苏达大学的宣传团队做了一份四页的新闻稿,附上了一些号称是李拉海为小施密特做手术的照片。(其实这些照片是伪造的,是医生们在解剖室里摆拍出来的。)李拉海在心脏专科医院的手术室召开了新闻发布会。他上台,显出一副威风凛凛的样子。他讲述了手术前小施密特悲惨又艰难的人生故事。他用幻灯片展示了新闻稿中的照片,展示了心室间隔缺损心脏的图片。

　　他提及了他在狗的心脏上做的实验。"我们一直都认为,心脏内部有一些简单的运行机制。我们发现,那些精心设计的机器在替代心肺工作时,效果不尽人意。于是,我们尝试使用动物的肺部,并且使用简单的机械泵来代替心脏。"他回顾同行的失败案例,并将自己的技术和他们的技术进行比较。"我们的方法,"他说,"广泛适用于那些有心脏手术经验的外科医生。"

　　新闻稿发布了。小施密特被她那对喜不自禁又泣不成声的父母推进了房间。她的裙子上系着丝带,她有一双棕色的眼睛,顶着一头刚梳好的卷发。一家人与李拉海合影留念。"她是个小斗士,"施密特先生说起女儿,"她很坚强,决不放弃。"

　　这条新闻登上了明尼阿波利斯的头版,在世界范围内都有所反响。《纽约时报》的头条新闻标题是"不可能完成的手术完成了"。伦敦《每日镜报》称之为"一个连科幻惊悚小说杂志都写不出来的奢侈而神奇的手术故事"。美国心脏协会明尼苏达州分会将小施密特称为"红心王后",并在宣传资料中展示了她骑儿童车的照片。休伯特·汉弗莱参议员给她寄了一张生日贺卡。

1954年的春夏，李拉海是那时世界上唯一能实施心脏旁路手术的人。一个夏天下来，他的成功率很高。八位患儿中，有六人存活下来，而且茁壮成长。他成了全美最有名望的心脏外科医生。绝望的父母们开车将自己的孩子送到明尼阿波利斯，希望他能妙手回春。与此同时，金钱也滚滚而来，从诸如心脏专科医院之类的私人机构来的有，从美国心脏协会之类的公共机构来的也有，还有明尼苏达州政府通过大学捐赠的，来自新朋友汉弗莱工作的联邦政府的，等等，不一而足。李拉海的干劲也越来越足了。到了8月下旬，他越过心房间隔缺损和心室间隔缺损，开始尝试全面矫正法洛四联症。这是医学史上第一次尝试修复复杂的先天性心脏缺陷。

这一次的病人是十岁的迈克·肖。他的父母已离异，母亲在明尼苏达州一家家禽加工厂做切鸡翅和鸡腿的工作。迈克发绀特别严重，几乎不能走路。他母亲买不起车，只能用一辆红色的手推车拉着儿子走动。原本，医生们给肖安排了手术日期，准备让他在大学医院接受蓝婴手术。他们可以安全地给肖安上一个布莱洛克分流器，为他注入新的力量并延长他的寿命。但是，李拉海干预了此事，他想要完全治愈这个孩子。但他又提出，要完全治愈就必须二选一：如果他们选择接受蓝婴手术，那么，他也就没有正当理由再给男孩实施交叉循环术。

肖女士决定接受能彻底治愈儿子的手术。

不幸的是，她的血型和儿子的不匹配，肖的父亲也一样。肖的血型是AB型Rh阴性血，平均一百个人中只有一人能和他配型。在医院、美国心脏协会和蓝十字会的帮助下，李拉海找到了一位潜在的供体——二十九岁的高速公路工人霍华德·霍尔茨,他是三个男孩的父亲。

李拉海告诉霍尔茨,这台手术是拯救这个男孩生命的唯一机会。霍尔茨同意参加手术。"如果我的孩子是蓝婴,我也希望有善心人士能救我的孩子,我只是做了我希望别人能为我的孩子做的事。"他躺在肖一旁的手术台上。肖的胸腔被剖开了。霍尔茨被上了麻醉,衣服被脱下,腹股沟的毛被剃了个精光。然后,两人被管道接通。乳品泵开始搅动起来。"第二天,"肖女士在她的日记中写道,"我们注意到孩子的嘴唇、指甲和耳朵都出现了血色。他的皮肤现在是漂亮的淡粉红色的。"

李拉海计划在12月由美国外科医生协会于大西洋城举办的聚会上做一场关于他的成功手术的报告。他要证明,即使是复杂的心脏畸形问题,也可以用交叉循环术来解决。但随后,李拉海的运气便急转直下。9月7日,就在实施法洛四联症手术一周之后,他失去了一个病人。一个七个月大的女孩突发心肌梗死,死在他的手术台上。一周后,他又失去了一个病人。之后,又失去了一个。在九周的时间里,李拉海做了八次手术,其中有六人死亡。

10月5日,他失去了第一位在手术中担任供体的捐献者。杰拉尔丁·汤普森带女儿先后辗转波士顿、科罗拉多州和得克萨斯州拜访心脏病专家,最后决定接受李拉海的治疗。她也咨询过库利和格罗斯。她的女儿莱斯莉八岁,患有心室间隔缺损,接受了多次X光检查、导管检查和其他检查。1954年10月5日,杰拉尔丁和莱斯莉并排躺在手术室里,连着史克马T-6S乳品泵。结果,出事了。麻醉医生没有正确地连接泵和管道。现场医生注意到有气泡进入了杰拉尔丁·汤普森的大腿。

李拉海一看到气泡，立马终止了手术，关闭了患儿的胸腔，将设备从其母亲身上撤下。但是，为时已晚。杰拉尔丁·汤普森的心脏还在跳动，但气泡已经到了她的大脑，她再也不会醒来。她的意识已被抹得干干净净。

到了12月，李拉海登上了大西洋城那场聚会的讲台，做关于法洛四联症的手术成功案例的报告。他在舞台上表现如常，魅力四射，充满自信，热情满满。但观众们都心里有数。现场有人起哄。

"你怎么不提你把患者弄成植物人的事啊？"有人喊道。

陶西格得知李拉海成功救治了一位法洛四联症患者后，说："那可就麻烦了，这下他还会采用这个术式的。"

李拉海确实如此行事。他的病人并未得到平等的救治条件。卡尔文·里士满是阿肯色州小石城一位黑人佃农的儿子，他的父母没有经济力送他去明尼阿波利斯治病。当地的报社和电视台举办了慈善活动，为他筹集了三千美元，将他送到了李拉海手上。阿肯色州空中警卫队将这名十三岁的男孩送到了明尼苏达州。"不知道他是否意识到身边的人事先为他做了这么多准备工作。"一位记者写道。

不幸的是，里士满母亲的血型与他的并不匹配，而且没有人愿意为这个孩子做交叉循环供体。明尼苏达的团队向当地监狱寻求志愿者协助，但没有一个白人愿意让自己的血液和黑人孩子的混在一起。此外，医生们似乎并没有接触过黑人捐献者。结果，李拉海团队为里士满使用了狗肺，这与马斯塔德在加拿大用猴肺制作仪器的事非常相似。《华盛顿邮报》报道了这一消息，"狗肺流通血液，心脏成功修复！"男孩活下来了。这是交叉循环术最后一次在全美范围内引起关注。

****

约翰·柯克林把头发理成了怪异的恺撒式短发，突兀的刘海高高地立在额头上。他身材高大细长，脸型狭长，面色苍白，戴着一副大眼镜，嘴小而扁平。他为人拘礼、十分严谨。他在距离明尼阿波利斯一个半小时车程的梅奥医学中心工作。他对心脏专科医院发生的事持怀疑态度。后来他说道："我认为医学界……直觉上认为交叉循环技术不会被广泛接受和使用。在这样的背景下，除了使用人工心肺机，我们别无他法。"柯克林去了费城，以了解吉本的研究动向。他又前去多伦多拜访了马斯塔德，到底特律拜访了杜威·道得里尔。"道得里尔的机器是通用汽车公司为他制造的，看起来就像……就像汽车发动机。"柯克林说，"吉本医生的机器是国际商用机器公司制造的，看起来就像……就像一台电脑。"柯克林自己动手，造了一台机器。

1955年3月，他开始给病人安排手术。他实施的第一次旁路手术十分成功，第二次则遭遇了失败。柯克林为八位心脏隔膜上有孔的病人做了开胸手术，手术死亡率是50%。他将手术结果发表在了《梅奥诊所学报》上。几乎与此同时，李拉海的助手理查德·德瓦尔（Richard De Wall）开发出了一种更加简单的氧合器。

这个故事说来大概不足为信。话说德瓦尔和李拉海在酒吧，低头看着一杯啤酒，便产生了制造鼓泡式氧合器的设想。德瓦尔问，为何不直接给血液充入氧气,用气泡直接给血液充氧,然后将气泡过滤?他仍使用史克马T-6S乳品泵,加上他在实验室里找到的一些东西,又花了十五美元买来一些琐碎玩意儿——一个软木塞、一圈啤酒桶管子、一些从蛋黄酱工厂"搜刮"来的窄管子、一个储液器、两根针和两个滤器,从而造出了新装置。血液被充入氧气气泡,然后经过消泡剂的作用,送入长长的螺旋形软管中。外来的氧气漂浮到装置的顶部,气泡便破裂。随后,含氧的血液流进储氧器,接着进入一根管子,输入病人的主动脉。德瓦尔鼓泡式氧合器获得了成功。到了1955年8月,李拉海已经完全不再使用交叉循环术。

越来越多、越来越好的机器出现了市场上。1957年,丹登·库利制造出他自己的原型机——一个三室式的装置,看起来就像咖啡渗滤壶,人称"库利咖啡壶"。在这台机器面世后的头四个月,库利在得克萨斯州一共实施了39次心脏旁路手术。到了年底,他和得州的同事们一共完成了137例心脏直视手术,手术次数居全美之首。同年,柯克林出版了一本教科书《心脏手术》。自此,心脏手术的时代已然开启。

第三十五章

那是2000年9月,乔治·W.布什还未当选总统。我在纽约州立大学石溪分校图书馆前的混凝土板的平台上,正吃着冰激凌三明治。我的朋友阿斯特丽德坐在一旁喝茶。我们在那儿享受阳光。

我是一个经历过生死的人。我每周会慢跑几次,还会练瑜伽。我讲了一个别人都不觉得好笑的笑话。我正在为下一次心脏直视手术做准备,锻炼身体。伊丽莎长出了卷发,脸颊胖乎乎的,迈着小小的、细长的腿走来走去。我写的一些故事在小杂志上发表了,引得许多出版商给我写信。我正在整理一份手稿。我们在布鲁克林的公寓的价值涨了两倍,我们准备出售。同时,我们在看十几个街区外的房子,那里的邻居不那么势利。我们还准备生二胎。我在电话里对我的朋友杰夫说:"如果人生就这样了,即便我再也不会收获成功,那我也无怨无悔,照单全收。"

阿斯特丽德笑了起来。我看了看表。每隔好几个小时才有一班回布鲁克林的火车。如果错过了 16:40 的那一班,那我就要临近午夜才能到家。但也没那么着急,我们还有几分钟。阿斯特丽德是一个既时髦又有活力的老太太,留一头整齐的灰发。她开始讲她女儿的生活。在我看来,她的家人都很有魅力,很成功,而且聪明又漂亮。但她解释说,她女儿的男友有严重的健康问题。她向我描述这个男孩的病,我倾身听着。突然间,我发现自己的思绪跟不上她的话语了。

我的身体里有什么东西发生了变化,就好像我身体里的两个电极出现了反转。我的皮肤滋滋发麻,我感到头晕目眩。我感觉嘴里有一种怪异的铁味,像小电池里的那样。

"怎么了?"阿斯特丽德问。

"没事。"我告诉她,但我体内的变化一定全写在了脸上。

我说:"不用担心。"

我的心脏怦怦直跳,仿佛撞到了我的肋骨上。我试着站起来,看看身体能不能保持平衡。站起来后,我感觉还不错。我把我的感受告诉了阿斯特丽德。她让我坐下来。

阿斯特丽德是个诗人、译者、陶艺家和理疗师，一位著名生物学家的妻子，两位年轻人的母亲。她比我年长二十岁，是一个值得我在危险时刻信赖的女人，但我没有管顾她的担忧。我看了看表。图书馆到车站路途很远，我得去赶火车。我与她道别后，便上路了。她坚持护送我。

我们走下图书馆的台阶，穿过校园里的一条窄道，沿着另一道狭窄的台阶往下走，走向通往操场和棒球场的小路。足球队的踢球手正在练习，足球飞到天空中，来回旋转，然后穿过立柱落下。我的心怦怦跳，仿佛要冲出胸膛。

我没有感觉到疼痛，并且极力否认自己的恐慌，但我心律失常的症状和恐慌症一模一样：心跳加速、头晕目眩、大脑发蒙。我心乱如麻，大脑也一片空白。意识和身体背道而驰，我的其他部位陷入了生存困境。我告诉自己，别慌，这就像是膝盖刺痛，过一会就好了。

但事情并没有像我期望的那样发生。我们到了火车月台，那是双车道沥青路边上一块凸起的水泥地，弥漫着那一头长岛海湾飘来的咸腥味。对面有一家便利店，站台的小台阶旁有一部公用电话。阿斯特丽德劝我坐下来休息一会儿，不要上火车。

"你得给玛西娅打电话。"她说。

"好吧，好吧。"我说。不知道的会以为她才是那个表现得歇斯底里的人。

阿斯特丽德扶着我的手肘，紧张地看着我，我拿起公用电话往家里拨。我告诉玛西娅，我的心脏怦怦直撞。我说，阿斯特丽德认为我不应该独自上火车，但实际上我感觉还好。我承认，之前也发生过同样的事。没什么大不了的，通常过一会儿就好了，很快就没事了。我不想错过这趟火车。它要到站了，车头灯正从远处缓缓靠近，汽笛声也随之响起。

我告诉玛西娅，我觉得自己并无大碍。

"也许吧，"玛西娅说，"也许不是什么大事。但如果还是一直这样，你得马上向列车员求助。"

火车呼啸着驶来并刹住，金属轮子发出刺耳的声音。我挂了电话。阿斯特丽德仍觉得，不管玛西娅说了什么，我都不应该上车。

"不要乱来，"她说，"要多加小心。"

但其实，除了脑中的恐慌和胸中的重击（我尽力忽略它们）之外，我并未感到任何不适。列车车门打开了。我上了车，把忧心的阿斯特丽德留在了月台。

我找到一张长椅，它有三个空位。石溪站是长岛到纽约这一车程的倒数第二站。我带了便携式CD机、耳机和CD夹。列车员给我检票。我横躺在长椅上，将CD机放在我那愤怒的胸腔上，让它播放了一些弦乐四重奏。我看着CD机随着我过快的心跳节奏跳动的样子。

一站一站过去了，圣詹姆斯站、史密斯顿站……在那个年代，所有的广告海报都与新兴互联网企业有关，比如Wines.com、Pets.com。整个世界漂浮在假想的金钱之河上。金斯帕克站、诺斯波特站，车外的景观从乡村变为工业化城市。列车员从我的座位旁走过。我告诉自己，如果心脏的情况没有马上好转，如果下一次他经过我时，我的心脏还没缓过来，那我就拦住他，告诉他我不舒服。

后来又经过了亨廷顿站、冷泉港站。车窗外是一片郊区景象。坐在我前面的人拿着手机，他说话的声音很大，我隔着耳机里的双簧管音乐都能听到。

"去他妈的三点钟搞定，"他说，"那家伙跟我说，排气管生锈了，刹车片磨损了。然后他就给我报价。好几百块！去他妈的好几百块！我和他说，我不过是来检查车电池的。他又说：'嗨，我能说什么呢？我检查了你的车，它就是这样的。'我就回嘴：'我让你检查了吗？'我们在那大眼瞪小眼，你看现在已经快他妈三点十五了。"

透过前面座位的头枕，我看到那个男人汗毛浓密的手和耳朵。我有个念头，想拍拍他的肩，请他帮我打911，但这个念头就像做梦一样。一切都变得十分虚幻。赛奥西特站过了，希克斯维尔站也过了。他还在打电话。

"我可以付这笔钱。这没问题，你知道我付得起。我有Visa卡、Discover卡，还有他妈的美国运通卡。我可以换里程和积分。钱不是问题，你知道最大的问题是什么。你看，现在已经他妈的下午3点25分了。"他在米尼奥拉站下了车。

我的心跳速度并未放慢。列车员过来验票，他说下一站是终点站——皇后区牙买加站。我站起身来，发现自己还能活动，有些惊讶。我背上包，和大家一起在门口排队。车门开了，我穿过月台，打算坐上开往布鲁克林的火车。我站在那儿，望着下方的铁轨。我非常镇静，就好像我的心脏并未怦怦直跳。

我在想什么呢？我什么也没想。从我的心脏异常跳动开始，已经过去两小时了，但我感觉站立并不困难，走路也不成问题。我找了个座位，把车票递给列车员，他验完票又递给我。列车穿过纽约东部，经过了医院、高中、安居工程，还经过了平价快餐店、肯尼迪炸鸡店、清真肉店，还有轮胎修理点。到了大西洋大道，我下了车。我不太敢爬楼梯，但还是爬了，我一步一步拾级而上。

我在长岛铁路换乘一趟拥挤的地铁，从大西洋站坐两站到大军团广场站。车上没有座位，我只好站着，车在脚下摇摇晃晃。我的心脏还在怦怦地跳，我在列车上感到孤立无援。我的背包里有一些文件和书，还有午餐盒和一些CD。我感到一股疼痛袭来，但不是在胸口，而是在背上，还有左肩，一直延伸到脖子的左侧。我的视野不断变窄。我在大军团广场站下车，走过旋转式栅门，上台阶，过检票口，又上了一节台阶。

时间仿佛生出了一层轻薄之物。我希望一切都停止，我过快的心跳、我的心脏，一切都停止吧。死亡会像一场休息，一种解脱，一次漫长的温水浸浴。歇斯底里转变成无奈的顺从。我不知道此刻以及过去几个小时里，是否有足够的血液流向大脑。

疼痛感更加强烈地蔓延开来，也更加激烈地钻进了我的左肩胛骨。我走上地铁的台阶，和其他通勤的人一起走进了暮光之中。我回到了我熟悉的社区，再过几个街区就到家了。我们的公寓在三楼，我沿着台阶往上走，心脏还在飞速跳动，我踏出的每一步都可能是我人生的最后一步。玛西娅在家，伊丽莎也在家，我父亲也在。他最近一直在帮忙照看孩子，也照看着我。

小的时候，我父亲精心保护着我，不让别人知道我生了病。他的这一行为是为了使我不受世人怜悯，也是为了维护我健康无虞的假象。此时，我回到家，拒绝了他的拥抱。

我不想让他感觉到我胸口的异常，他会惊慌失措，会吓疯的。我没有理睬他。我现在完全无法应对他的焦虑。我只告诉他我累了，便轻手轻脚地从他身边走过，回了房间。躺下的时候，我的颈部和肩膀都十分疼痛。心脏仍在快速跳动。我听到父亲离开的声音，听到了玛西娅在他身后锁门的声音。这时，我才拿起电话，拨往波士顿。我向护士说明了情况。

"马上挂电话，"她说，"打911叫救护车。"

我说："真的需要吗？"

玛西娅抱着孩子，站在门边。"他们叫我打911，"我说，"你觉得我应该怎么做？"

第三十六章

外科医生切入心肌后，随即又开始尝试干扰患者的心脏传导系统。约翰·吉本、查尔斯·贝利、德怀特·哈肯、沃尔特·李拉海和约翰·柯克林，他们负责的病人中都有一些在术后因心脏无法跳动而死亡。

哈肯在赛伦塞斯特的活动铁皮屋医院工作时，有一位同事叫保罗·佐尔。战后，二人在哈佛大学再次合作。佐尔医生是个小个子，脸很瘦，显得耳朵特别大。他这副精灵般的外表和他沉闷的性格形成了鲜明对比，给同事们留下了深刻的印象。在战争期间和战后，他目睹数十名患者在手术台上死于心脏传导阻滞。患者的心肌已被缝合，心脏却无法跳动。他开始执着于解决这一问题。

20世纪50年代初期,佐尔找到了让这些患者存活的方法。他总结了自己在战时获得的经验。他是这么说的:"……心肌的应激性很强。但凡碰它一下,它便会进行一次额外的跳动。既然心脏对这么随意的逗弄都如此敏感,为何它又会因胸腔未受到刺激而死亡呢?这不合理。"尽管佐尔自称"不太懂电子学",但他知道电刺激是最有可能解决这一问题的方法。

佐尔使用了一台Grass牌的电刺激仪,这一设备能在实验室中制造出规则的心电脉冲。他将设备的两条电导线连到患者胸口的皮肤上,使用皮带将导线固定。刺激仪每分钟进行六十次电击。每每接受电击,患者上身就会抽搐。每分钟经受六十次电击,患者胸部的肌肉会处于持续紧张状态。在导线的作用下,患者的皮肤会发生烧伤和溃疡。患者的心脏得以跳动,患者也得以存活,但这种疼痛实在难以忍受。"早期的外部起搏器存在的问题是,"佐尔说,"患者要忍受极大的疼痛。"

佐尔的第一位患者是一个接受过心脏瓣膜置换术的成年人。他被连接在刺激仪上的时间超过了四十八小时,皮肤灼热,胸肌和横膈膜抽搐不停。第二位患者也是一名成年人,术后只活了三天。佐尔回忆说:"他的心脏没有跟随电击跳动。"当时医生们并不清楚应如何及在何时将仪器从病人身上撤下来,也不确定佐尔发明的这台仪器究竟是救命稻草还是酷刑装置。"连我的心脏科同事都说:'也许我们不应该再使用这台仪器了。'"据佐尔的一位实习生西摩·弗曼回忆,"我记得在实习的时候,我们接收过一个病人,他当时使用佐尔的心脏起搏器已经有很长一段时间了。最后,他在住院医生们(包括我)给他打气加油,讲未来充满希望之类的话之后,关掉了仪器，自杀了。那些话我们自己都不相信，他自然也不会信。"

最终，佐尔设计出了一种嵌入式导线，它能顺着患者的食道进入体内，并直接刺激心脏。患者的皮肤不会被灼伤，胸肌也不会随着每次电击而抽搐。但是这台机器十分笨重，不便携带。病人只要需要使用佐尔设计的心脏起搏器，就必须卧床。

在明尼苏达州，李拉海也和哈肯、佐尔一样，被同样的问题所困扰。他每缝合一个患儿的房间隔，就要面临一次干扰心脏传导系统的风险。这个问题非常严重：李拉海的术后病人中，每十个里就有一个出现心脏传导阻滞。李拉海按照佐尔的做法，从医院实验室取了一台 Grass 电刺激仪，将它连到患儿的胸部。但他发现，在儿童身上是不可能使用佐尔心脏起搏器的。

"一分钟接受五六十次电击，这实属酷刑，"李拉海说，"我们可以对一些婴儿进行约束，让他们无法撕扯胸口的电极。但四五天之后，他们的胸口就会出现水泡和溃疡。所以，这个方案还远远不够。"

李拉海试着将电极直接连接到心脏传导阻滞患者的心脏上，在缝合前，将电线连接到患者的心肌上。对实验用犬所做的实验表明，直接将电极连接到心脏所需的电流远远低于外部刺激所需的。李拉海说，千分之一安培的电流就能"顺利驱动心脏"。而且，对于如此低的电荷，患者本身是无法察觉的。

这在心脏专科医院成了惯例。1957年，共有十八名患儿术后被约束在病床上，心脏连接着电刺激仪，其中十七名患儿活了下来。医生们发现，一旦患者的心脏开始自行跳动，他们就可以轻拉导线，将其从心肌、胸腔中拉出来,而无须重新缝合。但是,将孩子们"拴"在心脏起搏器上,并连接电源插座,这恐怕不易实现。

"许多患者都还是孩子,"李拉海说,"他们爱跑来跑去。对,他们很活跃。"孩子们想下床,但是"在电线绳索的束缚下,他们无法走远。我们不得不把电线拉长,延伸到大厅里"。李拉海说:"如果需要拍X光片或者做一些不能在病房里做的检查,他们是不能乘电梯的,只能给他们将电线拉到楼梯间。太麻烦了,一切你需要的东西都似乎特别遥远,都在别的楼层。"

1957年10月31日的停电事件吓坏了医院的人。幸好医院有辅助电力系统,使用心脏起搏器的孩子并无一例因停电死亡。但李拉海看到了风险,他担心的是相反的情况,担心突然来电会使使用心脏起搏器的孩子一时间不堪重负。他梦想有一天能让病人连上可便携移动的设备,让他们能离开病床,在医院里走动。他和厄尔·巴肯仔细讨论了这个问题。巴肯是一名研究生,在医院实验室兼职电气方面的工作。除了这份兼职工作,他还在自家车库开了一家电子产品维修店。这家店是他和他的连襟帕默·赫蒙斯利合伙开的,后者在木材行业还有一份正职工作。巴肯是个矮个子,戴着一副大眼镜,鼻子尖尖的。他不是电机工程师,而是一名修理工。他在医院修理心电图仪,在自家车库给客人修理收音机和烤面包机。当李拉海向巴肯描述这个问题时,他的第一个想法是使用汽车电池。后来,巴肯偶然在《大众电子学》杂志上读到了一篇题为《晶体管的五种新用途》的文章,这篇文章展示了电子节拍器的电路设计。

在车库工作室,巴肯将节拍器的设计方案抄了下来,用水银电池做了一台小机器。这台小机器每分钟进行六十次电击[1]，如同音乐节拍一样准时。这台机器的大小与一本平装书类似。医生可以用绳子把它挂在患者脖子上。巴肯向李拉海展示了这台机器，它令李拉海眼前一亮。

十天后，一名年幼的患者躺在手术台上。他的胸腔被剖开，心脏被缝合，但心脏无法自主跳动。李拉海将电极直接连在孩子的心脏上，并且在缝合胸骨和皮肤前，他将电线连接到了巴肯在车库里制作的"节拍"起搏器上。第二天，巴肯走进康复病房时，惊讶地看到一个小男孩脖子上挂着自己制作的机器，机器上的电线深入男孩体内，连着他的心脏，使他的生命得以延续。这便是有史以来的第一台植入式电子医疗设备。

1958年，巴肯制造出了"美敦力5800"型心脏起搏器。这台设备有一个可雕刻的酚醛树脂镶板多层外壳，用白色字体书写的"美敦力心脏起搏器"在黑色外壳的衬托下显得格外时尚。机器带有两个手柄，一条可将机器挂在胸前的带子，以及一个能告知病人它的运转情况的红光信号灯。使用这台设备的不只是术后的心脏病患儿，还有需要长期接受心脏刺激的年长患者。

在巴肯取得这项突破后不久，瑞典医生鲁内·埃尔姆奎斯特和奥克·森宁推出了第一台植入式心脏起搏器，它的体积小到可以直接缝到皮肉里。巴肯和美敦力公司立刻开始模仿。《我们心中的机器》一书作者柯克·杰弗里指出，植入式心脏起搏器的开发与美国联邦医疗保险制度的建立是同时的。联邦政府很快着手为老年患者购买了这些救命的装置，销售心脏起搏

1　原文为set off a charge once every sixty seconds，如前文所示，此处不应是六十秒一次，而是一分钟六十次。——译者注

器也随之成为一门颇具营利性的生意。1962年，美敦力公司售出了1200台心脏起搏器[1]；1966至1967年，售出了7400台；1969至1970年，售出了25000台。1968年，美敦力公司净亏损16093美元，到了1972年，它的年利润将近400万美元。此时，心脏起搏器已然普及，成了常见的医疗设备。

医院需要医生监测心脏传导系统异常的病人的情况，因此，电生理学这一医学领域飞速发展。杰弗里在书中写道，"这项技术的存在促使研究人员加紧研究"其他心律失常和心电紊乱现象。这包括我经历的可能致死的情况。

心脏起搏器可以让阻滞的心脏跳动起来，但如果心脏疯狂地跳动并且跳动过快，那又该怎么办呢？

第三十七章

急诊医护人员把我家弄得一片混乱，创可贴包装纸和注射器包装纸扔得到处都是。他们给我接上便携式心电图仪，给我打针。他们把针头滑进我的肘弯里，给我的静脉输液。他们叫我绷紧，就像要大便一样。（看来，有些情况下，这样做可以阻止心律失常。）但是，没有任何办法能缓解我心脏疯狂跳动的问题，药物不行，其他活动也无济于事。

我记得我后来躺在急诊室一个用帘子隔开的地方，玛西娅就在我身

---

[1] 此处数据与明尼苏达大学官方网站显示的数据不符，疑有误，仅供参考。——译者注

旁。我的心脏还在剧烈地跳动。她拉着我的手，还取笑我："布朗斯坦先生，你的心犹如小鹿乱撞呢。"我把我的病史告诉主治医生。我问，我会不会死？医生们又给我打了几针。可怕的是，他们说要电击我，把我的心跳电回正常节律。他们打算在我清醒的情况下对我进行电击。他们取出两片巨大的电极板，让它们互相接触，说："都让开！"现场就像电视剧里的场景一样。他们把电极板贴在我的胸口，我整个人跳了起来，浑身都在颤抖。之后，我的心脏便以正常的速度跳动。我筋疲力尽，但终于镇定下来了。

我感觉我的身体内里就像飓风扫荡过后的街道，被蹂躏得一片死寂。我胸口的皮肤被烧伤了，像被太阳严重晒伤了一样。玛西娅如释重负，露出温柔的表情。医生不让我回家，他们说我需要接受手术。他们要在我的胸腔内缝入一个植入型心脏复律除颤器。如果我不接受植入，那不管在哪儿走动，都是不安全的。下一次心律失常发生可能会直接要我的命，所以我需要在体内放置这么一台机器，一旦我心动过速，它就可以电击我的心脏。

我真该回去看罗森鲍姆医生。我的脑海中，一种恐怖的神秘光环在他身上环绕，那是一种独立于他本人的光环。他代表着我身上一种我无法面对的东西。我是否因为自己逃离了他，因他对我的病情所下的论断是正确的而我是错的而感到羞愧呢？也许除了否认以外，我的自负心态也在作祟。总而言之，我安排了时间，去西奈山医院看医生。弗里德医生曾经的学生史蒂文·菲什伯格医生是那儿的小儿心脏科医生。菲什伯格医生与杰出的电生理学专家达文德拉·梅塔医生密切合作，而后者将为我植入心脏复律除颤器。

我乘救护车过了东河，来到西奈山医院。整个手术过程中，我大部分时间都是清醒的，但在麻醉剂的作用下，还是有一些昏昏欲睡。我面前挂着一块方框的手术布。医生在我胸前的皮肤上拉拉扯扯，我感觉到他们用剪刀剪开了我的皮肤，冷冷的抗生素注射在伤口边缘。梅塔医生引着导线穿过我的锁骨下静脉，将导线拧进了我的心肌。我记得梅塔医生穿着手术服，走到我头边，轻声对我说："我们要检查一下仪器。"他们准备给我上麻醉，尝试诱发我的心律失常，以确保心脏复律除颤器能够奏效——用四十焦耳能量来电击我的心脏，使我的心脏从心动过速的状态恢复正常。我在康复病房里醒了过来，菲什伯格医生来给我做检查。他是世界上最善良的人，他给我带了一些曲奇饼。

"洛娜饼干，"他说，"心脏科医生的首选。"

我的锁骨下方缠着绷带，胸口也有一块鼓起的包。绷带下的皮肤肿胀又娇嫩。我感觉得到那个装置，那是一个巴掌大小的金属块，在一股令人痛苦的脓液中蠕动着。我站立的时候，能感觉到它在往下拉扯。我有一种错觉，觉得自己仿佛戴着一条项链，链坠是一块重重的徽章，就像警察的徽章那样。但实际上，链坠是心脏复律除颤器，项链是我的皮肤。我穿上衣服，心脏复律除颤器在我皮下滑来滑去，自行调整位置。我和玛西娅来到梅塔医生办公室，与他面谈。

梅塔医生是一位非常文雅的医生，他身上有一种沉着的气质，能让对话者感到非常受用。他脱下外科手术服，换上夹克，戴上领带，坐在办公桌后，向我解释这个装置。他说话的口气，仿佛我是他的同行，就好像我与他一般聪明、时尚、帅气又博学。

梅塔医生解释说，在健康的心脏中，心脏的起搏功能由窦房结控制。窦房结是位于右心房上方的一小束发电细胞。其所发出的电荷以复杂的模式通过心脏上部跳动的肌细胞。心脏上部的两个小腔室发生搏动，然后电荷在房室结再次聚集。房室结控制着心脏的第二次搏动，即心室的收缩。电荷往下走，通过心室间隔，即心脏中心的肌肉，通过名为"希氏束"的通道和束支。在室间隔底部，电荷均匀通过浦肯野纤维——这些纤维控制着心室的搏动，往上走到心室内膜，并通过肌肉，就像不断往三角洲尽头处蔓延的小水沟。

梅塔医生说，正常的心动过速被称为"窦性心动过速"，即心跳在窦房结的管辖范围内速度过快。比如跑着上楼梯时，心脏就会发生窦性心动过速。而我当时在火车上的心律失常是"室性心动过速"，即我的两个心室自行搏动了。我和阿斯特丽德坐在阳光下时，我的心脏下部腔室表现得如同我在奔跑，而心脏上部腔室则表现得如同我在静坐。我是一名先天性心脏病患者及手术幸存者，很容易受到这些症状的影响。

梅塔医生继续解释道，任何对心脏肌肉的损伤都有损害心脏传导系统的可能性。我在1999年接受的手术中，一定有什么东西隔断或干扰了心脏传导系统，导致我的心脏当时不能自主跳动。这就是所谓的心脏传导阻滞。我在波士顿的心脏重症监护室接受了大约四十八小时的电刺激之后，心脏从阻滞中恢复，窦房结也恢复了控制。但损害已经形成，我的心脏不断地在重建它的传导系统，而其中心脏被切开的地方出现了一些障碍。在我回到布鲁克林后的某个时候，一个新的电传导回路——严重的心房扑动症状出现了。电流绕着我的手术疤痕跑圈,而我的心脏上部腔室又在正常心跳的进行曲中生硬地加上了一些无用的节拍。再次来到波士顿时,他们给我做了电击复律,解决了这个问题。但在之后的几个月里,心脏重新适应了心肌的损伤、创伤和恢复,并且再次形成了一条新的回路——一个环行的电荷在心脏下部循环跑圈,这个新电路导致我出现了室性心动过速(又称"室速"),心律再次失常。

术后不久,我胸口皮肤上的疤痕还很窄,像笔尖画的一样,但如今也变粗了,已经有四分之一英寸宽。医生说话的时候,我想象着我的体内大概也发生了类似的变化。

梅塔医生的讲话非常流畅、温和,我像一个渴望求知的小学生一样听得津津有味。他说,室性心动过速症本身并不具有致命性,毕竟,我已经承受它很久了,但室速容易导致心室颤动(又称"室颤")。室颤,那可是死亡的节奏,心脏下部的大腔室会像蜂鸟翅膀一样快速啪啪地扇动。每分钟跳动三百次,心室基本就废了,不能再运输血液。要是到了这般田地,必然是致命的。梅塔医生说,植入我体内的机器会监测我心脏的每一次跳动。如果我的心跳变快,机器就会对我进行治疗。

"你的意思是,它会电击我?"我说。

"不一定是电击。"

梅塔医生继续解释,心脏复律除颤器有三种模式,它会根据我的心跳速度决定使用哪一种:当心跳速度达到第一个阈值时,设备只记录心跳速度;达到第二个阈值时,设备会提供抗心动过速起搏,即类似于心脏起搏器发出的微弱的脉冲信号;若达到最高阈值,机器便会开动,将四十焦耳能量传递到心肌上。如果设备发现心跳加速（达到第一阈值），它就会开始记录心跳。如果心跳速度超过预设的速度（超过第二阈值），设备就会给我提供抗心动过速起搏。抗心动过速起搏的脉冲十分微弱，我不会有任何感觉。在这个阶段，我们希望抗心动过速起搏能使我的心脏摆脱心律失常问题。倘若抗心动过速起搏仍不能终止心律失常（达到第三阈值），机器就会对我进行电击。电击会让我十分痛苦。

"电击是什么感觉？"我问道。

"我没有经历过，"他提醒我，"但他们说就像胸口被马踢了一脚一样。"

他警告说，我在发力的时候一定要小心。"这台机器，"他说，"非常愚蠢。"

心脏复律除颤器并不总能识别出窦性心动过速和室性心动过速的区别。它能区分过快和过慢的心跳，但无法区分正常心跳和异常心跳。我的设备根据心跳的速度来判断阈值。在我爬山的时候，它做出的反应会和我发生室性心动过速时的一样。梅塔医生说，因为我发生室速时的心跳速度是150bpm，所以机器发放能量的阈值相对较低。这就要求我在锻炼身体时必须小心翼翼。倘若机器感应到我的心率持续超过150bpm，我就会遭到电击。这是这一设备的缺点。

而它的优点是，能让我的心律失常不再致命。只要我的胸腔里有这个设备，我就安全。

"我就百分百安全了吗？"

梅塔医生笑了。他说，没有什么是百分百安全的，但真的很安全。只要我体内有心脏复律除颤器，我就不会死于心律失常。

我和玛西娅离开医院，回了家。早晨，电话响了，是阿斯特丽德打来的。我向她道谢，谢谢她那么努力救我的命，也为自己没有听她的劝告而道歉。她松了一口气。她说，她很开心，非常高兴能再次听到我的声音。

我和玛西娅、伊丽莎去了布鲁克林植物园。新开的玫瑰正在怒放，树木也正在纷纷展现绿意。我躺在草坪上，我的宝贝女儿在一旁爬来爬去，妻子也在我身边。厚大的云层在天空中飘来荡去。我感受着这一切，想到我生命中那些不可思议的运气，想到我所遭遇的种种愚蠢际遇，以及我做出的那些试图毁掉自己的愚昧行为。翠绿的小草，湛蓝的天空，泥土潮湿的气息，我热切地感受着一切，这奇迹般的一切。

至今，我仍无法相信我有多幸运：我出生在马尔姆医生行医的地方，而且碰巧是在他掌握了法洛四联症修复手术之后。我的心脏在血液回流且心室扩大的情况下，还能支撑足够长的时间。我活到了影像学技术和医学界对手术干预达成共识的1999年。我还幸运地在那趟火车上活了下来，到医院还用上了新式的保命技术。如果我的心律失常发生在我还佩戴着心电图监测仪去上高中，并且要定时接受医生检测的20世纪80年代，医生们便无法控制我面临的生命威胁。但现在，他们做到了。

伊丽莎宝宝把她的脸庞贴在我的脸上，她愉快地笑着。接着，她爬到我身上，小脚和胖乎乎的身子正好压在我胸前的伤口上。她可怜的老父亲在笑声和疼痛中大声号叫起来。

第三十八章

1980年，第一台植入式除颤器在约翰斯·霍普金斯大学被植入人体胸腔。这台除颤器是一块半磅重、五英寸长的砖头。小列维·沃特金斯医生是这次手术的主刀医生。沃特金斯是霍普金斯大学第一位非裔美籍外科医生，是当时仍在医院工作的维维安·托马斯的门生。后者此时已是教授。托马斯亲自帮助沃特金斯设计术式，并且在实验用犬身上进行实验，为手术做准备。这台手术对这位病人来讲可谓孤注一掷：病人是一名五十七岁的女性，曾患心肌梗死，接受过心脏搭桥术。频繁发生心律失常使她头晕，并危及她的生命。她需要的不仅仅是一个心脏起搏器。她需要一个东西，能在窦房结失去对心跳的控制时刺激她的心脏，使她的心脏恢复正常跳动。医生们剖开她的胸口，将那块大砖头植入她的腹部，用贴片连接到她的心脏外部。

在手术室，米歇尔·米罗斯基观看了手术过程。米罗斯基个子矮小，瘦弱，略有谢顶，戴眼镜，是一名五十多岁的科学家。他不习惯穿外科手术服。他是一名研究人员，不是外科医生。他在1966年提出了植入式除颤器的设想。他一直四处漂泊，从以色列到墨西哥，到巴尔的摩，再到以色列，然后又回到巴尔的摩。他始终执着于除颤器的研究。在制造这台机器的过程中，米洛斯基甚少得到企业或者其他方面的支持。他和他的搭档莫顿·莫厄尔医生不得不自掏腰包，就连实验用犬都是他们以一美元一只的价格购入的。

20世纪70年代初期，植入式除颤器被视作一种笨重、不必要的甚至是虐待式的设备。它体积庞大，让患者感到不适。它能在必要的情况下救患者一命，但也可能使患者遭受不必要的电击。早期一名批评者称其"是一个不完美的，但在寻找合理而实际的应用场景的方案"。还有一些人将其描述为"缝在人体内的炸弹"。有些人将这种设备的使用比作纳粹对俘虏所做的实验。若考虑到米罗斯基的生平，这个类比可谓相当残酷。

1924年，米罗斯基出生于波兰华沙。小时候，他的名字叫莫迪凯·弗里德曼。他在逃离纳粹控制时，改了名字。他的童年非常快乐。他好读书，父亲经营着一家生意不错的熟食店。"我的自由主义世界观与波兰犹太人的现实相冲突，"他回忆道，"我以为自己首先是波兰人，其次才是犹太人，这显然是一个错误的看法。"他是一个被同化了的中产阶级的孩子。但是，随着法西斯主义在波兰兴起，他平静的童年生活不复存在。"连警察都同情起右翼人士来。"他回忆道，"法西斯恶棍殴打甚至杀害犹太人时，警察们都袖手旁观，这种事竟然在纳粹入侵波兰之前就发生了。"

1938年9月，德军的飞机向华沙空投炸弹。米罗斯基走在街上，街边建筑物的两侧都被炸得千疮百孔，房间就像玩具娃娃屋一样暴露在外。11月，他的母亲死于心力衰竭，可能是其童年的风湿热在心脏上留下的疤痕导致的。12月1日，华沙所有犹太人都被迫在衣服上佩戴黄色星标。"学校关闭了，迫害开始了。我记得德国军官剪掉了哈西德派犹太人耳边的发辫，以此羞辱他们。我告诉父亲，我不会佩戴那个黄色星标，此时还留在华沙，颇不明智。"

米罗斯基的父亲让他起一个新名字，以便让他在德国侵略者面前蒙混过关。在他们分开前，父亲给了他最后两个建议。"去当一名医生，"父亲说，"也别忘了当一个犹太人。"12月5日，米罗斯基离开了这座城市。他和一个朋友一起往东走，穿过树林和田野，攀在卡车后面，在火车站里过夜，忍受着哮喘病的折磨。两个男孩沿着维斯瓦河走了两百英里，途经乡间郊区和资产阶级犹太人曾经拥有的避暑胜地，穿过德军占领的地方，终于来到苏联控制下的利沃夫。

米罗斯基想要入伍，加入苏联军队，但年纪太小了，不符合条件。于是他继续往东走，到了乌克兰基辅，沿途就睡在公园里。1941年9月，纳粹分子进入基辅，幸好米罗斯基和他的朋友们在纳粹到来之前便逃离了这座城市。逃亡途中，他们躲在火车顶上，捡到什么就吃什么。他们一路往北走，进入了苏联。到了罗斯托夫，米罗斯基在一个建筑工队找到了活计。后来，他不得不再次逃亡。这一次，他往南边走了一千英里，到了克拉斯诺达尔。他在这里弄了点小买卖，把松散烟草做成卷烟售卖。后来，在德军到来之前，他从克拉斯诺达尔出发往东走，一路到了里海岸边一座石油资源丰富的城市——巴库。再后来，他在乌兹别克斯坦安集延的一家飞机工厂工作，每天工作长达十一个小时。

这时，他离家乡两千五百英里，每天与热带疾病斗争，每天都去图书馆学习。他在一个由歌手、说书人和音乐家组成的巡回团体里找到了工作——给他们挂招牌和海报。这份工作给他赚来了面包票。1944年，他终于应征入伍，加入了波兰军队，熬到战争结束，他随胜利的军队回到了波兰。但他所熟知的一切都消失了，他的家人都去世了，邻里一带都成了废墟。

"我看到格但斯克附近的集中营，德国人在这里用犹太人制作人尸肥皂,当时那儿还有很多肥皂。"他回忆道,"波兰对我而言,已经成了一个墓地。"

米罗斯基与一些难民同伴一起偷偷逃往巴勒斯坦。1947年,他们到达了目的地,米洛斯基发现那儿没有医学院。最终,他在法国学习医学。"我知道我不会留在家乡,"米罗斯基回忆说,"只有在以色列或美国,我这样的人才有可能不被视作二等公民。"

1954年,他回到了巴勒斯坦,在特拉维夫的塔勒哈丘梅尔医院找到了一份工作——在哈里·赫勒医生手下当差。赫勒医生的博学多闻和专业精神令米罗斯基崇拜不已。假如战争没有爆发,他仍是莫迪凯·弗里德曼,那位熟食店老板的聪明儿子,他可能会去柏林上学,可能会遇到像赫勒这样的医生和导师。赫勒就是这样的一个角色。

"他是一名典型的德国教授,"米罗斯基谈起赫勒时说,"我们一起巡房的每一天对我来说都像节日一样。"可好景不长,赫勒患上了阵发性室性心动过速。"我的妻子问我为什么这么担心,"米罗斯基回忆道,"我告诉她:'因为他会因此丧生。'两周后,他真的去世了,当时他正与家人共进晚餐。"

米罗斯基目睹了太多的死亡,但是在这里,他终于有了一个可以对抗死亡的目标。他余生致力于制造一种装置,用以对抗心律失常导致的心脏性猝死。20世纪70年代初,外置式电除颤器已经存在——保罗·佐尔制造出了第一台除颤器。波士顿的医生伯纳德·劳恩将其改成使用交流电。但是,电除颤器又大又笨重,重约三四十磅,将其放在人的胸口上似乎太过荒谬。在巴尔的摩,米罗斯基和海伦·陶西格共事,并且在那儿认识了他的搭档莫顿·莫厄尔。尽管没有得到资助,而且人们对他们想法的可行性普遍持怀疑态度，但米罗斯基和莫厄尔还是坚持了下来。1980年，他们终于制造出了一台设备，虽然这台设备同样庞大又笨拙，但在那时可谓相当成功。

米罗斯基和莫厄尔所造机器的原理和我胸腔内的装置的原理是一样的：当心脏跳动过快时，机器会通过电击将心跳重新校准。但是，我的心脏复律除颤器与米罗斯基和莫厄尔发明的那块又大又重的"砖头"完全不同。我的心脏复律除颤器只有几盎司重，而且它的传感器和存储器都是由电脑处理的。它可以根据心脏的症状选择治疗方法，并能根据不同心脏的情况进行调整。心脏复律除颤器技术还在不断进步，现在不需要在患者的心脏上插线了。最新的型号尺寸也更小，就放在患者胸口的一侧，监测并治疗其心律失常。将来有一天我会装上这个最新的心脏复律除颤器，或者一个更具未来感的机器。

但从目前来讲，我已经很满足了。我的心脏复律除颤器就像心脏病科学领域取得的许多进展一样，在一片混沌和虚幻的历史迷雾中突出重围，为我几近干枯的生命送来了甘霖。

第三十九章

心脏病学方面取得的进展暂且不论，我们来纪念一下那些逝去的患者。并不是每一个患者都像我一样幸运。

一个春日，我在纽约曼哈顿上东区的一家小餐馆里初次与多伦·韦伯见面。多伦是个秃顶、善于交际的人，这与我相当熟悉的纽约知识分子形象一致。多伦是《不朽的精禽》的作者，这是为数不多的一本关于先天性心脏病的著作，是他对早逝的儿子——达蒙的回忆录。

当时，距离这本书出版已经过去十年，但我仍能在他身上看到失去儿子的悲痛。在那个阳光明媚的春日，他看上去疲惫不堪，仿佛是从暴风雨中走进我们约好的餐馆的。我们一边吃早餐一边交谈。我点了一个百吉面包圈和一杯什锦水果汁。他点了鸡蛋、培根、炸薯条和吐司。我们聊写作艺术：我们喜欢的书，我们合作过的出版商，我们认识的编辑，诸如此类。我心疼多伦——我讨厌陈腔滥调，但我的这种感觉是真实的，我胸口有一股疼痛因他而升起。

他取书名的灵感来自济慈的《夜莺颂》："你永远不会死去，不朽的精禽！"[1] 这也是我对两个女儿——露西和伊丽莎的期盼。每个人生来就是要死去的，但不包括她们。对多伦来说，他的儿子达蒙是固守在垂死肉体上的强大精魂，达蒙那颗有缺陷的心脏并不能代表达蒙本人。从达蒙被确诊并送入新生儿重症监护治疗病房起，多伦对医生和医院的矛盾情绪就立刻显现了出来：

> 三天大的达蒙躺在一个干净的玻璃罩里，现代科技将他与家人隔离开来。他就像一个被封闭在自己世界里的宇航员。我们的手触及舷窗，想要抚摸他，但这只让我们感到他是那么的遥远，我们之间又是多么的疏离……他是医学进程中的俘虏。

韦伯夫妇需要医生来拯救他们的孩子，但最终他们希望将儿子从医院的牢

1　《夜莺颂》，屠岸译。

笼中解救出去。

　　尽管他天生只有一个心室,而且接受了多次手术,包括丰唐手术——将心脏无效部分的血液重新导流排出体外,但达蒙非常成功地撑到了十三岁。他时常徒步爬山。如果他喘不过气或有什么不适,他会隐瞒。韦伯家的生活和我家的出奇地相似。他们和我们住在同一个社区。达蒙在布鲁克林技术高中上学,我女儿也就读于那所学校。他和我一样,是纽约长老会医院的病人。弗里德医生也曾出现在他们的生活里,他从波士顿向他们提供咨询服务。达蒙在学校表现得很好。他交了许多朋友,在戏剧表演中担当主演。但对他来说,生活太不容易了。在童年接受手术的十年之后,他的心脏似乎还能适当地工作,但他的血液已开始流失蛋白质。

　　"哎,等我一会儿。"达蒙从柜子里拿出一个大盒子,盒子里装的是他所有的"家伙什"。他先用酒精棉签对要注射的部位消毒。然后,他在腹部涂上一层淡黄的麻醉药膏,在药膏上又盖了一片薄薄的玻璃纸胶膜,并用一条临时腰带固定住玻璃纸……我们一起等着,直到麻醉药膏开始起效。然后,达蒙拆开一份新的注射器和针头,将针头插入一小瓶肝素中。他回抽注射器的柱塞,使注射器中填入适量稻草色的透明液体,之后轻弹了一下,确保注射器中没有气泡和漂浮的微粒。随后,达蒙叹了口气,坚定地将针扎入了腹部。

　　他的病情是个谜。他有所谓的蛋白丢失性肠病,但没有人知道这个病如何又为何发生在经历过丰唐手术的患儿身上。患有蛋白丢失性肠病的孩子中，有一半会死亡。但这一群体的人数较少，加上蛋白丢失性肠病的诊断不精确，因此统计数字难以成为解析依据。在上高一的时候，尽管肝脏肿胀，他看起来像怀孕了一样，但达蒙还是在学校戏剧《汤米：摇滚歌剧》[1]中饰演了一个角色。达蒙梳着蓬皮杜式的大背头，眼睛闪闪发光，硕大的大拇指勾在维多利亚风格的领口上。他登上舞台的那一刻，便吸引了全场的目光。但在谢幕时，他显得娇小又虚弱：

> 我的儿子派头十足地弯腰致谢，一只手灵巧地垂到肚皮处，但他的红色锁边领口却往前耷拉着。舞台上的活力暂时令他振作起来，他身上有一股演员特有的翩翩风度，但其实他几乎撑不下去了。我听他的朋友们说，他在排练时，时常打盹。哪怕他在舞台上，我也能看出来。他强撑着站在那儿，使自己看起来并无异样，对自己仅有的微薄精力能省则省。

达蒙失去了活力。他的皮肤变得肿胀而苍白，他俊美的脸庞也变得倦怠起来。医生们都很疑惑。伟大的外科医生扬·卡热伯尔对多伦说："我觉得你反应过度了，情况可能没有你想的那么糟糕。"但事情确实非常糟糕。最终，达蒙被确定需要接受心脏移植手术。而且术后发生了恐怖的事故：医生们该来的时候都没来，该在的时候都不在。

"他们对我儿子做了什么？"多伦哭了。到了最后，所有的错误都已

1　原书误写为《不可儿戏》。——译者注

铸成,所有的尝试都以失败告终。医生们放弃了斗争,多伦冲到重症监护治疗病房里,来到达蒙床边。

"达仔,听我说!"我大声喊他,仿佛我们是战壕里并肩作战的战友,仿佛我们还有机会打赢这场战争。"我要你忘掉这些该死的机器和这个房间里所有荒谬的陈设! 忘掉整个愚蠢的医院和这些愚蠢的医生。深入你的内心吧,孩子。我知道你有力量,是时候使用这股力量了,知道吗?"我攥紧了拳头,就如我平时为他鼓劲时一样,我压我的每一根纤维,焦虑地催促达蒙。"走吧,达仔,我们离开这个鬼地方,回家吧!"

多伦对孩子的爱使他更盲目了,还是让他受了迷惑? 其实,在心脏重症监护治疗病房和新生儿重症监护治疗病房中,他所感受到的远比表面上发生的要复杂得多。

长期心脏病患者向来没有把内心深处的祈祷说出口,这些祷句总隐含于多伦在达蒙去世时所诵读的祷词中。那是他们逃离医学世界的渴望。我们离开这个鬼地方,回家吧!

第四十章

季莫费·普宁是一个俄裔移民。他坐在纽约上州一个小镇的公园里,突然感到体内有些变化,感觉到体内有实体物质发生了变化。"他感到虚弱无力。"《普宁》[1]的作者纳博科夫写道,"他浑身出汗。他惊恐万分。"《普宁》是1957年的作品,当时还没有心电学,因此,哪怕是纳博科夫这位能用文字描绘万事万物的人,也无法准确地描述他的主人公的心脏到底发生了什么。"他这癫痫,别是心脏病发作了?"纳博科夫写道,"我不信会是。"

医生给普宁做详细检查时,"心电图标出了荒唐无稽的山脉图形"。普宁的病没有得到确诊。他"怀着神经质的反感和病态的憎恶看待他的心脏,唉,仿佛心脏是人不得不赖以为生的某种健壮的、黏糊糊的、不可触摸的怪物"。他坐在公园长椅上时,觉得这个怪物背叛了他。"这种待在他体内的讨厌的自动玩意已然发展出了自有的意识,不仅十分活跃,而且还折磨他,叫他惊恐不安。"

心律失常令人的自我成了他者,又令这他者脱离自我。心律不齐的心脏不再是自己的心脏。而植入的心脏复律除颤器加剧了这种本就令人不安的局面。在患者的胸腔内,如今有了两个互相瞧不过眼的"外来物",一方是心律失常的心脏,另一方是顶着冰冷机器大脑的心脏复律除颤器,并且跃跃欲试,随时准备干掉身体里的废物。

心脏复律除颤器的电池可续用五年,当它的电池耗尽时,医生必须将整个心脏复律除颤器从病人胸腔里移出,然后将一个新的心脏复律除颤器接到连着心脏的电线上,并将设备再次植入,将皮肤缝合。如果天气寒冷,植入后的第一天,新的心脏复律除颤器可能会比身体其他部分更早受凉,

---

就像一堆冰冷的硬币在你的裤子口袋里一样。不同的是，这里的口袋是你的皮肤。

我的心脏复律除颤器第一次电击我的时候，我正在一个椭圆机上运动，听着传声头像[1]的歌。当时我还自觉强壮，感觉自己已经痊愈，在椭圆机上以我所能达到的最快速度运动。"我们徒劳，我们盲目。"大卫·伯恩唱道。然后，他就沉默了。我的眼前顿时黑暗一片。有东西在撕扯我的胸腔，仿佛有一块砖在我的胸腔中被锯开了。我的第一反应是有炸弹在我身后被引爆。但随即，我的眼前又恢复了光亮。"我讨厌人们不礼貌。"大卫·伯恩继续唱道。其他人仍在锻炼，好像什么也没有发生。我的心脏不再因剧烈运动而怦怦直跳，它平稳而安静。我从机器上下来，把毛巾贴到脸上。

除颤器电击最怪异的问题是：当它发起电击时，造成的疼痛是彻底的，是毁灭式的；但当电击结束，疼痛也会随之结束，不会留下任何疼痛、肿胀或印记。那一次，我步行回家，然后给医生打电话。

心脏复律除颤器第二次电击我时，我在教女儿骑自行车。我使劲跑，好把伊丽莎推上缓坡。随后，我疼得直不起腰，她还踩着脚踏板。第三次电击时，我在厚厚的雪地里奔跑，想赶上一辆公交车。尽管这些事令人痛苦，但我们总能通过某种方式，学着将它们融入生活。

梅格·鲍克童年时接受了心脏手术，之后一直坚持运动。高中时，她是一名游泳健将；成年后，她成了专业教练。但她第二个孩子的出生令她的心脏承受了巨大的压力，她经历了危及生命的心律失常。她接受心脏复

1　Talking Heads，1975年成立的英国乐队。

律除颤器植入术后，继续经营她的生意——佛罗里达州的一家产后健身机构。有一天，鲍克和她的宝宝在公园里。她的宝宝坐在慢跑童车里，几个穿着运动服的新手妈妈在她身后推着婴儿车。高高瘦瘦、红头发、体格健壮的梅格慢跑着上了一个小斜坡。这时，她的心脏复律除颤器发动了电击。她没有摔倒，步伐也并未变得蹒跚。她只是放缓了速度，慢慢地走完了最后五十码的路程。

我认识一位病人，她名叫珍妮，是一名会务统筹人员。有一天，在她办公大楼的楼梯间，她的心脏复律除颤器在三十分钟内电击了她九十八次。珍妮年轻漂亮，披着一头金色的长发，长着一张颇具中西部特色的开阔脸庞。她的健康状况每况愈下，她不得不接受心脏移植手术。她向我展示了她胸前植入除颤器的疤痕。有了新的心脏，她不再需要那个装置了。但是，早前留下的阴影挥之不去。她再也不敢走楼梯间，而总是搭电梯。虽然她体内的心脏复律除颤器已被移除，但她仍在经历那个已不存在的心脏复律除颤器所带来的幻觉电击。一旦感到紧张或发生抽搐，她便会觉得除颤器在工作，以缓解她的症状。我也遇到过这种情况，那是想象中的电击。我通常是在快要陷入睡眠的时候遭遇它。

我学会了小心翼翼，学会了定时吃药，学会了骑自行车，也记得在爬山时佩戴心脏监测器。我还学会了感恩。严重的危机背后，心脏复律除颤器曾十多次在我毫无察觉的情况下挽救我的性命。我的心脏在短短几秒内疯狂跳动，除颤器会发起温和的抗心动过速起搏，在我察觉之前，就已将心律失常问题化解。这些时候，我可能在通勤回家路上，可能在做饭，可能正和朋友喝鸡尾酒。抗心动过速起搏能治愈的心律失常对我来说根本不是事儿。这种心律失常，通常只有到医生的办公室，让他们审核心脏复律除颤器的日志记录时，才会为我所知。

"你还记得11月19日5点10分时你在哪儿吗？"护士会这样问我。我通常不知道，对自己经历室速的情景毫无印象。

在我植入心脏复律除颤器后不久，玛西娅又怀孕了。我们搬进了新家。小女儿露西出生时，我们在产房里，心脏复律除颤器在我的胸腔内细数着我的心跳。露西出生一个月后的某天，我在长岛铁路上，列车长播报："如果你往窗外看，你会发现世贸中心刚被一架飞机撞毁。"

我的第一本书出版了。心脏复律除颤器和我一起走上舞台领奖。我得到了一份有终身聘用制的工作，又出版了一本书，然后用好几年时间写了一本关于黑面喜剧的实验性小说，但并未出版。当我阅读那些退稿信时，心脏复律除颤器就在我的胸腔里。

这个设备并没有治愈我的心律失常，它只能确保室性心动过速不会把我弄死。我发表了一些故事，获得了终身教职。我开始写一本新书，讲述一个家庭中的三段婚姻故事。我不知道我心脏里的猪瓣膜还能支撑多久，这玩意的使用周期从一年到二十年不等，所以每隔六个月，我都会去做一次超声心动图检查，看看它能否撑下去。

随着年龄的增长，我发生心律失常时的心跳速度逐渐减缓了。于是，我开始在失常心率仍低于设备所设定的阈值的情况下遭遇电击。我的心脏每分钟搏动140次，除了等电击自行消失之外，别无他法。

我骑着自行车到处转悠，我教书、写作、育儿，但好景不长。我受到电击的频率越来越高，我不再有能力，也不再乐意假装自己是健康的了。心脏复律除颤器就在我的皮肤下。猪瓣膜就在我的心脏里，每天都在损耗。我不再看菲什伯格医生，转而投向了德博拉·格索尼医生。格索尼是一位成人先天性心脏病医生，也是韦尔顿·格索尼医生的女儿。她是纽约市第一位接受过专业训练的成人先天性心脏病医生。（罗森鲍姆在这种培训存在之前就已是医生。）但德博拉·格索尼后来不再行医，最终我只得夹着尾巴去找罗森鲍姆，他是全纽约最有资历来医治我的人。

和许多久别重逢的会面一样，我和罗森鲍姆的重逢也有些虎头蛇尾。我在候诊室里焦虑万分，罗森鲍姆却表现得再专业又体面不过。他就在那里，轻声细语，不苟言笑，行色匆匆，又有些心不在焉。熨烫过的衬衫有些起皱，但十分干净。

"这就是加布里埃尔，"他告诉那位与他密切合作的优秀、善良的注册护士——娜达·费尔哈特，"我认识他已经很久了。"他就在那里。他真真切切地就在那里，不再只存在于我想象的黑洞中。

我试着弥补过去我对他的亏欠。我为自己的逃离道歉。我继续说，但他阻止了我。他略微倾头，眯着眼睛看着我。他记得他与弗里德医生关于我病情的交流内容。他很佩服弗里德。他告诉我，他们是朋友，真的。他说在1995年，很多人不认同他主张为我这样的病人置换肺动脉瓣膜的看法。而他对我选择不干预的做法似乎并未感到惊讶。

我告诉他，我一直非常害怕做心脏手术。他微微抬起手掌，就好像在说，谁不是呢？我告诉他，当时他说的是对的，我早该听他的。

"当然。"他说。他将听诊器放到我胸前。然后，又放到我的背上。"吸气。"他说。自此，我便把自己交给了他。

我去看罗森鲍姆医生时，他的办公室里通常有一位正在接受成人先天性心脏病学培训的研究人员。而且，他通常会将我的故事及他和弗里德医生对我的不同看法告诉他们。

"事实证明，……"我听他这样讲过。

"你得依数据行事？"我这样揶揄他。

但这不是这个故事的精髓。以前根本没有任何数据。他解释道，现在依然没有真正的数据。医生只知道他们看到的东西。"如果给一名成年法洛四联症患者置换瓣膜，"罗森鲍姆医生告诉我，"一年后，你就会发现患者的右心室缩小了30%。"但这不代表这样做就是有成效的。医生们只对少数患者进行了为期十八年的随访，但没有对照组，所以目前仍无真正的证据表明，干预措施是否能减少心动过速，避免心力衰竭和死亡的发生。

这个故事告诉我们，要设计出针对患者病情的新疗法非常艰难，而在新疗法出现时，要使医疗机构改变固有疗法更是难上加难。罗森鲍姆接受过成人心脏病学培训，他得以以全新的眼光来看待先天性心脏病。他所看到的似乎是显而易见的：总的来说，拥有肺动脉瓣膜的患者情况更好。若出现心脏扩大和血液渗漏，患者是无法无限期耐受的。但从罗森鲍姆那个时代起，儿科心脏病学家就都沿用了为我所用的治疗方法。在没有肺动脉瓣膜的情况下修复心脏缺陷，这是罗森鲍姆和他的同侪所努力的方向。这种疗法前后历经三十多年，取得了不可思议的成就。整整一代人因此过上了长寿、快乐、幸福的生活。我们都过得很好。我过得很好。在20世纪90年代，接受心脏直视手术、植入心脏瓣膜的巨大风险就摆在那儿，而好处却全靠猜想。

我常常想，倘若我在1995年接受了瓣膜植入，结果会怎样呢？现在我的胸腔里会不会有心脏复律除颤器？我会不会被心律失常所困扰？我向罗森鲍姆提出这些问题，他皱眉抿嘴，看起来有些紧张。他不希望我将病情归咎于自己。

"每一次进入心脏，"他解释道，"都要冒干扰传导系统的风险。"而室性心动过速症不一定代表心室扩大。"这是很多因素造成的。"他曾对我说。

不过，现在我们不清楚，1995年时，是否有人能给我置换瓣膜。弗里德医生和罗森鲍姆医生之间的分歧并没有我想象的那么大。直到1999年，罗森鲍姆医生才有病人愿意接受瓣膜置换术。那正是我在波士顿植入瓣膜的年份。罗森鲍姆向同事介绍了当年那个案例，就在手术前一天晚上，一位来自伦敦的著名客座医生激烈地提出了反对。

"他认为我疯了。"罗森鲍姆说。

1995年，成人先天性心脏病学尚未发展为一个成熟的医学领域。那些在20世纪七八十年代经手术修复心脏的患儿，若需复诊，多半看的还是儿科心脏病医生。诊断技术也发生了变化。在我逃离罗森鲍姆的诊治时，还没有所谓的核磁共振成像技术。后来正是这种技术呈现出了我心室的确切数据。哪怕到了1999年，我接受手术的时候，成人先天性心脏病学也才刚刚起步。直到2010年，医生们才得以在成熟的成人先天性心脏病研究项目中接受培训。五年后，成人先天性心脏病专业领域的认证考试才被确立。

"刚开始的时候，"罗森鲍姆告诉我，"人们会问我为什么要这样做。"

在20世纪90年代，他是纽约市唯一一致力于治疗成人先天性心脏病患者的医生。现在，纽约另有四个先天性心脏病中心。罗森鲍姆医生有数千名成人患者，还有两名先天性心脏病医生在他手下工作。

现行的医疗实践要求患者针对自己的身体状况做出最终选择。西达赛奈医疗中心心脏病科前主任詹姆斯·S.福里斯特在《心疗者》一书中写道："我们刚进医学院，就被告诫绝不能对病人下命令，我们只能向他们提供建议。""这得由你自己来决定。"福里斯特医生会这样告诉他的病人。但是，在无知的情况下做出的决定根本算不上什么决定。

我重新接受罗森鲍姆医生的诊治已经接近十年。在这段时间里，我的心脏不断出现问题。我的瓣膜功能衰退，又遭遇了令人难以忍受的新的心律失常问题。但我学会了听从他的意见，并且全盘接受它们。我会问他问题，以前我没明白他的建议时，会毫不犹豫地征求其他人的意见。但我现在学会了，要想做出正确的决定，我就不能被恐惧支配。受过教育的患者会带着批判精神去看待他们自己所做的决定，会抱着怀疑的态度去听取医生的建议。但是，若无知识支撑，质疑便不是思考，而只是自负与恐惧驱使下的反应罢了。

第四十一章

"每个降临世间的人都拥有双重公民身份，"苏珊·桑塔格写过这样一段著名的话，"其一属于健康王国，另一则属于疾病王国。尽管我们都只乐于使用健康王国的护照，但或迟或早，至少会有那么一段时间，我们每个人都被迫承认我们也是另一王国的公民。"

在我生命中的大部分时间里，我表现得就像一名间谍或难民，像极了一个在健康王国使用假证件旅行的疾病王国公民。随着年龄的增长，桑塔格所描述的两个王国之间的疆界变得模糊，我的公民意识也变得朦胧起来。不知是从哪一天起，我不再能够确定自己到底属于哪个王国，也忘了自己应该携带哪本护照。桑塔格在1977年写下了这段名言，也许她的"地理知识"有些过时了。越来越多的人像我一样，生活在一个五十年前无法想象的疆域之中，一个被医学所统治的陌生王国。

我在圣约翰大学英语系教书已经超过十二年。目前为止，我知道同事当中，哪位曾中风，哪位曾经历血脑屏障感染。有些同事向我吐露了他们服用抗抑郁药物、治疗高胆固醇和高血压的药物，还有患有心律失常的事。据估计，到2025年，美国将有1.64亿人需与慢性疾病共处。这个数字并未包括那些因滑雪或踢足球受伤后在脚踝和臀部植入钢钉从而避免长期残疾的人；也未包括那些小时候罹患链球菌性喉炎，服用青霉素后导致心脏瓣膜出现风湿性瘢痕的人，那些因为自己和周边社区的人都接种了疫苗而从未得过麻疹的人，以及那些因为饮用洁净的水而从未得过霍乱的人。换句话说，我们应该把自己算作"得救者"，借着白衣天使和公共卫生措施的恩典，居住在健康王国里。医学深深地渗透于我们的生活之中，反而使我们看不见它。我们常常忘记自己曾被拯救。我并不是唯一一个身体内部经历了医学改造的人。在发达国家和欠发达国家，人们的血红蛋白结构不同，这主要是因为前者一直被庇护在疾病之外的地方。

我们和所有拥有特权的人一样，也将自己享有的特权视作理所应当。

我童年的时候，甚至到我三十岁的时候，我还觉得自己因心脏问题而与众不同。现在，我觉得自己不那么像局外人了，而像是人群中睿智的样板。现在，我们都是"开心俱乐部"的成员。

****

我骑着自行车，沿着布鲁克林的周边地区绕到皇后区，从我家骑到罗卡韦半岛。我大汗淋漓，但感觉很开心。然后从滨海公园旁的一条狭窄的小路回家。我的心跳原本一直稳定在每分钟115下，这时腕表检测器显示，它骤然增加到每分钟148下。我停下自行车，等待电击，但什么事也没有发生。心跳还是很快。我看到监测器上的数字下降到144，又上升到147。我的精神又紧绷起来。我握紧车把手，感觉到一阵阵恐慌。那天，电击始终没有发生。心律失常的症状自行消失了，心率降到100bpm后，又降到60bpm。起初我有些迟疑，最终我鼓起勇气，骑车回家。

类似的事情开始频繁发生。就连我平静的时候，心悸也会来袭。比如，我在外用餐，将菜单递给服务员的那一瞬间，我感觉到室性心动过速开始在我的胸腔里兴风作浪。我去了罗森鲍姆医生的办公室。他举起手指，建议我接受射频消融术治疗。他们会给我注射镇静剂，引导一根导管进入我的心脏，随后导管上的电线会烧灼我的心肌，尝试将心律失常从中"烧"掉。这个提议听上去很可怕，但这次我没有问太多问题。我听从了罗森鲍姆医生的建议。

我躺在轮床上，被推进了一间冰冷的手术室。医生给我的腹股沟剃毛，并且打了一针局部麻醉剂。他们用一条导管穿过我的大腿，使其经过腹腔主动脉，一路到达我的心脏。他们诱发了我的心律失常，我的身体开始颤抖。那位年轻的电生理医生——华裔医生丹福斯[1]（回头我再找他算账！）盯着电脑屏幕。丹福斯医生使用字母和数字指出我心脏的部位。每次导管烧灼我的心肌内部，我都会感到一阵嗡嗡震动。

射频消融术似乎起了作用，至少在一小段时间内是如此。我恢复了骑行，又进行了徒步旅行。我又回到了健康王国。但是，在2015年秋天，室性心动过速问题卷土重来，发作频率越来越高，哪怕在半夜里也不放过我。嘭！嘭！嘭！床铺仿佛随着我心室的疯狂搏动而摇晃。医生给我开了新药，用索他洛尔代替了阿替洛尔，但似乎没什么效果。每天夜里，我都睡不着，在厨房里来回踱步，盯着手腕上的检测器：147、148、149，无能为力。

圣诞假期，我们去加州探望我的哥哥丹尼尔。他把我们安置在邻居家。那是一座用灰泥粉饰的牧场风格的大房子，就在奥克兰和伯克利的美丽的边界上。我也不知道时差是否加剧了我心律不齐的症状，在那一周里，我的室速症状非常严重。每天夜里，我都会醒来三四次，心脏跳得厉害。房子的一楼和二楼之间有一层方方正正的大阶梯，整个晚上我都在那儿上上下下，祈祷胸口的声声重击能平静下来。

"这太折磨人了！"玛西娅知道我一晚被惊醒三次时，这样说道，"奥斯卡·王尔德就是这样被逼疯的！"

1　丹福斯医生的姓氏为"Zhee"，其发音疑与闽方言有关，可能是东南亚地区使用的威妥玛拼音，但无更多确凿资料。——译者注

2月，我又做了一次射频消融术：我的腹股沟又被剃了毛[1]，他们又在我的皮肤上涂了冰冷的消毒剂，我又一次躺在轮床上，被推进了导管手术室。那是一处冰冷、洁净的房间，其中有一堆体型庞大的仪器、大屏幕和体积较大的白色傻瓜相机，窗户后面还站着一排紧盯着监视器的技师。护士们穿好无菌的装备，为我设置好静脉注射器和其他仪器。他们用一台iPod播放20世纪70年代的慢摇滚音乐——比利·乔尔、艾尔顿·约翰、卡洛尔·金的音乐。咪达唑仑[2]麻痹了我的大脑。导管从我的大腿滑入体内。我的心脏每跳动一次，设备就会哔哔作响一次。丹福斯医生和他的助手焦急地站在电脑边，盯着屏幕，大声喊着数字，仿佛在玩一个刺激的战舰游戏。

我很喜欢丹福斯医生。他让我想起我在布朗克斯理科高中上学时结识的那帮聪明的朋友。他的头发总是分梳得整整齐齐，衬衫熨得妥帖，白大褂非常干净，但他看上去总显得很随性。他有些驼背。他走起路来总是从容不迫。他老早就给了我他的手机号码，还让我不要客气，可直呼他的名字。他毕业于哈佛大学，拥有公共卫生及医学学位。在我看来，他是那种称霸大学桌上足球游戏的学霸型人物，是那种对自己不擅长的议题不加妄议的人，是那种生而为赢的人。但是2016年2月的那一天，在手术室里，他卡在了手术的第一步。他无法诱导我出现心律失常。

这实在荒唐至极。我每天夜里遭遇三次室速，白天则是两次，但就是

1　原文为"又被剃了胸毛"，根据上文关于射频消融术的描述，此处剃除的应是腹股沟的毛，且该段后提到导管由大腿进入。故，原文疑有误。——译者注
2　原文将Versed误写为Vercid。咪达唑仑，可用于外科手术以诱导睡眠。——译者注

不知道为什么,我躺在手术台上接受各种电生理诱导时,我的心脏丝毫不为所动。丹福斯一次又一次地尝试,试图让我的心脏跳起它那怪异的舞蹈,但我的心脏一次又一次地拒绝了。平日里,我的窦房结隔三差五就出让自己的控制权,当时却小气得不得了,非要自己掌舵。那会儿,它在每分钟里跳动大概六十次。丹福斯从前一次消融术开始就对我的心脏了如指掌,于是他按自己的认知,按前一次描绘出的模式一点一点地烧灼。我感受到了他的沮丧,也感觉到了胸腔内的灼热感。

"对不起。"丹福斯说道,并给我加了更多的咪达唑仑。

他又接着烧灼,几个小时过去,他最后放弃了。我被推进了康复病房。在那儿,我那熟悉的心律失常瞬间不请自来,心脏怦怦直跳。

我问丹福斯,能不能再把我推回手术室,再给我一次机会。他告诉我那是不可能的。他说这些事情很麻烦,也非常复杂,我不必为此感到失望。

"有时候,需要一点时间适应。"他说。

尽管拥有一身才华、信心和专业知识,手边还有药物、电脑、监测器、相机、无线电和导管,但突然间,丹福斯看上去就像一名手握活动扳手的大厦管理员,只在锅炉上敲打几下,便指望热气能通到三楼的公寓里。

上班的时候,我会盯着天花板出神,等着会议结束。我拖着沉重的皮囊去上课。除颤器再也没有对我进行电击。我还是会自己开车去皇后区。我能感觉到,我的大限就要来临,我很快就会失去行动能力。医生开的药的镇静效力越来越强,但症状依然存在。每天晚上,我的心脏都会重重地慢速跳动。凌晨两点,我会在厨房踱步,甚至上蹿下跳,以期心跳能恢复正常。有时甚至希望来一次电击,以终结我的心律失常。白天里,它发作起来更加严重。我坐在沙发上和家人一起看电视,站起来的时候,整个人突然向右侧倾斜,我不得不靠在墙上。我的膝盖瘫软,但我没有摔倒。第二天早上,当我坐在驾驶座上,把安全带拉过胸前时,我的脑海里出现了心脏突发室速、汽车滑行撞击行人并致其死去的画面。

一天吃晚餐的时候,露西问:"我们这个夏天不去登山了,对吧,爸爸?"我说我不知道。我还说,医生也许能在夏天到来前治好我的心脏。

"他们不可能治好的,爸爸。"她说。她已经十三岁了,在我看来十分聪慧。

我曾自欺欺人地以为她不知道发生了什么事,以为她不知道我的虚弱,不知道我每天晚上几乎都无法入睡,以为当我告诉她住院没有什么大不了的时候,她会全盘相信。也许她比我更了解这一切。我握住了她的手。她眨巴着大眼睛,深情地看着我。

"来吧,我们乐观一点。"丹福斯在给我调整装备,并安排我接受第三次射频消融术的那天对我说。但我已不再乐观。我确信我的好运至此已然结束。

我离开丹福斯的办公室,来到医院外的大街上,看了看手机。我收到一封来自我的出版代理人大卫·麦考密克的电子邮件。我从未对大卫,或出版界的任何人提起我的心脏问题,只告诉过英语系里几位亲近的朋友。大卫一直在四处为我那个关于一个家庭中的三段婚姻的故事投稿,已经有五位编辑拒绝了。他起初对那本书的兴致非常大,但现在认为我应该考虑修订一下。我知道他是对的。这本书确实需要修改。但我也知道,无论如何,我都无法重新修订这个故事。我已不再是当初开始写这本书时的我。

十几年前，我的第一本书曾被评为美国最好的作家小说处女作，但这个奖对我来说总显得有些侥幸。那天我站在医院外的大街上，感觉到我的作家生涯至此似乎已经结束。我是过气的作家，还是不曾崭露头角的无名小卒？我大概是文学界的巴斯特·道格拉斯吧。我不过就是个走过一次狗屎运，出了风头后再也无缘赛场的运动员。

我到底在糊弄谁呢？

****

从医院回家的路上，我手里能读的书只有托妮·莫里森的《宠儿》。我要在下周的当代小说课上讲解它。但我读不下去。列车在行经曼哈顿的路程中变得越来越拥挤，一切在我眼里都是那么的压抑。我对面有一个漂亮的护士正骑车从医院回家，我看到一个男人试图与她搭讪。他戴着飞行员眼镜，浓密的黄褐色头发梳成了20世纪70年代流行的样子。他表情丰富，眉毛上扬，双手利落地比划着手势。她端庄地笑了笑，又看向别处。他们俩都有心脏，而且他们俩的心脏终有一日都会面临衰竭，而他们都忙着假装这不是不可避免的。我回到地铁站的台阶上。落日的余晖正笼罩着布鲁克林。

我决定买些三文鱼做晚餐。然后，我去了那片熟悉的蔬果市场，给女儿们买她们爱吃的柑橘。在酒舍，我买了葡萄牙绿酒。我还买了插瓶花，这是我从未做过的事。我想起一位邻居朋友——汤姆，他在当年早些时候去世了。他是个俊俏的男人，总是一脸亲切。他和漂亮的妻子育有两个儿子，还养了一条毛茸茸的狗。喉癌折磨了他很长时间，从发病、治疗到缓解，最后重拳出击致他死亡。汤姆是中城的一名艺术总监，我曾看到病中的他下班回家，在地铁站上台阶的样子。我一直为他感到惋惜，但他总是微微笑着。我们互相寒暄，有时我会问"你好吗"，他总会回答"挺好"，尽管他的喉咙已经不行了。他的嗓音先是变得沙哑，之后又成高声调的嘶嘶声，最终他完全失声了。当我带着插瓶花、三文鱼、绿酒和柑橘走在回家的路上时，我想我稍稍体会到了他的微笑的含义。他当时或许正享受着生命最后几个月的时光，沉浸在下班回家这样一件看似普通甚至有些愚蠢的日常事宜之中。

玛西娅正在从新泽西下班回家的路上。我备了晚餐，觉得很幸福，我可以在我的孩子写作业、说笑和发牢骚的时候下厨。但是晚饭过后，我的幸福感消失了。当时，我的书房有一把老式的安乐椅。这把橘黄色、人造皮革、仿现代风格的椅子，原本是我岳父母的。饭后，我坐在这把椅子上，抬起脚，翻看脸书，给每一张我刷到的宝宝照片点赞。这时，我有些恍惚，就在我并不清醒也还没睡着的那一瞬间，我的心脏复律除颤器突然向我发起攻击。笔记本电脑在我的大腿上上下颤动。我想我应该是惊叫了起来。

"你没事吧？"玛西娅在厨房喊道。

"我没事，我没事，"我说。一部分是因为我总这么说，一部分是为了向孩子们掩饰自己的恐惧。

我进了卧室。自我装上心脏复律除颤器至那一刻，从来不曾发生这样的事——无缘无故的电击。我躺在床上，试图厘清思路，把事情想清楚。

我的心跳慢下来了。我感受到胸腔里心律失常的征兆，胸腔内就像被挠了痒，也像被种了一颗种子。我尝试站起身来。我知道我的心跳又要加速了。我有一种感觉，如果起身走一走，我就能阻止室速症的出现。我正将一只脚踩在地上，另一只脚还悬在空中时，电击又发生了。这一次，它将我电翻在地。我躺在地板上，痛苦地捶打着地毯。

"我该怎么办？"我问玛西娅。

"你马上给医生打电话。"她说。

我联系了丹福斯，他很快回电了。他立马就明白了设备出了什么问题。他重设过我的设备，使它能对心率低于150bpm时的心律失常做出反应。但是，与此同时，设备检测到心律失常和发起电击之间的时间也莫名地被缩短了。只要室速症发生，我的心脏就别想安宁。室速一旦发生，心脏复律除颤器就会立即发起电击。而每次我一放松，室速就会出现。

他不建议我去急诊室。他说已经过了晚上九点，要是去急诊室，就得在那儿待一整夜，这样我当晚就别想休息，而且他们可能会让我住院。他知道我待在家里会更舒服，问我药柜里有什么药。我告诉了他。他在电话里给我开了处方，让我吃β受体阻断药，剂量是我之前吃过的两倍多。我的药柜里有两种β受体阻断药，阿替洛尔和索他洛尔。然后，又加了一毫克的劳拉西泮。而在此之前，我已经喝了三杯白葡萄酒。

"这样应该没问题了。"他说，"去睡一觉吧。"他让我明天一早到他的办公室去，他会帮我重新调节设备。

"你不会有危险的。"他向我保证。

我服了药，我想，等它起效需要一些时间，便去散步了。回家时，孩子们都睡了。我和玛西娅聊了起来。我俩都试图让对方放心，告诉对方今晚不会有危险。我决定试着减慢我心跳的速度，看看会发生什么。我坐在起居室地板上，试着冥想，这是我平日里不会做的事。我曾读过佛教的心理自助书籍，我借用释一行[1]禅师的一句箴言："当下一刻"，吸气；"美妙一刻"，呼气。我念了三遍，随后，心脏复律除颤器就向我发起了电击。

我起身去厨房。电击发生的时候，疼痛是彻底的；但当电击结束时，疼痛也会随之结束，不会留下任何痕迹。我觉得自己正在遭受折磨。在黑暗的厨房里，我们的猫陪着我。

我回到卧室。玛西娅让我听从医生的建议。医生说我没有危险，说我应该休息。我换上睡衣。我用牙线剔牙，又刷牙。我躺在床上，感觉床单很薄，而玛西娅的身体很暖和。我拿起书，打开阅读灯，但是无法静下心来。

痛苦的记忆留存于大脑，也更暴露于肉体之上。即使没有伤痕，没有印记，没有触痛，肉体仍然会被那种痛感的阴魂纠缠。玛西娅和我都觉得，我可以仰卧并放松，哪怕再被电击一次，只要保持平静，也许我就能入睡。也许一次电击之后，室速症就会放过我呢。当人们心心念念的希望使他们变得愚蠢时，他们就会生生造出这样的想法。

那晚，我躺在床上，每次感到心跳缓慢时，便心生畏惧。我不断地坐起身来，躺下去，又坐起来。我走出卧室。还没到午夜。我看着沙发，想着也许可以在那儿躺一躺，放轻松，等着心跳过速，被心脏复律除颤器电击，然后保持平静，之后也许我就能睡着。但当电击发生时，我还站立着，在厨房踱步。我拿出一块海绵和一些喷雾瓶，开始打扫卫生。

1　原文将Thích Nhất Hạnh误写为Thich Nhat Nanh。——译者注

我把厨房灶台、餐桌和橱柜都喷了一遍，擦了一遍。我打扫了地板，整理了起居室，将露西和伊丽莎的课本分别堆成了一摞。我又看了看沙发。我太累了，决定再试一次，躺下，看看能不能睡一会儿。躺下之后，我试着放松肌肉，并试着深呼吸。我的大脑不愿上当入睡，但我的身体变得暖和而沉重。

　　我感到一波一波的冷暖交替。我如坐针毡，感觉冬天失眠所积攒起来的疲惫通通来袭。别动，我告诉自己。电击一旦开始，别动。我喃喃地重复着："别动，别动。"我幻想着自己会放松下来，幻想着受到电击后就可以平静下来，安然入睡。我重复的话语暗示和幻想使我的意识恍惚起来，而当我意识游离，大脑失去意识的那一瞬间，我感觉到胸腔里正在"电闪雷鸣"。这一次电击使我从沙发上弹了起来。计划失败，我又站了起来。

　　哲学家伊莱恩·斯卡里曾写道："肉体之痛不同于任何其他意识状态，它并无可参照的内容。"肉体之痛苦只属于受苦者，它无法被传达。斯卡里还如是写道："遭受剧痛便拥有了真实性，而听说他者经受剧痛则拥有了疑窦。"他人的痛苦不在人类感官可观测的范围之内，就像紫外线[1]、高频声波和暗物质一样，是我们难以感知的。此外，疼痛也存在于语言之外。斯卡里还指出，我们也可以描述一种"灼热"的疼痛，一种"锤击"的疼痛，一种"刺痛"的疼痛。我们可以使用比喻来描述引起疼痛的器具。但若要描述疼痛本身，最好的办法是咒骂、尖叫和号哭。

　　我给自己泡了杯茶。我试着在日记本上写些东西。我试着叙述这一整天发生的事，从我去看医生之前的琐事写起：早上在办公桌前，洗碗，听

---

[1] 原文疑将 ultraviolet light 误写为 ultraviolent light。——译者注

探索一族乐队[1]的歌。每写完一段，我就抬头看看时钟。每次我抬起头时，时钟的分针就爬一小格。我看沙发的眼神就像被鞭打的狗看电牛棒一样。

如今我正尽可能详细地向读者描述这天晚上发生的事情，包括夜里的多次电击和每一次电击的情况。第二天，我把事情的经过全部写进了日记。但我只记录了六次电击，而心脏复律除颤器记录了九次。那三次未让我留下记忆的电击，也许比我在日记里写下的那些浮夸的用词和阐述都更具说服力。但当电击发生时，我便不是原来那个我了。

我抿了一口茶，拿起茶杯，绕着桌子走了几圈。到了半夜两点，我感觉难以站立。我想象自己在地上的一个泥潭里，一次又一次地遭受电击。我就像一条狗，被心脏复律除颤器鞭打得连尖叫和喊醒玛西娅的气力都失去了。我又泡了一杯茶。我光脚站在家门口的台阶上，让冷空气把我吹醒。过了一会儿，我回到屋子里，感觉无事可做。我想干点活儿，在这个时候，我该干的活儿就是读《宠儿》。我坐直身子，手里握着铅笔，准备涂涂画画。我全神贯注，保持一个姿势，忐忑地记着笔记，我的心脏一直保持每分钟跳动六十多次。

在这本书里，塞丝曾被强奸和鞭打，那些白人强奸者还吸食了她的乳汁。她穿过肯塔基州的草地，逃离奴隶制和奴隶主统治下的大庄园，前往自由的俄亥俄河。她双足肿胀，无法行走。她的背也被打得血肉模糊。这本书并未使我振作起来，也没有使我分神，但它真切切地提醒了我，在人生的苦难排行榜上，一个不听使唤的除颤器大概排在哪个位置。

我泡了第三杯茶。在严寒中，我又站在了家门口的台阶上。我想到一

1　A Tribe Called Quest。

个主意:干脆换身衣服,从布鲁克林步行到医院吧。如果我慢慢来,早上六七点可以到达。我可以经过时代广场,可以在曼哈顿东村停下来喝杯咖啡、吃份早餐。我可以到华盛顿高地再吃一顿,然后等着心脏复律除颤器诊疗中心开门问诊。可我又担心,万一我在途中发生室速,心脏复律除颤器电击我,那可怎么办? 我可能会倒在一个荒凉的角落里,独自号叫,痛苦不堪。我的眼前已经出现这些画面:强壮的我在深夜里穿过布鲁克林大桥;脆弱的我被电击,瘫在人行道上抽搐。我的大脑转得飞快,就像后脑勺有一个摆动着的开关,从恐惧跳到了否定,又从否定跳回了恐惧。

我又想,也许凌晨两点后,室速就不会再来袭击我。前一晚,我大概从半夜两点一直安睡到六点。我想,干脆搏一搏,试试再一次躺在沙发上,看看能不能睡着。我开始整理文件,处理旧杂志、作业和信封。我每扔一趟纸,都会盘算着该不该去沙发上躺一躺,休息一下。但每次我只是看了沙发一眼,便又着手整理起居室的隔间、抽屉和架子,以翻找出更多的无用之物。很快,起居室便收拾干净了。只剩下我和沙发,我无处可逃。

我躺下来,心里非常害怕。我祈祷心律失常已经结束,身体却紧绷着,颤抖着,等着下一次电击。我做了一件之前没有过的事:我给自己唱催眠曲。我觉得唱歌能让我的心率保持正常,能让我避免再次陷入心律失常。这时,脑中浮现的是在两个女儿的婴儿时期,我为她们哼唱老歌的画面。皮特·西格唱过一个版本的《青蛙先生求爱记》,副歌颇为悦耳。但我想不起他的歌词了,于是我开始自编自唱:

　　　　要是我能睡着就太好啦,叮咚婚礼钟声响。

胸中 ICD[1] 不炸就太好啦，叮咚婚礼钟声响。

随后，我又试了试《流浪汉的摇篮曲》。唱完这首歌后，我躺在沙发上，美美地睡了好一会儿。突然间，胸腔里那个闹钟把我炸醒了。

当时已经快五点了。我给自己煮咖啡。五点半，家门口有人送来报纸。六点，玛西娅的闹钟响了起来。很快，孩子们到厨房吃早餐。我下楼洗了个澡，换好衣服，在女儿们身边尽力装作若无其事。

伊莱恩·斯卡里写道：

> 剧烈的疼痛摧毁了一个人的自我。人对这种摧毁的体验感，或如宇宙收缩到身体周围，或如身体膨胀至填满宇宙。剧痛也破坏了语言：当一个人的世界分崩离析时，他的语言内容也将随之瓦解。此时，那些可以表达自我和投射自我的东西便被剥夺了来源和主体。

在斯卡里说来，疼痛是对个体的抹杀。纳博科夫就普宁的心律失常也表达了类似的看法：

> 我不知道以前是否有人注意到生活当中的一大特点就是离散状态。除非有一层薄薄的肉裹住我们，否则我们就会死亡。人只有摆脱他周围的环境才真正存在。头盖骨跟宇航员

1　即心脏复律除颤器。

那顶头盔一样。待在里面,否则你就会自取灭亡。死亡犹如一种剥夺,死亡犹如一种参与。人和自然景致打成一片,好倒是好,可那样一来,微妙的自我便消失殆尽。可怜的普宁体验到的感觉有点像那种剥夺,像那种参与。

这就是桑塔格所描述的健康王国和疾病王国边界地带的生活:反复面临自我解体的威胁,反复强调自我在某种程度上的完整性。

心脏复律除颤器的每一次电击仿佛都把我掏空了。但是当我在家中,使用最喜爱的茶树油护发素和柔肤香皂,舒舒服服地洗澡;当我用牙线剔牙,用小苏打牙膏刷牙;当我看着浴室里的镜子,看到自己总是看到的那张脸时,我都会按惯例告诉自己,一切都好,一切都正常,并以此来平息自己的空虚。我试着给我的自我重塑一套太空服和一顶太空旅行头盔。我穿上一条牛仔裤,一件好看的T恤,一件新买的毛衣。然后,喝杯咖啡,刮个胡子。现在,我至少看起来还是平时的自己。

孩子们上学去了。玛西娅开车送我去医院。我坐在她身边,感觉很不舒服。我坐直身子,不让背碰到椅背。我甩了甩手,踩了踩脚。我坚持要停下来给车加油,而且要自己去加油。我怕自己若不动起来,心脏就会平静,害怕室速再次发生,害怕被电击。到了医院,玛西娅把我放下来,她去停车。我走到保安处。不到二十四小时之前,我就在这里,准备去丹福斯医生的办公室。今天值班的保安和昨天的是同一个人,我向他出示我的驾照,告诉他我要去的地方。我上了昨天搭的那部电梯。我穿着一件冬天的长外套和一双不错的鞋子。

我到了四楼的电生理门诊。那儿有一张我熟悉的办公桌，一间候诊室，还有一台超大的电视机。候诊室通常坐满了病人和家属。这是一家市立医院。在这里，人们有时会很吵闹、急躁，护士们却总是面带微笑、和蔼可亲。然而，秘书们形成了一种官僚主义的作风。不过这天，我到候诊室的时候，一个人都没有，电视开着。玛西娅来了，在塑料椅上坐下，开始玩填字游戏。我在大厅里来回踱步，不敢休息。过了一会儿，丹福斯医生来了。看到我，他笑了。

　　"你没事！"他说。

　　"我挺好的。"我告诉他。

　　"才不是！"玛西娅说。她告诉医生我被电击了多少次。

　　丹福斯催促我去检查室，但我拒绝坐在检查台上。我怕坐下来后，我的心跳就会慢下来。

　　他将那个放大镜形状的传感棒放在我胸前鼓起的疙瘩上，用那台大号手提箱大小的笔记本电脑检查我的设备。他非常真诚，对我深表歉意。他修正了设备上的程序，我看着电脑屏幕，就好像我自己能帮上忙似的。

　　"你确定修好了？"我问他。

　　他确定，他说。他把我下一次接受射频消融术的日期提前了。他送我回到候诊室，一路都在向我道歉。

　　告别时，我说："我接受你的道歉。"

　　他认真地看着我。"我真的非常非常抱歉。"他说。

　　我再次见到丹福斯时，他把我的心律失常问题解决了。从此我的心跳便稳住了。

第四十二章

那时，我开始写这本书。我加入了成人先天性心脏病协会，并飞往奥兰多参加了他们的大会。在那儿，我认识了一些病情与我相似的人。也是这个时候，我得知我在1999年植入的肺动脉瓣膜已经快报废了，它需要更换。那是我被"清算"的一年。

在另一部小说也创作失败的阴影中，我每天仍旧早起工作。关于我心脏的故事，我越写越多，写了一些零散的回忆，一些流水账。我迷上了尼古劳斯·斯泰诺。我阅读了他的传记，又重读了一遍。在我看来，他的一生是一则寓言，有着我捉摸不透的寓意。比如关于如何面对死亡及如何不面对死亡，关于本体与死亡的交集的感悟。斯泰诺总能看到别人看不到的东西，做别人不会做的事。他才华横溢，不拘一格，天赋异禀，也时常叩问人类所能理解的极限，面对肉体与灵魂的边界，他也颇有感触。

那是唐纳德·特朗普当选总统后的春天，我乘飞机去南方的奥兰多，去见成人先天性心脏病协会的其他成员。那时，我已经知道自己的瓣膜必须更换，但不确定什么时候自己会感到虚弱和疲惫，也不确定什么时候会产生与这些症状有关的幻觉。我看起来依旧算是健康，表现得也差强人意。罗森鲍姆医生说我不会立刻遭遇危险。更换瓣膜的手术已经安排上了时间。但我无法判断自己的情况，不知道自己是好了还是病了，或是介于两者之间。

我在奥兰多机场寻找出租车车站时，靠在了一块标有"信息"的台子上，我的身体不知何故失去了平衡。我以为是体内又发生了什么变化，心律不齐或是栓塞之类的。但我很快意识到，这个台子装有轮子，它已经从我身下滑出去了。

机场的空调冷气开得很足，人人都穿着长袖衫。室外炎热又潮湿，我几乎站不住脚。我坐上了巴士，去往会议所在的酒店。巴士驶过壮观的大楼，路过高速公路护栏和沼泽地。路上的风景让我想起诺曼·梅勒1968年对迈阿密海滩的描述。"先是数百英亩，然后是数千英亩的土地，那些原是丛林的地方，被白色的人行道和白色的建筑物遮盖了。这与五十年来用胶布遮盖你可怜的阴毛有什么区别吗？"又过了五十年，又贴了更多的胶布，整个佛罗里达州仍旧装作不受影响，陶醉其中。先前，特朗普总统已经宣布美国退出《巴黎气候协定》。我的身体、我途经的风景、我所在的国家……我们所有这些被科学技术武装过的人啊，都在忙着假装科学事实所指非实。

我置身于那个不具名的酒店大宴会厅，面对科学事实，周围是几百名脖子上挂着身份标识的患者。一名穿着美国全国公共广播电台的T恤，十分和善的矮个儿男子走近了我。

"我是克里斯·霍尔沃森。"他伸出手，"经历了六次开胸手术，患有肺动脉闭锁伴室间隔缺损。"

"我是加布里埃尔·布朗斯坦。"我回答道，"患有法洛四联症，经历了两次开胸手术，装了心脏复律除颤器，准备今年夏天更换心脏瓣膜。"

我们分成不同的小组，每个人都介绍自己的缺陷和接受过的手术。我们很自然地展开详谈和比较：我们各自的医生、我们的症状、我们的恐惧和我们的设备。聊起在电影院里晕倒或因主动脉破裂而被紧急送入手术室的情景时,大家都笑了。

我和丹尼·施潘道一起度过了好几个小时。我们一起吃饭,去了酒吧,又去了游泳池。人们开始问起我俩是不是兄弟。我俩都是犹太人,相差十岁,都患有法洛四联症。他向我介绍了梅格·巴尔克和梅丽莎·哈特曼。这两位来自佛罗里达州的成人先天性心脏病协会成员在他接受瓣膜置换术时帮助过他,且在情感上支持他。在酒吧里,我认识了贝伦·阿尔图韦·布兰顿。她给我看她青紫的手指,还拿自己的发绀症状打趣。

我认识了一些生活深受心脏缺陷影响的人,其中有一个是来自密歇根大急流城的年轻女子。她非常好看,长着娇小的娃娃脸和迷人的灰色眼睛,但她的眼神透露出了她身体的健康缺陷。她是在家里出生的,出生时没有得到医生的照料。她的间隔缺陷导致了栓塞,继而引起了中风,造成了她大脑的损伤。她无法读书写字,也不能驾车。她是这样的一个小镇姑娘。她与我谈起大急流城的两家心脏病医院,就好像我对这两家医院都很熟悉似的。在这次聚会上,她和一位与她年龄相仿的女孩同住一间房。那位女孩生来患有肖恩综合征,这是一种先天的主动脉缺陷。在聚会上,这两个年轻的女孩笑个不停,她俩一见如故,意气相投。往年暑假,她们都常常参加心脏病儿童夏令营。她们说,对于胸前有手术疤痕的孩子来说,能和其他胸前有手术疤痕的孩子在一起是一件十分美好的事。尤其是在一起游泳的时候,因为在这时,他们不会因为自己的病情而成为别人眼中的异类。

有一天,我在吃午饭的时候认识了一个名叫阿曼达的女性。她出生时患有一种罕见的遗传病——18号染色体短臂缺失。这种疾病平均在六千名成活的婴儿中仅发生一例。而在这些患儿中,只有9%同时患有心脏缺陷。阿曼达个子矮小,小鼻子上架着一副大大的眼镜。她的视力有些问题,听力也不大好。她患有脊椎侧凸,还曾患有唇腭裂。她经历了太多太多:最近一年内接受了四次心脏手术,还有一次肺部切除手术(血流感染所致),这让她在医院又住了好几个星期。

"老天啊,那太可怕了。"阿曼达摇头说道,仿佛甩掉了她那糟糕透顶的霉运。她的举止颇为随性,态度可亲,她的丈夫就像一条忠实的猎犬一样守护着她。

阿曼达的心脏医生卡伦·斯托特在酒吧拥抱了她。"我超喜欢她。"她俩几乎异口同声地告诉我。我看到罗森鲍姆医生喝得略有醉意。我还认识了道格拉斯·穆迪医生,他个子十分高大,嗓门也很大,是一名来自得克萨斯州的资深心脏病专家。他和丹登·库利很熟,与我聊了许多库利的事。

此外,我也认识了一些后来失去了孩子的父母。有一对夫妇,他们的儿子一直到第三次跑马拉松瘫倒在地时,才被发现有心脏缺陷。当时他活了下来,但这事让全家人错愕不已。还有一位女性,当我告诉她我的外科医生是詹姆斯·马尔姆时,她哽住了,泪水在眼眶里打转。

"我通常会跟别人说,我有一个有心脏缺陷的女儿。"她说,"但事实上有两个。"原来,她有一个女儿活了下来,而另一个女儿却不在了。她失去的那个女儿的手术是由马尔姆主刀的。原本,那个女儿术后活了下来,活到了二十岁出头的年纪。但是在汉普顿的一个周末,她干了过头的事:

晒了太久的日光,喝了太多酒,嗑了太多药。我没法开口问她,她女儿的心脏缺陷和死亡有什么关系。我只能说我对此感到非常遗憾。

那些天里,每天下午我都睡一会儿。我也不知道我对午休的需求有多少是由于我心脏功能的衰退,又有多少是出于这趟旅行和聚会带来的消耗。每天早上,我都会在游泳池里游上几圈,但很快就会感到疲惫。我对自己的心率和心脏复律除颤器感到焦虑,好在我并未在水中遭到心脏复律除颤器的电击。

在一个由俄亥俄州立大学的柯特·丹尼尔斯医生组织的小组聚会上,大家讨论了成人先天性心脏病中心的认证问题。丹尼尔斯医生正在监督这一认证程序,这一认证程序旨在确定医院是否有能力对成人先天性心脏病患者提供适当的治疗。要通过认证,医院必须有相应的专家、工作人员和设备。这一认证可以让患者知道,去哪些医院能得到适当的治疗。

医生们十分关心的一个问题是,长期收集数据的难度和患者信息的缺失。美国曾是世界上心脏手术和心脏病护理领域的领头羊,但如今已落于人后。在加拿大、德国和英国,国家医疗系统支持有组织地进行的患者数据收集工作;而在美国,数据的收集工作都是临时的,不同的医疗中心各自为政,缺乏沟通和数据共享渠道。在美国,大量的成人先天性心脏病患者没能得到护理。根据成人先天性心脏病协会的统计,这一比例高达90%。如果不了解患者的生命历程,医生们便难以为其确定合适的治疗方案。

成人先天性心脏协会主席兼CEO马克·罗德向我们大家表示了欢迎。

在加入成人先天性心脏病协会之前，他曾在美国国家多发性硬化症协会和苏珊·G.科门乳腺癌基金会工作。在他看来，他的使命是让世界了解成人先天性心脏病，并且推动与此相关的研究和数据收集工作。

"我们罹患的是头号先天缺陷。"他在大会上说。他的目标是在全美树立形象，建立起品牌。现在美国大概有两百五十万名我们这样的患者。越来越多的患者在心脏手术后活了下来，并且活到了中老年。我们是一个新的群体，我们希望自己的存在被公众知悉，并且得到照料。"成人先天性心脏病"这个词不应如此鲜为人知。罗德说，患者应当能够说出它来，并且被人理解。后来，他私底下解释了当时情况的严峻程度。美国对先天性心脏病患者的追踪工作做得非常差劲，所谓统计数字不过是将加拿大的数据套到美国庞大的人口数量上估算出的。如此，美国的数据收集工作是非系统化的。而且，实在太难宣传了——"'成人先天性'这个词不是很易懂"。罗德说。

周末有一场盛大的舞会。施潘道身穿白色夹克，舞姿自信而克制。大个子穆迪身穿双排扣西装，虽然已经七十多岁了，但还是和J.科尔跳起了舞。我和珍妮一起坐着，就是那位曾在半小时内被除颤器电击九十八次的患者，她最近刚接受了心脏移植手术。她看着穆迪医生，说起她还是婴儿的时候，她的父亲带她去得克萨斯州找穆迪问诊。当时，穆迪医生告诉她父亲，放弃希望也许是正确的决定，珍妮很有可能没法存活多长时间。她讲起这件事，没有流露一丝苦涩。这时，音乐切换到了布鲁诺·马斯的《放克名流》。珍妮想要跳舞，我便和她一同步入舞池。她穿着嬉皮裙装，她的金发甩来甩去，像一面怪异的旗子。

"哦,对了,"她告诉我,"跳舞一直都是我的强项。"

第四十三章

在从奥兰多回来的飞机上,我看了电影《金刚狼3:殊死一战》。这是由休·杰克曼主演的X战警系列电影之一,类似当代版的《弗兰肯斯坦》。这部电影与玛丽·雪莱写于十九世纪的小说相比,少了一些松散的书信体表达,多了一些暴力的追逐场面。我非常喜欢这部电影。电影里的疯狂科学家是赞德·赖斯,由英国演员理查德·E.格兰特扮演。他为一家名为Transigen[1]的公司工作,这家公司用试管技术培育出了具备超能力的变种儿童,并将他们培养成了致命武器,他们驾着飞车追杀变种人。电影中还有一些闪回画面展现了变种儿童所在的监狱般的医院。电影看到最后,我实在太兴奋了,左手肘一直往外抽动,多次撞到了旁边座位的扶手。邻座是一个大块头男人,先前我们准备登机的时候,我还看到他对着手机怒吼。但他非常理解我。

"确实是一部好电影。"他说。

我对这部电影的欣赏是发自肺腑的。我刚从聚会回来,很清楚这部电影如何满足了我的幻想。医院里的孩子们并没有生病,他们是具有超能力的变种人。医生们邪恶而可怖,用针扎那些孩子,还在图表上记录他们的情况。这所不知名的大医院就是一座监狱。然后,英雄爸爸出现了,俊朗

1　原文将Transigen误写为Transgen。——译者注

潇洒的休·杰克曼从天而降。他带着其中一个孩子来到了一个天堂般的山中避难所，找到了同伴，并且帮助这群孩子从Transigen公司那帮反派人物手中逃脱了出来[1]。在那儿，他们可以过上没有医生监督，只做自己的生活。这部电影的制作人仿佛听到了多伦·韦伯在重症监护治疗病房的迫切祈祷——"达仔，我们离开这个鬼地方，回家吧！"然后，他们以此为灵感，创作出了这部科幻动作片。

飞机降落了。我回到了纽约。特朗普总统在电台、电视、报刊上猛烈抨击前总统奥巴马的医改方案。他承诺推出一个"伟大的""非常好的"新医保体系。简单说来，他承认了自己故作不解的行为，"谁能想到，医保体系会这么复杂？"这场全国性的大讨论揭示了美国人对疾病的恐惧和否认程度。这可不仅仅是我一个人的问题。我们都活在健康王国和疾病王国的边界地带，而且都不愿意谈论它。我们都依赖于我们的医生，但都试图假装自己健康又自由。

从奥兰多回来几个月后的一天，我在布鲁克林和五个老友一起吃早午餐。在一个洒满阳光的排屋后院里，我们边吃边聊，互相推荐电影，一起抱怨政治。两个小男孩在一旁拍皮球，两个小女孩在玩电子设备。我一个从加州过来的朋友刚刚经历了乳腺癌的治疗。接受化疗和双侧乳房切除术后，她又接受了硅胶植入，头发恢复了光泽，变回了原来的棕色。她看起来棒极了。她重新投入电影制作的工作，还旅行了一番。有一位朋友是一名财经编辑，患有多发性硬化症。他每周都需要打一针干扰素 β-1a。但他仍在学习武术，每天都去健身房，还计划在秋天来一场背包旅行。有

1　原文描述疑有误，译者根据电影情节做了一定调整。——译者注

一个朋友是律师,她刚刚接受了复杂的鼻窦手术。她的建筑师丈夫最近才意识到自己为何比家里的兄弟矮一尺并且总是放屁。他做了一次内窥镜检查,发现了十二指肠的问题,原来他患有乳糜泻。改变饮食习惯后,他的体力水平稳步上升,皮肤也前所未有地好了起来。对第五个朋友的病史,我了解得较少,他是一名演员,最近参加了一次西力士壮阳药广告的试镜。在广告中,他要劈开一根木头,然后将木头送给火堆旁的爱人。

"拍这个广告时你用不着多做什么。"导演告诉他,"这玩意儿啊,酒香不怕巷子深。"

我们都没有提到我们的健康或治疗情况,只是用最含糊和传统的方式互相寒暄。"最近好吗?""你看起来真棒!"我们的病情都是不可见且难以启齿的,我们的孩子对药物的依赖也是如此。

我的女儿露西身体强壮,在暑假期间作为志愿者清扫登山步道后,皮肤晒得黝黑。回来后,她给我们讲了很多她在树林里和同伴学来的无聊笑话。她漂亮又聪明,我为她感到无比骄傲。但露西是早产儿,她生命的头几天是在新生儿重症监护治疗病房度过的。(她的出生对我来说是一个创伤。那天我犯了个错误,我朝病房里偷看了一眼,结果看到一名护工正在用拖把擦洗我妻子流到地板上的血。)露西小的时候,被严重的耳部感染所困扰。学步时,她不得不接受一种减轻耳膜压力的手术,否则就会失去听力。上小学前,她接受了第二次门诊手术,以治疗大腿里的股疝气。上小学时,她得过七次链球菌性喉炎。还有一次,她在乡村感染了耐甲氧西林金黄色葡萄球菌。暑假快结束了,接种了最新的疫苗后,她便准备回学校上学。她是个优等生,喜爱研究机器人,还是一个辩论选手。如果你问我她是否健康，我会说她毫无异样。我会说，她这辈子都没得过重病。

也许阿里·扎伊迪描述的先天性心脏病患者的形象确实就是我们这些人的真实写照。对于"健康"的定义，我们已不再清楚，我们已忘记健康是一种不需要药物来干预的状态。假如我那帮布鲁克林后院聚会上的老友生活在《金刚狼3》结尾那处虚构的世外桃源，远离所有医生和他们的干涉行为，我们就不可能这么健康了。

没有人愿意当病人。从历史上看，医学科学开始治病救人的时候，人们就开始否定它的价值。约瑟夫·利斯特来到美国时，他面对着巨大的压力，他的同行不愿相信他关于细菌理论、防腐剂和败血症的想法。他的病人也一样，他们更愿意相信自己而非依赖于他，哪怕在被他治愈之后。威廉·欧内斯特·亨利[1]也许是利斯特最著名的病人。在利斯特实施了一系列艰难而大胆的手术，拯救了他的生命之后，他随即写下了《不可征服》一诗。手术结束后，亨利因这首诗名声大噪。南非前总统纳尔逊·曼德拉和美国本土恐怖主义袭击者蒂莫西·麦克维曾多次引用这首诗中的句子："我，是我命运的主宰/我，是我灵魂的统帅。"

我们偏爱一种能主宰自我的感觉。我们乐于相信自己独立于天地之间。我们讲述医学故事的方式是这样的，比如已故参议员约翰·麦凯恩如何在与癌症的斗争中"不敌病魔"，又如实验医学家乔纳斯·索尔克如何"攻克"小儿麻痹症。这些说法比比皆是，仿佛我们的命运是由我们自己能干的双手所掌控的，但事实并非如此。其实，我们并不是单独行动的。我们需要彼此依赖，需要依赖医生，而这种依赖共生关系能使我们生存下

1　原文将 William Ernest Henley 误写为 William Earnest Hemley。——译者注

去,并且生活得十分美好。在成人先天性心脏病协会举办的聚会和一些其他场合上,我常听到人们将心脏病患者描述为"心之英雄"或"心之勇士"。但我与一些患者进行的非正式对话表明,大多数成人先天性心脏病患者对这些用语并无多大好感。我们只是平凡人,但拥有不平凡的运气,我们是灿烂的科技成就的受益者。

这种技术并不是哪一个人,或者哪一个团体留传给我们的。不妨想想所有为现代心脏病学的诞生贡献过力量的女人和男人,那些医生和病人,护士和技术人员,志愿者和为慈善事业捐款的人,纳税人,分配资金的政客,官员,医疗设备及药品制造商,还有那些勇敢接受早期心脏手术的家庭。你会发现,这是一项全民参与的,涉及社会各阶层人士的大规模运动。儿科心脏病学则是我们的父母和祖父母那两代人留给我们的恩赐,那是我们的父母和祖父母无法想象的。我们应该接受这一点,并对此心存感激。

我母亲小的时候,得过风湿热。那是20世纪40年代,当时还没有抗生素。她喉咙里的链球菌感染蔓延到了心脏。她的父母害怕极了,担心她一生会因此落下残疾,甚至失去性命。在当时,带着这种恐惧生活就是人们的常态。后来,美国联邦政府和伊利诺伊州皮奥里亚市的布拉德利理工大学合作,实现了青霉素的批量生产。如今,抗生素早已成为常用药物。我的两个孩子在小学里的每一年都会感染链球菌。她俩要做咽喉拭子测试,然后去看医生,这样情况就会好转。学校里的其他孩子也会接受同样的治疗,但没有人多想。他们所进行的,其实就是针对小儿心脏病的预防。

现在,我们都是开心俱乐部的成员。我们都很依赖医生。我可能看上去极度依赖医学，但我的经历对医学也有借鉴意义。20世纪60年代，我父亲在医学院工作时，先天性心脏病是美国人的十大死因之一。现在，85%有心脏缺陷的患儿都能存活下来。我们茁壮成长，到处都有我们的身影。不管你信不信，你也是这些拯救了我们生命的技术的受益者。比如，孕妇接受超声检查时，医生都会检查胎儿是否有心脏缺陷的迹象。在每一个工业化国家的每一家医院里，每一位孕妇分娩都有相应的医疗方案、预留的手术室、随时待命的救护车司机，以及随时等待被传唤的外科医生。你和你的孩子是否在过去的半个世纪里，出生在工业化国家的医院里？那就是了嘛，这一切都在那儿等你。欢迎加入我们的俱乐部！

好啦，其实我知道，一定没有什么人乐意接受我这份邀请。没有人愿意看到自己的孩子经受扎针之痛。人们一想到药片和疫苗就吓坏了，更别说手术刀和心肺机。我理解他们，我也曾生活在类似的否定状态下，而且这也是我身边大多数人的生活方式。我们有良好的保险，我们很幸运，我们对疾病有一定的抵御能力。平日里，我们会辛勤工作，会在婚礼上手舞足蹈，会和配偶共赴云雨，也会冲自己的孩子大呼小叫，就像所有身体健康的人一样。仿佛我们离下一次上医院的日子还很远很远，但我们其实是在自欺欺人，我们内心的否认可从我们说话的方式中窥见一斑。

"健康保健"是个含糊的词。"健康"和"保健"这个组合似乎是营销人员的设计之作，为的是使我们可以不再提及"疾病"和"药物"这两个词。"健康保健"这个词模糊了我们自己进行的保健活动（例如运动和饮食）和我们从医生那儿得到的必要护理之间的界线。"健康保障"这个词也同样是自欺欺人的。对于健康，我们唯一可以保障的，就是人不可能持久健康。我们的政治语言就是一门否认的语言，这门语言的构建就是为了让我们永远不必使用那些让我们害怕的词语。

对我的父母和祖父母那两代人来说，与疾病战斗是民族大业。1955年4月12日，当乔纳斯·索尔克研发的小儿麻痹症疫苗被证实成功时，全美都在欢庆此事。"这不仅仅是一项科学成就，而是整个民族的胜利。"索尔克的传记作者理查德·卡特写道，"人们以各种方式表示致敬——静默、敲钟、吹响号角、鸣奏工厂汽笛、燃放礼炮；让交通灯在短时间内保持红灯；上班的休假半天，上学的也放假半天或者在学校里举办狂热的聚会；人们举杯祝酒，拥抱孩子；人们上教堂，对陌生人微笑，原谅仇敌。"如今，我们已经没有了那种紧迫感。

我过着无灾无祸的一生，我那些在布鲁克林拥有排屋别墅的朋友和同事也是如此。但在这个小圈子以外，其他人就没有这么幸运了。他们从健康王国的边界地带滑向了疾病王国。在我的书中，有一块空白。尽管丹尼·施潘道、布里奇特·拉特利夫、贝伦·布兰顿和艾伦·萨巴尔都曾在数年或数十年内未受专人护理，但他们最终都被重新纳入了医学的保护伞下。我所讲的每一个病人的故事，背后都至少有九个病人无法得到同样的护理。有些人没有保险保障或没有足够的经济能力，有些人的住处距成人先天性心脏病医疗中心过远，有些人不认为自己抱恙。他们之中有些人过得很好；有些人瓣膜漏血，心室扩大。有些人无视自己身上可怕的心律失常症状；有些人则处于心力衰竭状态，全然不干预，只盼望症状自行消失。我和一位以色列心脏病专家交谈过，她说纽约市的健康分化和她家乡的并无多少不同。有些人在疾病王国拥有公民身份，比如像我这样有保险、拥有健康心肌的人。也有一些人虽身在健康王国，但其公民身份正面临质疑，他们的心脏功能正在衰退。

"我们的病人都是弱者，"成人先天性心脏病协会主席马克·罗德说，"美国的医疗体系非常复杂。普通公民需要自行去协商交涉，这是非常困难的。有很多用心良苦的聪明人试图改变现有的医疗体系，但是，"他屏息了一下，接着说，"还有很长很长的路要走。"

而道德问题并不复杂。我们承袭了神奇的医学技术，从而有了能力从死神手中拯救我们的孩子；我们也承袭了换取这种能力的财富，比世界历史上已为我们所知的财富更多，比已为我们所知的医学知识更有效。如果我们不与邻人分享我们神奇的医学技术，如果我们任由邻人自生自灭，让他们抵押房屋以支付孩子的手术费用（美国许多父母被迫如此），那我们就是在作恶。要抵制这种恶，我们或许可以从诚实地面对自己开始，并承认自己非常幸运。

在《金刚狼3》中，医生和政府官员被描绘成了反派人物，他们炮制可怕的阴谋，剥夺我们的人性。我看过许多有着类似情节的电影和电视剧，邪恶的医生神不知鬼不觉地进行某些阴谋，对无辜者进行无情的实验，企图扼杀他们的人性。医生们令人惊悚，他们有权有势，可能正是因为我们太过依赖他们，我们反而会用怀疑的眼光看待他们。但话说回来，倘若医生和政府官员一直在密谋什么我们不知道的阴谋，那就是几十年来，他们一直不懈地紧密合作，并且产生了巨大的影响力，使得我们活得更长久、更健康、更富足。阿伯特、陶西格、托马斯、布莱洛克、马尔姆、斯威夫特、格里菲思、弗里德、罗森鲍姆、扎伊迪、丹福斯和法尔哈特，这些人中的每一个人都是庞大的、复杂的医学宇宙的一小部分，而这些医者使我们得以继续生活。

这些医者有很多敌人。除了可怕的疾病，还有一些怯懦又贪婪的恶棍渴望从我们的痛苦中赚取金钱。不过，医生要面临的一个重要的敌人非常简单，即患者的否定态度。患者们总假装有好的内在品质，身体健康，假装邻人并不脆弱，假装自己无法帮助同胞。

对美国人来说，医学就和气候变化一样，在叙事和政治上都是一个说不清、道不明的话题。这是因为解决方案并非在于个人的奋斗和权利，更多的是在于集体的义务和责任。论及医学时，我们不能仅依赖个人的直觉、能力、良好习惯，或者我们的愿望和祈祷。我们需要依赖专业医生。我们并非孤军作战。我们必须互相关爱，否则就是死路一条。

第四十四章

7月来了，我的瓣膜置换术也到来了。我很早就醒了，心里十分焦虑。卧室里一片昏暗。我轻手轻脚地下床，尽量不出声，但在我走到卧室门口之前，玛西娅就被吵醒了。

"今天可是大日子。"她在床上说道。

"激动吗？"我问她。

"哦，那当然。"

我洗澡的时候，她正在厨房吃早餐。我穿上一件新的亚麻衬衫和一条棉裤。有些人会佩戴腰包，穿运动裤和拖鞋去做手术，但我不会这样做。医院不是度假村，患者不是客人。如果你不在医院主动维护自己的尊严，你可能就会被当成一块肉。于是，我穿戴整齐，打扮体面，然后躺在床上，直到玛西娅敲响卧室的门。

"走吧，老兄，"她说，"该出发了。"

室外气温大约32.2摄氏度。约定的登记入院时间是早上8点。玛西娅手机上的应用程序预测我们需要行车三十七分钟才能到达。我收拾好自己的东西：降噪耳机、用来播放音乐的手机和一本埃尔莫尔·伦纳德[1]的小说。我从钱包里取出必要的那些卡，然后在索引卡上写下我的处方药剂量。我将索引卡、医保卡、美国运通信用卡和植入式除颤器ID卡叠在一起，并用橡皮筋将它们绑了起来。

那是布鲁克林的夏日清晨。有人手捧冰咖啡，满头大汗地赶去上班。有人带着婴儿和狗狗从公园散步回家。玛西娅把车停在车库前面。这是我们婚姻中众多小矛盾之一：她喜欢用位智导航应用程序，避开堵车问题，而我宁愿冒着堵车的风险，也不愿一路听着那个电脑化的声音。我们的规矩是，谁开车谁决定。但我很饿，也没喝咖啡。此时，我非常非常非常暴躁。我抱怨起来。我一点也不想听那个该死的导航女声。玛西娅摆弄着她的手机，没理我。

"你就开吧。"我说。

"你就等会儿吧。"玛西娅说。她把医院地址输入导航。

前一天晚上，我们外出就餐，去了一家我们发现的新店，皇后区伍德

1　埃尔莫尔·伦纳德（Elmore Leonard，1925—2013），美国著名犯罪小说家。

赛德的达瓦餐厅。这家餐厅干净又漂亮,离我们家四十分钟车程。店主是一对父女。父亲做的是蒙古菜,女儿做的是"农场到餐桌"的本地菜式。这家餐厅就像是纽约城的某种梦想,在不干扰邻里的情况下实现了贵族化。他们做的肉馅饼非常可口,南瓜炖汤配荞麦松饼也非常美味。在返回的路上,我们说要再次光顾,还讨论着要带哪些朋友前去。

导航里的机器人女士让玛西娅在第九街左转,并且指引我们穿过巴特里隧道,绕过曼哈顿南段,向罗斯福大道行进。我们打开收音机,想听听关于特朗普、夏洛茨维尔纳粹游行和国会失职的头条新闻,但那天早上的头条是有关宾夕法尼亚车站的公共交通拥堵情况的。记者描述了鱼贯进入地铁的人群。我们在高速公路上平稳前进的时候,我颇为我们并未身处那些地下隧道而高兴。当我转念想起我们要去的地方时,我便高兴不起来了。我们把车开到了医院。玛西娅想要在医院为病人所设的小环岛把我放下。但我坚持要在街上下车。

"唉,随便吧。"她叹了口气说。

我跳入了车流。作为纽约人,最让我感到身强体壮的时刻莫过于在迎面而来的大货车前昂首阔步。我走到医院的大门口。服务台的安保人员问我是否识路。我点点头。倒是有那么一个弯我有可能拐错,但那儿有大大的指示牌:心脏移植。

****

1999年，为了给我植入新的肺动脉瓣膜，他们必须打开我的胸腔，在我的心脏上动刀。2017年，新的瓣膜可以通过导管滑入我的体内，不再需要切开我的胸腔或心肌。瓣膜可以我的大腿为切入点，通过一个和圆珠笔一般宽的穿刺口进入我的体内。导管会穿过我的腹腔内的静脉，直入我的心脏。

在2015年出版的《心疗者》一书中，西达赛奈医疗中心的詹姆斯·福里斯特称观看运用导管进行的瓣膜置换术是他"心脏病学生涯中见过的最令人瞠目结舌、匪夷所思的事"。全世界首例瓣膜置换术是2000年在伦敦进行的主动脉瓣置换术。美国首例瓣膜置换术发生在2007年。通过导管进行肺动脉瓣膜置换的手术要比先前的置换术更为复杂，虽然不是实验性的，但也绝不常见。接受手术前一个月，在成人先天性心脏病协会的聚会上，我参加了一个医生小组的小聚。在那场小聚上，专家们向尚不熟悉这项术式的心脏病学家和外科医生做了解释。"这项手术非常困难，"休斯敦卫理公会医院成人先天性心脏项目主任林存晖医生说，"也许不是所有医生都应直接操作这个术式。"加州大学洛杉矶分校的阿伯豪森医生警告在场的参会者："要把瓣膜经导管送到肺动脉瓣膜的位置，真的非常费力。"他讲解了如何在心脏发生排斥和心律失常的情况下在心脏通道中推拉导管的技术。

还是那句话，我真的很幸运。我体内的猪瓣膜撑过了比预期更长久的时间，而且刚好撑到了现在，医生不需要打开我的胸腔就能救我的命。

罗森鲍姆医生在秋天时告诉我,我的心脏瓣膜正走向衰竭。那是在我去怀特山远足之后。那时我一边爬山一边想,我常常昏昏欲睡,不知是因为上了年纪还是其他更严重的问题。10月,我结识了我的新外科医生——亚历杭德罗·托雷斯,他的办公室就在婴儿医院的那栋旧楼里。1966年,我的父母也是在那儿第一次见到了马尔姆医生。托雷斯医生年纪与我相仿,清瘦,非常友好,穿着一件橙色的套头衫。他操一口迷人的阿根廷口音,眼睛凹陷,笑容可掬地为我们介绍可用的瓣膜和导管输送系统。

有一款Melody瓣膜,它可能不够大,无法填补我原先的瓣膜移走后留下的空间。还有一款爱德华Sapien 2号瓣膜,它的输送系统的质地可能太硬,难以在我那伤痕累累的心脏中穿行。托雷斯医生对这两款瓣膜似乎都不是特别满意。

我说:"如果置换术不成功,那我们还可以再试一次,对吧?"

托雷斯医生总是笑盈盈的,但这次却很严肃。他说:"不是。"如果这次置换失败,那就必须进行开胸手术。

我想,我的言语根本无法表达我有多么不愿意再次接受开胸手术。除了身体被劈开所带来的身心创伤之外,我还得面临一种危险:心肌所能承受的切割和再切割的能力差不多到了极限。每做一次手术,风险都会明显增加。我鼓起勇气为手术做准备,内心希望和恐惧交织,我们将手术安排在1月。12月时,托雷斯医生给我打来了电话。

爱德华制药公司宣布,新款瓣膜爱德华Sapien 3号将接受美国食品药品监督管理局试验,用于肺动脉位置的导管瓣膜置换术。托雷斯医生认为这款瓣膜非常适合我,它比市面上任何一款都要好,它有足够大的瓣膜和足够灵活的输送系统。于是，我同意加入试验。我们准备在收到爱德华公司回信后，就立即确定手术日期，但试验一直没有开始。我和托雷斯医生等了一个月又一个月。从冬天到春天，当我结束课程，当我写这本书的框架结构时，也包括在去参加成人先天性心脏病协会聚会期间，我一直沮丧地在和他通过电子邮件沟通。

我越来越担心心律失常的复发，而且越来越频繁地感到疲惫不堪。早上，我会口述几段或阅读一些关于心脏手术和斯泰诺的内容。白天，我会试图支撑住，假装自己没事。3月的一天，我顶不住了，向弟弟埃兹拉坦白，我非常害怕。他说："当然害怕了，加布，这可是心脏手术。心脏手术本来就很让人害怕。"我向他解释，我害怕的不是手术，而是漫长的等待手术的过程。

他有点糊涂了。"现在你想要做心脏手术吗？"

是的。我害怕的不再是医生，而是我的心脏。

后来，5月的时候，我接到了托雷斯医生的电话。爱德华制药公司不打算对 Sapien 3 号瓣膜进行肺动脉瓣膜置换术试验了。托雷斯医生想要的这款瓣膜无法通过美国食品药品监督管理局认证，不能用在我的心脏上。但是，他丝毫不动摇：这就是他想要的瓣膜和输送系统。使用这款瓣膜是最有可能使我免遭开胸手术之痛的方案。起初他不露声色，我没有明白他的意思。他提出对 Sapien 3 号瓣膜和它的输送系统进行"药品核准标示外使用"。

我终于明白了他的意思。他说，最大的问题是手术费用。单是瓣膜，就需要大约三万美元。整个手术的费用更是不菲，心导管实验室、麻醉医生、护士，总费用大约需要五十万美元。我和罗森鲍姆医生商讨了此事。结论是，我似乎别无选择。如果保险公司拒绝赔付，我也有充分的申诉理由。毕竟罗森鲍姆说了，导管置换术比开胸手术要便宜得多，也安全得多。而我只是听从医生的建议罢了。如果我使用的是不适当的瓣膜，显然我会将自己置于不必要的风险之中。

****

在心导管实验室的候诊室里，弧形的磨砂窗户对着河滨公园和哈德逊河。大屏电视里播着CNN的节目。前台接待员坐在一张大圆办公桌前，旁边有数台电脑。我的利落打扮一点用处都没有。她甚至没有向我打招呼。

"你是第一次来这儿吗？"

我告诉她不是。

"登记地址和保险信息不用改吧？"

我把保险卡递给她，但她不需要。她抬起下巴，透过眼镜看着电脑屏幕。她眯着眼睛看。然后，她叹了口气，扬起了眉毛，在一张纸上记下了什么东西。她在椅子上转了一圈，挥着手里的文件。她在这场恼怒的芭蕾表演中，没有看我一眼，也没有说一句话。她让我在一些表格上签字，先是在纸上签字，再在平板电脑上签字。

"不是这样，"她说，"你得用笔尖碰屏幕，否则它感应不到。不是这样！你太用力了，会把我的笔弄坏的。你要看看，还是直接签字？"

我办完要办的事，把平板电脑递回给她。

一张表格从打印机出来。"手腕给我。"她说。

"左手还是右手？"

"随便。"

她可能四十岁上下，也可能六十岁左右。她的头发染成了黑色。她上衣领子很大，戴着一条金项链。她是西班牙裔、意大利裔、犹太裔还是希腊裔？她来自布朗克斯区、皇后区还是威彻斯特区？她就是一只守桥巨魔。她从打印出来的资料上撕下一张贴纸，把贴纸缠在我的手腕上，贴纸就在我手腕上变成了手环。她用一个扫码枪扫我的新条码。噔噔噔噔，我变成病人了。

"你可以在那边等着。"

玛西娅悄悄走到我身后，摸了摸我的脖子。我像被咬了一口似的惊得跳了起来。她笑着向我道歉。她递了一版《纽约时报》给我，但我没办法静下心来读它。我也无法和她交谈。我没法忍受这种等待的折磨。我太着急了，渴望他们赶紧叫出我的名字。但当那个拿着纸夹笔记板的女人终于喊出我的名字"加布里埃尔·布朗斯坦！"时，我立马就胆怯了，真希望她叫的是别人。

我吻了玛西娅。我穿过弹簧门，经过一张秘书办公桌。托雷斯医生就在那儿，穿着格子衬衫。

"很高兴终于见到你了。"我们异口同声地说道，然后大笑起来。很快，我便被带走了。

纽约长老会医院的导管实验室里人满为患，蜿蜒曲折的环状走廊连通着几十个供病人使用的凹间。每个凹间都有标准的设备:病床、心脏监测仪、血压袖带、电视屏幕、手套分配器、废物处理机和除颤器电极板。这些设备都是米黄色的,但深浅有所区别。

"你以前来过这儿吗?"负责带我走的女子问我。

"来过,"我说,"老客户了。"

我脱下衣服,换上病号服。我很快躺倒在病床上,盖上床单。护士们开始为我连接所有我熟悉的电线和监测仪。玛西娅来了,她试图转移我的注意力。她说起了露西,前几天我刚把露西安置在马萨诸塞州的伯克希尔山区。她说到暂居我父母家的伊丽莎。她讲了她一些同事的搞笑故事。她还提醒我,我轻轻松松地就成了导管实验室病房里最性感的病人。这时,一位衣着时髦的,来探望病人的女子从我们旁边经过。

玛西娅说:"你觉得我穿那条长裙怎么样?"

我们认识了在这层楼工作的人。其中,有一个闷闷不乐、自顾自的护士,她一边给我接心脏监测仪的电线,一边抱怨她的足底筋膜炎。有一个从急诊科转到心内科的小伙子,一头卷发,肌肉发达,是个令人感到亲切的猛男。他总做错事,有一次标错了血样瓶,不得不给我取了两次血样。

"你比我勇敢,"他摇了摇头,"我可能做不到你现在做的事。"

我不知道怎么回答他。我根本就没做什么。

那位留胡子的护士是个有趣的家伙。他对着玛西娅摇摇手指,说道:"听说这里有个捣蛋鬼哦!"但心脏监测仪发出烦人的哔哔声时,是他把它修好的。他还教急诊室的学员如何关闭我的心脏复律除颤器,如何把冰冷的除颤器贴片贴在我剃光了毛的胸部两侧。

一位年轻的医生助理小心翼翼地对着我念稿子上的告知事项。"好了，布朗斯坦先生，我想确定以下内容你是否都明白。"她涂了唇彩，向我提问，"手术风险包括出血、感染，以及任何外科手术的风险。明白了吗，布朗斯坦先生？另外，还有严重损伤的可能，"她歪了一下脑袋，"还有死亡风险，明白了吗？"

托雷斯医生穿着手术服过来了。

"你弄到了合适的瓣膜，"我试着和他说笑，"那么，手术一定会很顺利，对吧？"

他的短发是竖起来的。他那张狭长的脸上没有笑容，那双凹陷的眼睛严肃得不得了。"这是当前最好的技术。"他说。他拍了拍我的肩膀，然后就离开了。

"妈的，"我转向玛西娅，"他居然没说手术会成功。"

"加布里埃尔，"她说，"没有医生会做这样的保证！"

我们手拉着手，玩拇指掰拇指的游戏。她赢了。我说她作弊。"没有，"急诊室的实习护士说，"她的动作是完全符合规范的。"很快，就到时间了。

从推动的轮床上看医院的走廊，有一种制作电影的感觉。我的眼睛是摄像机，轮床是移动式摄影车。所有的监测仪上的电线都连在一个遥测箱（类似《星际迷航》中的三录仪）上，这些东西都跟着我移动。护士们沿着走廊把我推出去的时候，非常严肃，不再与我说笑。

在冰冷的导管室里，我如往常一样，拒绝接受协助，自己从轮床换到了手术台上。我穿着病号服，身上拖着电线和贴片。我总是试着让自己不显得太过笨拙和脆弱。护士们从遥测箱里取出电线，连到四周的监测仪上。房间里悬挂着透视仪、摄像机和黑白平面大屏幕，用以捕捉和展示导管进入我心脏的情况。

"你体重多少？"看上去相当时尚的麻醉医生问我，然后在一本笔记本上潦草地记下了我的体重数据。

一名实习护士说："现在，我要给你的腹股沟剃毛。"

我听到了剃刀的嗡嗡声。此时的病号服还不如亚当用以遮羞的无花果树叶，它只是腹部上摊着的一块布而已。有那么一秒钟，我感觉到死亡的来临，恐惧和祈祷交织在一起。我躺在那里，连连为自己也为孩子们祈祷。我有过五十年的美好时光。如果我现在死了，那也不算多大的悲剧。玛西娅很坚强，她会没事的。我算了笔账：房子的价值，我的退休账户，还有学校给我买的人寿保险。玛西娅的父母应该会在孩子们的大学学费方面搭把手。我正请求上帝保佑我的女儿们，另一名护士给我又扎了一针，这一针扎进了我的右手腕。我眼前一黑，便什么也不知道了。

****

我心跳的数据显示在电子监测仪上，腹股沟的毛被剃光了，麻醉剂使我的大脑停止了运作。护士将一个枕头放在我的脑袋下方。一名实习医生用一个不锈钢材质的刀片撬开了我的嘴。当他看清了我的喉部时，将氧气管送了进去。至此，我不再能自主呼吸。

托雷斯医生和他的团队成员在我的腹股沟左侧做了一个切口。他们切开了我的身体，顺着股动脉切开。他们将导丝滑入我的体内。顺着这条导丝，他们使第一根导管一路滑向腹主动脉，越过主动脉弓，逆着血流，经过主动脉瓣，进入我的左心室。在整个手术过程中，这根导管一直留在左心室里，以监测心内血压，并着重关注冠状动脉的情况。托雷斯医生一不留神，手术也可能会对我的冠状动脉产生压力，而冠状动脉一旦受压闭合，就会剥夺心脏的氧气，那我可能就会没命。因此，他力求万无一失。

第一根导管就位后，托雷斯团队就开始在我的腹股沟右侧入手。他们在那里开了一个切口，进入我的股静脉，使一根导线一路滑到下腔静脉，沿我的躯干往上进入我的心脏。最后，这根导线的远端停靠在我的右心室壁上。在手术过程中，这根导线会起到起搏器的作用，确保我的心脏一直跳动。同时，在释放瓣膜的瞬间，它可以快速起搏心脏，让血液停止流动，让瓣膜能够被稳定地释放。

第二根导线沿着第一根导线滑入股静脉。这一根是"爱德华Commander"输送系统的导引线。托雷斯医生认为，最适合我的心脏的，就是这个全新的瓣膜输送系统。在将"爱德华Commander"输送系统滑入我的大腿前，托雷斯医生将它的导向端缩回到球囊正上方，一名技师将Sapien 3号瓣膜放在了导管的尖端。

那是导管顶端的一个小玩意儿，它的所有魔力都被压缩在一个直径纤细到能够在我的血管中滑动而不触及肉体的程度。装着瓣膜的钴铬网状瓣架被紧紧地卷成一条粗短的小管。要等导管内的球囊膨胀，Sapien 3号瓣膜才会显露出来。球囊会把钴铬网撑宽，里面就是用牛的心包组织做成的瓣膜。

托雷斯使输送系统滑入我的心脏,进入肺部。他费了很大的劲才使瓣膜就位。我是通过他在我身上留下的痕迹猜测到他费了多大的劲的。位于我腹股沟左侧的伤口,也就是监测导管进入心脏的地方,只是一个小小的点。手术几天后它褪成了小斑点,两周后就完全消失了。这是典型的导管检查口。腹股沟右侧的伤口则血迹斑斑,皮下有一圈坚韧的缝合线,结痂处还挂着粗粗的黑色缝线。由此可见,他一定与导管拉扯多时,左拉右扯,拉进拉出。

我的心脏对托雷斯的工作产生了抵触,它狂跳了起来,仿佛要把这些金属和塑料吐出去。但托雷斯还是将导管的尖端安放好了。Sapien 3号瓣膜位于1999年植入的猪瓣膜那几片已钙化的瓣片之间。新瓣膜就位后,托雷斯向操作心脏起搏器的护士喊道:"开!"

护士轻按开关,电流便猛烈震荡起我的心脏,使它快速跳动起来,每分钟超过了180次。这个速度能使心脏失去功能,无法推动血液流动。此时,我的心脏虽然在高速搏动,但从实用角度而言,它是静止的。

他给Sapien 3号的球囊充气,球囊推开了瓣膜的钴铬盖。随着球囊膨胀,钴铬网变成了一个由刺和细线组成的蜂窝状结构,并紧紧抓住了旧瓣膜的瓣环。位于中心的瓣膜大概有27毫米宽,那是两片哺乳动物的肉,像水母一样扇动着。

新瓣膜安放好后,托雷斯释放了导管的压力,球囊也被放了气。然后,他拉回输送系统。新的瓣膜已经进入。大屏幕上的导管图像和透视图像显示,瓣膜已就位且固定住了。

"关!"托雷斯对操作起搏器的护士喊道。

电刺激停止了。我心脏的搏动节奏缓缓地恢复了正常。我的心室收缩时，血液从心脏经过新瓣膜，向肺部喷射。心室扩张时，瓣膜的双瓣叶闭合。它们很稳定，血液不再从我的肺部向心脏倒流。心脏收缩，血液飞快地通过瓣膜。心脏扩张，瓣膜也稳住了。他们放置在我左心室的导管测得了新的压力数据。我的心脏比十年来任何时候的都更为健康。

手术团队将所有设备从我的心脏中移除，通过腹股沟往下取出。他们将呼吸管从我的喉咙里拔了出来，并叫醒了我。满面笑容的托雷斯医生将手越过手术台，伸向我。

"成功了！！"

那一刻的画面透过麻醉药带来的朦胧感出现在我眼前。时间似乎总是被匆忙地记录，但在回放中又显得十分缓慢。在我的记忆中，托雷斯的脸很大，手也很大。他还笑了。

第二天，我在心脏病房的走廊里散步。下午我就出院了，回家正好赶上吃晚餐。第三天早上，我在自己的床上醒来，感觉身体有些僵硬，有些酸痛，但除此之外就没有其他不适了，多谢关心。

我吃过早餐，穿上T恤和短裤，看完报纸后，就去散步了。在离家几个街区的地方，我遇到了一个朋友。他是一个爱玩摇滚乐的父亲，在另类音乐界是个名人。我们握手，微笑寒暄。

"哟，怎样？"他遛着狗，问我。

我脱口而出，说自己前一天在心脏里装了个新的瓣膜。

"不是吧，老兄！"他说，他上下打量我，摇了摇头。

然后，我去了公园，给自己拍了张照片，发给了我妈。

致谢

在写作本书的过程中，我得到了许多帮助。

感谢贝伦·阿尔图韦·布兰顿、克里斯·霍尔沃森、艾伦·萨巴尔、丹尼·施潘道、布里奇特·拉特利夫、梅格·巴尔克、珍妮、阿曼达及所有与我分享他们的故事的患者。感谢医生们，感谢迈克尔·弗里德、韦尔顿·M.格索尼、西尔维亚·P.格里菲思、詹姆斯·R.马尔姆、达文德拉·梅塔、马龙·罗森鲍姆、亚伯拉罕·鲁道夫、亚历杭德罗·托雷斯和阿里·扎伊迪。感谢成人先天性心脏病协会，感谢所有的工作人员。

感谢我的母亲蕾切尔·布朗斯坦、我的兄弟丹尼尔和埃兹拉，还有我的女儿伊丽莎和露西对我的支持。他们并未要求我在书中提及他们，也不曾抱怨，总是鼓励我。

我还要感谢我的父亲。他在我写完本书，等待出版的过程中去世了。倘若能将这本书捧在手里，他一定会非常自豪。（我在《微光列车》杂志上发表一篇故事时，他自豪地买了二十本呢。）感谢我的哥哥丹尼尔，他在我写早期现代解剖学时给了我特别多的帮助。

感谢纽约公共图书馆为我提供的工作空间，感谢圣约翰大学为我的研究提供的支持。

朋友的支持也鼓励了我：安妮·特鲁贝克看了我的写作框架；萨姆·格

林霍和艾米·金读了起初粗糙的草稿;拉斐尔·赫勒("谢谢你,口罩先生")和J.P.奥尔森耐心地听我翻来覆去地唠叨。

我何其有幸能与才华横溢的人合作。感谢我的充满耐心又周到的编辑本·亚当斯,我与他合作得相当愉快。他的见解总能帮我厘清写作思路。无论是总体还是细节上的,他都有求必应。感谢我的出版代理人大卫·麦考密克,他是我可靠如磐石的盟友和出色的读者,多年来一直支持着我。关于本书,从选题构思到书皮护封的设计,每个阶段他都为我提供了帮助。我还要大声感谢麦考密克文学公司的阿丽亚·汉娜·哈比卜,感谢她在开题方案上给我的帮助。

最重要的是,我要感谢我的妻子玛西娅。我书写本书的每一份草稿时,我每一次退怯,脑中浮现每一个标题和副标题时,每一次上急诊室、手术室、心电图实验室时,以及每一个我因心律失常而无法入眠的深夜,她都陪在我的身边。她是我从头到尾的最好的读者与评论家。

谢谢。

注释

这是一本关于我的好运的书。我写这本书有两个初衷:一是出于我对医生的感激;二是我想弄清楚他们如何救了我的命。在我写作本书时,所有医治过我的医生都仍在世,因此我得以采访到他们中的许多人,并且当面向他们致谢。他们为我写作这本书提供了帮助,他们是本书先天性心脏病学和成人先天性心脏病学相关内容中的关键信息的来源。虽然我已在致谢部分和正文中提过他们,但他们的名字也作为信息来源出现在本节中。迈克尔·弗里德、韦尔顿·M.格索尼、西尔维亚·P.格里菲思、达文德拉·梅塔、马龙·罗森鲍姆、亚历杭德罗·托雷斯和露西·斯威夫特。我还要感谢他们的同事,那些没有医治过我但也为我写作本书提供过帮助的医生:雅米尔·阿伯豪森、尤金妮亚·多伊尔、大卫·霍根森、道格拉斯·穆迪、亚伯拉罕·鲁道夫、罗伯塔·威廉姆斯、阿里·扎伊迪、娜达·法尔哈特、史蒂文·菲什伯格、德博拉·格索尼、约翰·迈耶,以及那位我称之为丹福斯的医生。在他们的办公室里,他们都和我讨论过我的健康问题。他们也是本书资料的来源。

每当我向医生、患者以外的人提起我正在写一本关于先天性心脏病的书时,他们都会惊讶地扬起眉毛。人们似乎都觉得这是一个奇怪的主题。我一直在想,假如我对他们说,我要写一本关于其他病症的书,比如结核病、焦虑症、泰—萨克斯病、背痛、痤疮或者流感，他们还会觉得奇怪吗？其实，心脏缺陷是最为常见的严重天生缺陷，几乎每一所学校里都有一名做过心脏修复手术的孩子。但"先天性心脏病"这个词仍未普及，它令人提不起兴趣。就连成人先天性心脏病协会主席马克·罗德也认为，把这个词放到书名或副标题里不是一个好主意。因此，在本书写作接近尾声时，我想到了我写作本书的第三个目的：让有关这种病症的内容出现在人们的日常社交对话中，让它更容易地为人所知，让像我这样的人能够讲述患有这种疾病的人的人生故事并得到他人的理解。

与我分享故事的患者（及他们的父母）是本书的第二大信息来源。虽然很多名字已经在正文和致谢一节中出现，但他们绝对值得我再次提起！鲍勃·埃弗里、梅格·巴尔克、贝伦·阿尔图韦·布兰顿、达尔西·法雷拉、克里斯·霍尔沃森、梅利莎·哈特曼、波利娜·洛、阿莉扎·马林、葆拉·米勒、迈克尔·波尼克、里克·普德尔、布里奇特·拉特利夫、艾伦·萨巴尔、乔希·萨兰蒂斯、丹尼·施潘道、伊恩·斯蒂尔-埃弗里、朱迪·文森特、科里·乔伊·威廉姆斯、肯·伍德豪斯，还有两位患者——珍妮和阿曼达。还有一些人在成人先天性心脏缺陷患者的聚会上与我交流过，或是录制的访谈，或是非正式的谈话，有些人不愿让自己的名字被付诸笔墨，有些人是私下里与我谈话，有些人的名字我已记不清了。他们都值得我正式的致谢。如果我曾与你在午餐、会议或其他成人先天性心脏病协会的聚会上有过交谈，而你因没有在本书中找到自己的名字而感到失望，我真诚地向你致歉。哪怕我们的谈话非常短暂，你也帮助了我。我还要感谢马克·罗德和成人先天性心脏病协会，丹妮尔·海尔尤其值得一提，她就像我的志愿研究助理。

我浏览了一些科学论文、会议报告、口述故事和其他资料。在我的研究中，有相当一部分内容是依靠二手材料得来的，这主要是其他作家撰写的医学史。有三本著作值得点名鸣谢，因为它们是我早期读到的和本书有关的书，它们构成了我对这个课题的理解的基础。其一是罗伊·波特的《人类最大的利益：人类医学史》，其二是保罗·斯塔尔的《美国医学的社会转型：一个权威专业的崛起和一个庞大行业的形成》，其三是詹姆斯·S.福里斯特的《心疗者》。

这是我第一次尝试写作长篇的严肃的非虚构作品。我试图在书中讲述一件真事。但到目前为止，我基本上还是在写小说，而且发现（很多作家也告诉过我）"真事"这个词吧，带有一些矛盾修饰法的意味。为了拼凑一个可被理解的故事而做的所有事务，包括对事件的选择、省略、排序和浓缩，对特定观点的维系，以及将嘈杂混乱的经历和历史付诸笔墨的尝试，所有的这些都跳脱出了真相。这本书说到底只是记录了我的记忆，而我知道，我的记忆和真相是有偏差的。人们纠正我的时候（我的父母、妻子、兄弟和医生都纠正过我），我会接受他们的修改意见。但有许多事情无法被证实或反驳，而我已经尽力了。至于其他病人的故事，我的原则是准确地表达他们的叙述内容，我没有细致到核查他们所说的每一个细节是否准确，因为我主要关心的是他们对自己生活的感受。我试着忠实地讲述他们的故事，因为他们的遭遇与我的相似。

在采访仍健在的医生时，我将他们所述的内容进行了对比，以得出我所能理解的最权威的说法。当我在采访或阅读书籍的过程中遇到不同的说法时，我会尽可能地基于语境背景和我所了解到的情况，提供在我看来最为可信的说法。（在下面的注释中，你会看到几处我认为我的说法不够确切的地方，但我不得不承认这些说法。）当遇到一些描述惊人地相似时——作家或采访对象告诉我的故事体现出一致性，我会怀疑这些故事有所偏颇，但仍将这些传闻（忠实地）记下来。有时，我也允许自己用一用小说家的特权，给故事情节添加一些戏剧化的想象。历史学家就不能这么干了。在下面的注释中，我会指出一些我展开了想象力的地方。

关于我的用词，也说几点。"先天性心脏病"和"先天性心脏缺陷"这两个词组，我几乎是混用的。有些医生认为一种说法是正确的，另一种说法具有误导性，但我对两者并无偏好。还有一个我用词不稳定的地方：我看了大半辈子病的那家医院多年来数次改名，现在叫"纽约－长老会医院/哥伦比亚大学医学中心"。詹姆斯·马尔姆医生给我施手术的那家婴儿医院是这家大医院的一部分，现在叫"纽约儿童医院"。我把整个医院看作一个整体，就叫"哥伦比亚长老会医院"。这是我最常使用的叫法，它有几种缩写形式。

我的生活既为我讲述整个故事提供了灵感来源，也给我的讲述带来了阻碍。读者在这本书中能了解到一些心脏病学和心脏手术的历史，因为这些都与我有关。这就意味着我会遗漏掉许多历史上著名的心脏医生。比如，南非医生克里斯蒂安·巴纳德，他是第一位成功移植人类心脏的医生，但本书中没有提及他。德国医生安德烈亚斯·格伦登希是第一位实施球囊扩张冠状动脉血管成形术的医生，未出现在本书中。法国医生弗朗西斯·丰唐发明了以他名字命名的单心室缺陷修复术，也未在本书中留下注脚。还有几十年来一直致力于打造人工心脏的医生们，本书对他们也都只字未提。这是因为我（暂时）不需要接受心脏移植和球囊扩张冠状动脉血管成形术，而且永远不需要接受丰唐手术。许多当前医学界热切关注的课题，尤其是心脏缺陷与遗传疾病的关系及与基因研究有关的医学课题，在本书中都是几笔略过。由于本书以自传体的形式讲述，所以行文中或许会着重关注北美的情况，毕竟这是我生活的地方。恰好，1935到1975年间，心脏外科学正是在北美发展起来的。

从很多方面来说，本书讲述的是一个关于美国医学的故事——美国医学如何蓬勃发展，如何改变世界并将奇迹带给我们，以及医学的成就是如何被日益混乱和有失公平的体制所掩盖的。

中英文对照表

书籍、刊物、文章、影音作品

《艾莉的夸张人生》	*Hyperbole and a Half*
《哺乳动物心室离体肌纤维条的节律性收缩》	*Rhythmic Contraction in Isolated Strips of Mammalian Ventricle*
《不朽的精禽》	*Immortal Bird*
《大红狗克利福德》	*Clifford the Big Red Dog*
《大众电子学》	*Popular Electronics*
《动物心血运动的解剖研究》又称《心血运动论》	*Exercitatio anatomica de motu cordis et sanguinis inanimalibus*
《放克名流》	*Uptown Funk*
《飞蛾电台》	*The Moth*
《给黛比的华尔兹》	*Waltz for Debbie*
《固体》	*De solido intra solidum naturalitercontento dissertationis prodromus*
《国际医学博物馆协会公报》	*Bulletin of the International Association of Medical Museums*

《黑人民族主义：黑人身份认同之调查》   *Black Nationalism: The Search for Identity*

《杰森一家》   *The Jetsons*

《晶体管的五种新用途》   *Five New Jobs for Two Transistors*

《黎明踏浪号》   *The Voyage of the Dawn Treader*

《临床博物馆》   *Clinical Museum*

《柳叶刀》   *Lancet*

《论人》   *Treatise on Man*

《绿山墙的安妮》   *Anne of Green Gables*

《麦吉尔的英雄往事》   *McGill's Heroic Past*

《梅奥诊所学报》   *Mayo Clinic Proceedings*

《美国生理学杂志》   *American Journal of Physiology*

《美国医学的社会转型：一个权威专业的崛起和一个庞大行业的形成》   *The Social Transformation of American Medicine: The Rise of a Sovereign Profession and the Making of a Vast Industy*

《蒙特利尔医学杂志》   *Montreal Medical Journal*

《明尼苏达医学》   *Minnesota Medicine*

《佩珀中士的孤独之心俱乐部乐队》   *Sgt. Pepper's Lonely Hearts Club Band*

《人类最大的利益：人类医学史》   *The Greatest Benefit to Mankind: A Medical History of Humanity*

《人体构造论（七卷）》又称《构造》　　*De humani corporis fabrica libri*

　　　　　　　　　　　　　　　　　septem

《人之奥秘》　　　　　　　　　*Man the Unknown*

《生机脉冲》　　　　　　　　　*The Vital Impulse*

《十万颗心脏》　　　　　　　　*100000 Hearts*

《汤米：摇滚歌剧》　　　　　　*Tommy：The Rock Opera*

《天才少年》　　　　　　　　　*Hghlights for Children*

《外科手术的新前沿》　　　　　*Surgery's New Frontier*

《外科医生与他的麻醉师》　　　*The Surgeon and His Anesthetist*

《温柔的心》　　　　　　　　　*A Gentle Heart*

《我的骷髅之旅》　　　　　　　*A Journey Round My Skull*

《我的自体实验》　　　　　　　*Experiments on Myself*

《我们心中的机器》　　　　　　*Machines in Our Hearts*

《我喜欢看它蜿蜒千里的样子》　*I like to see it lap the Miles*

《午夜之子》　　　　　　　　　*Midnight's Children*

《西北评论》　　　　　　　　　*Northwest Review*

《锡安长老会纪要》　　　　　　*The Protocols of the Elders of Zion*

《夏威夷评论》　　　　　　　　*Hawai'i Review*

《先天性心脏畸形》　　　　　　*Congenital Malformations of the Heart*

《先天性心脏疾病图集》　　　　*The Atlas of Congenital Cardiac Disease*

《心疗者》　　　　　　　　　　*The Heart Healers*

《心脏手术》　　　　　　　　　*Cardiac Surgery*

《心脏之王》	*King of Hearts*
《星期天可不行》	*Never on a Sunday*
《循环》杂志	*Circulation*
《野兽家园》	*Where the Wild Things Are*
《医学体系》	*A System of Medicine*
《医学原则与实务》	*The Principles and Practice of Medicine*
《英国医学期刊》	*British Medical Journal*
《英国医学杂志》	*British Medical Journal*
《游泳的艺术》	*The Art of Swimming*
《这儿只有这种人：儿科肿瘤病区咿呀学语的儿童》	*People Like That Are the Only People Here*
《这是你的土地》	*This Land Is Your Land*
《这一代》	*Generation*
《治愈童心》	*To Heal the Heart of a Child*

医学术语及医疗机构

18 号染色体短臂缺失	chromosome 18p deletion
P&D 盐酸肾上腺素溶液	P&D adrenaline chloride
埃布斯坦综合征，又称三尖瓣下移畸形	Ebstein's anomaly
爱德华 Commander 输送系统	Edwards Commander—the brand-new valve delivery system

肌原学说	myogenic theory
抗心动过速起搏	anti-tachycardia pacemaker, 简称ATP
拉特格斯医学院	Rutgers Medical School
蓝婴手术	Blue Baby Operation
联邦医学研究委员会	Federal Committee on Medical Research
卵圆孔	foramen ovale
罗伯特·科赫医院	Robert Koch Hospital
马斯塔德手术	Mustard procedure
梅奥医学中心	Mayo Clinic
美国成人先天性心脏病协会	Adult Congenital Heart Association, 简称ACHA
美国成人先天性心脏病中心	Adult Congenital Heart Disease, 简称 ACHD
美国国家多发性硬化症协会	National Multiple Sclerosis Society
美国国立卫生研究院	National Institutes of Health, 简称NIH
美国陆军流动外科医院	Mobile Army Surgical Hospital, 简称 MASH
美国食品药品监督管理局	Food and Drug Administration, 简称 FDA
美国心脏病学会	American College of cardiology, 简称 ACC
美国心脏协会	American Heart Association, 简称AHA

美国胸科医师学会	American College of Chest Physicians
蒙特利尔医学和外科学会	Montreal Medico-Chirurgical Society
咪达唑仑	Versed
耐氧西林金黄色葡萄球菌	methicillin resistant Staphylococcus aureus, 简称MRSA
纽约儿童医院	Children's Hospital of New York
纽约—长老会医院/哥伦比亚大学医学中心	New York-Presbyterian/Columbia University Medical Center
浦肯野纤维	Purkinje fibers
沙里泰医院	Charité Hospital
鲨鱼头部解剖学	Canis Carchariae Dissectum Caput
神经原学说	neurogenic theory
史克马牌T-6S乳品泵	Sigmamotor T-6S
室性心动过速	ventricular tachycardia, 简称VT
四联症	Tetralogy/Tet
苏珊·G. 科门乳腺癌基金会	Susan G. Komen Breast Cancer Foundation
特氟隆补片	Teflon patch
威廉·阿兰森·怀特精神病学、精神分析学与心理学学院	William Alanson White Institute of Psychiatry, Psychoanalysis and Psychology
吻合术	anastomosis

沃顿管	Wharton's duct
希氏束	bundle of His
先天性心脏病	congenital heart disease，简称CHD
弦线式电流计	string galvanometer
肖恩综合征	Shone's disease
小唾液管	little salivary duct
心导管检查	cardiac catheterization
心房间隔缺损	atrial septal defect，简称ASD
心房井	atrial well
心室颤动	ventricular fibrillation，简称V-fib
心脏病学	Cardiology
心脏传导阻滞	heart's electrical conduction system
心脏复律除颤器	implantable cardiovertor-defibrillator，简称ICD
心脏直视手术	open-heart surgery
心脏专科医院	Variety Club Heart Hospital
休克委员会	Shock Commission
右心发育不全综合征	hypoplastic right-heart syndrome，简称HRHS
圆锥隔	conal septum
约翰斯·霍普金斯医学院	Johns Hopkins Medical School
重症监护治疗病房	Intensive Care Unit，简称ICU

转碟式氧合器	disc oxygenator type

人名

F.杜威·道得里尔	F.Dewey Dodrill
G·韦恩·米勒	G. Wayne Miller
阿里·N.扎伊迪	Ali N. Zaidi
阿莉·布罗施	Allie Brosch
阿龙·希梅尔斯坦	Aaron Himmelstein
阿萨内修·基歇尔	Althanesius Kirchner
埃尔莫尔·伦纳德	Elmore Leonard
艾蒂安·朱尔·马雷	Étienne Jules Marey
艾蒂安-路易·阿蒂尔·法洛	Étienne-Louis Arthur Fallot
艾尔顿·约翰	Elton John
艾尔弗雷德·比奇洛	Alfred Bigelow
艾尔弗雷德·布莱洛克	Alfred Blalock
艾尔弗雷德·卢米斯	Alfred Loomis
艾琳·萨克森	Eileen Saxon
艾伦·金斯堡	Allen Ginsberg
艾伦·萨巴尔	Alan Sabal
艾伦·伍兹	Allen Woods
艾伦·亚历山大·米尔恩	A.A.Milne
爱德华兹·帕克	Edwards Park

安德烈·格兰多热	André Graindorge
安德烈·库尔南	André Cournand
安德烈亚斯·格伦登希	Andreas Gruetzig
安德烈亚斯·维萨里	Andreas Vesalius
安德鲁·霍姆斯	Andrew Holmes
安妮·弗兰克	Anne Frank
安托瓦内特·布里尼翁	Antoinette Bourignon
奥登	W.H.Auden
奥格登·纳什	Ogden Nash
奥斯丁·拉蒙特	Dr. Austin Lamont
奥克·森宁	Åke Senning
巴尔托洛梅奥·欧斯塔基	Bartolomeo Eustachi
巴斯特·道格拉斯	Buster Douglas
保罗·怀特	Paul White
保罗·斯塔尔	Paul Starr
保罗·佐尔	Paul Zoll
贝蒂·朗科	Betty Lank
贝伦·布兰顿	Belen Blanton
比尔·埃文斯	Bill Evans
比尔·安德森	Bill Anderson
比利·乔尔	Billy Joel
比莉·荷莉戴	Billie Holiday

伯纳德·劳恩	Bernard Lown
博比·文顿	Bobby Vinton
布里奇特·拉特利夫	Bridgette Ratliff
布鲁诺·马斯	Bruno Mars
查尔斯·贝利	Charles Bailey
查尔斯·拉德	Charles Ladd
查尔斯·林德伯格	Charles Lindbergh
达文德拉·梅塔	Davendra Mehta
大卫·伯恩	David Byrne
大卫·霍根森	David Hoganson
大卫·麦考密克	David McCormick
大卫·斯泰特	David State
丹福斯	Danforth
丹妮尔·海尔	Danielle Hile
丹尼尔·黑尔·威廉斯三世	Daniel Hale Williams III
道格拉斯·穆迪	Douglas Moodie
德博拉·格索尼	Deborah Gersony
德怀特·哈肯	Dwight Harken
登顿·库利	Denton Cooley
迪金森·理查兹	Dickinson Richards
第谷·布拉赫	Tycho Brache
蒂莫西·麦克维	Timothy McVeigh

多伦·韦伯	Doron Weber
多萝西·汉西内·安德森	Dorothy Hansine Andersen
厄尔·巴肯	Earl Bakken
法比奥拉	Fabiola
费迪南德·绍尔布鲁赫	Ferdinand Sauerbruch
费利克斯·米兰	Felix Millan
弗莱德尔博士	Dr.Freidel
弗兰克·詹姆斯和杰西·詹姆斯兄弟	Frank James, Jesse James
弗朗索瓦·马让迪	François Magendie
弗朗西斯·丰唐	Francis Fontan
弗朗西斯科·罗梅罗	Francisco Romero
弗雷德里克·威廉·坎贝尔	F.W.Campbell
格尔达·迪岑	Gerda Ditzen
格雷戈里·格利登斯	Gregory Gliddens
哈里·赫勒	Harry Heller
哈罗德·福斯	Harold Foss
哈罗德·西格尔	Harold Seagall
哈维·库欣	Harvey Cushing
海伦·陶西格	Helen Taussig
海因里希·希姆莱	Heinrich Himmler
亨利·菲利浦·贝当	Henri Philippe Pétain
亨利·詹姆斯	Henry James

霍华德·霍尔茨	Howard Holtz
吉尔·莱波雷	Jill Lepore
吉罗拉莫·法布里齐	Girolamo Fabrizi
吉姆·墨菲	Jim Murphy
纪尧姆·尤德莱	Guillaume Rondelet
季莫弗·普宁	Timofey Pnin
加布里埃莱·法洛皮奥	Gabriele Fallopio
贾恩卡洛·拉斯泰利	Giancarlo Rastelli
贾米勒·阿伯豪森	Jamil Aboulhosn
简·萨默维尔	Jane Somerville
杰弗逊·戴维斯	Jefferson Davis
杰拉尔德·德·布拉	Gerald de Blaes
杰里·林恩·古德曼	Geri Lynn Goodman
杰罗姆·兰德尔	Jerome Randall
金琼伯爵夫人	Countess of Cinchona
卡尔·门宁格	karl Menninger
卡伦·斯托特	Karen Stout
卡洛尔·金	Carole King
凯蒂·麦凯布	Katie McCabe
康斯坦丝·沃纳	Constance Warner
柯克·杰弗里	Kirk Jeffrey
柯特·丹尼尔斯	Curt Daniels

科科·伊顿	Koko Eaton
克拉伦斯·丹尼斯	Clarence Dennis
克拉伦斯·沃尔特·李拉海	C.Walt Lillehei
克劳斯·席林	Claus Schilling
克雷格·史密斯	Craig Smith
克里昂·琼斯	Cleon Jones
克里斯·霍尔沃森	Chris Halverson
克里斯蒂安·巴纳德	Christiaan Barnard
库尔特·施特劳斯	Kurt Strauss
匡特里尔	Quantrill
拉法埃洛·乔尼	Raffaello Cioni
拉什·沃勒	Rush Waller
拉什迪	Rushdie
莱奥·米耶开洛斯基	Leo Miechalowski
勒罗伊·罗尔巴克	Leroy Rohrbach
雷尼尔·德·格拉夫	Regnier de Graaf
雷亚尔多·科隆博	Realdo Colombo
理查德·E.格兰特	Richard E. Grant
理查德·宾	Richard Bing
理查德·德瓦尔	Richard De Wall
理查德·施耐德	Richard Schneider
理查德·瓦尔科	Richard Varco

林存晖	Chun Huie Lin
鲁内·埃尔姆奎斯特	Rune Elmqvist
鲁思·惠特莫尔	Ruth Whittemore
路德维希·雷恩	Ludwig Rehn
路德维希·施潘道	Ludwig Spandau
露西·斯威夫特	Lucy Swift
罗伯塔·威廉姆斯	Roberta Williams
罗伯特·格罗斯	Robert Gross
罗伯特·劳申伯格	Robert Rauschenberg
罗伊·波特	Roy Porter
洛丽·摩尔	Lorrie Moore
马尔科姆·艾克斯	Malcolm X
马克·罗德	Mark Roeder
马龙·罗森鲍姆	Marlon Rosenbaum
马文·盖伊	Marvin Gaye
马修·科布	Matthew Cobb
玛丽·艾伦·恩格尔	Mary Allen Engle
玛丽·戈登	Mary Gordon
玛丽·霍普金森	Mary Hopkinson
玛丽·沃特利·蒙塔古夫人	Lady Mary Wortley Montagu
玛莎·克劳利	Martha Crowley
迈克尔·弗里德	Michael Freed

迈克尔·塞尔韦图斯	Michael Servetus
梅尔基塞代克·泰弗诺	Melchisédech Thévenot
梅格·鲍克	Meg Balke
梅雷尔·哈梅尔	Merel Harmel
米歇尔·米罗斯基	Michel Mirowski
莫德·阿伯特	Maude Abbott
莫迪凯·弗里德曼	Mordechai Frydman
莫顿·莫厄尔	Morton Mower
纳赫蒂加尔	Nachtigall
诺曼·梅勒	Norman Mailer
欧文·温恩斯坦	Owen Wagensteen
帕蒂·安德森	Patty Anderson
帕梅拉·施密特	Pamela Schmidt
皮特·罗迈斯	Peter Romeis
皮特·西格	Peter Seeger
乔纳斯·索尔克	Jonas Salk
乔伊斯·鲍德温	Joyce Baldwin
乔治·J. 阿达米	George J.Adami
乔治·格克勒	George Goekler
让-巴蒂斯特·奥古斯特·肖沃	Jean-Baptiste Auguste Chauveau
塞隆尼斯·蒙克	Thelonious Monk
塞西尔·沃森	Cecil Watson

石井四郎	Shirō Ishii
史蒂文·菲什伯格	Steven Fishberger
释一行禅师	Thích Nhất Hạnh
斯蒂芬·佩吉特	Stephen Paget
四季乐队	The Four Seasons
汤姆·汉克斯	Tom Hanks
汤姆·西弗	Tom Seaver
特奥多尔·比尔罗特	Theodor Billroth
图·麦格劳	Tug McGraw
托马斯·巴尔托林	Thomas Bartholin
托马斯·赖特	Thomas Wright
托马斯·刘易斯	Thomas Lewis
托马斯·莫里斯	Thomas Morris
托马斯·沃森	Thomas Watson
托妮·莫里森	Toni Morrison
威尔玛·史蒂文斯	Wilma Stevens
威利·梅斯	Willie Mays
威廉·埃因托芬	Willem Eintoven
威廉·奥斯勒	William Osler
威廉·哈维	William Harvey
威廉·贾斯特斯	Wilhelm Justus
威廉·朗迈尔	William Longmire

威廉·马斯塔德	William Mustard
威廉·欧内斯特·亨利	William Ernest Henley
威廉·萨菲尔	William Safire
威廉·威尔逊	William Wilson
韦尔顿·M.格索尼	Welton M.Gersony
维尔纳·福斯曼	Werner Forssmann
维维安·托马斯	Vivien Thomas
魏瑟	Weisse
沃尔特·斯托克曼	Walter Stockman
西尔维娅·P.格里菲思	Sylvia P. Griffiths
西摩·弗曼	Seymour Furman
悉尼·布卢门撒尔	Sidney Blumenthal
夏洛特·米切尔	Charlotte Mitchell
肖恩·怀特	Shaun White
小列维·沃特金斯	Levi Watkins Jr.
休伯特·汉弗莱	Hubert Humphrey
雅米尔·阿伯豪森	Jamil Aboulhosn
亚伯拉罕·鲁道夫	Abraham Rudolph
亚历杭德罗·托雷斯	Alejandro Torres
亚历克西斯·卡雷尔	Alexis Carrel
亚历山大·纳达斯	Alexander Nadas
亚历山德拉·吉里亚尼	Alessandra Giliani of Persiceto

扬·卡热伯尔	Jan Quagebeur
扬·斯瓦默丹	Jan Swammerdam
伊本·纳菲斯	Ala al-Din ibn Al Nafis
伊迪丝·吉尔德	Edith Guild
伊莱恩·斯卡里	Elaine Scarry
尤金妮亚·多伊尔	Eugenia Doyle
约翰·吉本	John Gibbon
约翰·柯克林	John Kirklin
约翰·勒卡雷	John Le Carré
约翰·刘易斯	John Lewis
约翰·迈耶	John Mayer
约翰·麦凯恩	John McCain
约翰·诺曼	John Norman
约翰·威廉·斯特里德	John William Strieder
约瑟夫·戈培尔	Joseph Goebbels
约瑟夫·利斯特	Joseph Lister
约瑟夫·佩洛夫	Joseph Perloff
詹姆斯·K.波尔克	James K. Polk
詹姆斯·S.福里斯特	James S. Forrester
詹姆斯·赫顿	James Hutton
詹姆斯·科尼什	James Cornish
詹姆斯·马尔姆	James Malm